ハヤカワ・ミステリ

IAN RANKIN

他人の墓の中に立ち

STANDING IN ANOTHER MAN'S GRAVE

イアン・ランキン

延原泰子訳

TOKYO
HAYAKAWA
BOOKS

A HAYAKAWA
POCKET MYSTERY BOOK

STANDING IN ANOTHER MAN'S GRAVE
by
IAN RANKIN

Translated by
YASUKO NOBUHARA
First published 2015 in Japan by
HAYAKAWA PUBLISHING, INC.
This book is published in Japan by
arrangement with
JOHN REBUS LIMITED
c/o ROGERS, COLERIDGE AND WHITE LTD.
through THE ENGLISH AGENCY (JAPAN) LTD.

装幀／水戸部 功

故ジャッキー・レヴィンに捧ぐ

他人の墓の中に立ち

主な登場人物

ジョン・リーバス…………ロウジアン&ボーダーズ警察の重大犯罪事件再調査班所属の元刑事
シボーン・クラーク…………犯罪捜査部の部長刑事
ジェイムズ・ペイジ…………犯罪捜査部の主任警部。シボーンの上司
ダニエル・カウアン…………重大犯罪事件再調査班の部長刑事。リーバスの上司
エレイン・ロビソン
ピーター・ブリス
　………重大犯罪事件再調査班の刑事。リーバスの同僚
グレゴール・マグラス………元重大犯罪事件再調査班の初代ボス
クリスティン・エソン
ロニー・オウグルヴィ
　……犯罪捜査部の刑事
マルコム・フォックス………苦情課の刑事
ジリアン・デムプシィ………北部警察の警視正
ガヴィン・アーノルド………北部警察の巡査部長
ニーナ・ハズリット…………行方不明の娘を捜す母親
ダリル・クリスティ…………パブのマネージャー
フランク・ハメル……………クラブ経営。ダリルの雇主
モリス・ジェラルド・カファティ……裏社会の顔役。リーバスの知人

プロローグ

i

墓穴に近いところに立たないように気をつけた。

自分と墓穴の間には参列者がぎっしりと立っている。さきほど柩《ひつぎ》をかつぐ人々が名前でというより、人数で呼ばれたのだった――故人の息子を初めとして六人。雨はまだ降りだしていないが、雨の予報である。墓地は比較的新しいもので、市の南東部郊外にある。彼は教会の葬儀には出なかったし、このあとのサンドイッチと飲み物のもてなしにも出ないつもりである。参列者の後ろ姿を観察していた。丸めた背中、かすかな身動き、くしゃみ、咳払い。おそらく知人も来ているだろうが、数はそう多くないだろう。参列者二人の間に隙間ができて、墓が見えた。墓のふちは、むごい現実を隠すかのように、緑色の布で覆われている。何か追《つい》悼《とう》の言葉が述べられているが、全部は聞こえない。癌《がん》という言葉は出ていなかった。ジミー・ウォレスは未亡人と三人の子供、そして五人の孫を残して「痛ましくもこの世を去った」。孫たちは前列のどこかにいて、ほぼどの子も状況がわかる年頃になっていることだろう。彼らの祖母が一声、甲高い泣き声を上げ、周囲に慰められている。

ああ、煙草が吸いたい。

おれはジミー・ウォレスとどれほど親しかったのだろうか？　この四、五年は会っていないものの、十年以上前には同じ警察署で働いていた。ウォレスは刑事ではなく、制服警官組だったが、話し相手にしやすい男だった。冗談や噂話を語り合い、ときには役に立つ小さな情報もくれた。彼は六年前に退職したが、ちょうどその頃病名が告げられて、化学療法や抜け毛が伴った。

「つねにユーモアに満ちあふれ……」

そうかもしれないが、惨《みじ》めでも生きているほうがいい。ポケットに手を入れると、煙草のパックが手に触れた。いっそのこと、数メートルほど退《しりぞ》いて、木の陰にでも隠れて火をつけようか。それで学生だった頃を思い出した。学校には、校長室の窓からの視界を遮《さえぎ》る自転車置き場があり、ときおり教師がそこへやってきて、ライターを貸せとか、煙草を一本くれとか、煙草のパックを丸ごと寄こせ、などと言ったものだった。

「地域社会ではよく知られた人物で……」

ウォレスの尽力でムショに送られた犯罪人らにとっても、よく知られた男である。もしかしたら昔の前科者が何人か、弔問《ちょうもん》にやって来ているかもしれない。柩が墓穴に吊り下げられると、未亡人がまた泣き声を上げた。いや、娘の一人の声だったのだろうか。数分後、すべてが終了した。彼は近くに掘削機が隠されているのを知っている。掘った穴を、埋め戻すためにまた使われるのだ。盛り土にも緑の布がかぶせられていた。すべてに品がよい。参列者の多くは早々に立ち去った。顔の皺《しわ》が深く、唇の垂れ下がった男が黒いウールの上着のポケットに両手を突っ込んだまま近づいてきて、挨拶《あいさつ》代わりに軽くうなずいた。

「ジョン」男が声をかけた。

「トミー」リーバスもうなずき返した。

「そのうち、おれたちどっちかの番ですかね？」

「いや、まだだよ」

二人は墓地の門へ向かって歩き始めた。

「車に乗りますか？」

リーバスはかぶりを振った。「外に車を停めている」

「いつもながら、道路事情が最悪で」

リーバスは煙草を勧めたが、トミー・ビーミッシュは数年前に禁煙したと告げた。「医者が言うには、成長の妨げになるんだとか」

リーバスは煙草に火をつけ、吸い込んだ。「きみは辞めてどれぐらい経つ？」

「十二年とちょっと。幸運な部類ですよ。ジミーみたいな男が多いのに――定年退職すると、間もなく柩の中に横たわる」

「嬉しい前途だな」

「だからまだ働いているんですか？　あんたが迷宮入り事件の部署にいるって聞いたけど」

リーバスはゆっくりとうなずいた。二人は墓地門の近くに来ていた。車列の最初の一台が通り過ぎた。後部席には家族が前方をまっすぐ見つめたまま座っていた。リーバスはビーミッシュに何も言う言葉が見つからなかった。警察では階級が違い、署も違った。共通の知人かもしれない同僚の名前を思い浮かべようとした。

「えっと、じゃあ……」ビーミッシュも同じ思いだったようだった。手を差し出している。リーバスはその手を握った。「またそのうちに？」

「おれたちのどちらかが木箱に入っていなければ、な」

返事代わりに鼻を鳴らし、襟を立てて雨を防ぎながら、ビーミッシュは行ってしまった。リーバスは踵《かかと》で煙草を踏み消し、数分ほど間を置いてから自分の車へ向かった。

エジンバラの道路事情はたしかに最悪だった。一時的に設置された信号、道路閉鎖、迂回《うかい》道路。どこもかしこも渋滞だ。その原因の大部分は、空港と市の中心部を結ぶトラム線を作るためである。車が動けなくなった間に、リーバスは携帯電話のメッセージを確認したが、何もなかった。別に意外ではない。ぜひとも彼に知らせたいような、緊急を要する事柄など何もない。自分は世間から忘れ去られた、昔の殺人事件の被害者について調べているのだ。重大犯罪事件再調査班の事件簿には十一件の捜査対象がある。古くは一九六六年に起こったもの、最新でも二〇〇二年の事件である。そのうち、墓がある場合は、そこへ行ってみた。そのほんのいくつかには、今なお家族や友人からの花が供えられていた。添えられたカードに名前があれば、手帳に控え、ファイルに入れた――それが何の役に立つのか定かではなかったが。車のCDプレーヤーのスイッチを入れると、ジャッキー・レヴィンの胸をかきむしるような暗い歌声が流れた。〝他人の墓の中に立ち〟、と歌っている。リーバスは目を半ば閉じた。一瞬、彼の意識は墓地に戻り、人々の頭や背中を見つめていた。やおら助手席に手を伸ばし、CDケースから歌詞カードをぐいと抜き取った。その曲は〈他人の雨〉という題名だった。ジャッキーが歌っていたのは、そういうことだったのだ。他人の雨の中に立ち。

「そろそろ聴力検査をする頃合か」リーバスはつぶやいた。ジャッキー・レヴィンも死んだ。自分より一年かそこら、若かった。同じファイフ出身。自分の学校がジャッキーの学校とサッカー試合をしたことがあったのだろうか――ほかの学校の生徒と会う、ほぼ唯一の機会だったのだが。いや、そんなことはどうでもいい。リーバスが選手に選ばれたことは一度もなく、タックルやゴールが決められ、罵声が応酬される中で、誰一人呼ばれない控え選手席からの応援を命じられたのだった。

「くそ野郎の雨の中に立ち」彼は声に出して言った。後ろの車がクラクションを鳴らしている。急いでいるのだ。きっと会議があり、重要人物を待たせているにちがいない。車が動きださなかったら、世間は大混乱となる。このようにして、自分は車の中でどれぐらい人生を無駄に過ごしたことだろうか。あるいは張り込みをしながら。あるいは書類、請求書、出勤表を書いたりしながら。携帯電話からメッセージの着信音がしたので、画面を見ると上司からだった。

〝三時と言ったんじゃなかったのか！〟

リーバスは腕時計を見た。三時五分過ぎ。あと二十分ほどで、上司が待っている署に戻れる。以前だったら、サイレンと回転灯が備わっていた。対向車線へえいやとばかりに車を乗り入れ、救急センターへ運び込まれない運を信じることもできた。しかし最近はまともな身分証すらない。警察官ではないからだ。定年退職した警察官であり、民間人として、たまたまロウジアン＆ボーダーズ警察で働いているだけなのだ。班の中では、上司だけが現役の警察官である。現役警官でありながら、老人のお守りをするようなポストに配属されたことへ、彼は多大な不満を抱いている。三時の会合にも、リーバスのだらしなさにもいらだっている。

〝何か急用でも？〟リーバスは、嫌がらせのためだけにメールを返した。そして音楽のボリュームを上げ、同じ曲を繰り返して聞いた。ジャッキー・レヴィンはやっぱり他人の墓の中に立っているように聞こえた。

雨だけでは足りないかのように……

ii

リーバスはコートをゆすって脱ぐと、署の床に滴が垂れるのを構わず、向うの壁のフックへ掛けに行った。

「急いでもらって悪かったな」カウアンが声をかけた。

「遅くなってすまない、ダニー」

「ダニエルだ」カウアンが正した。

「すまない、ダン」

机に腰を乗っけているカウアンは、足が床に届きかね、黒く光る革靴から赤いペーズリー模様の靴下が覗《のぞ》いていた。彼は机の下段の引き出しに靴磨きセットを入れている。カウアンが部屋を出たすきに、引き出しを開けたことがあるので、リーバスは知っているのだ。その上の二段の引き出しはそれよりさらに前に確認済みである。

「何を探しているの？」それを見たエレイン・ロビソンが、たずねたのだった。

「手がかり」とリーバスは答えた。

そして今、ロビソンはリーバスの前に立ち、コーヒーのマグを渡してくれた。「何をしてたの？」と彼女がたずねた。

「葬式だった」リーバスは答え、マグに唇をつけた。

「始めてもいいか？」カウアンが居丈高に言った。灰色の背広が似合っていない。肩のパットが高すぎて、襟幅《えりはば》が広すぎる。カウアンは挑むように髪を掻《か》き上げた。

リーバスとロビソンはピーター・ブリスと並んで席に着いた。ブリスの呼吸は座っているときでさえ、苦しげな音を立てる。しかし二十年前から彼の呼吸にはそんな喘鳴《ぜんめい》が伴い、そのまた二十年前も同じだったのだろう。彼はリーバスよりも少しだけ年が上で、誰よりもこの班に長くいる。巨大な腹の上に両手を組んで座っており、その様子は、自分がこれまで見たこともない宇宙の何者かよ、おれにかかってこい、と挑んでいるかのようだ。むろんダニエル・カウアン部長刑事のような輩《やから》を何度も経験していて、リーバスが班に加わった最初の日にこう教えたのだった。「おれたちが自分よりすべての面で劣るとうぬぼれている。自分はとてつもなく優秀なもんだから、上の連中はそれを知っていて、思い知らせるためにここへ左遷《させん》されたんだと思ってるよ」

退職する前、ブリスはリーバスと同じく、警部になっていた。エレイン・ロビソンは刑事止まりだった。自分が輝かしい業績を残せなかったのは、仕事より家庭をつねに優先させたせいであると彼女は主張した。

「正しい選択だったね」とリーバスは言い、彼女と会ってから数週間経った頃、自分の結婚生活は仕事との戦いで早々と負けたのだ、と打ち明けたのだった。

ロビソンは五十歳になったばかりだった。息子と娘は家を出て、大学を卒業し、イングランドで就職した。彼女の机には子供たちの額入り写真が飾ってある。その横には彼女がシドニー・ハーバー・ブリッジのてっぺんでポーズをとっているところや、軽飛行機の操縦席に座っている写真も並んでいる。最近髪を染めるようになった。それをとやかく言うわけではない。ただ、白髪《しらが》が混じっていても、実年齢よりは十歳も若く見えるにちがいないし、三十五歳と言っても通るだろう――カウアンと同年代に。

カウアンがあらかじめ椅子を並べたようだった。彼の机の前に一列に並んで座ることになったので、全員が彼を見上げなければならなくなった。

「そのソックスは賭《か》けか何かではいているのかな、ダニー」リーバスはマグで口を隠しながら言った。

カウアンは冷笑しただけで答えなかった。「ほんとうなのか、ジョン？　あんたが再就職を申請したとかいうのは？」彼はリーバスがその事実を認めるのを待った。定年が延長されたので、リーバスの年齢の者は再雇用を求めることができる。「ただし」とカウアンは身を乗り出しぎみにして、言葉を続けた。「わたしのところへ推薦状の依頼が来るんだよな。今のあんたのやり方じゃあ、ファンレターを書くってわけにはいかない」

「サインぐらいなら、いつでもするけど」リーバスが請け合った。

ブリスの喘鳴が別の響きに変わったのか、あるいは笑いをかみ殺しているのかは微妙だった。ロビソンはうつむいてにやにやした。カウアンはゆっくりとかぶりを振った。

「皆に重ねて言うが」とカウアンが穏やかに言った。

「この班の存続そのものが危うくなりかけている。もしここが廃止になったら、わたしたちのうち、文句なく本体へ戻れるのはたった一人だけだ」自分の胸を指さす。「何か一つでも結果が出たら、喜ばしい。どんなたぐいの進展であれ、歓迎だ」

誰もがカウアンの意味するところを知っていた。高等法院刑事部はスコットランド全土を対象に、専門家から成る未解決事件特捜班を立ち上げようとしている。もしそこが自分たちの仕事を取り上げたら、やることがなくなる。未解決事件特捜班は、遡《さかのぼ》ること一九四〇年からの事件を含め、九十三件をデーターベースに収めているにちがいなく、その中にはロウジアン&ボーダーズ警察が管轄している事件もすべて含まれる。未解決事件特捜班が動き始めたら、ちっぽけなエジンバラ・チームの有用性が問われるのは間違いない。資金が乏しいのだ。古い迷宮入り事件の埃を払えば、市の内外で現在進行中の、もっと急を要する捜査から金がそっちへ流れるだけじゃないか、という不満の声がすでに上がっている。

「何か一つでも結果が出たら、喜ばしい」カウアンが再び言った。机からぴょんと降り、机を回り込んで、壁から新聞の切り抜きをはがし、振り回して見せた。

「イングランドの未解決事件特捜班の手柄だ」ともったいぶった口調で言う。「五十年近く前に十代の若者を殺害した罪で起訴された容疑者」切り抜きを順番に三人の顔の前に突きつけていく。「ＤＮＡ……犯罪現場の科学的分析……良心の呵責《かしゃく》に苦しんできた偽証者たち。そういったものがどう解決に結びつくかわかっているはずだ。だったら、わたしたちもやろうではないか？」

答えを待っている様子だったが、誰も何も言いださなかった。沈黙が続いたのち、ロビソンが口を開いた。

「わたしたちはつねに捜査の手段があるとは限らないんです。証拠の有無までは問わないとしても。被害者の衣服がいつのまにか失われてしまっている状況で、DNAテストへ持ち込むことは難しいわ」

「衣服が残っている事件だって、たくさんあるんじゃないかな？」

「近くに住む男性住民のすべてに照合用のDNAサンプルを要求できますかね？」ブリスが言い添えた。

「これまでに死んだり、引っ越したりした男はどうしますか？」

「そのプラス思考ゆえに、きみに好意を持つんだよ、ピーター」カウアンは切り抜きを机に置き、腕を組んだ。「きみのためにだ——わたしのためじゃない、わたしはだいじょうぶだからね——きみらのために」カウアンは効果を狙って間を空けた。「きみらのためにぜひとも成果を挙げなくてはならん」

部屋の中は再び沈黙が続き、ブリスの呼吸音と、ロビソンのため息が聞こえるだけだった。カウアンの目はリーバスに注がれていたが、リーバスはマグのコーヒーを飲み干すことに気を取られていた。

iii

バート・ヤンシュも死んだ。リーバスは以前、エジンバラで彼のソロ演奏会に何回か行ったことがある。ヤンシュはエジンバラ育ちだが、ロンドンで有名になった。その夜、仕事が終わったあと、自分一人のフラットで、ペンタングルのアルバムを二枚ほどかけた。自分は専門家ではないけれど、バンドのもう一人のギタリスト、ジョン・レンボーンの音とヤンシュの音を聞き分けることができる。知る限りでは、レンボーンはまだ元気なはずだ——たぶんボーダーズ地方に住んでいるのではないか。いや、それはロビン・ウィリアムソンだったか？　以前、同僚のシボーン・クラークをレンボーンとウィリアムソンのジョイント・セッションへ連れて行ったことがある。訳も言わずに、〈ビガー・フォーク・クラブ〉まではるばると車を走らせたのだった。燃え盛る暖炉の前のアームチェアから目覚めたばかりといった様子で、ステージ上に二人のミュージシャンが現れたとき、彼はシボーンに体を寄せてささやいた。

「あのどちらかが、ウッドストックで演奏したんだ」

〈ビガー〉での演奏会のチケットがまだどこかにあるはずだ。そういうものを取っておく癖がある。自分がいなくなったら、捨てなくてはならないごみの一つだということは承知しているのだが。レコード・プレーヤーの横に、ギターのナイロン製ピックが置いてある。何年も前に楽器店内をうろうろしたあと、レジの若い店員に、そのうちギター本体を買いに来るつもりだから、と言って購入したものだ。店員がこのピックはジム・ダンロップというスコットランド出身者が創業したメーカーのもので、エフェクト・ペダルも作っている会社だと教えてくれた。それ以来の長い年月の間に、ピックに記された文字はすべてこすり取られてしまったが、それでギターを弾いたことは一度もない。

「飛行機の操縦も習わなかったしな」リーバスはつぶやいた。

　彼は手にした煙草を見つめた。数カ月前、定期検診を受け、前と同じ注意を受けた。歯科医も何か異常のきざしがあるかどうかをいつも調べてくれる。今のところ、まあまあの状態だ。

「どんな幸運だって、いつかは終わる、ジョン」歯科医がそのとき言った。「ほんとだよ」

「それに両賭けしてもいいかな？」リーバスが言い返したのだった。

　煙草を灰皿に押し付け、パックにあと何本残っているか確かめた。八本ある。ということは今日これまでに十二本吸った。悪くないじゃないか？　以前だったら、パックが空になると、すかさず次のパックを開けたものだ。酒量も減っている。夜にビールを二杯ほど、そして寝酒にウィスキーをちょっぴり。そして今、ビール瓶を開けた――今日初めてのビール。ブリスもロビソンも仕事終わりに飲みたがらず、カウアンを誘う気はなかった。カウアンは遅くまで仕事場に残っていることが多い。再調査班はフェティス・アヴェニューの警察本部に部屋があるので、カウアンは幹部らと出会うチャンスがあるからだ。自分にとってのちのち役に立ちそうな連中。磨いた靴をはき、つねに敬語で呼びかける彼の存在に気づいてくれるにちがいない。

「それはストーカー行為というもんだよ」廊下で古臭い冗談話をする副本部長の一人に、わざとらしいまでに大笑いしているカウアンを見たとき、リーバスはそうカウアンに告げたのだった。「それに副本部長があんたをダンと呼んでも何も言わなかったな……」

　それでも、ある意味でリーバスはカウアンを気の毒に思った。彼の周囲には、彼よりもたしかに有能さに欠ける警官たちが、もっと順調に出世しているのだ。カウアンはむろん、それを感じていて、気に病み、失望しかけていた。その結果、班が影響を受け、それは残念な次第だった。リーバスは仕事のさまざまな面が好きだった。古い事件簿の紐を解くときにはいつも、期待で胸が小さく震える。いくつもの箱があれば、その一つ一つが時間の旅へいざなってくれるのだ。黄ばんだ新聞には、犯罪記事が載っているだけではなく、当時の国内や世界情勢のニュース、そしてスポーツ記事や広告もある。エレイン・ロビソンに、一九七四年には車や家の値段がいくらぐらいだったのかを当てさせようとしたり、選手や監督の名前を憶えるのが得意なピーター・ブリスに、当時のサッカー・リーグの一覧表を読み上げたりした。だが、やがて犯罪そのものに引き戻される、その詳細、尋問、証拠、家族の証言に。〝犯人は逃げ切れたと思っているんです……〟いや、そいつらは〝逃げ切った〟ことを知っている。願わくは、殺人犯が全員どこかにまだ生きていて、捜査方法や犯罪科学の進歩を知るにつれ、年々不安を強く覚えるようになってほしいものだ。孫たちがテレビドラマ〈CSI科学捜査班〉や〈ウェイキング・ザ・デッド　迷宮事件特捜班〉を見たがると、彼らは居間を出て、キッチンに座らざるをえなくなる。事件の再調査が始まるのを恐れ、新聞を読みたがらず、ラジオやテレビのニュースも心穏やかに聞けなくなるかもしれない。

リーバスはカウアンに提案してみた。加害者を慌てさせる目的で、たとえ事実であってもなくても、定期的に捜査の進展をメディアに伝えさせたらどうだろう。

「何かが、ひょっこりと出てくるかもしれん」

しかしカウアンは乗り気ではなかった。メディアはねつ造記事ばかり書いて、すでに面倒を引き起こしているではないか？

「ねつ造するのはあっちではない。おれたちのほうだ」とリーバスは食い下がった。しかしカウアンはかぶりを振るばかりだった。

曲が終わり、リーバスはレコードから針を上げた。まだ九時にもなっていない。寝るにはいくらなんでも早すぎる。すでに食事は済ませた。見たいようなテレビ番組もない、とすでにわかっている。ビール瓶は空になった。窓辺へ歩み寄り、向いのフラットを見つめた。パジャマ姿の子供が二人、二階の窓からこちらを見つめ返した。リーバスが手を振ると、子供たちはさっと逃げてしまった。今は部屋の中央でぐるぐると追いかけっこをしており、ぴょんぴょん飛び跳ねて、少しも眠くはなさそうだ。リーバスは彼らの世界から除外されてしまった。

しかし子供たちが何を告げているのか、わかっている——外には別世界があるということ。その意味するところは一つだ。

「パブ」リーバスは声に出して言い、携帯電話とキーに手を伸ばした。レコード・プレーヤーとアンプの電源を切ったときに、ピックに再び目が行き、それを持って出ることにした。

第一部

パブの階段を下りて男の姿が消えた
傷ついた空のかけらとともに……

1

電話が鳴ったとき、部屋にいたのは彼だけだった。カウアンとブリスは食堂へ行っており、ロビソンは医者との予約があって出かけていた。リーバスは受話器を取り上げた。受付からである。

「マグラス警部に会いたいという女性が来ていますが」

「だったら、別の部署だ」

「本人はそうは言ってないんです」

リーバスは、片手にソフトドリンク、もう片手にサンドイッチを持ち、ポテトチップスの袋の端を口にしっかりとくわえたブリスが入ってくるのを見守った。

「ちょっと待って」と受話器に言った。ブリスに「マグラスという警部を知っているか？」とたずねる。

ブリスは自分の机にサンドイッチを置き、袋を口から離した。「ここを始めた人だ」と答える。

「どういう意味だ？」

「重大犯罪事件再調査班の初代ボス――おれたちはみな、彼の子供みたいなもんだよ」

「それはどれぐらい前なんだ？」

「十五年ぐらい前かな」

「彼に会いたいという人が下に来ている」

「そりゃ、残念だったな」ブリスはリーバスの表情を見た。「死んだんじゃないよ。六年前に年金生活になった。北方の海岸地方に家を買ったんだ」

「マグラス警部は六年前からここにはいない」リーバスは受話器に向かって言った。

「じゃあ、誰でもいいので、その人に会ってもらえませんか？」

「ここはちょっと忙しくてね——何の話だ？」

「失踪人です」

「なら部署が違うんだな」

「彼女はマグラス警部に会ったようなんで。名刺をもらっているんです」

「彼女とは誰なんだ？」

「ニーナ・ハズリット」

「ニーナ・ハズリット？」リーバスはブリスに聞かせるために名前を繰り返した。ブリスは少し考えてから、かぶりを振った。

「おれたちに会ってどうしようと言うんだ？」リーバスが受付係にたずねた。

「それは自分でたずねたほうが、簡単じゃないですか？」

リーバスは束の間思案した。ブリスは自席に座り、ケチャップとマヨネーズであえたエビのサンドイッチの包みを開けていた——いつも食堂で同じものを買ってくるのだ。カウアンもベーコン風味ポテトチップスの匂いを指先につけて、もうすぐ戻ってくるだろう。だったら、下へ降りるのも悪くはない。

「五分後に」リーバスは受話器に告げ、電話を切った。そしてブリスにここで失踪人のケースを扱ったことがあるのか、とたずねた。

「今でさえ、手一杯だというのに？」ブリスは横に積み上げられた埃臭いいくつもの箱の一つを靴先でつついた。

「マグラスはここへ来る前に失踪人関係をやっていたのかもな」

「知る限りでは、普通の犯罪捜査部にいたけど」

「マグラスを知っているのか？」

「今でも付き合いがあるよ。ときおり、この班がまだ存続しているかどうかをたずねて、自宅に電話してくるんで。おれを班に入れたのは、マグラスなんだ——

それが定年退職する直前にやった最後の仕事かな。彼のあとをエディー・トランターが引き継ぎ、その次がカウアン」

「何かが聞こえたような気がしたが？」カウアンが戸口から入ってきた。白いプラスチックのスプーンでカプチーノをかき回している。この男はそのスプーンを泡が一つも残らなくなるまでなめてから、ごみ箱へ捨てる、とリーバスは思った。その次はコンピュータに向かってメールをチェックしながら、コーヒーを音高くすするだろう。そして室内は燻製《くんせい》ベーコンとエビのドレッシングの芳香で満たされる。

「一服してくる」リーバスは上着の袖に手を通した。

「長くならないようにしろよ」カウアンが注意した。

「おれがいなくなると、もう淋しいのか？」リーバスは投げキッスを送ってドアへ向かった。

受付ホールは広くないので、相手はすぐにわかった。一列だけ並べられた椅子に座っているのはたった一人だったからである。リーバスが近づくと、その女性がさっと立ち上がった。膝のバッグが床に滑り落ち、彼女は屈んで中身を掻き集めた。紙きれ、ペンが何本か、ライター、サングラス、携帯電話。リーバスは手伝わないことにし、女性が拾い集め、立ち上がって衣服と髪の乱れを直し、落ち着くまで待った。

「ニーナ・ハズリットです」握手の手を差し伸べながら女性が言った。

「ジョン・リーバス」と彼が答えた。女性は強く手を握り、その拍子に手首にはめた数個の金のバングルが踊った。赤みがかったブロンドの髪を、リーバス流に言うなら、おかっぱにしている。四十代後半か。青い瞳の両端には笑い皺が刻まれている。

「マグラス警部は定年退職されたんですね？」リーバスがうなずいて肯定すると、女性は名刺を渡した。古ぼけて汚れた名刺で、端が丸まっていた。「ここへ電話をしてみたんですが……」

「この番号は使われなくなって久しいんですよ。ところで、どんなご用なんですか？」リーバスは名刺を返し、両手をポケットに突っ込んだ。

「二〇〇四年にマグラス警部とお会いしました。とても時間をかけていねいに話を聞いてくださって」ほとばしるように言葉が出てくる。「結局は解決に至らなかったんですけど、できる限りのことはしてくださいました。そんな人はめったにいないし——それは今でも同じこと。だからマグラス警部に頼もうと思ったのです」一息入れる。「ほんとに退職なさったの？」

リーバスはまたうなずいた。「六年前に」

「六年前……」ハズリットは、どこへ時間が消えたのだろうか、といぶかるように、リーバスの向うをぼんやりと凝視していた。

「失踪人のことでこちらへ来られたと聞いていますが」リーバスは先を促した。

彼女はまばたきして現在に意識を戻した。「娘のサリーなんです」

「いつ行方不明になったんですか？」

「一九九九年の大晦日《おおみそか》」ハズリットが暗唱するように答えた。

「それ以来、連絡がない？」

彼女はうなだれ、かぶりを振った。

「それはつらいですね」

「でも諦《あきら》めていませんわ」ハズリットは深呼吸をしてから視線を合わせた。「真実を知るまでは、そんなことできません」

「ごもっともです」

彼女の目の表情が少しだけやわらいだ。「何回となくそんな言葉を言われたわ……」

「そうでしょうとも」リーバスは窓へ目を向けた。

「実は、煙草を吸いに出ようとしてたところで——ご一緒にどうですか？」

「わたしが煙草をたしなむって、どうして知ってるの？」

「ハンドバッグに何が入っているか見たんですよ」リーバスはそう言いながら、ドアのほうへ彼女を導いた。

二人は玄関前の通路を通って道路へ出た。彼女はリーバスが勧めたシルク・カットを断り、自分のメンソール入りの煙草を出した。リーバスの安物のライターの火がつかないのを見ると、バッグからジッポーを取り出した。

「女性でそれを使うのは珍しいな」リーバスが言った。

「夫のものだったんです」

「ということは？」

「サリーが行方不明になったあと一年しか生きていなかったんです。塞栓症《そくせんしょう》というのが診断名でした。最近では死亡診断書に〝失意による死〟なんて書きたがらないのよ」

「お子さんはサリー一人だけ？」

ハズリットがうなずいた。「十八歳になったばかりだった。あと六カ月で学校を卒業するはずだったのに。大学に進学する予定で。英語を勉強するつもりだったんです。トムは英語の教師で……」

「トムというのは、ご主人？」

ハズリットがうなずいた。「家には本がたくさんあって。サリーが読書に引き込まれても不思議はなかった。小さいとき、トムはいつも寝る前に物語を読んで聞かせたんです。ある夜、絵本でも読み聞かせているのかな、と思いながら部屋に入ってみたら、なんと『大いなる遺産』を読んでいたわ」思い出が笑みを誘い、顔が皺くちゃになった。まだ半分も吸っていなかったが、煙草を道路に投げ捨てた。「サリーと友達仲間がアヴィモアの近くに山小屋を借りたんです。わたしたちのクリスマス・プレゼントはそれの娘の負担金分だった」

「世紀の変わり目の年か。安くはなかったでしょうね」

「そうね。でも四人定員のところに六人詰め込んだので。それで少し助かったかしら」

「娘さんはスキーが趣味だったんですか？」

ハズリットは首を横に振った。「あの村はスキー場で有名だし、友人二人はスキーをやるタイプだったけど、サリーはのんびりしたかっただけ。娘たちはアヴィモア村そのものに行ったのよ——二つのパーティに招かれていました。皆は娘が別のパーティに行ったんだと思い込んでいたんです。口喧嘩も何もなかったわ」

「娘さんは酒を飲んでいた？」

「たぶんね」冷気を避けてハズリットは薄いジャケットのボタンを留めた。「真夜中の十二時にきっと電話をしてくると思っていたんですが。娘の携帯は、条件の良いときですら、感度がよくないとはわかっていたけど。翌朝、友人たちはサリーが誰かと仲良くなって、どこかで夜を過ごしたんだと思った」ハズリットはふいに口を閉ざし、リーバスと目を合わせた。「娘はそんなタイプじゃないけど」

「娘さんには恋人がいたんですか？」

「その年の秋に別れたわ。当時彼は取り調べを受けました」

リーバスはその事件の記憶がまったくなかったが、アヴィモアはエジンバラのはるか北方にある。

「トムとわたしは遠いスコットランドまで行かなければならなくて——」

「どこから？」リーバスが遮《さえぎ》った。発音はイングランド風だが、エジンバラ市の住民だと決め込んでいた。

「ロンドン。クラウチ・エンドって——ご存じ？」リーバスはかぶりを振った。「わたしたち、運がよかったの——トムの両親が、結婚するときに住居を買う資金を援助してくれたんです。両親に相当なお金が入ったもので」彼女はちょっと黙った。「ごめんなさい。

こんなこと、関係ないわね」

「そう言われたことがあるんですね？」リーバスは察した。

「いろんな警察官からね」悲しげな笑みとともに彼女は肯定した。

「で、どんな経由を辿《たど》ってマグラス警部に行き着いたんですか？」リーバスは心底興味を抱いてたずねた。

「わたしは誰彼かまわずに話したわ――わたしの話を聞いてくれる人には。マグラス警部のことは新聞に出ていたんです。未解決事件を専門に扱っていると。二度目の事件のあと……」彼女はリーバスの注意を惹《ひ》いたのを見て、暗唱を始める前であるかのように、深呼吸をした。「二〇〇二年の五月、ストラスペファ近くのＡ８３４号線。ブリジッド・ヤングという女性。三十四歳、勅許《ちょっきょ》会計士だった。道路わきに彼女の車が停まっていました。タイヤがパンクしていて。それ以後行方は知れないまま。毎年、大勢の人が行方不明になるんだわ……」

「だが、この事件だけが何らかの理由で目を惹いたんですね？」

「だって、同じ道路でしょう？」

「そうですか？」

「ストラスペファはＡ９号線を少し入ったところ――信じられないなら地図を見てください」

「そうですね」

ハズリットは厳しい目つきでリーバスを見つめた。

「その、気のない口調はね、わたしのことを疑い始めたのよ」

「そうなんですか？」

ハズリットはその言葉を無視して、話を続けた。

「三番目の事件は二〇〇八年、まさにＡ９号線で……ガーデン・センターよ、スターリングとアウキ何とかの間の……」考え込む表情となる。「〈グレンイーグルス〉ホテルのあるところ」

「アウキテラーダー？」

ハズリットがうなずいた。「ゾウイ・ベドウズという二十二歳の女性。彼女の車は駐車場に翌日も翌々日も置きっぱなしだった。それで、変だということになって」

リーバスは煙草をフィルター近くまで吸い終えていた。「ミズ・ハズリット……」と切り出した。ハズリットは片手を上げて、彼の口を封じた。

「あなたが何をおっしゃりたいのか、これまでの経験でよくわかっているわ。証拠もない、死体も出てこない。だからあんたたちの場合は、犯罪事件ではない。わたしは一人娘が行方不明になったために、理性を失った母親なんだ。そういうことでしょう、警部？」

「おれは警部ではない」リーバスが穏やかに言った。「以前はそうだったが、今は退職した身です。民間人として警察で働いているだけなんで。未解決事件以外には、何の権限もない。ということは、あまりお役には立てないということです」

「でもこれが未解決事件じゃないなら、何なんですか？」ハズリットの声が甲高くなり、震えを帯びてきた。

「誰か相談する相手を探してあげることはできます」

「犯罪捜査部ってこと？」彼女はリーバスがうなずくのを待った。腕を組み、リーバスに背を向ける。「たった今、行ってきたばかりよ。警部は相手にもしてくれなかったわ」

「まずおれが彼に話をつけるから……」リーバスは上着を探って携帯電話を取り出そうとした。

「彼じゃなくて、彼女。クラークという名前だと言ってたわ」ハズリットはリーバスに向き直った。「同じことがまた起こったんです。これからも起こるわ」一息入れ、目を固く閉じた。涙が一筋、左の頬を伝った。「サリーが最初の被害者で……」

2

「おおい」リーバスは車から出ながら声をかけた。

「どうしたの？」シボーン・クラーク警部は自分が出てきたばかりの建物を軽く振り返った。「何か悪い思い出でもあって、中に入れないの？」

リーバスはゲイフィールド・スクエア警察署の陰気な二階建ての正面玄関を見つめた。「来たばかりなんだよ」そうは言ったものの、実は四、五分ほどもハンドルをもてあそびながら、サーブの運転席にいたのだった。「どっかへ行くようだな……」

「よくわかったわね」シボーンは笑みを浮かべ、近寄ってきて頬に軽くキスをした。「元気だった？」

「まだ人生のあの欲望が消えていないようだ」

「酒とニコチンね？」

リーバスは肩をすくめ、笑みを返し、言い返さなかった。

「質問に答えるわ。遅めのランチに出かけるところ。リース・ウォークに行きつけのカフェがあるの」

「誘っているんなら、条件がある」

「どんな条件？」

「ベーコン風味のポテトチップスとエビはお断りだ」

彼女はちょっと考えている様子だった。「その約束を破るかもね」リーバスのサーブを指さす。「そこに停めておいたら、駐車違反チケットを切られるわ。道路の向う側に料金付きの駐車スペースがある」

「一時間に付き一ポンド八十でか？　おれは年金暮らしなんだぞ」

「駐車場に空きがあるか見てみる？」

「おれはちょっぴり危険を冒すほうが好みだ」

「そこはパトカーが停まるスペースよ……民間人の車

が牽引《けんいん》されていったのを見たことがある」シボーンはちょっと待ってと言い、向きを変え、階段を上がっていった。リーバスはいつもより鼓動が早いのを感じ、胸に手を当てた。なじみの署に入りたくないのだろうと彼女が言ったのは正しい——ここで彼は退職する日までシボーンと働いていたのだ。人生の半分を警官として働いたのに、突然、自分は不要となった。墓地を思い出し、ジミー・ウォレスの墓を思い、思わず身震いした。目の前のドアが大きく開いて、シボーンが何かを振りながらこちらへやってくる。それは〈警察公用中〉と書かれた長方形の標示カードだった。

「緊急時に備えて受付の後ろに置いてあるの」シボーンが説明した。リーバスはサーブのドアを開け、フロントガラスの中側に置いた。「それのお礼として、ベイクド・ポテトをおごってもらうわ……」

どんなベイクド・ポテトでもよいわけではなく、カッテージ・チーズとパイナップルを詰めたものと指定された。表面がねばつく合成樹脂のテーブルに、プラスチックのナイフとフォーク類。紅茶は紙コップで、側面からティーバッグの紐が垂れている。

「上品だね」リーバスが評し、ティーバッグを引き出して、これまで見た中で最小、最薄のペーパーナプキンの上に置いた。

「食べないの？」シボーンがたずね、実に巧みにポテトの皮へナイフを入れた。

「忙しすぎてね、食べる暇がないんだよ、シボーン」

「考古学者の人生を楽しんでいるのね？」

「世間にはもっといやな仕事もあるさ」

「そのとおりね」

「きみはどうなんだ？　昇進してよくなったか？」

「仕事量は地位にはお構いなしよ」

「それでもよくがんばったな」

シボーンは否定しなかった。黙って紅茶を飲み、カッテージ・チーズをフォークですくい上げた。リーバスは二人が何年間一緒に仕事をしたのかを思い出そうとした――考えてみれば、そんなに長い年月ではない。最近ではめったと会わない。彼女にはニューカッスルに〝友達〟がいるのだ。週末にはちょくちょくとそちらへ出かけている。とはいえ、ときおりシボーンが電話をかけてきたり、メールを寄越したりしても、リーバスは何か言い訳をしては、会わないようにする。メールに断りの返信を打ち込みながら、なぜそうするのか自分でもよくわかっていない。

「いつまでも先延ばしにはできないわよ」シボーンがフォークを振りながら言った。

「え？」

「何か頼みごとがあるんでしょ」

「頼みごとってなんだい？　昔馴染《なじ》みの友人がちょっと立ち寄って、近況をたずねてはいけないのか？」

シボーンはゆっくりと食べ物を嚙《か》みしめながら、リーバスを穴のあくほど見た。「今朝早くきみに会いにきた者のことなんだ」リーバスが認めた。

「サリー・ハズリット？」

「サリーは娘だ。きみが話した相手は、ニーナだよ」

「そのあと、あなたのところへ駆け込んだってわけ？　どうして彼女、知っていたの？」

「何を？」

「わたしたちが同僚だったってことを」

リーバスは一瞬、彼女が〝親しかった〟と言うのだろうと思った。しかしそうではなかった。同僚という語を選んだ。先ほどは〝民間人〟という語を用いたのと同じである。

「そうじゃないよ。以前マグラスという男が再調査班を指揮していたんだ。そいつに会いに来たんだよ」

「そのマグラスって人、親切なタイプなのね？」

「娘が十年以上も行方がわからないんだそうだ」

シボーンは混み合ったカフェを見回して、誰も聞き耳を立てていないのを確かめ、それでも声を低めて言った。「当然ながら、彼女はもっと早くに気持ちを切り替えるべきだったということよ。それは今さら無理かもしれない。だから彼女に必要なのはわたしたちではなくて、むしろ精神療法だわ」

しばらく沈黙が続いた。シボーンは食欲をなくしたようだった。リーバスが皿を顎で示した。

「二ポンド九十五もかかってるんだぞ」とリーバスは文句を言い、そのあと「彼女はきみにすげなくされたと思ってるようだ」と付け加えた。

「朝の八時半にいつも愛想がいいってわけにはいかなくて、悪かったわね」

「でも彼女の話を聞いたんだよな」

「もちろんよ」

「それで？」

「それでとは？」

リーバスはしばらく沈黙が続くのに任せた。通行人が外の歩道を足早に通り過ぎる。それぞれが何か事情を抱えているのだろうが、親身になって聞いてくれる人を見つけるのは容易ではないはずだ。

「で、捜査はどうなっている？」リーバスがしばらくしてたずねた。

「どの捜査のこと？」

「行方不明になったあの子だよ。その事件があったからこそ、彼女はきみに会ったんだと思うが……」

「彼女は受付の警官にそれに関して情報があると告げた」シボーンはジャケットのポケットに手を入れ、手帳を取り出すと、その部分のページを開いた。「サリー・ハズリット」と読み上げる。「ブリジッド・ヤング、ゾウイ・ベドウズ。アヴィモア、ストラスペファ、アウキテラーダー。一九九九年、二〇〇二年、二〇〇八年」手帳を閉じた。「可能性が薄いってことはあなたもわたしもよくわかってる」

「そのポテトの皮とは違うな」リーバスが冗談にした。

「そう、可能性が薄いのはおれも認める――これだけでは。だから最新版の事件を教えてくれ」

シボーンはかぶりを振った。「そんなふうに考えるのなら、教えない」

「わかった。最新版の事件とは言わない。行方不明になった女の子の件だ」

「三日前、ということは、本人がふらりと帰宅して、何を騒いでいるの、とたずねる場合だって、多分にある」シボーンは立ち上がってカウンターへ近づき、夕刊の早版を手にすぐ戻ってきた。五ページ目に写真が載っていた。長い黒髪で、前髪が目にほぼかぶさっている、仏頂面《ぶっちょうづら》をした十五歳の少女。

「アネット・マッキー」シボーンが話を続けた。「友達には〝ゼルダ〟と呼ばれていた――コンピュータ・ゲームからの名前」リーバスの表情に気づいた。「最近ではコンピュータでゲームをするのよ。わざわざパブへ行って機械にお金を入れる必要はないの」

「きみは、いつもちょっと意地が悪いな」リーバスはつぶやき、新聞に目を戻した。

「彼女はパーティに行くためにインヴァネス行きのバスに乗った」シボーンが話を続けた。「オンラインで知り合った人に招かれたの。調べたら、それがわかった。でも彼女は気分が悪いと訴えたので、運転手はピットロホリのガソリンスタンドでバスを停め、彼女を降ろした。二時間後には次のバスが来ることになっていたけど、彼女はヒッチハイクで行くかも、と運転手に言った」

「インヴァネスには結局現れなかったんだね」リーバスは写真をもう一度見つめた。仏頂面、それは適切な表現だろうか？　不自然に顔をしかめているように見える。ある表情や雰囲気を真似ているだけで、身に付いたものではない。「家庭は？」

「いいとは言えないわね。無断欠席が多く、ドラッグもやった。両親は離婚。父親はオーストラリアにいて、母親はアネットの兄弟三人とロックエンドに住んでいる」

　リーバスはロックエンドを知っている。市内で美しい地区とはとても言い難いが、住所がエジンバラ市内なのでシボーンが関わっているのだ。記事を読み終えたが、テーブルに新聞を広げたままにしておいた。

「彼女の携帯電話に何もなかったのか？」

「彼女が知り合いに送った写真一枚だけ」

「どんな写真なんだ？」

「丘……野原かな。たぶんピットロホリの郊外ね」シボーンはリーバスを見つめていた。「この件であなたの出る幕はないわ、ジョン」思いやりのこもった口調で言う。

「おれが何かやりたいと誰が言った？」

「あなたは忘れているのよ。わたしがあなたの性格を知ってることを」

「おれは変わったかもしれんぞ」

「そうかもね。だったら、わたしの耳に入ってくる噂を打ち消してもらわなければ」

「どんな噂だ？」

「あなたが職場に戻る申請をした、という」

　リーバスは彼女の顔を見つめた。「おれのようなポンコツを雇う者がいるか？」

「いい質問ね」シボーンは皿を押しやった。「もう戻らなくては」

「びっくりしないのか？」

「何に？」

「おれが目についた最初のパブに誘い込まなかったことに？」

「たまたま、パブの前をまったく通らなかったわ」

「それが正解かもな」リーバスは納得した。

　ゲイフィールド・スクエア署に戻ると、リーバスはサーブのドアを開け、標示カードを返そうとした。
「持っておいて。役に立つかもよ」シボーンはそう言うと、肩を抱き寄せ、頬に軽く別れのキスをして、リーバスを驚かせた。そして署内へ消えた。リーバスは車に乗り込み、助手席に標示カードを置いて、それを見つめた。

警察公用中。

それは文法的に正しいのか？　警察公用、もしくは警察、だけではいけないのか？　その文字を見つめ続けた。自分の人生の多くをそこに費やしてきたのだが、年を重ねるにつれ、それがどういうことなのか、自分がどう役に立ったのか、わからなくなった。〝あなたの出る幕はないわ〟……携帯電話が鳴って、メールの着信を知らせた。

〝どうした、煙草をもっとも長く時間をかけて吸う世界記録への挑戦でもしているのか？〟

またしてもカウアンだ。リーバスは返信しないことにした。名刺をポケットから出した。ニーナ・ハズリットが持っていたものと自分の名刺とを交換したのだ。表にはグレゴール・マグラス警部の情報があり、裏面には電話番号が走り書きされ、その下にハズリットの名前がある。それを助手席に置き、プラスチックの標示カードの下に押し込んで、車のエンジンをかけた。

3

ファイルの第一弾が届くのに、一週間近くかかった。リーバスは丸一日かけて、中央スコットランド警察と北部警察のしかるべき部署のしかるべき人物を見つけて話をつけたのだった。アウキテラーダー近くのガーデン・センターは中央警察の管轄だが、最初はティサイドの警察署に話してくれと言われたのだった。北部警察はアヴィモアとストラスペファの両方を担当しているが、別の部門も関係していて、インヴァネスとディングウォルの警察にも電話しなければならなかった。

それはいわゆる、簡素化に関係していた。八管区を一つにまとめるという計画があるのだが、リーバスにとっては厄介なだけで、握りしめた受話器が熱を持ってくるのを感じていた。

ブリスとロビソンが何をしているのか、とたずねたので、リーバスはカフェテリアで飲み物をおごってやりながら、説明したのだった。

「で、ボスには内緒なんですね？」ロビソンがたずねた。

「言わざるをえなくなるまでは」リーバスは答えた。

ファイルはどれもこれも似ていて、見分けがつかないほどだった。最初に来た分はインヴァネスからだった。ファイルはかすかに湿った臭いがして、表紙は少し粉を吹いていた。ブリジッド・ヤングの資料である。それを三十分ほどかけて読んだあと、リーバスは水増ししていると早々に結論付けた。手がかりが何もないので、土地の警察は手当たり次第に事情聴取をし、無駄の多い証言でページを埋めていた。現場の写真からも何も読み取れない。ヤングは内装がクリーム色の白いポルシェに乗っていた。彼女のショルダーバッグは発見されなかったし、チェーンのついたキーも見つからなかった。ブリーフケースは助手席に残されていた。日記帳はなかったが、インヴァネスの仕事場にスケジュール表が残されていた。カルボキーで会合を済ませ、ガーヴ湖の水辺沿いにあるホテルでの次の会合へ向かう途中だった。車がパンクしたことを誰にも携帯電話で告げなかったし、ホテルで待つクライアントに動けない状態にあると知らせなかった。それは簡単な理由からで、携帯電話を前の会合の席に置き忘れたからである。フォルダーには家族の写真と新聞記事の切り抜きが入っていた。ブリジッドは美人というより、しっかり者のタイプだった。意志の強そうな角ばった顎が目につき、写真を撮られるのも片づけなければならない仕事の一つと思っているかのように、笑みのない顔でカメラを見据えている。ブリーフケースと車に残されていたものすべては、ポルシェとともに最終的には家族に返還されたというメモがあった。夫はいない。ネス川のほとりの家で一人暮らしをしていた。母親はブリジッドの妹と一緒に、同じ地域の家に住んでいた。二〇〇二年以後、資料はときたま増えていくだけだった。失踪から一年後に情報を求める訴えがなされ、地元テレビニュースで事件の再現番組が放映されたが、どちらも新しい手掛かりには結びつかなかった。もっとも新しいのは、ブリジッド・ヤングの仕事がうまくいっていなかったという噂で、彼女は行方をくらましたのではないかという説が出た。

　勤務時間が終わると、リーバスはファイルを持って帰ることにした。職場に置いたままにしたら、カウアンに見つかるかもしれない。フラットに戻り、居間の食卓にファイルの中身をぶちまけた。そのうち、それを持ってフェティスを往復しないほうが合理的だと悟った。戸棚から押しピンを探し出し、写真や新聞の切り抜きを食卓の上方の壁に留めていった。

　その週の終わりには、ブリジッド・ヤングの写真に加えて、ゾウイ・ベドウズやサリー・ハズリットの写真が貼られた。書類は食卓の上だけではなく、床やソファにまで広がった。娘の顔にニーナ・ハズリットの面影があった。骨格や目が似ている。そのファイルには彼女が失踪したのちに行われた捜索の写真があった。何十人ものボランティアが丘の斜面を捜し、山岳救助ヘリコプターが飛んでいる。リーバスはスコットランドの折り畳み式地図を買うと、それを壁に貼り、太い赤のマーカーでＡ９号線のルートに線を入れた。スターリングからアウキテラーダーへ、アウキテラーダーからパースへ、そこからピットロホリを通ってアヴィモア、インヴァネスを越え、最後はサーソウに近い、スクラブスタの北海岸で終わる——その先はオークニー諸島へ渡るフェリーがあるばかりだ。

　リーバスが自分のフラットで、煙草を吸いながら考え込んでいると、ドアを叩く音がした。額をこすって強くなってきた頭痛に耐えながら、廊下へ出てドアを開けた。

「エスカレーターはいつできるんだよ？」リーバスと同年輩で、スキンヘッドのがっしりした体格の男が、息を切らしながら立っていた。リーバスは男の後ろにある、男が上ってきたばかりの、二階分の階段を見た。

「何しに来たんだ？」

「今日がいつなのか、忘れたのか？　あんたのことが心配になって来たんだよ」

　リーバスは腕時計を見た。夜の八時近い。二人は約束していたのだ——二週間に一回、酒を飲もう、と。

「失念していたな」謝っているような口調になっていないことを願った。

「電話したんだがね」

「鳴らないようにしてたようだ」

「居間の床に倒れて死んでなかったんならいい、大事なのはそれだ」

　カファティは微笑していた。とはいえ、彼の微笑は普通の男の威嚇《いかく》する表情よりも、もっと恐ろしい。

「上着を取ってくる。そこで待っててくれ」リーバスが言った。

居間へ引き返し、煙草を消した。携帯電話は書類の下にあった——思ったとおり、無音にしてあった。出なかった電話の呼び出しが一件。上着がソファの上にあったので、それに袖を通した。二人の定期的な飲み会は、カファティが退院した直後から始まった。カファティは、自分が死にかけたときに、リーバスによって命を助けられたのだ、と聞かされた。そういうことじゃないんだよ、とリーバスはしきりに言った。それでもカファティはお礼の代わりに一杯おごると言い張り、そのあとも二週間毎に同じことをするように決めたのだった。

カファティは以前、エジンバラを支配していた——少なくともエジンバラの裏社会を。麻薬と売春と用心棒で。最近はその地位を譲って裏に回ったか、あるいはまったく無関係になったかだ。真相はよくわからない。カファティが好んで話してくれる内容しか知らないし、しかもその半分も信用できないでいる。

「これは何だ？」カファティが居間の戸口からたずねた。壁の展示物に手を向け、その眼は食卓や床のファイルを眺めている。

「外で待っててくれと言っただろうが」

「仕事を持ち帰るなんて——いい徴候じゃないね」ポケットに手を入れたカファティが部屋に入ってきた。

リーバスはキーとライターを探していた……どこへ行ったんだ？

「出ていけ」リーバスは命令した。

しかしカファティは地図を見つめていた。「A9号線か——いい道路だ」

「そうか？」

「昔はよく走ったものだ」

リーバスはキーとライターを見つけた。「よし」とリーバスは言ったが、カファティは急ぐ様子がなかった。

「古いレコードをまだ使ってるのか？　それ、どうする……」カファティは、レコード針がロリー・ギャラガーのアルバムにつけられた溝の終点まで来ているのを、顎で示した。リーバスはトーンアームを持ち上げ、電源を切った。

「これでいいか？」

「タクシーを下に待たせてある」カファティが答えた。

「これはあんたの調べている未解決事件の一部なんだな？」

「おまえには関係ない」

「あんたの知ってる限り、ではな」カファティはまた独特の笑顔になった。「だが写真から察するに、女ばかりだな。おれの流儀ではない……」

リーバスはまじまじとカファティを見た。「Ａ９号線をどういう目的で利用したんだ？」

カファティは肩をすくめた。「ごみの不法投棄、といったところだ」

「死体を始末したってことか？」

「Ａ９を走ったことがあるか？　荒野と森がえんえんと続き、時折どこともわからない奥地へ向かう伐採用の細道があるばかりだ」カファティは少し間を置いて付け足した。「景色はすばらしいがね」

「ここ十何年かの間に、何人かの女性の行方がわからなくなっている――それに関して何か知らないか」

カファティはゆっくりとかぶりを振った。「あちこち訊いて回ることならできるぞ――そうして欲しいなら」

一瞬、沈黙が流れた。「考えとこう」しばらくしてリーバスが答え、さらにたずねた。「もしおれが頼んだら、それでおれたちは貸し借りなしということか？」

カファティはリーバスの肩に手をかけようとしたが、

リーバスはそれをかわした。
「約束の一杯を飲みに行こう」リーバスはそう言って、訪問客を出口へ導いた。

4

フラットに戻ったのは十時三十分だった。湯沸かしに水を入れ、マグに紅茶を作ると、居間へ戻って電気スタンドを一つだけ点け、ステレオの電源も入れた。ヴァン・モリソンの〈アストラル・ウィークス〉をかける。下の階の住人は耳の遠い老人である。上の階には学生のグループが住んでいるが、ときおりパーティをするぐらいで、物音をめったに立てない。居間の壁を隔てた隣には……誰が住んでいるのやら。知りたくもなかった。彼が長年住んでいるエジンバラの地区、マーチモントは、住人の移り変わりが激しい。フラットの多くは賃貸で、しかも短期契約が多い。カファティがパブでそれを指摘した。〝以前は隣人がお互いに気を付け合っていたが……たとえば、あんたが自室の床で息絶えていたとする、誰かがやってくるのは、どれぐらい先になるかね？〟

リーバスは、昔だってそれは変わらない、と反論したのだった。彼はたくさんのアパートや家を訪れて、そこの住人がベッドやお気に入りの椅子の上で死んでいるのを見てきた。ハエと悪臭、ドアの内側にうずたかくたまった請求書。ノックをしてみようと思った者もいたかもしれないが、それ以上の行動は取らなかった。

〝以前は隣人がお互いに気を付け合っていた……〟

「おまえも以前は気を付けていたんだろうな、カファティ？」リーバスは一人つぶやいた。「死体を埋める際には……」紅茶を飲みながら地図を見ている。Ａ９号線はめったに走ったことがなかった。一部しか中央分離帯がある道路になっていないので、いらだつからだ。観光客の車が多く、しかもその多くはキャンピングカーなので、曲がり道や先の見えない坂がひんぱんにある道路は、追い越しもままならない。トラックや貨物用バンが坂道を苦しそうに上っていく。インヴァネスはパースの北、ほんの百五十キロほど先にあるが、着くのに二時間半、悪くすると三時間かかる。やっと着いたとしても、そこは悪いことにインヴァネスなのだ。リーバスがよく聴いているラジオのＤＪは、インヴァネスをドルフィンスラッジと呼んでいる。マリ湾にはたしかに元気なイルカが何頭か泳いでいるし、スラッジ、泥地、であるのも当たっている。

アヴィモア、ストラスペファ、アウキテラーダー……さらにピットロホリ。彼は結局のところ、カファティにその話の一部を語り、偶然の一致の可能性が高い、と補足説明を加えたのだった。カファティは口を尖らせながら考え込み、グラスのウイスキーをかき混ぜていた。パブは客が少なかった——カファティが店に入ると、どういうわけだか、客は酒をそそくさと飲み終えて出ていく場合が多い。バーテンはカファティが選んだテーブルから空のグラスを下げるだけではなく、テーブルも手早く拭くのだ。

　そして最初の二杯分は店のおごりとなる。

「あまり役に立てそうもないな」カファティが打ち明けた。

「おれは頼むとは言っていない」

「それでもだ……もし悪党が姿を消したとしたら、その場合は相手にしてはいけないやつらと争いになった可能性が高い……」

「おれの知る限りでは、普通の女性ばかりだ――民間人、とでも言うか」

　カファティは、万一これらの事件で単独犯が浮かび上がったとしたら、どんな罰がふさわしいだろうか、と語り始め、最後にリーバスに向かって、もし悪い奴らが、刑期が短いとか、じゅうぶんに罰せられていないなど、犯した罪に相当するだけの刑を受けなかった場合、どう感じるか、とたずねた。

「それはおれが関与する部分じゃない」

「それでもだ……おれが裁判所から何度大手を振って出てきたことか、それどころか、裁判所までも行かなかったことが何度あったかを考えると、だ」

「口惜《くや》しかった」リーバスが認めた。

「口惜しい？」

「腹が立ったよ。煮えくり返る思いだった。次はそんなことにならないようにと、さらに強く決意した」

「それでもおれたち二人は、こうやって酒を飲んでいる」カファティはリーバスのグラスに自分のグラスを当てた。

　リーバスは自分の思いを口にしなかった――少しでもチャンスがあれば、今でもおまえをぶちこんでやる。リーバスは黙ってウイスキーを飲みほし、もう一杯飲むために立ち上がったのだった。

〈アストラル・ウィークス〉の一面が終わり、紅茶の残りも冷めた。腰を下ろして携帯電話とニーナ・ハズリットがくれた名刺を取り出し、彼女の番号を打ち込んだ。

「もしもし？」男性の声がした。リーバスはためらった。「もしもし？」今度は少し大きめの声になる。

「すみません。この番号でいいんですか？　ニーナ・ハズリットと話したいんですが」

「ちょっと待ってください、ここにいますから」リーバスは受話器が渡されるのを聞いていた。室内のテレビの音も聞こえる。

「もしもし？」今度はニーナ・ハズリットの声だ。

「遅くにすみません。ジョン・リーバスです。エジンバラの」

息を呑む音が聞こえた。「では、何か……？　何か進展でも？」

「そういうことじゃないんです」リーバスはポケットから取り出したピックを、空いているほうの手でもてあそんでいた。「あなたのことを忘れたわけじゃないことを知らせたくて。資料を取り寄せて読んでいるところなんです」

「あなた一人で？」

「今のところは」リーバスは少し黙った。「夜に電話などして申し訳ない……」

「電話に出たのは弟なんです。わたしのところに泊まっているの」

「ああ」リーバスはその先をどう続けていいかわからず、間が空いた。

「じゃあ、サリーの件は再調査されるんですね？」ニーナ・ハズリットは希望と恐れの入り混じった声でたずねた。

「正式には、そうではない」リーバスは力をこめて言った。「何が見つかるかによります」

「今の時点で、何か見つかりました？」

「まだ始めたばかりなので」

「ご親切に調べてくださって、嬉しいわ」

弟がそばにいなければ、会話がこんなにぎこちなくならなかったのではないか、とリーバスは思い、なぜ自分はいきなり電話をかけたのだろうか、とも思った。それも深夜近くに。そんな時間にかける唯一の理由は、何か知らせがあり、それも朝まで待てないような知らせのときだけではないか。一瞬、希望を抱かせてしまった。

偽の希望を……

「では、お邪魔しました」

「ありがとう。いつでもお電話くださいね」

「でもこんなに遅い時間ではないほうが、ね?」

「いつでも、です」ニーナ・ハズリットが繰り返した。「何であれ動きがあるのを聞いて、嬉しいわ」

リーバスは電話を切り、目の前の書類を見つめた。「動きは何もない」とつぶやき、ポケットにピックを戻して、今晩の最後の一杯を作るために立ち上がった。

5

警察官の名前はケン・ロクリンといい、退職して三年経っていた。リーバスはさんざんせがんだ挙句、ようやく彼の電話番号を手に入れた。彼の名前はゾウイ・ベドウズのファイルに出てきた。熱心に捜査を行った様子だった。彼の手書きの書類と署名が二十以上も見つかった。リーバスは自己紹介をしてから、最初の五分間は退職そのものを話題にし、経験を語り合ったり、再調査班がどんな仕事をしているのかを説明したりした。

「わたしはね、これっぽかりも仕事に未練はない」とロクリンは言った。「退職する際には、嫌な思いしか残っていなかった」

「ゾウイ・ベドウズの件では結果を出せなくて、ちょっと残念だったのでは？」

「あと少しで解決だと感じているときのほうが、ずっと口惜しい――ベドウズの場合はそうじゃなかった。もう打ち切りにしようか、という状況になっていた――迷宮入り事件を担当してる場合は、むろんそうはならないだろうが。じゃあ、あんたは高等法院の例の新しい組織に属しているんだね？」

「そうじゃないよ。エジンバラの小さな班で働いてる」

「では、どうしてゾウイの事件があんたのレーダーに引っかかったんだ？」

「インヴァネスへ行く途中で行方不明になっている少女の件から」

「でもゾウイの場合は四年前なんだぞ」

「それでもな……」リーバスはロクリンがゾウイとファースト・ネームで呼んだことが気に入った。それは彼女がたんなる事件記録ではなく、彼にとっては一人の人間であることを物語っている。

「実は、自分でも思ったんだよね」

「何を？」リーバスが促《うなが》した。

「それと関係がないか、と。でも言ったように――四年も前だから……」

「二〇〇二年にストラスペファの近くで、もう一件あった」リーバスが言った。

「どうやらあの女と話をしたようだな――アヴィモアの事件の」

「ニーナ・ハズリットのこと？」

「娘が大晦日に行方不明になった」

「ハズリットと会ったことがあるのか？」

「ゾウイが失踪したあと、スターリングの警察本部にしょっちゅう出入りしていたからな」

「だが、ゾウイだけじゃないんだ」リーバスは言わずにはいられなかった。「アネット・マッキーの事件が起こった」

「ゼルダと呼ばれていた子だろ――おれは一日に新聞を二紙読むんだ。新聞屋まで出かける用事ができるから。でなかったら、かみさんがいらついちまう」

「どこに住んでいるのか、聞いていなかったけど……？」

「ティリコールトリー――カーテン製造工場があることで、世界的に有名だよ」

リーバスは微笑した。「実は、行ったことがある」

「あんたもスコットランドの人口の半分もな。では、この最近の少女とゾウイ・ベドウズとに関連性を見つけようとしているんだね？　それに加えて、ストラスペファとアヴィモアの事件とにも？」

「まあ、そんなとこだ」

「で、写真のことを訊きたいんだね？」

リーバスは虚を衝かれた。「写真とは？」

「ゾウイが友達に送ったやつだ。言わなかったっけ？　おそらく偶然の一致なんだろうが、調べたほうがよさそうだよ……」

「ゾウイ・ベドウズのファイルにあったんだ」リーバスはシボーン・クラークに説明した。無意識に髪を掻き上げる。「気がつくべきだったんだが、事情聴取書の中に埋もれていた。たった一回だけ言及されていたもんで。送った相手は彼女の親しい友人ですらなかった。メッセージも付いていなかった。写真だけ。彼女が失踪した日に送られた……」

彼はゲイフィールド・スクエア署の犯罪捜査部室前の廊下でシボーンと立ち話をしていた。腕組みしながら話を聞いていたシボーンが、手を上げてリーバスの話を遮った。

「事件簿を持っているのね？　資料を全部？」

「そうだ」

「そのことはカウアン部長刑事に話してあるのね？」

シボーンは自分の質問の間抜けさに目を剝《む》いた。「わたしは何を馬鹿なことを言ってるの？　もちろんあなたは話していない――秘密にしているのよね」

「おれのことをよっぽどよく知ってるんだな」

　シボーンは少し考えてみた。「写真を見せてもらえる？」

「写真を受け取った人に頼まなきゃならん」リーバスは間を置いた。「まあ、頼むのはおれでなくてもいいんだが……」

「わたしがあなたのためにやると思ってるのね？」

「アネット・マッキーは行方不明になった日に携帯から写真を送った。二〇〇八年には、ゾウイ・ベドウズが同じ道路でまったく同じことをした。それを無視しろと言うのか？」

「ほかの二人はどうなの――ストラスペファとアヴィモアの場合は？」

「ブリジッド・ヤングは携帯を持っていなかった。それに、その当時、携帯電話から写真を送れたんだろうか……？」

　近くのドアから男が出てきた。すらりとした長身で、上等の背広を着ている。

「そこにいたのか？」

　シボーンはあるかなきかの笑みを浮かべた。「ええ」男はリーバスを見つめ、紹介されるのを待っている。

「ジョン・リーバス」リーバスがしかたなく応じ、手を差し出した。二人は握手した。「再調査班に所属している」

「こちらはペイジ主任警部」シボーンが教えた。

「ジェイムズ・ペイジ」ペイジが補った。

「あんたは少し顔が変わったな」リーバスが言った。ペイジはぽかんとした顔でリーバスを見た。「レッド・ツェッペリンのギタリスト」リーバスが説明した。

「ああ、なるほど。同姓同名ってことか」ペイジはようやく笑顔を作ろうとしたが、すぐにシボーンに目を向けた。「五時に幹部の会合だ」

「行きます」

ペイジの視線がほんの少し長めにシボーンの上に留まった。「では、よろしく」とリーバスに言う。

「おれがどうしてここにいるのか、関心がない？」

「ジョン……」シボーンの声には警告の響きがあったが、間に合わなかった。リーバスはペイジに一歩近づいた。

「あんたが責任者なんだろうから、アネット・マッキーとほかの行方不明人たちとの間につながりがあるかもしれないことを、知っておくべきだな」

「ほう？」ペイジはリーバスからシボーンへ視線を移し、また戻した。ところが手に持っていた携帯電話が振動し始めたので、ペイジは画面に目を向けた。「これに出なくては」と謝る。そしてシボーンに「その話に関して、かいつまんで報告書を書いてくれ」と言い置き、携帯電話を耳に当てながら、部屋に戻っていった。

廊下にしばらく沈黙が流れた。

「報告書に手伝いが要るか？」リーバスがたずねた。

「また仕事を増やしてくれてありがとう」シボーンは再び腕を組んだ。それは防御姿勢だろうか。彼は警察学校にいるとき、ボディ・ランゲージの授業にあまり熱心ではなかった。戸口の向うにペイジの背中がよく見えた。整えられた髪、皺のない上着。三十歳を超えたばかりに見える。せいぜい多く見積もっても三十五歳以上ではない。主任警部はだんだん若くなってきている……

「ニューカッスルにデートのお相手がいるんだっけ」リーバスはさりげなく訊いた。

シボーンが睨《にら》みつけた。「あなたはわたしの父親じゃないわ」

「もしそうだったら、今すぐ忠告したいことがあるんだけどな」

「本気でわたしに男女の仲に関してお説教を垂れるつもり？」

リーバスはたじろぐ仕草をした。「やめとくよ」

「よかった」

「では、おれたちが話し合わなければならないことはただ一つ、〈幻惑されて〉（レッド・ツェッペリンの曲名）いるボスへの報告書を作るってことだ」なだめすかすような口調、親切そうな表情を装った。「きちんとした報告書にしたいだろ。それを手伝えるのは、おれが最適任だと思うんだが」

シボーンはほんの一瞬だけ、譲歩しないでがんばったが、すぐにいらだちと諦めの混じったため息を漏らした。

「じゃあ、中へ入って」

捜査部室の中には、電話中の刑事やコンピュータの画面を睨んでいる刑事が大勢いて活気にあふれていた。リーバスは知っている顔にウィンクや会釈《えしゃく》を送った。机や椅子はどこかの部屋から調達してきたように見える。隅のシボーンの席までは、ごみ箱やケーブルをよけながら、細い迷路を通らなければならなかった。シボーンは席につき、キーボードの横にある書類をめくった。

「これ」とシボーンははっきりしない写真を手渡した。野原とその向こうの森、遠い丘陵が写っている。「アネット・マッキーが失踪した日の午後十時を回ったころ、彼女の携帯から送られてきた。もちろん、写真を撮った直後ではないわ。夕方ぐらいに撮られたものでしょうね。バスの乗客は誰一人、彼女が窓の外の景色を撮っていたのを憶えていなかった。でも気分が悪くて吐きそうだ、と彼女が訴えるまで、誰も彼女のことを意識に留めていなかったし」

リーバスは写真の景色を見た。「どことも言えないな。この写真をマスコミに公開したのか？」

「ニュース速報で伝えられたけれど、何かこれに意味があるとは考えなかったので」

「この景色を識別できる人がどこかにいるはずだ。牧草地だね――ほかの人は無理だとしても、農業関係者ならわかる。森になった丘陵地は森林委員会の管轄かな」リーバスは目を上げ、シボーンが笑顔になっているのを見た。「どうした？」

「わたしも同じことを考えたので」

「それはよい教師から学んだからだ」シボーンの微笑が消えてきた。「冗談だよ」とリーバスが安心させた。「賢人はみな同じ考えに至る、とか言うじゃないか」写真をもう一度詳しく見る。「送った相手は誰なんだ？」

「学校の友達」

「親友か？」

「友達というだけ」

「彼女は写真を友達によく送るのか？」

「いいえ」

リーバスはシボーンの顔を見た。「ゾウィ・ベドウズの場合もそうだ――知人に写真を送った。それだけなんだ。メッセージも付いていなかったし――今回と同じだ、そうだろ？」

「そうね」シボーンが肯定した。「でもどういうこと？」

「パニックに陥って送った」リーバスが推測した。「助けを求めていたのかもな。受け取る相手は誰でもよかったんだ」

「それとも？」シボーンはその先があるのを知っていた。視線が合った。

「きみもわかっているはずだ」

シボーンはゆっくりとうなずいた。「誘拐犯が送った――名刺代わりに」

「そう言いきる前に、少々調べなきゃならないな」

「それでも、そう考えずにはいられない」

リーバスは少し時間を置いてから口を開いた。「で、この件に関して、おれの手伝いが要るのか、要らないのか？」

「まあね、しばらくは必要かな」

「だったら、〈フィジカル・グラフィティ〉（レッド・ツェッペリンの曲名）からおれのボスにその旨を伝えるよう計らってくれ」

「そのうちレッド・ツェッペリンのタイトルを使い果たすわよ」

「でも使える間は、おもしろいじゃないか」リーバスは微笑した。

「これは、あなたにとってまことに好都合なんでしょ？　カウアンには事件簿のことを説明しなくてもいいし、ニーナ・ハズリットとも縁が切れないし」

「なぜおれが彼女に会うと思うんだ？」

「彼女はあなたのタイプだから」

「へえ、そうなのか？　じゃあ、おれのタイプってどんなのだ？」

「うろたえ、救いを求めていて、傷ついていて……」

「それはちょっとひどいんじゃないか、シボーン」

「じゃあ、どうしてそんなに防御態勢に入るの？」

シボーンが彼の腕へ視線を向けたので、リーバスも目を落とした。胸の前で両腕がしっかりと組まれていた。

6

ゾウイ・ベドウズのファイルには、友人のアリステア・ブラントの住所と電話番号が記載されていた。リーバスが電話してみると、留守録になっていた。スコットランド系で、教養のあるしゃべり方の男性の声。

〝アリステアとレスリーは電話に出られません。メッセージを残すか、アリステアの携帯電話におかけください〟リーバスは携帯電話の番号を控えて電話を切り、その番号を打ち込んだ。呼び出し音が鳴り続けた。自分の居間の壁を見回す。シボーンから、ファイルをすべてまとめてゲイフィールド・スクエア署へ持ってくるように、と頼まれている。

「置く場所があるんだろうな？」とリーバスがそのとき言い返したのだった。

「どこかに見つけるわ」

誰も出ない。リーバスは窓の外へ目を向け、街路を見下ろした。駐車監視員が住民の駐車許可証や、駐車料金チケットが車内に提示されているかどうかを調べていた。リーバスはサーブを黄色い一本線の上に停めている。駐車監視員がフロントガラス越しに〈警察公用中〉の標示カードをまじまじと見つめ、街路の左右を見た。数サイズは大きそうな上着とキャップの男。彼は機器を構え、違反を打ち込み始めた。リーバスはため息をつき、窓辺から離れ、電話を切った。再び、メッセージを残すため、ブラントの留守録を呼び出そうとしたとき、自分の携帯電話が振動した。着信。番号は表示されていない。

「もしもし？」リーバスは電話の主に最小限の情報しか教えてやるまいとした。

「電話をいただいたようで」

「アリステア・ブラント？」

「そうです。そちらは？」

「リーバスと言います。ロウジアン＆ボーダーズ警察の」

「はあ、それで……？」

「ゾウイ・ベドウズについてなんですが」

「見つかったんですか？」

「彼女が携帯からあなたに送った写真について、少し確認したいことがあって」

「まだ捜査は継続中なんですか？」その声にはあり得ないという響きがあった。

「ご家族や友人はそう望んでいるはずじゃないのですか？」

　ブラントはその言葉を考えたらしく、口調が和らいだ。「そう、もちろんです。すみません。今日は忙しかったもので」

「ご職業は何ですか、ミスター・ブラント？」

「販売業です。売れ行きが芳《かんば》しくなければ、そう長くは続かないでしょうがね」

「だったら電話に出たほうがいいんじゃないですかね――おれが新規客だった可能性もある」

「それなら、わたしのもう一つの携帯に電話なさるはずですよ。商売用の携帯に。あなたが電話をくださったときに出られなかったのは、話し中だったからで」

「ああ、なるほど」

　ブラントが大きく息を吐いた。「で、何かご用ですか？」

「資料を探しているのですが、ゾウイがあなたに送った写真のコピーが見つからないもんで」

「それはわたしが消去したからですよ」

　リーバスはソファのアームに寄りかかった。「そりゃ残念だな。メッセージは付いてなかったんですか？写真だけ？」

「そうです」

「何が写っていたんですか？」

　ブラントは何とか思いだそうとしているらしかった。

「丘陵……空……横へそれる小道」

「森は？」

「あったかもしれない」

「それがどこだかわからなかった？」

　ブラントがためらった。「ええ」としばらくして答える。

「確信の持てない声ですね」

「いや、ほんとにそうです」

　リーバスはしばらく言葉を発せず、ブラントに続きを言わせようとした。

「それで話は終わりですか？」ブラントがたずねた。

「もう少し。写真を受け取ったのは、何時頃ですか？」

「夜でした」

「もう少し正確な時間を言えますか？」

「九時か十時、そんなものかな」

「写真はいつ撮られたと思いますか？」

「見当もつかない」

「明るい白昼でしたか、それとも空が少し暗くなりかけた頃……？」

「写真の質があまりよくなかったのでね」ブラントはしばらくして言った。「夕方の光だったと思う」

　アネット・マッキーの場合と同じだ、とリーバスは気づいた。「ミズ・ベドウズとは、どういうお知り合いだったか、たずねてもいいですか？」

「彼女がわたしの髪を切っていたのです」

「でも友達だった？」

「髪を切っていたんです」ブラントが繰り返した。リーバスは考えた。美容師が顧客の電話番号を自分の携帯電話に入れているなんて、あまり聞いたことがないのではないか？　おまけに写真を送りつける者がどれほどいるだろう……？

「どっちの携帯に写真が送られたんですか？」

「どっちでもいいじゃないですか？」

「写真が送られてきたとき、それを見たのは奥さんだったんですか？　ゾウイとは誰なのか、と奥さんにたずねられたんですね？　で、それを消したのでは？」

「関係ない話になっている」ブラントは再びいらだった声になった。

「でも、それは事実だったのでしょう？　ゾウイと付き合っていたのでは？　あなたの車で——ドライブをして、どこかの農家の細道へ向かったとか……？」

「最初は確信が持てなかったんです」ブラントが静かな声で言った。「でも写真がわたしたちに関係があるとは、今は思わない。わたしたちが行ったところではない……」

「当時、このことは明らかになっていたんですか？」

「ある程度は」

　リーバスはゾウイ・ベドウズのファイルを見つめた。抜けている部分が多い。たいていの事件と同じく、警官は長い勤務の一日を終えたあと、自分が重要だと思ったことだけを報告書に書くのだ。

「ぶしつけな言い方しかできないが、あなたが容疑者とされたことは？」

「そう思ったのは妻だけです」

「でもあなた方は危機を乗り越えたんですね、あなたとレスリーは？」

「レスリーは再婚相手です。ジュディスが出て行ったあとの」ブラントはしばらく黙った。「ゾウイはいわゆる〝友人〟が多かったんです。彼女が行方不明になる数カ月前に、わたしたちはすでに別れていました」

「ほかに写真に関して何か言うことはありませんか？」

「わたしたちが離婚に至ったことだけですね」

「あなたがやったんじゃないですよね？」

　電話が切れた。リーバスはかけ直そうかと思ったが、やめた。ブラントはきっと答えるのを拒否するだろう。そこで食卓の上に広げてあるゾウィ・ベドウズの書類へ歩み寄った。もう一度、隅々まで読み直さなくてはならない。ゾウィと〝友人〟たちに関しての情報がないことは、ほぼ確信している。ほかにも友人の誰かが事情聴取を受けていた場合があったとしても、行方不明者と彼らの親密な関係には注意が向けられていなかった。捜査の怠慢か、あるいは警官が道義上、差し控えたのか？　マスコミがそれを知ったら、どんな騒ぎになるかわかっていたのだ。彼らは話をでっち上げ、事実を歪曲し、まったく別物の物語を一般大衆に提供する。その過程でゾウィ・ベドウズの死は、いささか軽んじられるだろう。リーバスはそんな状況をいやというほど見てきた。売春婦はその死を〝みずから招いた〟とか〝自分の身を危険にさらしていた〟と言われる。生活が乱れがちな者は、新聞の大多数の読者、つまりは、家族と定職があり、興味を掻き立てる新聞記事を読みふける一般人よりも、同情を買われることが少ない。

事件から推測が省《はぶ》かれているのは、誰かが意識的におこなったからであろう、とリーバスは思った。再捜査する者にとっては、厳しい状況だ。事件の全容が記されていない。ケン・ロクリンにもう一度電話をしようかとも思ったが、それはあとにしよう。その代わり、シボーンに電話した。彼女は質問で返した。

「何？」

「考えていたんだが、おれのフラットにある資料だがね。分類したし、壁にも貼ってある——ここで仕事を開始したほうが楽なんじゃないか？」

「これは警察の捜査なのよ、ジョン。道楽じゃない。署に持って来なくてはだめ」

「わかった」誰かから電話がかかってきている。リーバスはディスプレイを見た。「一時間後に行く」シボーンに言い、次はダニエル・カウアンの電話に出た。

「リーバスだ」

「気に入らないな、ジョン、まったく気に入らない」

「ペイジ主任警部から電話があったんだね？」

「未解決の古い事件であれば、再調査班が扱うべきだ。あんたはここに所属するべきなんだ」

「いやね、おれが決めるんであれば、そうするけど……」

「回りくどい言い方をしたって、ばればれだよ。お偉方にはそうやって取り入るのか？」

「おれはチームの一員として行動する――ブリスやロビソンに訊いてみてもらいたい。おれのことを保証してくれるから」

「あんたが機嫌をとらなきゃならない相手は、あいつらじゃない。わたしの言ったことを忘れるなよ。わたしの承認がなければ、あんたは退職した身分のままだ」

「おれが乞い願っているのは、あんたの承認だけなんだがね、ダニー……」

カウアンの声が甲高くなり、叫び声に近くなったのを聞きながら、リーバスは電話を切った。

7

「理由なしに中へは入れません」

次の日の朝だった。ゲイフィールド・スクエア署の受付にいる女性警官は、リーバスの風体が気に入らなかった。リーバスはもっともだと思った。おそらく血走った目になっているだろうし、洗濯したワイシャツを見つけられなかったし、カミソリの刃は切れなくなっている。彼は身分証を見せ、階段へ通じるドアが解錠の音を立てて開くのを待っていた。

「どなたとお約束ですか？」

「おれは犯罪捜査部のアシストをしている」

「身分証にはそう書いていないけど」

リーバスは受付の防護アクリルガラスにくっつくほど、顔を近寄せた。「毎日、こんな問答を繰り返さなければならないのか？」

「この人はわたしの連れよ、ジュリエット」外から入ってきたシボーン・クラークが声をかけた。「彼の汚いマグにもそのうち慣れるわ」

「訪問者としてサインしてもらわなければ。そうしたらバッジを差し上げます」

シボーンは女性警官を見据えた。「そうなの？　ほんとにそう言うの、ジュリエット？　彼は、正式な通知があるまでは、マッキー事件の捜査関係者なのよ」

「だったら、そのように話を通してもらわなければ」

「誰かがミスをしたんだわね――でも、初回は大目に見てもらえるとか？」

「おいおい、おれはここにいるんだけど」リーバスは仲間はずれにされたような気がして声をかけた。

女性警官はやがて笑顔になった――リーバスではなくシボーンに向けて。「今日の夕方までに、何かちゃんとした身分証を……」

「ガール・スカウトの名誉にかけて、そうする」

「あなたはガール・スカウトに入ったことがないって聞いたけど」満面の笑顔になった女性警官は、ボタンを押して二人を中に入れた。

シボーンはリーバスを建物の中心部へ連れて行った。

「パスポート用の写真が要るわ」とリーバスに言った。

「すぐ用意できる？」

「必要を感じたことがなかったもんでね」

シボーンが彼を見た。「パスポートを持っていない？」

「更新する必要を感じなかった。現状のままで、じゅうぶん満足してるんでね」

シボーンがまた見つめた。「市を離れたのはいつが最後？——個人的な旅行で、ってことだけど？」

リーバスが軽く肩をすくめると、シボーンは目を離さず、衣服をじろじろと見た。

「ジェイムズはみぎれいな格好をした部下が好きなのよ」

「きみは部下になるんだろうが——おれは違う」

「これから先が思いやられるわ」厳しい視線を投げかけ、ファイルはどこにあるのか、とたずねた。

「家だ」シボーンが抗議の声を上げようとしているのを見て、リーバスは片手を挙げた。「妨害しているわけじゃない。おれは昨夜三時まで資料を読み直していたんだ。それで寝坊しちまって、書類を箱に詰める時間がとれなかった」

「書類と一緒に寝て、熟読してからでないと、ほかの者には見せないわけ？」

「だからおれはその内容に詳しい、かけがえがない人物、ってことになるね」

「見当違いもいいところだわ、ジョン」二人は犯罪捜査部室の前に来ていた。いつものごとく、ドアは開け放たれ、刑事が二人すでに机についていた。中に入ると、淹《い》れたてのコーヒーの芳香が漂っていた。ファイル・キャビネットの上にポットがある。シボーンは自分たちのためにコーヒーをマグに注いだ。

「誰かミルク、持ってない？」シボーンがたずねたが、皆は首を横に振った。

「ということは、わたしが援軍だね」ジェイムズ・ペイジの声がした。片手に一リットル入りのカートンを持ち、もう片手には茶色い革の鞄《かばん》を持って、さっそうと部屋に入ってきた。

「やあ」ペイジはリーバスに挨拶した。

「おはようございます、主任警部」

「ここではファースト・ネームで呼び合う、ジョン」

ペイジはミルクをシボーンに渡したが、リーバスから目を離さなかった。「きみのファイルから何かわかったか？」

「まともな資料とはとうてい言いかねるってことだけ。ゾウイ・ベドウズは妻帯者とデートしてました――彼女が写真を送った相手です。おれはその男と話をして、ようやくそれがわかったんです。ファイルには、友人として載っていただけだった」

「その写真は？」

「もう持っていないそうです。彼の説明によれば、丘陵、空、小道が写っていたらしい」

「アネット・マッキーが送った写真とよく似ているわ」シボーンが言った。

リーバスはその言葉に条件を付けずにはいられなかった。「彼女が送ったのならね」

「結論を急ぐのはよそう」ペイジが反論した。「アヴィモアとストラスペファの場合はどうなんだ？」

「インターネットで少し調べてみたんですが」とシボーンが言った。「二〇〇五年か二〇〇六年になるまでは、写真を携帯電話で送るなんて、簡単にはできなかったのです」

「そうか？」ペイジは眉をひそめた。「そんなに最近になるまでか？」

「こちらが持っている写真をゾウィ・ベドウズと付き合っていた男に見せたら、どうでしょうかね」リーバスが提案した。「たとえ、同じ場所である可能性は低くても」一呼吸する。「そしてもう一つ、付け加えるとするなら……」リーバスが何か妙なことを言い出すのではないか、とシボーン・クラークが息を詰めているのを彼は意識していた。

「何だ？」ペイジが促した。

「新しい写真を公開したほうがいい。何か思い当たる人が必ずいるはずだから」

「十二時に記者会見をする」ペイジは腕時計を見た。

「するんですか？」シボーンはそれを今知って、うんざりした声になった。

「母親が賞金を出す。一万ポンドだと思う」

「すごい大金だな」リーバスが言った。「ロックエンドの住人にとっては」

「記者会見にわたしも同席したほうがいいですか？」シボーンがたずねている。

「全員が出席する——わたしたちが真剣だというところを世間に示したほうがいい」ペイジはリーバスのワイシャツと無精ひげに気づいて、言葉を中断した。

「全員でなくてもよいか、ジョン？」

「そうおっしゃるなら、ジェイムズ」

「市民へのイメージがある……」ペイジは薄笑いを浮かべてから向きを変え、奥の自分のオフィスへ向かった。コーヒーを脇に置いて、ポケットからキーを取り出し、ドアを開けた。

「おれがここで働いていたときには、あそこはたしか、クローゼットだった」リーバスは声をひそめてシボーンに言った。

「そうよ」シボーンが認めた。「でもジェイムズは気に入っているようなの」

ペイジが入って、ドアが閉まった。部屋は空気が乏しいはずで、リーバスの憶えている限りでは、自然光が入る窓はない。しかしペイジはそこで満足している様子だった。

「おれは審査に通ったんだろうか?」

「何とかね」

「まだ初日だからな——皆に迷惑をかけちまう時間はたっぷりある」

「そうしないことにするってのはどう?　一生に一度でもいいから」

8

　校長は校長室を使うように言ってくれたが、シボーンは辞退した。外の廊下でリーバスと待ちながら、その理由を説明した。

「威圧的だからよ。校長室に入るときは、何か悪いことがある場合でしょ。彼を緊張させないで、たくさん話を引き出したい」

　リーバスはうなずいて同意した。窓越しに運動場を見ていた。二重ガラスの窓になっているが、ガラスの隙間に結露が浮いている。木製の窓枠は水を含んでいた。

「シリカゲルを使うとよさそうね」シボーンが言った。

「あるいは、取り壊すか」

「わたしたちが独立したら、住民のために新しい学校が建つわ」

リーバスは彼女の顔を見た。「わたしたち、ってどういうことだ？　きみにはイングランドなまりがあるのを忘れたのか？」

「わたしは追放される身なのね？」

「いざとなれば、きみを離さないでおこう」リーバスは制服を着た十代の少年が廊下に入り、ためらったあと、こちらへ歩いてくるのを見て、背筋を伸ばした。髪の毛が目にかぶさり、ストライプのネクタイの結び目が異様に大きかった。

「トーマスだね？」リーバスがたずねた。

「トーマス・レドファーン？」シボーンが言い添えた。

「ああ」レドファーンはガムを口に入れているようには見えなかったが、ガムを噛みながらしゃべっているような声だった。

「アネットの同級生なんだね？」

レドファーンはうなずいた。

「ここで話をしてもいいか？」

少年は肩をすくめ、ズボンのポケットに両手をぎゅっと突っ込んだ。

「警察にはもう話したし――」

「わかっているわ」シボーンが口を挟んだ。「はっきりさせたいことが少しあるのよ」

「あの写真をまだ持ってるかい？」リーバスがたずねた。「ゼルダが送ったやつ？」

「ああ」

「見せてくれないか？」リーバスが手を差し出した。

レドファーンはブレザーの胸ポケットから携帯電話を取りだし、電源を入れた。

「授業中に呼び出して悪かったわね」シボーンが言った。

少年はふんと鼻を鳴らした。「二時間続きで化学」

「あとで復習しておいてね」

レドファーンは写真を呼び出した。画面が見えるように携帯電話を逆向きにして差し出す。リーバスはそれを取り上げた。画面はそれとわかるほどぼやけていないので、走行中の車から、もしくはガラス越しにすら、撮ったとは思われない。撮影者は立っていたのではないか、そして自分と同じぐらいの身長ではないか、と感じた。

「ゼルダの身長はどれぐらいある？」リーバスがたずねた。

「ぼくよりちょっと低い」レドファーンは自分の肩の高さを示した。

「百六十五センチぐらいか？」リーバスは納得したようにうなずいた。

「彼女は岩の上に立っていたのかもね」シボーンが意見を出した。

「メッセージは付いてなかった？」リーバスがレドファーンにたずねた。

「はい」

「ゼルダはきみにしょっちゅうメールのたぐいを送ってくるのかな？」

「ときどき、メールを――パーティの知らせとか」

「ゼルダがインヴァネスに行くことを知っていたのかい？」

「誰にでもその話をしてたから」

「学校の友達で、ほかに招かれた者はいない？」

「ティミーも誘われたけど、親が許さなかった」

「女の子たちはインターネットでパーティのことを知ったんだね？」

「ツイッターをしてる男からだよ」レドファーンが肯定した。「年上の男だけど、まだ在学中で。ぼくたちゼルダに言ったんだけどな……」

「何を言ったの？」シボーンがたずねた。

「気をつけろよって。ネットで知り合う相手なんてさ……」

「見かけとは違うかもしれないから？」シボーンがうなずいて理解を示した。「ともかく、それは調べたわ。相手というのは十六歳のロバート・ギリンだった」

「ああ、別の警官が教えてくれた」

クラークがレドファーンにしゃべらせている間、リーバスは携帯電話のほかの写真を次々と出してみた。変な顔を作っていたり、両手でポーズしたり、投げキッスをしたりしている子供たち。アネット・マッキーはどの写真にもいなかった。

「ゼルダとは親しいのか、トム？」

レドファーンは肩をすくめた。

「同じ小学校だったのかい？」

「いや」

「じゃあ、同じクラスになって……えっと……三年？」

「まあね」

「彼女の家に行ったことは？」

「パーティで二回ほど。ゼルダはほとんど寝室に閉じこもってるんだ」

「へえ、そうなのか？」

レドファーンの顔が赤くなりかけた。「オンラインのゲームで」と説明する。「自分がうまいところを見せつけるんだよ」

「あまり感心した様子じゃないね」

「ゲームもいいけど、ぼくは本のほうが好きだ」

「それはすばらしいわ」シボーンが笑みを浮かべた。「写真が送られてきたとき、どう思った？」リーバスは携帯電話を返した。

「何も思わなかった」

「ちょっとびっくりしたんじゃないかな？　夜の十時に――これまでにないことだったから」

「まあね」

「で、返信をした？」

レドファーンはリーバスを見て、うなずいた。「ゼルダが間違えて送信ボタンを押したんじゃないかと思った。知り合いの誰か別の人に送るつもりだったんじゃないか、と」

「でも返信は来なかった？」

「そう、バスからティミーにメールを送っていたんだ。最後のメールでは気分が悪いとだけ書かれていた」少年はリーバスとシボーンを代わる代わる見た。「彼女、死んだんだよね？」

「まだわからないわ」シボーンがやさしく言った。

「でも、そうなんだろ」レドファーンはリーバスをじっと見ていた。リーバスは嘘をつけなかった。


　リーバスはジェイムズ・ペイジの部屋のドアを開けようとしたが、鍵がかかっていた。捜査部室にいるのは自分一人だ。室内にテレビはなく、シボーンが彼女のコンピュータで記者会見を見るやり方を教えてくれた。机の引き出しをいくつか開けてみたが、何も興味を惹くようなものはなかった。記者会見はゲイフィールド・スクエア署の角を曲がったところにあるホテルで開かれている。リーバスは学校から戻る途中、〈グレッグズ〉でチキンを二つほど買った。それはとっくに腹に収まっているが、ペイストリーのかけらがシャツやジャケットにくっついたままだ。ロウジアン＆ボーダーズ警察は自前のカメラをホテルに設置しており、未編集の画像が――無音で――シボーンのコンピュータに映し出されている。リーバスは音量のボタンを見つけられなかったので、机の前に座らず、こうやって室内をうろついているのだ。シボーンの引き出しから頭痛薬を見つけ、二つほど胸ポケットにしまった――手近にあると役に立つ。コーヒーは何杯も飲んだけれど、ティーバッグはミント味やレッドブッシュ茶以外には見つからなかった。

　コンピュータの前に戻ると、会見が始まっていた。

　リーバスはコンピュータの本体をゴツンとたたいてみ

たが、音は出ない。ラジオも見当たらない。自分の車へ行けば聞けるだろうが、それは地元局のどこかが放送していればの話だ。なので、座って画面を見つめた。カメラを操作している者は、取扱説明書を読むか、眼鏡屋へ行くべきである。焦点が定まらず、座っている人物よりはその前のテーブルを多く見せられた。それ以外の人々は立っている。ペイジはシボーン・クラークとロニー・オウグルヴィ刑事に挟まれて座っていた。アネット・マッキーの母親とアネットの兄の背後には、何となく見覚えのある男が立っている。男は母親の気力が萎えたと感じるとすかさず、肩をぎゅっと抱いてやった。あるとき、母親は感謝の印なのか、その手に自分の手を重ねた。アネットの兄も用意した原稿を読み上げながら発言した。落ち着いた様子で部屋を見回していて、カメラマンに格好のタイミングをたびたび提供した。その一方で母親は赤くはれぼったくなった目をぬぐい続けた。兄の名前は知らないが、十七歳か十八歳ぐらいだろうか。短い前髪を尖らせてジェルで固め、顔にはにきび跡がある。色白で瘦《や》せていて、生意気そうな都会の若者。やがて画面がぼやけて焦点が移動した。次はペイジの番である。彼は質問を受ける心構えができている様子で、やる気まんまんにすら見えた。しかしすぐに質問が中断され、ペイジは左側を見た。カメラはアネット・マッキーの母親が、悲しみのためか、気分が悪くなったせいか、手を口に当ててよろよろと出て行く様を追っている。男が彼女に付き添い、息子は席に取り残された。助言を求めるかのように、ペイジを見ている。自分は残るべきなのか、それとも出て行ったほうがいいのか？　カメラは室内をなめ、ほかのカメラや報道記者、刑事たちを映し出した。母親が出ると両開きのドアが閉まった。

　それからカメラはカーペットの模様に向けられた。

　そして画面が黒くなった。

リーバスは刑事たちが三々五々部屋に戻ってくるま

で、待っていた。オウグルヴィは彼に向かってかぶりを振り、何も言わないで済ませた。ペイジは自分のいちばんいいところで切られたので、腹立たしげだった――テレビニュースが何を中心にするかといえば、それは中座の場面になるにちがいなかった。ペイジは鍵を突っ込み、ドアを開けると自分のクローゼット部屋に消えた。シボーンは、床に伸びるケーブルに一回足を取られただけで、机の間を縫って自席へたどり着いた。リーバスにチョコレート・バーを渡した。

「ありがとう」

「見た？」

リーバスがうなずいた。「音なしだったが――ペイジは携帯から送られた写真の話をしたのか？」

「母親が逃げ出したとき、念頭から消えたみたい」シボーンは自分のチョコレート・バーの包装を剥き、かじった。

「母親の後ろに立っていた男は誰なんだ？」

「家族の友人」

「そいつが賞金を出しているのか？」

シボーンが彼の顔を見た。「さあ、さっさと吐くのよ」

「まだ食べてもいないのにか」その言葉に微笑を誘われないシボーンを見て、リーバスは白状した。「男の名前はフランク・ハメル。パブを二店舗に、ナイトクラブを少なくとも一店は持っている」

「会ったことがあるの？」

「パブなら知っている」

「ナイトクラブは知らない？」

「無法地帯のどこだかにある店だ」

「具体的には？」

「ウエスト・ロウジアン」リーバスはコンピュータを顎で示した。「体によく触れ合っていたな、と思って……」

「そんなタイプの男ではない？」

「よほど親しくない限りは」

シボーンの噛む速度が落ちた。しばらく考え込んでいる。「それって、どういう意味を持つのかしら？」

「警戒したほうがいいってことかな？」リーバスがしばらくして答えた。「もしそいつが母親のいわゆる〝友人〟で、彼女が取り乱しているなら、そいつも取り乱しているんだ」

「だから賞金なの？」

「賞金はどうでもいい――そいつがひそかに何かやるんじゃないかと心配してるんだよ」

シボーンはペイジのドアをちらっと見た。「彼に言うべきかしら？」

「きみが決めろよ、シボーン」彼女が考えている間に、リーバスの頭に次の疑問がわいた。「アネットの父親はどうなったんだっけ？」

「オーストラリアへ逃げたわ」

「名前は？」

「デレク何とか……デレク・クリスティ」

「マッキーじゃない？」

「それは母親の姓――ゲイル・マッキー」

リーバスは慎重にうなずいた。「記者会見に出ていた若者は……？」

「ダリル」

「まだ学生なんだね？」

シボーンはロニー・オウグルヴィに呼びかけた。

「ダリル・マッキーの職業は？」

「パブのマネージャーだと言ってたように思う」オウグルヴィが答えた。「自分はマッキーじゃなくて、クリスティだと言ってましたよ」

シボーンはリーバスを見た。「マネージャーに十八歳はちょっと若すぎるんじゃない？」

リーバスは唇を軽く歪めた。「誰の持っているパブかによる」リーバスは立ち上がって、シボーンに席を譲った。

9

「昔みたいじゃないか？」リーバスが言った。「それに、おれはとうとうスコットランド観光に行けるわけだ」

二人は新車の匂いが漂うシボーンのアウディに乗っている。遠出はリーバスの発案だった――アネット・マッキーが最後に目撃された場所を見て、写真と符合する場所がないか調べよう、という計画。車はエジンバラを出て北へ向かっている。フォース・ロード橋を渡ってファイフへ入り、果てしなく続くように思われる道路工事を時速制限六十キロでのろのろとすり抜け、さらにキンロスを回ってパースへ至り、A9号線に入った。道路は中央分離帯がなく、午後の渋滞に入り込んだようだった。リーバスはポケットからCDを出し、シボーンがかけていたケイト・ブッシュのアルバムと交換した。

「そんなことしていいって、誰が言ったの？」シボーンが文句を言った。

リーバスはシィッと言って制し、三曲目の音量を上げた。「ちょっと聞いてくれ」そして数分後に「なんて歌っているんだ？」とたずねる。

「どういう意味？」

「コーラスが」

「他人の雨の中に立ち、とか」

「ほんとか？」

「聞き違えている？」

リーバスはかぶりを振った。「おれが思ったのは……いや、もういいんだ」CDを取り出そうとしたが、シボーンがそのままにして、と言った。ウインカーを出して追い越しにかかる。アウディは重量が少し増えている。それでも何とか追い越し、対向車線の車が抗議の印にライトを点滅させた。

「できるところを見せようとでもしているのか？」リーバスがたずねた。

「彼女と同じような時刻にピットロホリに着きたいだけ。それが目的でしょ？」シボーンはリーバスのほうを見た。「あの写真がどこで撮られたのか探すつもりじゃなかったの？」

「このあたりじゃないな」彼はつぶやいた。それでも曇り空の田園風景に目を走らせ始めた。バーナムとビアトリクス・ポター展示館へ至る標識を通り過ぎた。シボーンはまたトラックを追い越したが、そのとたんにスピード・カメラに気づいて、急ブレーキを踏み、トラックにも急ブレーキを強いたので、けたたましくクラクションを鳴らされ、ヘッドライトの怒りの点滅を招いた。ジャッキー・レヴィンのCDが終わったので、リーバスはケイト・ブッシュに戻そうかとたずねたが、シボーンはかぶりを振った。

「皆どこへ行くんだ？」リーバスは前方の車の群れを見つめた。「まだ観光シーズンとは言えないのに」

「そうね」シボーンが相づちを打った。そしていかにもさりげなく「ところで、カファティは元気？」とたずねる。

　リーバスはシボーンをまじまじと見た。「なぜおれがそれを知ってると思うんだ？」

　彼女はなんと答えようかと、少し考えているようだった。「苦情課の人と話していたときに……」

　苦情課、ということは監察官室だ。「フォックスか？」リーバスが推測した。「あいつが本部でうろついてるのを見た」

「聞いたのよ、ジョン——あなたとカファティの飲み会について」

　リーバスはその情報を噛みしめた。「フォックスがおれを狙っているのか？　あんなウジ虫野郎たちと付き合うな、シボーン。病気がうつるぞ」

「ウジ虫野郎じゃないわ、あなたも知ってるとおり。では質問に答える。あなたは現役警官ではないから、現時点では、たとえフォックスがあなたを罰したくても、指一本触れられないんじゃないかな」前方の道路を見据えたまま、シボーンは一呼吸置いて、続けた。「とはいえ、あなたとカファティとの関係ははるか昔から続いている」

「だから？」

「だから、苦情課が本気で調べる気になったら、何か出てきたりしない？」

「おれがカファティをどう思っているか、わかってるはずだ」リーバスが冷たく言い切った。

「でも、どこかで好意の貸し借りをやってる場合も、考えられないではない」

　リーバスはキンロスでガソリンを入れたときに買い求めたペットボトルの水を飲んだ。

「フォックスはおれを密告しろ、ってきみに求めているんだろ？」

「あなたと最近よく会うのか、ってたずねただけよ」

「そのついでに、たまたまカファティの名前を出しただけか？」リーバスはゆっくりと首を横に振った。

「で、なんて答えた？」

「でもフォックスの言葉は正しいんでしょう――あなたがカファティと会ってるってことは？」

「あいつは病院でおれがやったことに恩を感じているんだ」

「それで一生ただ酒を飲ませてもらうの？」

「おれは自分流に支払っている」

　車は大型スーパーマーケット、〈テスコ〉の配達用バンを追い越した。車列の先頭にはトレーラートラックが三台いて、道路が上り坂になると速度を容赦なく落とした。先ほど過ぎた標識には、速度の遅い車両は脇に寄れ、と書いてあったが、そういう状況にはなっていなかった。

「中央分離帯が見えてきたわ」シボーンが言った。

「いずれにしろ、もうすぐピットロホリに着くさ」リーバスが言い返した。声を低めて言い添える。「警告、感謝するよ」

シボーンはうなずき、ハンドルを強く握りしめたまま、前方から目を離さなかった。「フォックスが使えるような弾薬を渡さないようにだけ、気をつけて」

「あいつの顔つきから見て、的の中心部を次々と撃ち抜いてきたのは間違いないね。ちょっと煙草休憩をするのはだめか？」

「今、自分で言ったでしょ。もうすぐ着くって」

「ああ、でもガソリンスタンドでは煙草が吸えない」

だからキンロスでは、シボーンがガソリンを入れ、売店で飲み物を買っている間に、リーバスは駐車場へ向かったのだ。

「あと五分」シボーンが告げた。「あと五分よ……」


リーバスが計っていたわけではないが、十分後、彼らはＡ９号線を降りて、ピットロホリへ向かう出口へ入り、バスがアネット・マッキーを降ろしたガソリンスタンドを通り過ぎた。シボーンは村の中心地に入った。メインストリートが一本あるだけで、フェスティバル・シアター、水力発電所ダム、エドラダワー蒸留所、ベル蒸留所への方向を示す標識が掲げられていた。

「子供のとき、ダムへ行ったことがあるわ」シボーンが言った。「鮭《さけ》が跳ねるのを見る予定で」

「鮭はいなかったんだ？」リーバスが察した。

「いなかった」

「それはともかく、蒸留所が二つもある村っていいじゃないか……」

ほんの二分後には、ピットロホリの村はずれに来てしまった。シボーンはハンドルを切り返して、来た道を戻った。メインストリートには小さな駐在所があるが、警官が常駐している様子ではなかった。礼儀上、シボーンは事前にパースにあるテイサイド地区本部へ電話をして、地元の警部にこの地を訪れる旨伝え、歓迎パーティは必要ないと冗談を言った。

「ちょっと下検分をするだけなので」

ウインカーを出してガソリンスタンドへ乗り入れた。

車が停まるやいなや、リーバスはシートベルトをはずして車から降り、煙草とライターを取り出しながら歩道へ向かった。シボーンが売店へ入るのを見守る。レジの背後にいる中年女性に、シボーンは警察手帳を示し、続いてアネット・マッキーの写真とアネットがトーマス・レドファーンに送った写真のコピーを見せた。ガソリンスタンドの真向かいにはベル蒸留所があり、その背後はどうやらホテルらしく、林立する小塔が見えている。ガソリンスタンドへ車がもう一台、入ってきた。車から現れた男はセールスマンらしく、白いワイシャツに薄い黄色のネクタイを締めている。上着は車内に吊してあったが、外が寒いので上着を着た。車のガソリンタンクのキャップを開けたものの、歩道に目をやり、煙草を吸っているリーバスを見た。優先順位を変え、彼はリーバスのほうへ歩み寄り、仲間の印に軽く会釈してから、煙草に火を点けた。

「今夜は霜《しも》が降りるらしい」男が声をかけた。

「雪じゃなければ、まあいいか」リーバスが応じた。

「ドラモホター峠《とうげ》が通行禁止になったら、最悪だな」

「雪だと道路閉鎖するんだね？」リーバスが推測で言った。

「そうだ。去年の冬はひどかった」

「インヴァネスへ行くのかい？」

男がうなずいた。「あんたは？」

「エジンバラへ戻る」

「文明へ戻る、か？」

「ここも充分、文明の地だよ」リーバスは村の方角を見た。

「それは知らなかったな。ガソリンを入れるために立ち寄るだけなんで」

「よく旅をするんだね？」

「それが目的なんでね。週に八百キロは走る、もっと多いときもある」男は自分の車を手で示した。その後ろではレジの女性がシボーンの質問にかぶりを振って答えている。「車は買って二年も経っていないのに、もうポンコツ寸前だ」セールスマンが言っている。

「アウディはどうだい？」

「だいじょうぶなようだ」リーバスは煙草を吸い終えた。「具体的には、何を売っている？」

「時間はあるのか？」

「十五秒ぐらいかな」

「じゃあ、二言で言おう。〝ロジスティックス〟と〝ソリューション〟」

「ようくわかったよ」リーバスはシボーンがアウディに戻るのを見守った。「ありがとう」

「いやいや」男が携帯電話を取り出してメッセージを確認し始める中、リーバスはガソリンスタンドの敷地を横断して車へ向かった。

「何かわかったか？」リーバスは助手席へ体を入れながらたずねた。

「その日、あの女性は勤務していなかった」シボーンがしぶしぶ教えた。「勤務日だったスタッフの全員が警察から事情聴取を受けた。アネットが入ってきてトイレを貸してほしいと頼んだのを、一人が憶えていた。アネットは水のボトルを買い、村のほうへ向かったそうよ」

「バスは薄情にも彼女を待ってやらなかったんだね」

「実のところ、運転手はとても悔やんでいた。でも会社の規則に従ったのよ」

リーバスはフロントガラスを透かし見て、監視カメラを探した。

「監視カメラに彼女が写っていたわ」シボーンが教えた。「携帯をいじっているところが」

「アネットはそこで男と会ったんだろうか？」

「ピットロホリには家族も友人もいない」シボーンは考え込んだ。「メインストリートにはもう一台、カメラが設置してあるけど、彼女は写っていなかった。通りの店員の誰一人、彼女を見た覚えがない」

「じゃあ、すぐにヒッチハイクできたのかな……」

「そうかもね」

「野原の小道をウォーキングし始めたとは考えられないか？」

「彼女は都会の子なのよ、ジョン。どうしてそんなことをするの？」

その反論に、リーバスは肩をすくめるしかなかった。

シボーンは腕時計を見た。「アネットが歩き出したときより、今は三十分ほど遅い。アネットは誰にも気づかれることなく村を通り抜け、村を出るまではヒッチハイクの合図をしなかったのかもね」シボーンは車のエンジンをかけ、ギアを入れた。ガソリンスタンドを出るときセールスマンがリーバスに手を振った。

「あの男はソリューションを売っているんだとさ」リーバスが言った。

「じゃあ、わたしたちの車に乗って疑問の解決《ソリューション》をしてくれればいいのに」

ピットロホリをもう一度通り過ぎると、再びＡ９号線に入るしかなかった。二つの選択肢がある。南のパース方面へ向かうか、北のインヴァネス方面へ向かうか。シボーンが迷った。

「もう少しだけ行ってみよう」リーバスが言った。「景色が変化してきている。写真と似てきたんじゃないか」

「でもアヴィモアまでは行かないわよ」

「あそこでスキーをしたのは大昔のことだ」

「ニーナ・ハズリットの印象をよくするためじゃないわよね？」

「何だって？　おれがスキーをすることで？」

「仕事の一部として、アヴィモアを訪れた、って彼女に言えるから」

「何かが、ひょいと見つかることもある」

「十二年も経ったのよ？　そこで何か見つかると、本気で思ってるの？」

「いや」リーバスは認めざるを得ず、ケイト・ブッシュのCDを再び入れた。ケイトは雪だるまへの愛を歌っているようだった。

10

A9号線へ入ったとたん、道路工事に出くわし、一車線のみをのろのろと進むしかなかった。北行きと南行きのレーンの間には柵が設けられているので、Uターンすることもできない。

「動けなくなったわ」シボーンが言った。

「大規模な再舗装工事だ」リーバスは標識を読みながら解説した。「工事は四週間の予定」

「四週間経ってもまだここにいるかもしれないわ」

「二人で楽しく過ごすのも悪くない」

シボーンがその言葉に鼻を鳴らした。「少なくとも、あの人たち、働いているわ」

そのとおりだった。交通を遮断したレーンでは、光を反射する黄色い上着を着た男たちが、工具を運んだり、掘削機を操作したりしている。さまざまな作業車の先端に取り付けられた警告灯がオレンジ色に点滅し、その光で空が覆われている。速度制限は五十キロ以下に抑えられていた。

「五十キロなら御《おん》の字だわ」シボーンがこぼした。

「スピードメーターは三十を指している」

「ゆっくりと着実なのが最後に勝つんだよ」リーバスが諺《ことわざ》を口にした。

「それが常に、あなたのモットーなんでしょ？」シボーンが苦笑した。リーバスは作業員を観察していた。

「車を停めてみようか？」リーバスが提案した。

「え？」

「もしアネットがここでヒッチハイクをしたんだったら、作業員はきっと気づくはずだ」

道路標識のコーンが内側のレーンと外側のレーンの間に並べてあるが、その間隔が広いので、アウディを二つのコーンの隙間にたやすく割り込ませることができた。シボーンはハンドブレーキを引いた。

「おれにしては、悪くない考えだろ？」リーバスはわざとらしく言った。

二人が車から降りると、男が近づいてきた。シボーンは身分証をすでに出していた。男が緊張した。

「何かあったんですか？」

五十代半ばの男で、ヘルメットの縁から白髪交じりの癖毛がはみ出ている。目立つ色の上着と蛍光オレンジの作業ズボンの下に、何枚も重ね着をしているのではないか、とリーバスは察した。

「行方不明になった女の子の話を知っています？」シボーンがたずねた。

男はシボーンとリーバスを交互に見てからうなずいた。

「あんたの名前を訊かなかったな」リーバスが言い添えた。

「ビル・ソウムズ」

「あんたはここの責任者なんだね」リーバスはソウムズの背後にいる作業員へ目をやった。作業員たちは手を止めている。

「あんたたちが税務署か移民局の人間じゃないかと、やつら気にしているんだろう」ソウムズが説明した。

「どうして、税務署や移民局なの？」シボーンがたずねた。

「問題はない」ソウムズが言い切り、シボーンと目を合わせた。半ば振り返り、作業員たちに作業を続けろと身振りで指示した。「事務所で話をしたほうがいい……」

ソウムズはアウディの横を通り、アスファルトが剝がされた車道沿いに歩いて行った。ところどころ、アスファルトの塊《かたまり》が車道の縁に寄せてある。騒音と熱気の中で、ディーゼル発動機から引いた仮設ライトが頭上をまぶしく照らしつける。

「夜間も作業するの？」シボーンがたずねた。

「昼夜二交代制だ」ソウムズが答えた。「夜間作業員はあそこにいる」ちょうど通りかかっているプレハブ小屋を指さした。「ベッド六床、シャワー一つ、そして使わずにすませたいキッチン」仮設トイレが三個並び、その横には窓格子のあるプレハブ小屋がもう一つあった。ソウムズはそのドアを開け、二人を中に入れた。電灯と電気ヒーターのスイッチを入れる。「紅茶でも淹れようか……」

「ありがとう、でもすぐ済むので」室内に一つだけあるテーブルに道路工事計画表が置いてあった。ソウムズはそれを丸めて場所を空けた。

「座ってください」

「作業員はポーランド人なんだね？」リーバスがたずねた。ソウムズがいぶかしげな視線を向けたので、リーバスは作業台に載っている英語―ポーランド語／ポーランド語―英語の辞書を顎で示した。

「全員じゃない」ソウムズが答えた。「だが、一部の者は、ね。あいつらは英語が不得意なときがあって」

「ポーランド語で、アスファルトはどういうのかな？」

ソウムズが笑みを浮かべた。「ステファンが現場主任だ。彼はおれよりも英語がうまい」

「現場で寝起きしているのか？」

「毎日通うには遠すぎるんでね」

「ここで食事も作る？　道路脇で生活するってことか？」

ソウムズがうなずいた。「そういうことだ」

「あなたはどうしてるの？」シボーンがたずねた。

「おれはダンディーの近くに住んでいるんだよ。長い道のりだが、たいてい夜は家に帰っている」

「夜間の監督もいるはずね？」

ソウムズはうなずいて、腕時計を見た。「一時間半ぐらいしたら、ここへ来る。おれは向こうにいなきゃならないのに、ここで雑談しているところを見られたくないな」

「もっともね」シボーンは謝っている響きを込めないようにした。「で、アネット・マッキーのことは聞いたのね？」

「もちろん」

「誰かから何かたずねられた？」

「警官から、という意味？」ソウムズは首を横に振った。「あんたがたが最初だ」

「おそらく彼女はピットロホリの北方でヒッチハイクをしていたと思われる。ということは、ここを通り過ぎたにちがいないのよ」

「もし歩いて通ったんなら、誰かに気づかれていたはずだ」

「わたしたちもそう思っている」

「いやね、通らなかったよ。作業員らに訊いてみた」

「全員に？」

「全員だ」ソウムズが断言した。「女の子がこの辺にいたときは、日中の作業員がいたときなんだ」

「だが、夜間作業員のプレハブ小屋には、窓がある」リーバスが言い返した。「その人たちにもたずねてみたのか？」

「いや」ソウムズが答えた。「でも、訊いてみてもいいよ。電話番号を教えてくれたら、結果を電話する」

「今やったほうが簡単だが」

「まだ眠っているやつもいるんでね」

「起こしてくれ」リーバスは少ししてから言い添えた。「頼む」

ソウムズはちょっと考えてから、心を決めた。テーブルに手のひらを押しつけて立ち上がる。

「待っている間に、ステファンと話をしたいんだが……」リーバスが頼みを追加した。

ソウムズが出て行くと、シボーンは電気ヒーターに近寄り、手を温めた。

「考えられる？　昼夜を問わず、天候もお構いなく働き続けるなんて？」

リーバスは室内を歩いて、コルクボードに貼られた健康や安全に関する注意書き、辞書の横に積まれた手紙、書類などを見て回った。電話の充電器はあったが携帯電話はない。カレンダーには真っ赤なバイクにブロンドのモデルがまたがっている写真が付いていた。

「仕事だからな」リーバスが言った。「近頃では、仕事があれば上等なんだ」

「で、どう思うの？」

「アネットが歩いて通ったのなら、必ず見られているはずだ」

シボーンがうなずいた。「裏手の野原を通って回り道をしたのかもね」

「なぜそんなことをする？」

「口笛ではやし立てられるのを避けるため」シボーンはリーバスを見た。「今でもそういうことって、あるのよ」

「きみのほうが、そういうことはよく知ってる」

「そうよ」シボーンは室内を見回した。「休憩時間には、あの人たち何をしてるのかしら？」

「酒か、トランプか、ポルノだな」

「あなたのほうが、そういうことはよく知ってる」シボーンが真似をして答えていると、金属ドアががたがたと揺れながら開いた。四十代前半の毛むくじゃらの男が立っていた。まぶたが垂れ、顎や頬は一週間分の無精髭で覆われている。リーバスと目を合わせた。

「やあ、ステファン」リーバスが話しかけた。「今は面倒を起こしていないだろうな？」

　ステファン・スキラジはスコットランドで半生以上を暮らしており、そのうち三年は、トルクロスにある友達のアパートでしたたかに酒を飲んだあげく、暴行に及んで相手に重傷を負わせた罪により、刑務所で過ごした。当時、犯罪捜査部にいたリーバスは、法廷で証言したのだった。スキラジは衣服が血まみれで、包丁に指紋がついていたにもかかわらず、無罪を主張していた。

　三人がテーブルを囲んで座る中で、リーバスはその一部始終を語り、シボーンは耳を傾けていた。話が終わると、スキラジは沈黙を破って、問いかけた。

「何が言いたいんだよ？」

　シボーンは黙ってアネット・マッキーの写真を彼の前に押しやった。

「この女性が行方不明になったのよ。最後に見かけられたのは、ピットロホリで北行きのヒッチハイクをするつもりだと言ったとき」

「それで、何だ？」スキラジは写真を取り上げたが、無表情だった。

「あんたたちはピットロホリへ行くんだろ。誰かが煙草やウォッカを買いに走らなきゃならないもんな」リーバスが言った。

「ときどきは、行くね」

「で、誰かが彼女をかわいそうに思ったのかもしれん」

「そしてここで降ろした？　もっと先へ連れて行ってくれる車も、ここなら捕まえやすいからか？」スキラジは写真から目を上げた。「違うか？」

「まあ、そういうことだ」

「写真を預かって、皆に見せてくれない？」シボーンが提案した。

「いいとも」スキラジはもう一度写真を見た。「美人だね。おれにも娘がいる、同じぐらいの年だ」

「それであんたは、トラブルを起こさなくなったんだね？」

　スキラジはリーバスをじっと見た。「酒をやめたからだ。頭がおかしくならない」黒く汚れた指で額をたたいて見せる。「そして言い争わないようにしている」

　リーバスは少し考えてから言った。「ほかの連中で、前がある者は？」

「法に触れた者ってことか？　なぜそんなことを教えなきゃならん？」

「移民局の役人と、ついでに税務署員も連れて、ここへ戻ってこなくても済むようにだよ。そうなったら作業員全員の身元と前科を確認し、あんたの名前は必ず本部へ早急に伝えるようにする……」

　スキラジはリーバスを睨みつけた。「あんたは当時から意地が悪かったよ。ただし、今みたいに太った年寄りではなかったが」

「否定できないね」

「で、答えは？」シボーンが言葉を添えた。

　スキラジはシボーンに目を向けた。「一人か、二人」しばらくして答える。

「一人か二人が？」

「以前に問題を起こした」

シボーンは立ち上がって、罫線紙のメモ帳を見つけ、テーブルの写真と重ならないようにして、スキラジの目の前に置いた。

「その人たちの名前を書いて」シボーンが命じた。

「ひでえな」

シボーンはペンを突きだして、彼に取らせた。少ししてメモ帳を取り返すと、そこには名前が三つ記されていた。

「日中作業の人たち？」シボーンがたずねた。

「最初の一人だけは」

「トーマス・ロバートソン」シボーンが読み上げた。

「ポーランド人ぽくない名前ね」

「スコットランド人だ」

ドアがまた開いた。ビル・ソウムズが立っていた。シボーンが手帳の紙を破り取り、半分に折ってポケットへ忍ばせるのを見ている。

「何もなかった」振り返ってドアを閉めながらソウムズが言った。「彼女を見た者は誰もいない」スキラジの肩へ手をかける。「だいじょうぶか、ステファン？」

「もう行ってもいいかな？」スキラジがリーバスにたずねた。

「おれじゃなくて、この人に訊け」リーバスはシボーンを示した。シボーンがうなずくと、スキラジは立ち上がった。

「何を訊いていたんだ？」ソウムズがたずねた。

リーバスはスキラジが外へ出るまで待った。「捜査に協力してもらっていた」ソウムズに告げる。「それでまた次に訪れるところができたよ」リーバスは立ち上がり、ソウムズに握手の手を差し出した。

ソウムズは何か訊きたそうだったが、リーバスはもうドアを開けていた。シボーンはソウムズと握手をしてから、最後の質問をした。

「南行きの車線に入るのに、どれぐらい先まで走らなきゃならないかしら?」

「一キロほどかな。危険な曲がり角でUターンしても平気なら」

「そんなのはへっちゃらよ」シボーンは笑みを見せてから、リーバスのあとを追った。

車に乗り込むと、シボーンはリーバスの考えをたずねた。

「いきなり押しかけて尋問するわけにはいかない」リーバスが認めた。「テイサイド警察に話を通さないと」

「同意見だわ」

「では、きみは明日の朝テイサイドへ電話をして、そのあともう一度ここへ来ればいい。そうすればすべて公明正大に行われるということだ」

「あなたはやりたくないの?」

リーバスはうなずいた。「おれは雇われの助っ人にすぎない」

「これまでのところ、見合うだけの働きはしているわ」

「じゃあ、あの話のわからん男、〈コミュニケイション・ブレイクダウン〉に教えてやってくれ」

シボーンがレッド・ツェッペリンの曲名を聞いて微笑した。「ステファン・スキラジはどうする?」

「彼について調べてもいいが、何も出てこないんじゃないか」

シボーンは合点し、車のエンジンをかけた。「エジンバラへ戻ったら、エールを一杯おごらなきゃね」

「おれに夜の予定がないとどうしてわかる?」

「そんなタイプじゃないわ」シボーンは答え、次々と走ってくるトラックの車列に、そのうち途切れ目ができるのを期待しながら、ウインカーを出して待ち続けた。

11

結局、リーバスはシボーンに二杯おごらせた。そのあと、車まで彼女に付き添って歩き、家まで送ろうという申し出を断った。

「通り道とはとても言えないから」とリーバスが言った。

「じゃあ、タクシーで帰るか、もっと飲むかってことね」

「刑事の勘を働かして、圧力をかけているのか?」

「今日は順調に行ったわ。でもゲイフィールド・スクエア署へ前夜のエールの悪臭を発散させながら出勤してくるようになったら……」

「了解」リーバスはふざけて敬礼をし、アウディが見えなくなるまで見送った。市内はひとけがなく、たくさんのタクシーが、なかなか見つからない客を探して流している。リーバスは手を挙げて待った。二十分後、彼は運転手にチップの一ポンドを足して料金を支払い、〈ギムレット〉というパブの前で降りた。その店は、西方面から市内へ入る主要道路の一つであるコルダー・ロードに近い、交通量の多いロータリー横にある。このあたりは商業地区と住宅地区が混在している——車の展示場や低い建物の工場群。それにおなじみの光景である、パラボラアンテナが並んで天を仰いでいる二階建ての長屋住宅。

〈ギムレット〉は一九六〇年代に開業した。ずんぐりした箱形の建物で、店の前には、クイズと夜のカラオケ大会と一日中提供する安価な朝食を広告する、両面看板が立ててある。リーバスは長年、この店を訪れていない。今でも万引きや泥棒たちの華やかな取引会場として、機能しているのだろうか。

「それを知る手段は一つだけだ」リーバスは自分に言った。

ラウドスピーカーから音楽が大音量で流れ、テレビではブロンドの妖艶《ようえん》な美女がスポーツニュースを読み上げていた。リーバスがビールのサーバーへ近づくのをしかめ面の客五、六人が見守っていた。リーバスはビールの種類を調べ、次にガラス張りの冷蔵ケースを見た。

「ＩＰＡを一本」リーバスは決めた。女性バーテンはまだ若くて、両腕にタトゥーがあり、顔のあちこちにピアスを施していた。客の好みには頓着《とんちゃく》なく、音楽を選んだのは、彼女なのだろう。女性バーテンがエールを注ぐのを見ながら、フランクは来るのか、とリーバスはたずねた。

「フランクって？」

「フランク・ハメル——ここは今でも彼の店なんだろ？」

「知らない」女性バーテンは必要以上に力をこめて、空になった瓶をバケツに放り込んだ。リーバスが二十ポンド紙幣を渡すと、レジを開ける前にそれを紫外線スキャナーにかざした。

「ダリルはどうだ？」リーバスはまたたずねた。

「あんた、新聞社の人？」女性バーテンは釣り銭を直接手渡さないで、カウンターに置いた。それはコインが数個と、リーバスが久しくお目にかかったことがないほど汚れくさった五ポンド紙幣が三枚である。

「当ててごらん」リーバスが答えた。

「おまわりだよ」客の一人が大声で言った。リーバスは振り向いて男を見た。六十代の男で、ラムのグラスを手にしている。前には空のグラスが三つあった。

「あんたと会ったことがあったかな？」

男はかぶりを振った。「でも、合ってるだろ？」

リーバスはエールを口に含んだ。冷えすぎており、少し気が抜けていた。左側のドアが音を立てて開いた。

そこにはビア・ガーデンとトイレを示す文字があった。入ってきた男は煙草のパックをポケットに入れながら、咳をしていた。一メートル八十をはるかに超す長身、スキンヘッド、黒いポロシャツの上に七分丈の黒いコート、黒ズボン。

〈ギムレット〉に用心棒のドアマンがいても当然だ。リーバスが入ったとき、ちょうど休憩中だったにすぎない。男はリーバスがなじみ客ではないことと、店内の空気に気づいて、彼を厳しく見据えた。

「どうした?」男がたずねた。

「おまわり」女性バーテンが答えた。

ドアマンはリーバスの一歩ほど前で立ち止まり、リーバスを上から下までじろじろと見た。「年寄りだな」と言う。

「ほめてくれて、ありがたい。フランクかダリルと話をしたいんだが」

「アネットのことかい?」別の客がたずねた。ドアマンは客を睨んで黙らせてから、リーバスに向き直った。

「きちんと手順を踏んで申しこむことだ。あんたは筋を通していない」

「フランクの弁護士の一人と話しているとは気づかなかったな」リーバスはエールを一口飲むとグラスを置き、ポケットの煙草を探した。それ以上何も言わず、左手のドアへ向かい、ドアが後ろで閉まるに任せた。予想通り、ビア・ガーデンは長方形の敷地があるだけで、コンクリートのひび割れから雑草が伸びていた。テーブルも椅子もなく、空になったビールのアルミ容器やビールケースが置いてあるだけだ。敷地を囲む壁のてっぺんには、有刺鉄線が多量に張り巡らされ、ポリエステルのリボンがワイヤーに引っかかっている。リーバスは煙草に火を点けてから、ぐるりと歩いてみた。遠くに高層住宅があり、そのバルコニーの一つで、舞台さながら、男女が怒鳴り合っている。ロータリーを次々と通り過ぎる車は、気づかないだろう。どこにでもある人生の小場面にすぎない。リーバスは背後のドアが開くのではないかと思っていた。誰かが穏やかに話をつけようとするか、もしくはボクシング試合を望むかもしれない。時間つぶしに時計を見たり、携帯電話を見たりした。煙草を最後まで吸い終わったので、吸い殻がすでに何十も散らばっているコンクリートに、それも捨てた。そしてドアを開け、中に入った。

　ドアマンの姿はなかった。自分の部署に戻ったようだった。女性バーテンは袋に入ったポテトチップスを食べている。リーバスのエールはすでに下げられていた。

「飲み終わったのかと思って」女性バーテンが嬉しそうに説明した。

「一杯あんたにおごってもいいかな？」

　女性バーテンは驚きを隠しきれない顔だったが、やがてかぶりを振った。

「そりゃ残念だ」リーバスはピアスを顎で示しながら言った。「あんたが飲むときにそこから漏れるかどうか見たかった」

　入り口の外ではドアマンが携帯電話で話していた。

「ここにいるよ」リーバスの姿を見て言う。リーバスに携帯を渡した。

「もしもし」

「あんたがおまわりかどうかわからないって、ドニーは言ってる」

「正式には、そうじゃない。だがアネットの失踪を捜査しているチームの助っ人をしている」

「それを立証できる？」

「シボーン・クラーク警部にたずねてくれ。あるいはペイジ主任警部でもいい。ところで、あんたは誰なんだ？」

「ダリル・クリスティ」

　リーバスは記者会見の席にいたダリルを憶えていた。髪の毛を尖らせた、色白な肌の青年。「妹さんのことは心配だな、ダリル」

「ありがとう。で、あんたの名前は？」

「リーバス。犯罪捜査部にいたんだが、今は迷宮入り事件を担当している」

「じゃあ、どうしてペイジらはあんたが必要なんだ？」

「それは向こうに訊いてもらわないと」リーバスは少し間を置いて言った。「ペイジを信用していない口調だね」

「ペイジがスキンケアに費やす時間ほども、仕事に精を出しているんなら、信用するよ」

「それについては、コメントを差し控えよう」

　ダリル・クリスティは鼻で笑った。十八歳の若者らしい話し方ではなかった。というより、ませた、自信まんまんの十八歳の話し方だった。

「フランク・ハメルは、捜査について、きみと同じように関心を持っているのか？」

「そんなこと、あんたに関係ないだろ？」

「あの男は自分の流儀で事実を手に入れようとするやつだと思っているんでね」

「それで？」

「彼はもし何かわかったことがあれば、それを警察に教えるべきだと思う。でないと先々、公判の障害になるかもしれん」リーバスは間を置いた。「当然、ハメルはまともな公判なんて必要ないという意見だろう。自分が裁判官と陪審員を兼ねられるときにはな」

　リーバスはダリル・クリスティが何か言うのを待っていた。ドアマンのドニーに背を向け、借りた携帯電話を耳に当てながら、ロータリーの方へ向かい、市内を出入りする車が進路を調整しながら回るのを見守った。しばらくして無言の電話へ話しかけた。

「フランク・ハメルは敵の多い男だ、ダリル。それはきみもよくわかっているだろう。ハメルはこう考えているんじゃないか――敵の一人がアネットに手を出したと？」無言が続く。「だがな、おれとしては、ハメルがそっちの線へ突っ走るのは間違っていると思う。きみやきみの母親がハメルに従うのはよくない」

「あんたが何か知ってるんなら、話せよ」

「まずは、おれがフランク・ハメルと話をするべきだろうな……」

「それはありえない」

「念のため、おれの電話番号を教えてもいいかな？」

また間が空いたあと、ダリル・クリスティはかまわないと答えた。リーバスは携帯電話の番号を伝え、自分の名前の綴《つづ》りも教えた。「フランクはおれのことを知ってるかもしれん」

ダリルは次の質問を考えつくのに少し時間がかかった。リーバスは待っている間、ヘッドライトが次から次へと通り過ぎるのを見つめていた。

「あんたたちは妹を見つけてくれるのか？」

「全力を尽くして捜す。それしか約束はできない」

「妹をぜったい軽く見ないでもらいたいんだ」

「軽く見るとは？」

「フランク・ハメルがぼくたちの母親と付き合っているからと言って」

「そんなことにはならない、ダリル」

「じゃあ、立証しろよ。働け」

電話が切れた。リーバスは次の煙草を吸いながら、会話を思い返した。あの青年は人を寄せ付けないが、頭はよい。そして妹をたいそう心配している。リーバスは携帯電話のボタンをいくつか押して、画面に最新の通話履歴を出した。自分の携帯電話を取り出し、ダリルという名前でアドレス帳に番号を打ち込んだ。煙草を吸い終えると、〈ギムレット〉へ戻り、ドアマンのドニーに携帯電話を返した。

「長くかかったな」

リーバスはかぶりを振った。「あんたのボスとの電話はとっくに終わってた。そのあとプレミアム・チャ

ットラインへかけたんだよ。次の請求書が楽しみだな

……」

第二部

死んだ男たちが骨を揺らしながら歩き
若い女たちが携帯電話に笑い声を上げるのを、おれは見る……

12

カファティには何があるのだろうか？

午前中の混む時間ですら、カフェの客たちは近寄らなかった。リーバスは隅にテーブルを見つけた。隣のテーブルは客が立ったあと、ふさがらなかった。新しい客はそこへ行きかけて、黒い革ジャケットの巨漢に気づき、気を変えた。

「思いがけないね」とカファティは言ったのだった。「あんたが、誘うなんて」そして味の薄いミルク入りコーヒーを一気に飲んだあと、お代わりを頼みながら、ドールハウスのカップみたいだと文句を言った。

二杯目のコーヒーに砂糖を入れているカファティに、リーバスはフランク・ハメルについてたずねた。

「ハメルか？　あんなにキレやすい男はいない。行動には結果がついてくることをまったく理解できないんだな」

「それはそうと、あんたに雇われてたことがあるのか？」

「昔にな」テーブルに置いてあったカファティの携帯電話が振動を始めた。かけてきた者の名前を確かめ、電話には出なかった。「行方不明の女の子の件か？」

リーバスがうなずいた。

「ハメルがテレビに映っているのを見た」とカファティが話し続けた。「あいつは大きな賞金を出したな」

「どうしてハメルだと思う？」

カファティはその質問を考えた。リーバスの考えはわかっている。ハメルのような男は金を支払わなくたって情報を得られる。「ハメルは愛しているんだ」しばらくして答えた。「母親のことだ。これはあいつの愛情表現なんだ。あいつが彼女の夫を脅しつけたのを知ってるだろ？」

　リーバスはかぶりを振った。

「だから哀れな野郎はニュージーランドへ逃げちまったんだよ」

「オーストラリア、と聞いたんだが」

「大差ない――地球の反対側さ。フランク・ハメルからそこまで遠く逃げざるをえなかったってことだ」

「行方不明の女の子の兄については？」

　カファティはちょっと考えた。「どういうことだ？」

「ダリル・クリスティという名前で――父親の姓を名乗り続けている。記者会見でしゃべっていた。ハメルが持っているパブのうち、少なくとも一つの経営を任されている」

「それは知らなかったな」カファティは情報を頭にしまい込んでいた。「頭のよい若者のようだ」

「だったら、今のうちに抜けるべきだな」

「最近では、何店舗ぐらい、ハメルは店を持っているんだ？」

　カファティの唇がゆがんだ。「わからんな、おれでも。パブやナイトクラブを五、六軒ってとこか。むろん、もっとうまい汁をあちこちで吸っているさ。グラスゴーやアバディーンで誰かと会っている」

　ということは、彼のような男と会っているのだ。

　リーバスはコーヒーをかき混ぜているカファティを見守った。「まだそんなことに関心を持っているような口ぶりだな」

「趣味ということにしてくれ」

「趣味は身を滅ぼすこともある」

「引退後の生活を埋めるために、何かをしなきゃならんだろ。それで道を誤るんだ。一日中何もすることがないから、もとの商売に戻っちまう」カファティはコーヒーの表面から泡をスプーンですくい、口に運んだ。

「ハメルを恨《うら》んでいるような男を知らないか？」

「目の前の男を除いてか？」カファティはにやりと笑った。「数え切れないほどいるだろうな。だが子供を巻き込むとは思えん」

「だが、もしそうだったとしたら……？」

「そうだったら、すぐにでもそいつはハメルへメッセージを送るだろうし、あいつは怒りで爆発するさ。そうなった場合を知りたいか？」

「ハメルの張り込みをするべきかな？」

「いずれにしろ、そのうち警察はやるんじゃないか。遠い昔、おれにさんざんつきまといやがったことを憶えているよ」

「現行犯で押さえたこともあったっけ」

　カファティはまた唇をゆがめた。「昔のことはあまり思い出さないほうがいい」

「いや、今だけでも思い出したほうがいい」

　カファティはリーバスの顔を見た。「なんでだ？」

「なぜなら、苦情課がおれを狙っているからだ」

「おやおや」

「たとえば、おれたちが何回か一緒に出かけていることを知っている」

「誰かが告げ口したんだ」

「それは、おまえじゃないのか？」

　カファティの表情はまったく変わらなかった。

「だからな、それで筋が通る」リーバスが続けた。「コーヒーのマグを両手で包み込んでいるが、席についてから一口も飲んでいない。「おれをはめるのに、これほどうまい手はない。おまえはおれをときどき一杯飲みに誘い出し、おれたちが親友だと皆に思わせるんだ……」

「そりゃおれに対する侮辱だ」

「まあな、誰かが苦情課に教えてるんだ」

「おれじゃない」カファティはゆっくりとかぶりを振りながら、スプーンをテーブルに置いた。彼の携帯電話が再び振動している。

「それに出なくていいのか?」リーバスがたずねた。

「おれは心ならずも人気者なんでね」

「人気者の意味を辞書で調べるんだね」

「ぜったいにそんな言いがかりは許さんからな……」

カファティの目が突然、暗いトンネルとなり、さらに暗い内部へと誘い込む。

「ほうらな」リーバスは冷笑を浮かべた。「おまえはどこかに潜り込んでいるだけで、また活躍する潮時を待ってるんだよ」

「おれたちの付き合いは終わりだ、リーバス」カファティが言い切り、立ち上がって携帯電話をさっと取った。「おれに対して無礼な振る舞いをするな、リーバス。あんたにはおれしか友達が残っていないんじゃないかと、ふと思うんだが」

「おれたちが友達だったことは一度もない。これからもない」

「そう言い切れるのか?」答えを待たないで、カファティはテーブルの間をすり抜けて出て行った。大男にしては身のこなしが敏捷《びんしょう》だ。リーバスは椅子にもたれ、周囲を見回し、カフェの朝の客たちを観察した。今回だけでも苦情課が自分たちを監視し、聞き耳を立てていてくれたらよかったのに、と思った。あいつらも安心するだろうに。

13

「おれがいなくて淋しかったか?」リーバスは重大犯罪事件再調査班の部屋に入りながらたずねた。

「どこかへ行ってたのか? いないのに気がつかなかったな」ピーター・ブリスは大きなプラスチックの箱から事件簿や捜査資料をごっそりと取り出していた。紙が何枚か落ちて床を滑った。エレイン・ロビソンが拾うのを手伝った。

「ゲイフィールド・スクエア署ではどうだったんですか?」エレインがたずねた。

「コーヒーは、ここと比べものにならないぐらいまずい」

「事件のことよ」

リーバスは肩をすくめた。「ほかの行方不明者との関連について、誰も納得したふうではない」

「売り込みは難しいものよ、ジョン」

「でもここでは運がいいようだ——カウアンがいない」

「会議に出てるよ」ブリスが説明しながら、自席に座った。「転任を狙ってね」

「未解決事件特捜班へ」ロビソンが腰に両手を当てながら言い添えた。「上のほうで空きができたみたい」

「おれたちのいとしい班長は、未解決事件が特に嫌いだと思ったんだがね」

「でも彼がもっとも好きなのは、昇進よ。そのためには彼を警部に昇格させなくてはならないから」

「主任警部やそのさらに上へ、まっしぐら」ブリスが首を振り振り言った。

「まあな、服装のたぐいは準備万端だよ、本人は別として」リーバスは出て行こうとした。

「ご自慢のコーヒーを飲まないで出て行くんですか？」ロビソンがたずねた。

「行くところがある、会う人がいる」リーバスは詫《わ》びる代わりに歌うように言った。

「また帰ってくるのよ」ドアを出るリーバスに、ロビソンが大声で言った。

　オフィスの横の壁には〝倫理綱領と規範〟と書かれてあるが、誰もが苦情課と呼んでいた。リーバスはハンドルを回してみた。動かなかった。コンビネーション錠だ。ノックをし、ドアに耳をつけ、もう一度ノックした。廊下の先には副本部長の執務室があり、さらに先には本部長の執務室がある。ここに呼ばれて叱られたのは、ずいぶん以前のことだ。現役の頃、事務職のお偉方が次々と入れ替わるのを見てきた。彼らはつねに新しいアイディアに満ち、ちょっとした工夫を持ち込みたがり、戦略会議やグループ公聴会を開けば警察を変えられると思っている。苦情課——毎年もしくは一年おきにその名称が変えられる——はその一環だ。たとえば〝苦情と品行〟、〝警察官の規範〟、〝倫理綱領と規範〟など。リーバスの知っているある警官は、隣人から生け垣の高さで文句を言われたために、苦情課に目を付けられた。問題の処理が終わるまでに一年近くかかったので、その警官は嫌気がさして、仕事を辞めた。

　それが苦情課の成果の一つである。

　リーバスはあきらめて、エレベーターでカフェテリアへ向かった。炭酸飲料アイアン・ブルーを一瓶とキャラメル・ウエハース。窓際の席へ歩いて行った。窓の外は運動場で、ときどき非番の警官がラグビーをやっている。だが今日はしていない。テーブルから引き出した椅子が、やかましい音を立てた。椅子に座ると、そのテーブルにいた男の視線を見返した。

「マルコム・フォックス」リーバスが断定した。

　フォックスは否定しなかった。リーバスより二十年ほど年下で、体重は十キロほど軽い。白髪も少ない。警官はたいていの場合、警官らしく見えるものだが、フォックスの場合はプラスチック製造会社か内国税収入庁の中間管理職みたいに見える。

「やあ、リーバス」フォックスが返した。彼の前に皿があるが、そこにはバナナの皮しか載っていない。横に添えられたグラスには、レジ横にある水差しからの水道水が入っている。

「ちゃんと挨拶したほうがいいと思ったんで」リーバスはアイアン・ブルーを一口飲み、げっぷを我慢した。

「それはどうかな」

「同じ建物内で働いているんだ。一緒に座って悪いわけは何もないだろ？」

「大いにある」フォックスの言い方に挑戦的な響きはなく、言葉に感情はなかった。周囲の人間とは程度が違うことを知っている者の、自然な自信が備わっていた。

「おれに対する資料を集めているところだから？」

「今の警察は、あんたが勤めていた頃とはまったく異なる。捜査方法も違えば、取り組み方も違う」フォックスは一呼吸置いて言った。「自分がやっていけると本気で思うのか？」

「再雇用を求めるなと言うんだな？」

「それはあんた自身が決めることだ」

「誰がおれとカファティのことを、あんたに言ったんだ？」

フォックスの表情がわずかに変わったのを見て、リーバスは自分が間違いを犯したことに気づいた。リーバスが誰からその情報を得たのかを知ったのだ。シボーン・クラーク。彼女に罰点が一つ。

「胸に手を当てて考えてみることだ」リーバスはそれでも言葉を続けた。「カファティ自身がもらしたのではないか、と？ 仲介者を通してな？ おれのチャンスをつぶすためにだ」

「そもそもあんたが彼を遠ざけておけば、何の問題もない」

「反論できないね」

「じゃあ、なぜ？」

「あいつが口を滑らせるんじゃないかと願っていたからだと思う――おれは未解決事件を扱っているんでね」

「それで、何か漏らしたかな？」

リーバスはかぶりを振った。「これまでのところは何も。だがカファティには秘密が山ほどある。チャンスはつねにあるさ」

フォックスは水を口に含みながら、考えている表情になった。リーバスは包装紙を破いて、ウエハースをかじった。

「あんたに関するファイルはね」フォックスが少ししてから言った。「一九七〇年代に遡る。いや、ファイルというのは正しくない。棚一段分もあるんだから」

「校長の部屋に呼び出されたことが何回かはあるな」リーバスが認めた。「でもクビを宣告されたことは一度もない」

「なぜだろう。たんに幸運なのか、または何か手を使ったとか？」

「おれがやったことには、必ずまともな理由があるんだ――そして結果を出した。お偉方にはそれがわかっている」

「〝はぐれ者にも常に動ける余地を与えるべきである〟とは、前本部長があんたについて書いた言葉だよ。署長は〝はぐれ者〟に下線を引いていたな」

「おれは結果を出した」リーバスが繰り返した。

「今はどうなんだ？　いくつか法を曲げて得るやり方を取らずに、成果を得られると思うのか？　現時点では、はぐれ者を一人といえども置く余裕がもうないんだな」

リーバスは肩をすくめた。フォックスはしばらく彼を観察していた。

「あんたはゲイフィールド・スクエア署を手伝っている」フォックスが言った。「となると、クラーク警部と再び接触する機会ができたわけだ」

「それで?」

「あんたが退職してから、彼女はあんたの教えの一部を実行しないことを学んだ。彼女はこれから昇進を続けていくだろう」フォックスは一呼吸置いた。「ただし……」

「おれが悪影響を与えると言うのか? シボーンは自立した女性だ。おれが一週間やそこらそばにいたって、それが変わることはない」

「そう願うね。でも以前は、何回か彼女があんたの尻ぬぐいをしたんだろ?」

「何の話やらさっぱりわからん」リーバスは再びアイアン・ブルーの瓶に口をつけた。

フォックスは雇い主が能なしの求職者を疑わしげに見るような目つきで、リーバスを観察しながら、無理に笑みを浮かべた。「わたしたちは以前にも会ったことがあるね」

「そうか?」

「なんと言うか——あるとき同じ事件を担当していた、わたしがまだ犯罪捜査部に属していた頃に」

「憶えていないな」

フォックスは肩をすくめた。「驚くほどでもないね——あんたは一度も捜査会議に出なかったと思う」

「おそらく現実の捜査をするのに忙しすぎたんだな」

「酒の臭いを消すためにミントを口に入れつつ、か」

リーバスは睨みつけた。「こういうことなんだな——おれがあんたを無視したからか? 運動場であんたの菓子を巻き上げたから、今になってそれを返してくれって言うんだな?」

「わたしはそれほどいじましくはない」

「ほんとうだな?」

「もちろんだ」フォックスは立ち上がった。「もう一つ、健康診断があるのを知っているね？　再雇用を申請するなら、ってことだが」

「おれは牛のように強い」リーバスが言い切り、胸を拳で叩いた。フォックスが立ち去るのを見守りながら、ウエハースを食べ終え、外の喫煙場所へ向かった。

14

リーバスはゲイフィールド・スクエア署へ失踪人のファイルを持ってきた。ペイジが見ていることを確認しながら、シボーン・クラークの机まで書類を運び込んだ。それには三往復を要し、その間、署の真ん前に停めたサーブのフロントガラスには〈警察公用中〉の標示カードをこれ見よがしに置いていた。

「手伝ってくれてありがとう」リーバスは誰ともなく部屋の皆に言った。汗を掻いたので、上着を脱いでシボーンの椅子にかけた。女性警官が近づいてきて、持ち込んだ箱についてたずねた。

「失踪人だよ」とリーバスは説明した。「一九九九年から二〇〇八年の間に、三人。いずれの場合もＡ９号線か、その近くで見かけられたのが最後だ。アネット・マッキーの場合と同じだね」

女性警官は一番上の箱の蓋を開け、中をのぞいた。身長は一五〇センチ強で、黒い髪をリーバスならおかっぱと呼びたいような短さに切り揃えている。女優の誰かに似ていた――オードリー・ヘップバーンかもしれない。

「おれはジョンだ」

「あなたのことは皆が知っているわ」

「じゃあ、おれは不利だな」

「わたしはエソン刑事。でもクリスティンと呼んでもいいわよ」

「きみはいつもコンピュータに張り付いてるな」

「それがわたしの仕事」

「ほう？」

エソンは箱の蓋を閉め、じっくりとリーバスを見た。

「わたしはオンライン社会へリンクする役目なんです」

「eメールを送る係？」

「ネットワークへ入るのよ、ジョン。失踪人関係のネットワークへ。ツイッターやフェイスブックに投稿するし、ロウジアン&ボーダーズ警察のウェブサイトをつねに更新してる」

「目撃情報を求めて？」

エソンがうなずいた。「彼女の写真ができるだけ広く拡散されるようにしているわ。何か質問をすれば、それは瞬時に地球を駆け巡る」

「そのネットワークとやらは、遠い過去の事件の詳細についても出ているかな？」

エソンは箱に再び目を落とした。「可能性はある――調べてほしい？」

「やってもらえるか？」

「名前と生年月日を教えて、もしあるなら写真も添えて……あなたの推論では、彼女たちは全員死亡しているってことね?」

「今の時点では、そうとしか言えない――推論としか。でもやってみる価値はあるんじゃないか?」

「もちろん」

「名前、生年月日、写真だね?」

エソンがうなずいた。「何か関連するものがあれば、それも。身体的特徴や、最後に目撃された場所など……」

「わかった。ありがとう」とリーバスは言った。

エソンはほのかに顔を赤らめながらその言葉を受け入れ、自席に戻った。リーバスはメモ用紙を見つけ、サリー・ハズリットともう二人の特徴などを書き始めた。二十分後、書いたものといくつか選んだ写真を持ってエソンへ近づいた。彼女は困惑しているようだった。

「eメールを使わないの?」

「手書きでは読めないのか?」

エソンは微笑してかぶりを振り、ゾウイ・ベドウズについて書かれてある中から、一文を読み上げた。

「〝男好き〟?」

「きみならもっとよい表現を知ってるだろ」

「そうだといいけど」エソンは写真を見つめた。「これをできるだけ鮮明にスキャンするわ。もう少しましなものはないのね?」

「残念ながら、ない」

「わかったわ」

「もうクリスティンと話しているのね」と、近づいてきたシボーン・クラークが声をかけた。バッグを肩にかけ、もう片方の手にノートパソコンを抱えている。「射撃ゲームに誘い込まれないようにするのよ。クリスティンは容赦ないんだから」

エソンがまた顔を赤らめる中、リーバスはシボーンのあとをついて、彼女のちっぽけな陣地へ向かった。

「ピットロホリはどうだった?」リーバスがたずねた。

「よかったわ」

「警察署は？」

「いちおう役に立ったわ」シボーンはエソンのほうを見た。「オンライン・ゲームのことなんだけど、それで知り合いを作るのよ」

「アネット・マッキーはオンライン・ゲームをやっていた」リーバスが言った。

「クリスティンは何十人ものゲーム・プレーヤーと接触を続けている。もしその誰かが友人のゼルダから何か連絡を受けたら、クリスティンはそれを知るはず……」シボーンは口をつぐんで箱を見た。「それはそうと、ご苦労様。ここに積んであるけど……」空いている机を探すふりをした。

「別の部屋を使えないかな？」リーバスが提案した。

「探してみるわ」シボーンはコートを脱ぎ、どしんと座ったが、リーバスの上着が椅子の背にかけてあるのに気づいた。

「それを取ろう」リーバスが言った。

「いいわ、そのままで」シボーンはノートパソコンを開いた。「ここに事情聴取の記録が入っている。音声だけだけど」

「テイサイド警察から誰か来ていたか？」

「はるばるパースから警部が。話が合うというわけには行かなかったけど」

「だが必要な人物とは一人残らず話をしたんだね？」

シボーンはうなずいて、目をこすった。疲れが顔に出ていた。

「コーヒーを取ってこようか？」リーバスがたずねた。

シボーンが顔を見た。「おやまあ、諺はほんとうなのね——何事にでも初めがあるってこと」

「そして最後もあるさ、もしおれをからかう気なら」

「ごめんなさい」シボーンはあくびを漏らした。「夜勤のポーランド人二人についてだけど。ステファン・スキラジが通訳してくれたわ。二人とも若い頃、母国でちょっとした犯罪に関わっていた。仲間とつるんで悪さを働くたぐいの。喧嘩やこそ泥ね。こっちへ来てからはぜったいに悪事に手を染めていないと言い張ってた。確認のため、二人の名前を検索してみるわ。スキラジについてはすでに調べたけれど、彼の言うとおり——出所してからは、悪い生活へ逆戻りしたという情報はかけらもない」

「きみはおいしい部分を最後まで残しているような気がするんだよな？」

シボーンが顔を上げて彼を見た。「じゃあ、約束のコーヒーをもらおうかしら」

リーバスは頼みを聞いた。戻ってくると、シボーンはデスクトップパソコンに指を走らせていた。感謝を示すうなずきとともに、マグを受け取る。

「トーマス・ロバートソンという男が日勤で働いている。彼は夜勤を嫌がるの、ピットロホリの酒場で夜を過ごしたいから。気に入っている女性バーテンがいてね、両想いだとは言わなかったけど。一回だけ、警察の厄介になったことがあるとわたしに言ったわ。アバディーンのナイトクラブの前で当時の恋人と喧嘩になり、暴れて逮捕に抵抗したために」

「それで？」

「これで見ると、ロバートソンは全部を話していなかったわね」シボーンはコンピュータの画面を指で叩き、リーバスが見えやすいように、コンピュータの角度を少し変えた。ロバートソンは強姦未遂の罪に問われていた。被害者はその夜、彼が出会った女性で、そのナイトクラブの裏の路地で襲われたのだった。彼はピーターヘッド刑務所で二年の刑に服したが、一年以内に釈放された。リーバスは頭の中で日にちの計算をしてみた。ゾウイ・ベドウズは二〇〇八年の六月に行方不明となり、それはロバートソンが逮捕されるほんの二カ月前となる。

「どう思う？」シボーンがたずねていた。

「アネット・マッキーについて、彼はなんと言っているんだ？」

「彼女を見ていない、と。その午後は休みなく働いていたから、横をスーパーモデルが通り過ぎても気づかなかったろう、と言ってるわ」

リーバスはロバートソンの警察用顔写真を見つめていた。黒い短髪、おびただしい無精髭。険悪な表情、焦げ茶色の瞳、彫りの深い顔立ち。

「もう一度彼に会う必要があるわ、もう少し正式なやり方で」シボーンが言った。「それと、道路工事の周辺地区に捜索隊を出したほうがいい。あのあたりは森と野原で、それに川がある」

「干し草の山から針を探すようなもんだ」リーバスが言った。そのとき、クリスティン・エソンが真後ろに立っていて、紙の束を差し出しているのに気づき、それを受け取った。

「論文が二つ」とエソンが説明した。「どちらも殺人犯がどんなところに被害者を放置したがるかを論じているわ。軽い読み物にと思って」

「要約を教えてもらえないかな？」

「わたし、まだ読んでいないの。プリントしただけ。興味があるなら、こういうものはまだたくさん、インターネット上にあるわよ」

リーバスは興味などない、と言いかけたが、シボーンの表情に気づいた。

「たいへん役に立つよ」リーバスは言った。

「ありがとう、クリスティン」自席へ戻るエソンへ、シボーンも言い添えた。そしてリーバスに向かって「あんな人なのよ」と説明した。

「三十ページもあるぞ、その半分は数式だ」

シボーンは彼から論文二つを取り上げた。「これを書いたうちの一人は知っているわ――名前だけだけど。ジェイムズはプロファイラーの導入を考えているのかしら……」

「それと同時に、占い盤の導入も考えているかもしれん」

「時代は変わったのよ、ジョン」

「よい方にだろうね、きっと」

シボーンは論文を彼に戻そうとしたが、リーバスは鼻に皺を寄せた。

「きみが先に読んでくれ。きみの意見をおれがどれほど高く買っているか、知ってるだろ」

「クリスティンがくれた相手は、あなたよ」

リーバスはエソンの机のほうへ目をやった。彼女がじっと見ていた。リーバスは笑顔でうなずき、印刷物を資料の入った段ボール箱の上に載せた。

「ジェイムズにこれから報告しに行くけど、一緒に来る？」

「あんまり、行きたくないな」

「あなたが何をやっていたのか、訊いておくべきかもね」

「おれか？　何もしてない」リーバスは少しして言い添えた。「苦情課関係で、きみに迷惑をかけちまったことぐらいかな。だから謝るべきなんだろうが……」

シボーンが見つめた。「全部話して」と言った。

15

その夜、リーバスが今日の郵便物の封を開け、プレーヤーにアルバムを載せてまもなく、電話が鳴った。番号を確認した。知らない番号。

「もしもし?」彼はキッチンにいて、中身がほとんど入っていない冷蔵庫を見つめていた。

「リーバス?」

「誰なんだ?」

「フランク・ハメル」

「ダリルがおれの番号を教えたんだな?」

「今すぐ〈ギムレット〉へ来い。話がある」

「それに応じる前に、質問が一つある」

「言ってみろ」

「〈ギムレット〉はこの時間帯でも食事を出すか?」

ピザの出前がその答えだった。隅のテーブルに、箱入りのまだ温かいピザが置いてあった。店にはドアマンのドニーがいるだけで、ほかには誰もいなかった。テレビもバックグラウンド・ミュージックも静まりかえり、バーカウンターにもバーテンはいない。

「乗組員の消えたメアリー・セレステ号ってとこだな」リーバスはつぶやき、箱からピザを一切れ取って、バーカウンターへ向かった。ただし、カウンター内には、光沢のある板に沿って両手を広げたハメルがいた。身長は一七五センチほど、起業家とボクサーを混ぜたような風貌である。紺のワイシャツを着て、首元のボタンをはずし、袖をまくり上げている。ごま塩の豊かな髪に乱れはない。近づくと、上唇から鼻へかけて切り傷の跡が見えた。片方の眉にも古い傷跡が残っている。喧嘩になったら一歩も引かないというタイプの男なのだろう。

「ご馳走《ちそう》してくれるなら、モルトがいい」

ハメルは後ろを向いて、〈グレンリヴェット〉の瓶を取った。栓を開けるときに、きしんだ音がした。彼は分量を気にすることなく、どくどくと注いだ。「水は要らないな」と言いながら、グラスをリーバスの前に置く。そして手のひらを突き出し「これで、五ポンドきっかりだ」と言う。

リーバスは彼を見据え、やがて微笑を浮かべながら金を渡した。ハメルはレジに金を入れなかった。自分のポケットに突っ込む。外に張り込みの気配はない。この二人の出会いをマルコム・フォックスが知ったら、どんな反応を招くのだろうかと思わずにはいられなかった。

「で、あんたがジョン・リーバスだね」ハメルが言った。そのがらがら声は、うがいをしたほうがよさそうなほどだった。以前、監房で誰かにタオルで首を絞められたため、そんな声になってしまった前科者に会ったことがある。

「まあ、そういったところだ。あんたがフランク・ハメルであるようにね」リーバスが答えた。

「昔はよくあんたの噂を聞いたもんだ。おれがカファティと仕事をしていたのを知っているだろ？」

「カファティの話によると、あんたはあいつと組んで仕事をしたというより、子分だったんだろ」

「その昔、カファティはあんたを激しく憎んでいたよ。あんたとあんたの家族に何をしようと企んでいたか、聞いとくべきだったよな……」ハメルはその言葉が相手の頭にしみこむのを待った。隅のテーブルへ歩み寄り、ピザの箱を取るとバーカウンターに置いて、その一切れを手にした。

「悪くないぞ」リーバスが教えた。

「そうあってほしいね。チーズが粘っこかったら、ひどい目に遭わせるぞと脅しておいたからな」一口食べてみた。「糸を引くようなチーズは我慢ならん」

「レストランの格付け本でも書いたらどうだ」

二人の男が食べる間、短い沈黙が続いた。「おれの考えを言おうか？」ハメルがしばらくして言った。

「これはチーズ抜きで作ったんだ」

「一つの解決法だね」リーバスが答えた。

「でだな、あんたとカファティはな」とハメルは手の甲で口を拭きながら、話し続けた。「最近では親友になったんだろ？」

「噂はすぐ広まるんだな」

「カファティの狙いはなんだろうと思ったことはないのか？」

「常に思ってるさ」

「あいつは引退したと言ってるが——室内ボウリングやスリッパの暮らしが自分のスタイルだと言わんばかりに」

　リーバスはハンカチを取り出して、指に付着した脂《あぶら》をぬぐった。ピザ一切れでじゅうぶんだった。

「気に入らなかったのかい？」ハメルがたずねた。

「思ったほど、腹が減っていなかった」リーバスはウイスキーのグラスを口に近づけた。

「ダリルの話では、あんたは迷宮入り事件を扱っているらしい。だったら、なぜ急にアネットの事件に興味を持った？」

　リーバスはどう答えようかと考えた。「他の事件と関連があるかもしれないのでね」

「どういうことだ？」

「長年の間に、若い女がほかにも消えている。知るかぎりでは三人。最初は一九九九年だ。全員が失踪時にA9号線にいたか、その近くにいた」

「初めて聞いたな」

「あんたに教えたかった」

　ハメルは険しい目つきでリーバスを見つめた。「なぜだ？」

「なぜなら、あんたは自分の敵のリストを作り、その誰かがアネットを捕まえていると思っているからだ」

「なぜおれには敵がいると思うんだ？」

「あんたのような商売をやっていたら、それは必ず付いてくるものだよ」

「おれがあんたの友達、カファティを狙うと思ってるのか？　そういうことなんだな――あいつのケツをかばってるんだな？」

「カファティが望みなら、勝手にやってくれ。だがあんたは考え違いをしているね」リーバスは半分に減ったグラスを置いた。「アネットの母親はどうしてる？」

「決まってるじゃないか。身も世もなく心配してるよ。以前にも同じことをやった異常者がいるなどと、本気で思っているのか？　なぜそいつはこれまで警察の網に引っかからなかった？」

「今のところ、それはたんなる仮説であって……」

「だが、あんたは信じているんだな？」

「仮説だよ」リーバスが繰り返した。「だが心に留めておくべきだ、もしトラブルを招きたくないなら」

「わかった」

「ダリルはいつからあんたのところで働いている？」

「学校を出る前からだ」

「彼は父親の名前を使っているね」

ハメルが睨みつけた。「子供は自分の好きなようにしていい。この国には自由がある」

「父親はアネットのことを知っているんだろうね」

「もちろんだ」

「家族とは長年の付き合いなのか？」

「そんなことはあんたと関係ないだろ？」

リーバスは肩をすくめて見せ、ハメルが考え込んでいるのを見守っていた。

「何かおれに手伝えることがあるか？」ハメルがしばらくしてたずねた。リーバスはかぶりを振った。「小遣いはどうだ？　酒代とか？」

リーバスはその誘いについて考える振りをした。

「じゃあ、ピザの代金を請求しないでもらおうか」

「そもそも、おれが払っていると、なぜ思ったんだよ？」フランク・ハメルが軽蔑《けいべつ》しきった口調で答えた。

16

シボーン・クラークはブロトン・ストリートを入ったところにあるジョージ王朝建築様式テラスハウスの、天井の高い二階部分に住んでいた。毎朝五分ほど歩けば職場に着くので、パブやレストランが混在しているその地区を気に入っていた。丘の上にはシネマ・コンプレックス、その近くにコンサート会場があるし、リース・ウォークにはありとあらゆる種類の店舗がひしめいている。建物の裏手には干からびた緑で覆われた共同の庭があり、長年の間にご近所のほとんどと顔見知りになった。エジンバラは冷たく、よそよそしい土地柄だと言われているが、彼女はそう感じたことがなかった。内気で無口な住人もいるが、彼らはごたごたに巻き込まれることなく、静かに暮らしたいだけなのだ。隣人たちは彼女が警察官だと知っているけれど、何かを頼まれたり、助けを求められたりしたことは一度もない。一階に泥棒が入ったことがあったが、そのとき住人の誰もがいつもの習慣を破ってシボーンに話しかけ、泥棒は結局捕まらなかったけれど、それはあなたのせいではない、と言ってくれたのだった。

　夜にジムへ行こうかと迷いながら、服を着替えまではしたが、やはりソファに座り込んで、テレビ番組表に見入った。携帯電話が鳴ってメールが届いたことを知らせたが、それは無視することにした。するとドアのブザーが聞こえた。廊下へ出てインターフォンの横のボタンを押した。

「はい？」とシボーンは応じた。

「クラーク警部？　マルコム・フォックスだ」

　シボーンははっと息を呑んだ。「わたしが住んでいるところをどうやって知ったんですか？　それともそれは愚かな質問かしら？」

「入れてもらえるか？」

「いいえ」

「何か理由でも？」

「客が来るんです」

「もしかして、ペイジ主任警部かな？」

　なんていうこと、苦情課はすべてお見通しなんだわ……

「何か隠したいものがあるのか、クラーク警部？」

「わたしはプライバシーを守りたいだけ」

「そう、わたしもだ。あんたとひょっこり出会ったあのときだが――わたしたちのささやかな会話は、二人だけの話だと認識してくれていると思っていたよ」

「だったら、他言してはならないとおっしゃるべきね」

「まあ、ジョン・リーバスが古くからの親友だってのはわかる。彼に情報を漏らしたところで、良心の咎《とが》めなんて何も感じないのだろうな」二枚のドアを隔て、十七段の石段と通路の先にいても、彼の息が顔にかかるように感じられた。呼吸の一つ一つが聞こえる。

「ジョン・リーバスはアネット・マッキー事件で、欠かすことができない存在になっています」シボーンは言い切った。

「彼はまだ、例のごとく苦境に陥っていないと言うんだな――あんたの考えでは、だ」

「なぜリーバスをほうっておかないんです?」

「彼が以前と同様、今も危険を招く男だとどうしてわからないんだ? 彼がマッキー事件に割り込んでくるまでは、すっきりした状態だったじゃないか……」

「どういう意味です?」

「なぜリーバスが割り込んできたと思う? 仲良しのカファティにどんな情報を送っているんだか、わかったもんじゃない。未解決事件の捜査をするんならいいが、今ではゲイフィールド・スクエア署の捜査部のどの部屋にも出入り自由だ」

「自分が何を言ってるのかわかってるんですか」

「腐った警官は一目でわかる。リーバスは長年、法を無視した行動を取ってきたから、うまくすり抜ける術《すべ》も心得ている。彼の考えでは自分の行動は正しいんだ。他の者が皆それは間違っていると知っていてもね」

「あなたは彼という人間を知らないんです」シボーンが食い下がった。

「だったらリーバスがどんな男か教えてくれ――あんたたち二人が組んでやった事件のいくつかの詳細を話してくれないか」

「それを聞いてねじ曲げるのね? それほど馬鹿じゃないわ」

「わかっている――あんたは優秀だ――これは上層部にあんたの能力を示すチャンスなんだ。わたしが毎日付き合っている連中にね」

「わたしが友達を売れば、昇進時にはあなたがわたしを推薦するってわけ？」

「ジョン・リーバスは絶滅種なんだ、クラーク。氷河期が訪れて去ったのに、彼はまだ泳ぎ回っている。ほかの者は進化を遂げているのにな」

「進化してあなたみたいになるぐらいなら、ダーウィンをハンマーで殴り倒したほうがましだわ」

フォックスのため息が聞こえた。「わたしたちはそれほど違っていないんだよ」と疲労感を漂わせた静かな声で言う。「わたしたち二人は何事もゆるがせにせず、緻密《ちみつ》によく働く。あんたが苦情課に入るのを思い描けるほどだ――今年とか来年とかではなくとも、いつかは」

「そうは思わないわ」

「わたしの勘は当たるんだよ」

「でも、ジョン・リーバスについては、とんでもない考え違いをしている」

「それはどうかな。とりあえず、彼には気をつけるんだ――本気で言っている。彼が釣られた魚のようにばたついていると感じたら、いつでもわたしに電話してくれ――ばたつくか、深みへまっしぐらに向かうかしたら……」

シボーンはインターフォンのボタンを離し、居間へ戻ると、窓辺へ寄って街路を見下ろし、左右へも目を向けた。

「どこへ行ったんだろう？」マルコム・フォックスの姿をどこにも見つけられずにつぶやいた。ふと携帯電話のメールが目に留まった。〝五分ほどで着く。あんたの友達についてもう少し話し合いたい――フォックス〟

苦情課は住所も携帯電話の番号も知っていたのだ。

ペイジについても知っていた。

テレビの前に座ったものの、頭が混乱していた。

「ジムに行こう」シボーンはつぶやいて立ち上がり、バッグを探した。

17

リーバスがもう少しで家に帰り着こうとしたときに、メールが来た。ニーナ・ハズリットからだった。

〝〈ミッソウニ〉ホテルにいます。飲むのにはもう遅すぎるかしら？〟

リーバスはそのままメルヴィル・ドライブを走り続け、バクルー・ストリートの交差点でハンドルを左に切った。ふと何かを思いつき、車を片側に寄せて停めた。携帯電話をもう一度確認し、着信履歴を開き、ハメルの携帯番号をアドレス帳に入れた。五分後、ジョージ四世橋に駐車した。ホテルのスタッフがご宿泊ですか、とたずねた。若い男で、ホテルマン独特のしゃべり方をし、ジグザグ模様のキルトをはいていた。リーバスはかぶりを振った。

「泊まりはしない」

広いロビーの隅にバーがあった。ニーナ・ハズリットの姿が見えないので、彼女にメールして着いたことを知らせた。バーの客たちはカクテルが好きなようだった。飲酒検知器のテストを受けるはめにならないかぎり、もう一杯ぐらいウイスキーを飲んでもだいじょうぶだろう。二分後ハズリットがやってきて、ごくごく自然な態度でリーバスの頬にキスした。

「食事は？」ハズリットがたずねた。「ここのレストランはおいしいはずよ——隣には魚料理の店もあるし」

「いや、けっこう」リーバスが答えた。「あなたはどうですか？」

「わたしは電車内で済ませたわ」

バーテンの一人が何を飲まれますか、とハズリットにたずねた。彼女はリーバスを見つめた。「ここはあなたの好みとはちょっと違うのね？」と察した。

「まあね」リーバスが認めた。

「どこか別のところへ行きましょう」

「角を曲がったところに、〈ボウ・バー〉がある」

ハズリットはリーバスがウイスキーを飲み終えるのを待ってから、彼と腕を組み、ホテルを出た。

「弟さんは元気？」リーバスがたずねた。

ハズリットはどうしてリーバスが弟のことを知っているのかを思い出そうとしているかのごとく、慌てた顔になった。

「あの夜、電話に出たんでね」リーバスが説明した。

「ああ」間を置いて彼女は言い添えた。「元気にしてるわ」

「なんていう名前？」

「アルフィー」

「たまたま来ていたのかな、それとも……？」

「あなたは何かにつけ詮索するタイプなのね？」ハズリットが笑った。そして手を挙げて〈ボウ・バー〉を指さした。「あそこ？」

リーバスはドアを開けてやった。ハズリットは中を覗いて「すてき」と宣言した。窓辺に空席になったばかりのテーブルがあった。リーバスは先客のグラスをバーカウンターへ運び、自分のためにＩＰＡエールを、彼女にはウォッカトニックを注文した。店は騒がしかった——会話を誰かに聞かれる心配はない。テーブルに戻ると、二人はグラスをカチッと合わせた。

「で、どんな具合？」ハズリットがたずねた。

「興味深いことになっている。アネット・マッキー事件の捜査にほんのちょっぴり首を突っ込んでいるよ」

「関連性があるという話に、警察は乗ってるの？」

「可能性は受け入れている」

「まあ、それは一歩前進ね」ハズリットはたちまち活気づいて、胸を張り、目を輝かせた。

「まだ証拠は出ていない。実を言うと、マッキー事件はほかにも可能性を浮かび上がらせた。写真が鍵となる」

「写真？」

リーバスは彼女がまだこの話は何も知らないのに気づいた。「アネット・マッキーの携帯は、夕暮れの景色を撮った写真を送るのに使われた。ゾウイ・ベドウズのときも同じことがなされた」

ハズリットはその情報を理解するのに、少し時間がかかった。「それは偶然ではないわね。ブリジッド・ヤングの場合はどうだったの？」

「当時、そんな技術はまだ一般的ではなかったんだ」

「サリーはアヴィモアで携帯を持っていたわ」

「そう、あなたがそう言ったのを憶えている」

「でもあれで写真は撮れないと思う……」彼女は少し考え込んだ。「サリーを知っている学校の友人たちが、SNSにサリーのページをアップし続けているわ」

「親切なことだな」

「そこにサリーの写真が載っている――遠足やパーティやコンサートのときの……」

「誰がそのページを訪れたのか、わからないかな？」

「わからないと思う」

「調べてみる価値はあるかもな」

ハズリットは鋭い目つきでリーバスを見つめた。

「なぜ？」しかしリーバスが答える前に、理解した。

「何者かがサリーを連れ去ったと考えているのね？　ある男が若い女たちを襲ったあげく、写真を送ってくるのね？　そいつはネット上では友達の振りをしていたとか……？」声が甲高くなったので、リーバスは声を抑えるようにと身振りで示した。ハズリットは酒を二口ほど飲み、気持ちを落ち着かせようとした。

「たずねてみるわ」震える声で言う。「サリーの友達に訊いてみる」

リーバスは礼を言い、話題を変えようとして、なぜエジンバラに戻ってきたのか、とたずねた。

「あなたのためよ、もちろん」彼女がしばらくして答えた。

「おれ？」

「あなたは何年ぶりかでやっと、わたしの話を真剣に聞いてくれた人だわ。そしてこの前の夜、あなたが電話をくれたとき……」

「何もかも放り出すことにしたんだね？」

「わたしは自営業なの。ノートパソコンを開いたら、そこがわたしの仕事場となる」

「どんな仕事？」

「出版業みたいなもの。わたしは本の編集や校正をしてるの。ときには調べ物も」

「おもしろそうだね」

ハズリットは心にもない笑い声を上げた。「あなたは嘘が下手ね——でも、実際おもしろいときもあるのよ。この前に扱った本は神話や伝説の辞典だった。イギリス全土を網羅したもので——スコットランドの伝説も多かったわ」

「へえ、そうなのか？」

「ロイヤル・マイルの道路の下にドラゴンが埋まっているって知っていた？」彼女はすばやく場所の見当をつけた。「わたしたちは今、その翼に乗っていることになるのかも」

「この市に伝説はごまんとある——アリバイ作りの話のほうがそれよりもっと信じがたいが」

ハズリットが微笑した。「わたしは教師をしていた時期があって——トムと同じように。ただし小学校の教師よ。子供たちに民話を語るのが好きだった。注意をいったん惹きつけたら、子供たちは引き込まれる」

声が小さくなって消えた。娘のことを思い出したにちがいなかった。毎日、どんなときでも、数分間以上サリーへの思いが念頭を離れることはないのだろう。ハズリットはグラスをテーブルに置くそぶりを何回も見せたが、まだ置いていなかった。もう氷だけになっている。

「もう一杯買ってこようか？」

「次はわたしが買う番よ」

「おれはもういい」エールにほとんど口をつけていなかった。「外に車を停めているし、それに今夜はすでに飲んでしまってるんで」

ハズリットはやはりもう一杯飲むことにし、バッグを探って金を出した。リーバスは彼女が戻ってくるまで、コースターをもてあそんでいた。

「では、とにかく」とハズリットはテーブルを回り込み、椅子に座りながら言った。「ほかの行方不明女性たちの資料を何とか探し出したのね？」

「書類は期待したほど完全ではない」リーバスは彼女の表情を見た。「そういうことは起こる――あるべきところになかったり、きちんと書いてあるはずの書類がなかったり……」

「まあ」

「サリーの場合、空白が多いわけではない」リーバスは慰めようとした。

「もしかしてわたしにも見せてもらえる……？　いえ、そんな可能性はないわね」ハズリットは目を伏せた。

「それを読んでも慰めにはならないと思う。それどころか、ちょっと……」

「心が乱れる？」

「冷たく感じる、と言おうとしたんだ。事件を捜査する者は誰一人サリーを知らなかったんだからね」

ハズリットは理解した印にうなずいた。「わたしを護ろうとしてくださってるのね」

「そう言えるかどうかよくわからん」

二人はしばらく飲むことに専念した。リーバスはこれ以上何も言う言葉が見つからなかった。彼女が苦悩にさいなまれているとは思いたくなかったが、そういうことなのだ。過去が彼女をがっちりと捉え、離さない。自分も過去と向き合っているけれど、自分の場合はいつでも過去を箱にしまいこんで、資料室や倉庫へ運び込める。

「すきま風が吹いてるのかな？」

「そんなことはないわ」

「震えているように見えた」

「ときどきそうなるの。わけもなく身震いするとき、誰かが自分の墓の上を歩いている、って言い方をするでしょ？」

「実際にそう感じたことはないけど」

「そう言われれば、わたしも実際にはよくわからない。もう一杯いかが？」

「飲酒運転でおれが捕まるようにか？」

「何とか言い抜けられないの？」

「最近では、無理だな」

ハズリットは再び考え込んだ表情になった。「未解決事件を当たるとなると、最愛の家族を失った大勢の人たちに会うんでしょうね……」うなずくリーバスを見る。「わたしも大勢の人たちと話したわ。たいていはインターネット上だけど。イングランドやウェールズでは、どれほど長く行方不明になっていようとも、死亡証明が出せないって知ってた？ 家族にとってはむごいことだわ——遺産も処理できない。ここでは七年待てば、死亡と推定される証明が裁判所から出る」

「あなたの場合もそうなったんだね？」

ハズリットはかぶりを振った。「推定なんてしてほしくない。サリーに何が起こったのか、ぜひとも知りたい」

「こんなに時間が経ったあとでも？」

「こんなに時間が経ったあとでも」ハズリットがなぞって言った。ため息をつき、二口で酒を飲み終えると、ホテルまで歩いて送ってもらえるかと頼んだ。

「もちろん」

ヴィクトリア・ストリートを歩いて戻りながら、リーバスは〈ミッソウニ〉ホテルにこれまで入ったことがないのだ、と打ち明けた。

「ふつうなら、あんな高いところへ泊まれないんだけど、間際の割引があったから」

キルト姿のドアマンの姿はなかった。二人は玄関の階段前で立ち止まり、煙草に火を点け、車や歩行者が通り過ぎるのを見ながら、心地よい沈黙に身を委ねていた。

「部屋はすてきなのよ」やがてハズリットが言った。「実は……」バッグの中を見る。「あなたに差し上げたいものがあるんだけど、部屋に置いていて」リーバスを見上げる。「何なら……？」だがすでにリーバスは首を横に振っていた。

「それを取ってくるまで、待っていてもらえるかしら？」

「いいですよ」

ハズリットは煙草を消し、ホテル内へ向かった。三分後、本を持って戻ってきた。

「これ」ハズリットは本を渡した。

リーバスは題名を読み上げた。『イギリスの島々——神話と魔術』。これはあなたがリサーチをした本だね？」

彼女はうなずき、数ページを繰るリーバスを見守った。

「ありがとう、ほんとに。今夜から読み始めよう」

「ねえ、さっきのことだけど……わたしが誘ったなんて思わないでね？」

リーバスはまた首を横に振った。「気にしないで、ニーナ。それに万一そうだったとしたら、光栄だよ。朝にはここを発つんだね？」

ハズリットは向かい側の建物を示した。「少し調べ物があって」

「国立図書館で？」

「そう」

「それは仕事のため？」

彼女がうなずいた。「もう一晩泊まろうかと思って……」

誘うような響きがあった——少なくとも選択を委ねる響き——しかしリーバスは無視した。

「あなたには必ず一番に電話する——何か進展があったなら」リーバスは言った。

「あなたはわたしにとって一番の希望よ、ジョン。いくらお礼を言っても言い足りないぐらい」ハズリットは近寄ってキスをしようとしたが、リーバスは体をわずかにそらし、彼女の手を取って握手した。彼女の握手は力強かった。全身が拍動しているようだった。

「次回に会ったとき、神話と伝説について語り合えるかもな」リーバスが言った。

ハズリットは目をそらしてうなずき、くるりと身を翻《ひるがえ》してホテル内へ素早く入ってしまった。リーバスは車に乗り込み、エンジンをかけるとウインカーを出してUターンした。

帰宅する間じゅう、彼女からの電話を心待ちしていたが、電話はかかって来なかった。

18

ロックエンドの深夜。

ダリル・クリスティは家をそっと抜け出した。帰宅してから一時間と経っていない。母親は睡眠剤を与えられ、眠りこけている。ダリルの弟、ジョゼフとカルはアネットの部屋の隣に、一部屋を割り当てられていた。ダリルの自室は一階で、温室として建てられたところだ。そこを自分の部屋にしたとき、遮光ブラインドを付けた。フランク・ハメルが何回か、もっと広くて上等の家へ引っ越さないかと言ってくれたが、ロックエンドはダリルの母親が育った土地であり、母親の両親の代からここに住んでいるのだ。母親の友人はすべて家から歩いて行ける距離にいるし――それにダリルとアネットはもうじきこの家を出る。成長し、自立するときが来ている。

ダリルはアネットの行方がわからなくなったとき、彼女の部屋をくまなく調べたが、失踪を示唆するようなものは何も見つからなかった。彼女の親友数人とも連絡を取ってみたが、誰も何も考えつかなかった。誰かが知らせなくてはならない、と母親のゲイルを説得して、父親に失踪を知らせたのはダリルだった。

「あなたが家長なのよ、ダリル」ウォッカの瓶に手を伸ばしながら、ゲイルは言った。

家には訪問客が押しかけた。ダリルの見たこともない人々が慰めにやってきて、しばらくゲイルのそばに座り、彼女の悲しみをむさぼった。彼女の親友たちがボディガードの役割を演じ、好奇心に満ちた近所の人々や物見高い人々を撃退した。電話が一日に何十回も鳴り、ゲイルの携帯電話はしょっちゅう充電しなければならなくなった。

　ダリルは自室にこもって、なるべく関わらないようにした。居間やキッチンからたえず人声が聞こえ、誰かがドアをノックしては、紅茶やビールやサンドイッチはいかが、と呼びかけるのだった。夕方になって誰もが帰ってしまうと、急に家ががらんとして、寒々と感じられた。ジョゼフとカルは母親の邪魔にならないように、忍び足で歩き、何も言われないでも宿題をして、空腹になったら自分たちで夕食を作った。ダリルが外出しなければならなくなると、彼は二人に命じた。

「ちゃんと留守番するんだぞ。もし何か急ぎの用事ができたら、電話しろ」

　フランク・ハメルが休みを取るかとたずねたが、ダリルはかぶりを振った。

「警官は役に立たん、ダリル」ハメルがそのとき言った。「おれが人を使ってあちこち当たっている。どんな結果が出るにしろ、そのうち裏の裏まで必ず調べがつく……」


　そして今、家の外に出たダリルは、立って空を見上げた。星はあまり見えない——多くの人工的なライトで空が汚されているからだ。歩道や車のフロントガラスに夜の霜が降りていた。市民の多くはまだ眠ってない——居間の窓からはテレビがまぶしく光り、どこか遠くではパーティの音楽が流れ、家の中へ入れてくれとせがむ犬が吠える。ダリルは道路の角まで歩いて行き、そこに立っていた男と握手した。

「歩こうか」カファティが言った。「ちょっとだけ——尻が冷えるのを防ぐために」

「いいですよ」ダリルはポケットに手を入れながら答えた。

「おまえとは初対面だったな?」カファティがたずねた。

「そうです」

「おれはときどき人の顔を忘れるんだ。次にその相手と会ったとき、失敬しちまったように思われてね」カファティは若いダリルへちらっと目を向けた。「おまえとはそんなことになりたくない、ダリル」

「わかりました、ミスター・カファティ」

「フランクの下でどれぐらい長く働いているんだ？」

「しばらく」

「あいつは以前おれの下で働いていた」

「あなたの名前は聞いています」

「おそらく褒《ほ》めてはいないだろうな」タクシーが運転席の窓を開け、住所を探しながらゆっくりと通り過ぎた。カファティがそれを見守り、ダリルもそれにならった。

「用心するに越したことはないだろ？」カファティがうっすらと笑みを浮かべて言った。「最初に言うべきだったな。妹のことは気の毒に思っている。何か手伝えることがあれば、遠慮なく言ってくれ」

「ありがとう」

「フランクに知らせる必要はない――おれたちの間だけに留めておこう。おまえさえそれでよければ、ダリル」カファティは若いダリルを観察しているようだった。「昔、おまえの父親に何回か会ったことがある」

「そうですか？」

「パブでな。おまえの父親はフランクと親しかった」

「ええ、そうでした」

「しかし愛は友情を壊すとやらで」カファティは角を曲がった。ダリルは自分たちがぐるりと回って自宅へ近づいているのに気づいた。「おまえが父親の姓を名乗っているのは、いいことだ」カファティが言った。

「父親と今でも交流があるのか？」

ダリルがうなずいた。

「じゃあ、よろしくと伝えてくれ」

「そうします。それより、たずねてもいいですか、なぜぼくたちが真夜中に散歩してるのかを？」

カファティは低い笑い声を立て、やがてくしゃみをしてポケットからハンカチを出した。

「リーバスという警官を知っているか？」鼻を拭いながらたずねる。

「電話で話をしたことはあります」

「リーバスがおまえの名前を出した。この町におれは知り合いが大勢いる。必要な情報をきちんとくれる知り合いだ。フランクも知り合いが多いのだろうが、そういうやつらはいつも信用できるとは限らない。フランクの知り合いがおまえの妹をさらったとわかったら、あいつはどうすると思う？　妹を取引の材料に使おうとしてさらったとしたら？」

「警察はそんなふうには考えていない」

「警察は常に正しい、そうなのか？　おいおい、ダリル、いい加減にしろよ。それはともかく、噂によると、おまえは頭の回転が速いらしいな。だからこそ、今夜、こうやって会っているんだ。フランク・ハメルの敵はな、おまえもハメルの仲間だと取る。となれば、おれのような友達が役に立つんだ。考えてもらいたいのはそれだけだよ」カファティは強調するように両腕を広げた。「何か話したいことがあれば、耳を傾けよう。この先、おまえはフランクの傘から出て行くときが来るかもしれんだろ……」

「そのときには、あなたが手伝ってくれるんですか？」

「おれはおまえとおまえの家族をいつでも助けるよ、ダリル。おれが必要だとおまえが感じたときにはいつでも」

「フランクによると、あなたは引退したそうだが」

「かもな」

「じゃあ、なぜ関心を持つんです？」

「おれたちの間には込み入ったいきさつがあるってことにしようか」

「借りを返す、とか？」

「まあな……」

家の前に戻ったとき、二人は握手を交わした。

「まだ、親の家に住んでいるのか？」カファティが言った。

「今のところは」

「おれは貸しフラットをいくつか持ってるが、下見にでも来るか？」

　しかしダリルはかぶりを振った。

「おまえにはおまえなりの考えがある――そこも気に入ってる一つだよ」カファティはダリルの腕を軽く叩き、後ろを向いて歩み去った。ダリルはその後ろ姿がだんだんと闇に消えていくのを見守ったあと、また夜空を見上げた。星があった。たくさん瞬いていた。信じなければ何も始まらない……

19

「パースって町、好きだわ」シボーン・クラークが言った。「この建物を除いて」

　シボーンはリーバスと地区警察本部の前に立ち、彼が煙草を吸う間待っていた。建物は一九六〇年代か七〇年代にやっつけ仕事で建てられたような、コンクリートの細長い塊状のものだった。道路を挟んだ向かい側に集合住宅があり、隣はガソリンスタンドである。

「パースに来たことがあるのか？」リーバスがたずねた。

「アウェイの試合で。セント・ジョンストン・スタジアムはM90号線を入ったところにある」

「遠征試合にも行くのか？」リーバスの声には、信じられないという響きがこもっていた。

　シボーンはハイバーニアンＦＣを応援していた。以前、スタジアムで煙草を吸ってもよかった頃、リーバスを何回か本拠地での試合に連れて行った。しかしリーバスはゴールを見た記憶がない。双方無得点の引き分け試合ばかりで、煙草とハーフタイムに食べるパイで何とか我慢したのだった。

「今度の週末にエジンバラで試合があるわ、もし行きたいなら」シボーンは言ったが、リーバスの表情を見て、「やっぱりね」と言い添えた。「で、昨夜は何をしてたの？」

「静かに過ごしたよ――読書などして」

「クリスティンがインターネットで見つけた、あれ？」

「まさか、違うよ」

「じゃあ、何？」

「何をにやにやしてる。おれだって字ぐらい読める」

　背後で誰かが咳払いをした。戸口に立ち、腕時計を叩いて示しかねないほどのいらだちを、体中で表していた。

「準備ができたら、いつでも始めよう」その男が告げた。

　彼はピーター・ライトハートという制服姿の警部で、昨日ピットロホリでシボーンと行動をともにしたのだった。シボーンは今朝、ここへ着いたときに、リーバスを紹介したのだ。リーバスは差し出された手を軽く握ったあと、始める前に一服やりたいと申し出た。

　ライトハートの振る舞いは、のんきな、とか、楽天的な、とかいう意味の名前にふさわしくなかった。シボーンはあらかじめリーバスに、この男は忍耐心、機知、狡猾さに欠けていると注意しておいた。「だから、できたら事情聴取の際には、彼を除外したい」

「すぐ終わる」リーバスは煙草をほぼ吸い終わったことをライトハートに示しながら言った。ライトハートの注意をそらすために、シボーンは捜索隊がもう仕事を始めたのか、とたずねた。

「もちろんだ」ライトハートが答えた。「おそらく一時間ほど前からすでに取りかかっている」

「何人のチーム？」

「十二人」

「簡易宿泊所に家宅捜索令状を出したんですね？」

ライトハートはうなずき、シボーンが確認すべきだと考えたことにいらだった様子だった。

「なぜ、ここなんだ？」リーバスが煙草の吸い殻を捨ててからたずねた。

「なぜ、とは？」ライトハートがたずねた。

「ピットロホリにもちゃんとした警察署があるじゃないか。そこで事情聴取ができるのに」

「まともな取調室がないのよ」シボーンが説明した。「機器のたぐいもない」

つまり、ビデオカメラと録音装置がない。ライトハートとシボーン、リーバスが一階の取調室へぞろぞろと入っていくと、制服警官がその二つの性能を確認していた。クリーム色の壁には、「禁煙」の文字と、ひっかき傷のような落書きが少しある以外は、何もない。ビデオカメラは隅の高い位置に据えられ、テーブルと椅子三脚に向けられている。トーマス・ロバートソンがテーブルの端を両手で握りしめて座り、片膝を神経質そうに揺すっていた。これは生半可なことではない、と考えているにちがいなかった。もちろん、そう思わせるのが狙いである。

「すべて準備はできたか？」ライトハートが警官にたずねた。

「はい、すでに録音を始めています」

ライトハートはロバートソンの真向かいに座った。シボーンが残った椅子に腰を下ろす。リーバスはそれで構わなかった。ロバートソンと向き合う形で壁にもたれ、自分が彼の視界に全面的に入るようにした。ライトハートは警官が立ち去るまで待ち、それから形式に従って始めた。つまり、カメラのためにそれぞれの名前を述べ、場所と日にち、時間を告げた。それが終わるやいなや、ロバートソンが口を開いた。

「おれはクビになる」と文句を言う。

「なぜ？」

「二日間に二回も、仕事してる最中に呼び出されたんだ」

「それにはちゃんとした理由があるからよ」シボーンが言い渡した。彼の逮捕と有罪判決の詳細をプリントアウトして持ってきている。「昨日、ほんとうのことを話してくれていたら、今日はここに来ないで済んだかもしれないわ」

「ほんとうのことを言ったとも」

「まあね、お情けをかけたとしても、凶悪な暴行を軽く表現したってとこね」シボーンは起訴状を読み上げた。ロバートソンはリーバスと目を合わせたが、何の同情心も読み取れなかった。シボーンが読み終わると、室内はしばらく沈黙が続いた。

「恋人と喧嘩したあと、逮捕に抵抗した？」シボーンが言った。「いいえ、そうじゃないわ。会ったばかりの女性を強姦しようとしたんでしょう」

「そうじゃないんだ――お互いに一目《ひとめ》惚《ぼ》れだったんだ。初めは彼女もその気だった……」

シボーンは病院のベッド脇で撮られた被害者の写真を掲げた。

「切り傷、打撲傷、擦傷、目の周りに殴られた跡。彼女がそうなりたいと望んだとは言わないわね？」

「ちょっと、行き違いが起こって……」ロバートソンはもじもじと体を動かした。彼はシボーンが見せてくれた警察写真の男に間違いなかったが、何かが変化しているとリーバスは思った。その後の厳しい人生が影響を与えたのか。たぶん刑務所のせいだろう。性犯罪者たちはほかの服役者と分けられて収容される。あるいは流れた年月のせいかもしれない。以前はハンサムだったが、急激にその顔立ちが崩れていた。

「育ったのはどこ？」シボーンがたずね、メモを繰ってその箇所を探すような芝居をした。素早く攻め方を変える。それは取り調べの古典的なテクニックだ。ロバートソンを寸時も油断できない状態に置くのだ。リーバスはシボーンが取り調べを主導するのを見たのは初めてだった。昨日行動をともにしたライトハートは、見ているはずだ。横から口を挟んでも何の益にもならないことを、ライトハートが自覚していればよいのだが。

「ネアン」ロバートソンが答えた。

「インヴァネスから遠くはないわね」シボーンが確認した。

「遠いよ」

「そこへ行く道路は？」

ロバートソンは不審そうだった。「A96号線」

「あなたは一九七八年生まれね？」

「そうだ」

「ネアン生まれ？」

「そうだよ」

シボーンはまたメモを見るそぶりをした。ロバートソンは口が渇いたのか、唇をなめ回した。

「ミレニアムを憶えている？」

ライトハートは意外な質問に驚きを隠せず、シボーンのほうへ少し顔を向けた。

「えっ？」ロバートソンがたずねた。

「一九九九年の大晦日——誰でもその日、どこにいたか憶えているわ」

ロバートソンは考えなければならなかった。「たぶんアバディーン。友達といた」

「たぶん、とは？」

「確かにアバディーンだった」

シボーンはそれを書き留めた。次の質問をするときも、まだペンを走らせていた。「出所後、パートナーがいたの？」

「女、ってことか？」

シボーンは顔を上げた。「あるいは男でも」

ロバートソンはふんと鼻であしらった。「かんべんしてくれ」

「じゃあ、女性」シボーンが譲歩した。

「何人かいた」ロバートソンは顔を両頬に沿ってなで下ろし、無精髭が手のひらに当たって、ざらざらと音を立てた。指関節に、自分で彫ったような星印のタトゥーがあった。

「今は、ピットロホリの女性バーテンなのね？」

「そうだよ、ジーナだ」

「彼女はあなたに前科があるって、知ってるの？」

「彼女に話した」

「わたしたちに話したのと同じ話をしたのね？」シボーンはテーブル越しに見据えた。「確認を取ったほうがよさそう……」

「おい、昨日も言ったじゃないか――あの若い女は見てないって！」

「気持ちを落ち着けよう」ライトハートが注意した。

「では、二〇〇八年だけど、北東地方に住んでいたのね？」シボーンが沈黙の続く中でたずねた。

「え？」

「強姦未遂よ――その場所はアバディーンのナイトクラブの裏だったでしょう」

「それで？」

「それで、あなたはそこに住んでいた？」

「まあな」

シボーンはメモから読み上げた。「〝友達の部屋の床で寝ていた〟――当時失業していたのね？」

「そうだ」

「でも、求職中だった？」

「そう」

「じゃあ、よく旅をしていた?」

「なんだ、いったい?」ロバートソンは三人を見回した。「何を考えてる?」

「あなたはA9号線をよく知ってるのでしょう?」

ロバートソンが答えないでいると、シボーンが再びたずねた。

「A9で道路工事してるじゃねえか、くそったれ」ロバートソンが怒鳴った。

「静かに」ライトハートが注意を与えた。

「なあ、昨日はあの女を見たかどうか、ってことだけだった。ところが今日はやれ一九九九年だ、やれ二〇〇八年だとかいう。わかったよ、おれはムショにしばらく入ってた。確かに、隠していた部分もあったさ。何も宣伝して回ることもないからな」身を乗り出して
「自慢できる話じゃねえもんな」と声を張る。言い分を述べたあと、ロバートソンは椅子にもたれ、その拍子に椅子が一回だけ抗議のきしみ音を立てた。

シボーンは書類に見入り、しばらく無言を続けた。

「ミレニアムのときには、アヴィモアにいなかったのね?」シボーンがしばらくしてたずねた。

「そうだ」ロバートソンは急に疲れた声になって答えた。

「それは確かなのね?」

「なぜアヴィモアに行かなきゃならねえんだ?」

「誰かに招かれたとか」

「それはなかった」

「アバディーンからそれほど遠くないわね」

ロバートソンはゆっくりとかぶりを振るだけだった。

「ストラスペファには?」

ロバートソンはシボーンの顔を見た。「地図を見たって、どこにあるのかわからん」

「アウキテラーダーは?」

「ない」

「アネット・マッキーが行方不明になった日、彼女を

見ていないのね？」シボーンは行方不明女性の写真を掲げて、ロバートソンに見せた。

「もう百回も答えているだろ——ノー、見ていない」

「あなたが寝泊まりしている簡易宿泊所を今、警官が捜査しています。そこに何があるか教えてくれない？」

「汚れた洗濯物」

「ほかには？　大麻とか麻薬は？」

「そんなものは知らねえ」

「ポルノはどうかしら？」

「仲間の一人がノートパソコンを持ってる」

「だったら、それは押収されて調べられるわね」

「さぞかし、おれは人気者になるだろうさ」

「作業員仲間はあなたが服役した理由を知っているの？」

「きっと誰かのせいで、知れ渡るだろうよ」シボーンを見つめる目が険しくなっていた。「あの女とおれを結びつけられないから、ほかに何か成果を上げなきゃならないんだろう。たとえそれがうまく行かなくても、少なくともあんたはおれがクビになるのを見られるさ」

「あなたは逮捕されません」シボーンは書類を揃えた。

「これで終わりってことか？」ロバートソンは周囲を見回した。シボーンがライトハートにうなずいて見せると、彼は形式に従って事情聴取を終わらせた。

「パトカーで連れて来たの？」シボーンがたずねた。

「そうだ」ライトハートが答えた。「同じ方法で送ろうか？」

シボーンはロバートソンを見据えた。彼は手のひらの汗をズボンになすりつけていた。

「バスで帰ればいいわ」シボーンは言い捨て、さっさと取調室を出て行った。

20

「なんだか悪い予感」シボーンはゲイフィールド・スクエア署の捜査室へ入りながらつぶやいた。クリスティン・エソン刑事がいらだった様子でシボーンの机の横に立っている。

「どうしたの？」シボーンがたずねた。

「見に来てください」

　そこでシボーンとリーバスはエソンのあとについて行き、彼女のコンピュータの両側に立つと、エソンが座ってコンピュータを操作した。

「ツイッター？」リーバスがたずねた。

　シボーンが彼の顔を見た。「それが何か知ってるわね？」

「もちろん」リーバスが答えた。

「行方不明者のネットワークがあって」エソンが説明した。「そこは情報を広めるのにツイッターを使うんです。アネット・マッキーは自分のハッシュタグを持っていた……」

　シボーンは再びリーバスをちらっと見た。「それで同じことについてのつぶやきを検索できるのよ」と説明する。

「なるほど」

　画面がメッセージで埋められた。そのすべてが#annettemckie で終わっている。

「この多くは」とエソンが言った。「アネットのプロフィールとリンクしていて、彼女に関する情報を載せているだけ。でもこれを見てください」一つのメッセージへ焦点を合わせた。

〝警察、Ａ9のピットロホリ北で道路工事作業員を事情聴取！　#annettemckie〟

「次にこれ」エソンがもう一つのメッセージを絞り込んだ。

〝警察がピットロホリの北Ａ９近くの森を捜索――多人数で#annettemckie〟

「投稿者は同じ人じゃない」シボーンが言った。

「地元の人ね、どうやら」エソンが言い添えた。「ここにもまた別のが」

〝道路工事現場から南へＵターンした警察車と危うく衝突。サイレンとライト多数――容疑者を捕まえたか!! #annettemckie〟

「テイサイド警察が例のごとく、荒っぽいやり方をしたようだな」リーバスがつぶやいて体を起こした。

「わかっていないのね、ジョン」シボーンはエソンのほうを見た。「見せてあげて」

巧みな手さばきでクリックや打ち込みをして、エソンは画面を示した。「これについてブログがいくつか書かれているし、地元メディアも注目しました。ロニーはすでに何人かの記者に適当な話をしてごまかさなければならなかった」

それが合図のように、ロニー・オウグルヴィの机の電話がまた鳴り始めた。彼は受話器を取り、何か言ってすぐに受話器を置いた。立ち上がってこちらへやってくる。

「ＢＢＣだ」とオウグルヴィは言った。「アネット・マッキーとほかの三件の失踪を関連づけて考えているのは本当か、とたずねてきた」

「それはツイッターからの情報ではないわ」エソンが言った。

「ニーナ・ハズリット?」シボーンはリーバスを見つめながら、察した。リーバスは肩をすくめて見せた。

「最近、彼女と話す機会があったの?」シボーンが食い下がった。

「昨夜」リーバスが認めた。

エソンは自分のモニターでＢＢＣスコットランド・

ニュースを調べていた。「あったわ」と宣言する。

それは短い記事で、ビデオも写真も付いていなかった。

〝一九九九年の大晦日にアヴィモアから消えた十代の少女の母親は、エジンバラ警察が、その謎の事件と、二週間前にエジンバラからインヴァネスへ向かう途中で行方不明となった学生、アネット・マッキーとの間の関連性について調査していると語った。同じ道路上で二〇〇二年と二〇〇八年にも、それぞれ女性が失踪したとされている。ニーナ・ハズリットは、新年の休日にアヴィモアで行方を絶った十八歳の娘サリーに関して、失踪女性の携帯電話から送られた写真を含め、新しい手がかりが、〈A9誘拐事件〉と彼女が称する一連の出来事の解決につながることを期待している〟

それはマッキー家の記者会見の記事にリンクされ、ゲイル・マッキーが会場から逃げるように立ち去る場面の写真も添えられていた。オウグルヴィの電話がまた鳴っている。シボーンの携帯電話も鳴り始めた。彼女はジェイムズ・ペイジのドアの方向を見ていた。

「しかたないわ、報告しなければ」シボーンが言った。

しかしその必要はなかった。ドアが勢いよく開くと、ペイジ主任警部が携帯電話を耳に当てながら立っていた。彼が指さす相手はリーバスを含んでいるようで、それから指をぐいとオフィスへ向けた。シボーンが先頭に立ち、リーバスがすぐ後ろを歩いた。

部屋に入ると、ペイジは電話を切り、ドアを閉めた。そして腕を組む。

「説明しろ」と命じる。

「何を説明するんですか？」シボーンが言い返した。

「きみたちはクリスティンのコンピュータの前に集まり、おかしな猫を撮った動画でも見ていたのか」

「違うわ、ジェイムズ。ツイッターとBBCを見ていたんです」

「だったら、わたしが何をたずねているのかわかってるはずだ」

「もちろんです――でもどんな説明が必要なのかよくわからない。最近では、誰もがレポーターなんです。Ａ９の同じ場所にパトカーが続け様に二日来たら、近くの人たちの噂の種となるんです。以前は生け垣越しの噂話で済んだけど、今はツイッターなどでのおしゃべりになります。止めることなんてできない」

「それどころか、その反対をさせればいいんだ」リーバスが提案した。「さかんにしゃべらせて、人々の記憶に刺激を与える……」

ペイジはリーバスを睨みつけた。「このハズリットという女は何なんだ？　どこから情報を得ている？」

「情報と言うより推測なんですよ」シボーンが口を挟んだ。「彼女はいつも繰り返し同じ話をします。ただ一つ違ったのは、今回は行方不明者が新しく増えたこと。それにメディアが飛びついたんです」

ペイジはリーバスから目を離さず、その言葉を考えていた。シボーンもリーバスを見つめ、余計なことを言うなと目で伝えていた。

「アネット・マッキーから送られた写真を公開するべきだ」リーバスはシボーンの願いを無視して断定した。「一般人がおもしろい話を欲しがるんなら、それを提供して、彼らを利用するんだ。いずれにしろ、写真が撮られた場所を特定するには、世間の協力しかないようだし」

「そしてあなたにはマスコミへの発表をお願いします」シボーンが言い添え、ペイジへ目を向けた。「今回はあなた一人で。話の筋道を正さなければ」

ペイジはその提案に飛びついていない表情を作ろうとした。

「そう思うか？」

「もちろん」リーバスが加勢した。「いい加減な推測や仮説を押さえ、適正な立場を貫かなければならない」

「あまり堅苦しくならないように」シボーンが言葉を続けた。「署の玄関前がいいかも……」

「そこは映りがどうかな」ペイジが反論した。「本部はどうだ？　メディアに連絡を取ってくれるか、シボーン？」

「はい」

「そのときに写真も公開してもらいたい」リーバスが促した。「マスコミが飛びつくだろう」

ペイジはその光景を思い浮かべているようだった。重々しくうなずいた。

「今日がいいです」シボーンが促した。「情報が飛び交っているうちに」

「きみたち二人から詳しく報告してもらわなければならないな。細大漏らさず、しかも手早く」何かを考えついたらしく、ペイジは自分の着ている服を見回した。

「そのスーツ、すてきですよ」シボーンが保証した。

21

ペイジの密室オフィスでの報告が終わったあと、リーバスは外へ出て、煙草を吸った。ニーナ・ハズリットの番号を携帯電話に打ち込んでみたが、彼女は出なかった。そこは駐車場で、質問攻めにする記者たちからはちょうど見えない位置だ。なぜかロバートソンの指関節に彫られたタトゥーのことが頭に浮かんだ。もともとの起訴状にはタトゥーの記述がないので、刑務所内で彫られたものだろうか、と思った。サリー・ハズリットが消えたとき、ロバートソンは十代を終えたばかりだった。だからといって、関わりがないとは断言できない。ゾウイ・ベドウズが失踪したのは、ナイトクラブの裏で彼が女を襲った日より、ほんの少し前である。ただし、ナイトクラブ裏での襲撃は暴力的で、考えなしの行動だった——悲鳴を聞いた近くの人々によって、すぐさま取り押さえられたのだ。そのような男が何一つ証拠を残さず、四人の女性を世の中から消せるだろうか？　無理だろう。だからと言って、アネット・マッキーに何もしなかったとは言い切れない。彼女に目をつけ、あとを追い、どこかに捨てたのか。ときには偶然の一致を認めなければならない——同じ道路、携帯電話から送られた写真。ある曲がふいに頭に浮かんだ。〈コネクション〉。ローリング・ストーンズが歌ったものではなく、モントローズというバンドがカバーしたもの。エジンバラ出身のバンドだと思って、以前、モントローズのアルバムを買ったのだが、アメリカ人のバンドだった。コネクション、関連と無関連。ばらばらの出来事が母親の強い意思の力で一つの形となったのだ。そのとき、呼応したかのように、携帯電話が鳴り始め、耳に当てた。

「もしもし」彼が言った。

「ごめんなさい」ニーナ・ハズリットの声。「外に出なきゃならなかったので。図書館内で電話すると嫌がられるの」

「では、調べ物をしていたんだね？」

「ええ」

「しかし、ＢＢＣと話をする時間はあったというわけか」

「というより、通信社なのよ。彼らはそれをマスコミに流したようね」

「あなたがそこへ話したことは、すべておれから出たということになる」

「まあ」ハズリットはちょっとの間黙った。「それであなたは迷惑を被《こうむ》るかもしれない？」

「気になるか？」

「そうね、ええ、もちろんよ」

「ほんとうかな、ニーナ」

リーバスは答えを待ったが、ジョージ四世橋を通り過ぎる車の音が聞こえるばかりだった。

「あなたがくれた本なんだが？」リーバスは話を続けた。「昨夜から読み始めたよ。昔、皆に信じられていたことの多くは、たんなる空想物語だとわかった」

「わたしを馬鹿にする気ならしてもいいわよ、ジョン——わたしはこれまでさんざん馬鹿にされてきたんだから」

「馬鹿にはしていない」

「わたしがありもしないことを信じていると思ってるんでしょう」一息入れる。「こんなことを話している暇はないわ。あと一時間後には、通信社がわたしとのインタビューを録音することになってる。皆に知ってもらいたいのよ、ジョン。真相を知っている者が世間のどこかに潜んでいることを」

「おれはあなたの味方だよ、ニーナ」

「味方なんて、要らないわ！　あなたのようなタイプから何一つ協力してもらわないで、ここまで一人でやってきたんだから……」声が甲高くなっていた。最後のほうで声がひび割れた。

「ニーナ？」

「言い過ぎたわ」ハズリットは深呼吸をして、気持ちを鎮めた。「わかってくれるわね」

「いいんだよ」

「もし通信社に話してもらいたくないなら、わたしにそう言って」

「ペイジ主任警部がこれから捜査状況の発表を行う。それを聞いてから、考えを決めてほしい、いいね？」

「わかったわ」

「今夜はまだエジンバラに滞在しているんだね？」

「気が変わったの——六時の電車に乗るつもり」少しためらったあと付け加える。「あの記者に話す前に、よく考えるべきだった。これからもわたしを信頼してもらえるかしら」

「それはどうかな」

「わたしに一番に知らせるとあなたは約束したわね、ジョン。あなたは約束を守る人だと思ってる」

「弟さんによろしくと伝えてくれ」

「またそのうち会いたいわ、ジョン。連絡を忘れないでね」

リーバスは電話を切った。

捜査部室に戻ってみると、ペイジもシボーンもいなかった。リーバスはクリスティン・エソンの机へ歩み寄り、コーヒーを飲むか、とたずねた。

「コーヒーは飲まないのよ」

「紅茶か？」

エソンはかぶりを振った。「お白湯《さゆ》、それが好き。カフェでどんな顔をされるか、わかるでしょ」

そこでリーバスは自分のためのコーヒーと、彼女の選んだ飲み物を持ってきた。

「きみは付き合うのに、安上がりだね」とリーバスが言った。エソンはツイッター画面を再び出していた。

「どうやってやるんだ？」リーバスはたずねながら椅子を引き寄せた。

そこで彼女がやり方を教えると、リーバスはアネット・マッキーの携帯電話からの写真をネットで公開するように頼んだ。

「ツイッター、フェイスブック、ユーチューブ——きみの考えつくすべてのところに」

「いいわよ、それに添える文章は……？」

「どこで撮影されたものかを知りたい、それだけだ」

「ほかにはない？」

リーバスはちょっと考え、やがてうなずいた。「いずれにしろ、あのギタリストが一般大衆の前で〈カスタード・パイ〉を演奏することだし」エソンがけげんな顔をした。「ペイジの記者会見のことだよ」と説明する。

「じゃあ、そうしましょう」エソンが言った。

「もし可能なら、音もつけて」

「いいわ」エソンは彼を見つめた。「レッド・ツェッペリンの〈カスタード・パイ〉にする？」

「ペイジとプラントか」リーバスが答えた。エソンの表情を見て言い足した。「気にするな。その資料だけ掲載してくれ、いいね？」

22

午前中の早い時間、リーバスはニーナ・ハズリットがくれた本の続きを読んで過ごした。スコットランド関係の章を選び、人食い人間や変身する動物、魔女、怪物の物語を読みふけった。ブザーが鳴って、建物の正面玄関の外に訪問者がいることを告げたので、窓辺へ近づいてみた。姿はよく見えなかったが、カファティではなさそうだった。携帯電話がメールを知らせた。シボーンからだった。

〝入れてくれる？〟

リーバスは廊下に出て、インターフォンの横のボタンを押した。部屋の玄関ドアを開けると、正面玄関のドアを押し開ける音が聞こえた。階段上まで出て行って、手すりから下を覗き込んだ。

「記者会見のあと、どうなった？」と呼びかける。

「本部長の部屋へ呼ばれたわ。直接話を聞きたいからと言って」シボーンは軽やかに二階分の階段を上がってきた。彼女はときおりジムに行っている。もしくは以前通っていた。

「今でもジョギングをするのか？」リーバスがたずねた。

「週末に時々——きついのはやらないわ」リーバスの肩越しに中をうかがった。「入ってくれ、って言わないの……？」

リーバスは瞬時ためらったあと、招き入れた。居間に入ると、何か飲むかとたずねた。

「けっこうよ」

「友人として来てくれたんだろ？」

シボーンは肩をすくめ、落ち着かない様子だった。

「アネット・マッキーの携帯からの写真が公開されたわ」

「そうだね。誰かがその場所を特定してくれるのを待つだけだ」リーバスは一呼吸してから付け加えた。

「何か話があるのか？」

「わたしたちがフェティス警察本部にいるときにね、マルコム・フォックスとたまたま出会ったの」シボーンがようやく話し始めた。

「ほう？」

「あなたの推察通り、わたしがあなたと話し合ってることを喜んでいなかった」

「あいつは何にせよ、喜ぶようなタイプじゃないぞ」

「ジェイムズとも話をしてね、なぜあなたがマッキーの事件に関わるようになったかをたずねていた」

「おれを捜査チームからはずそうとしているのか？」

「わからない」

「だが少なくとも、ジェイムズ・ペイジはおれをますます厄介な存在だと考えているってことだな？」

「あなたのために弁護しなければならなかったわ」シボーンは長くいるつもりがないかのように、ソファのアームに腰を下ろした。リーバスの本が彼の椅子近くの床に置いてあり、シボーンは首をかしげてカバーの題名を読んだ。

『神話と魔術』？」

「迷信のたぐいだ」リーバスはすぐに言葉を続けた。

「で、きみの上司を納得させたのか？」

「そう思うわ」

「それにはきみの女性的魅力も動員したのかな？」

シボーンは冷たい視線を投げた。

「すまん」リーバスが謝った。「あいつはショールームのマネキンだよ――そのことはきみもおれもわかっている」

「それは違うわ。あなたは自分の見たいものしか見ていない。あなたよりも地位が上の人で、あなたがけなさなかった人物なんて、一人もいないんじゃない？」

「大勢いるさ」リーバスはちょっと考えてから付け加えた。「昔だけど」

「今は昔じゃないわ、ジョン。それにジェイムズは仕事ができる。彼が編成したチームを見たでしょ――彼らはやる気がないように見える？」

「いや」リーバスは認めざるを得なかった。

「やるべきことでやってないことが一つでもある？」

「いや」リーバスが繰り返した。

「じゃあ」

「ペイジは優秀な警官だって、きみは言うんだな………」

しかし彼女の視線は食卓の上部の壁へとそれ、そこに貼られたスコットランドの大地図と、赤いマーカーで印をつけられたA9号線のルートへ注がれた。

「はずそうと思ってたんだ」リーバスが言った。シボーンは地図へ歩み寄ったが、地図ではなく食卓に置いてある大きなショッピングバッグ三つをじっと見た。

「片付けなくちゃならんな」リーバスはさりげなく言ったが、シボーンは騙されなかった。手近なバッグから紙を数枚取り出した。

「コピーをしたのね」シボーンがきっぱりと言った。

「捜査部室へ運び込んだ書類を全部……」

「全部じゃない」リーバスが反論した。「公式の報告書や供述書だけ。新聞の切り抜きはやってない」

「いい加減にして、ジョン」

「あそこがどういうとこだか知ってるだろ、シボーン。えっちらおっちらと箱を全部運び込んだのに、まだ箱を開けてもいない」

「気づかなかったのかもしれないけど、わたしたち、ちょっと忙しかったのよ」

「おれたちが使える別の部屋を見つけるんだ」

「そうするわ、時間を少しくれたら」シボーンは少し黙った。「でもそういうことじゃないの。あなたは箱を渡す前にコピーをした。あなたはそれを手放す気が毛頭なかったのよ、全面的には」

「おれは退屈なんだ、シボーン。何か読めば時間つぶしになる……」

シボーンはまた睨んだ。「こういうことはね、苦情課にとって最大のご馳走なのよ」

「見つかったら、だろ」

「見つからないという自信はどこから来るの？」

リーバスは肩をすくめた。「これがおれの仕事の流儀なんだ、シボーン――わかってるはずだ」

「あなたと組んで働く人が長続きしない理由でもあるわ。ブライアン・ホームズやジャック・モートンを憶えているでしょ？」リーバスの顔が曇るのをシボーンは見守った。「わかった、ごめんなさい。汚い言い方をしたわね」

「フォックスはきみとの楽しいおしゃべりの間に、そんな名前をたまたま口にしたんだな？」

「彼はあなたを狙っているわ、ジョン。わたしのフラットまでもやって来たんだから」

「いつ？」

「昨夜。わたしに警告をしに。あなたじゃなくて、彼の味方につけって言ったわ」シボーンはショッピングバッグに書類を滑り込ませながら、ニーナ・ハズリットのインタビューを見たか、とたずねた。

「テレビでやったのか？」

シボーンはかぶりを振った。「どこかの通信社のウェブで流された。彼女はわたしたちの努力に感謝の言葉を述べていたわ」

「ありがたいね」

「カメラの前では落ち着いていたわ。変な振る舞いはみじんもなかった」

「彼女は変じゃない」しかしリーバスは、彼女がかけてきたあの電話で、取り乱した声になったのを思い出していた。

「でも突っ走らないように指示しなければならない、そんなことが可能なら、だけど」

「おれにそれをやれと言うのか？　それはきみの考えか、それともペイジのか？」リーバスは答えを待ったが、返ってこなかった。「ペイジがここへ行くようにと命じたのか？」リーバスは窓辺へ寄り、下の街路を覗いた。「彼は車で待っているんだね？　どんな車に乗っているんだ？」

それは二十メートルほど先に二重駐車しているBMWだった。運転席に人影があった。

「なぜ連れてこなかった？　きみの女としての魅力の効果が薄まるのを恐れたからか？」

シボーンは彼を睨みつけた。「わたしの考えで来たのよ、ジョン。それにもし、彼を連れてきたりしたら、あなたは即座に捜査から降ろされるわ」ショッピングバッグを指さして言う。

「彼には敷居をまたがせないさ」

シボーンは一瞬、目を閉じた。彼女の携帯電話にメールが来た。

「あいつだろ」リーバスがつぶやいた。「何を手間取ってる、と思ってるんだ」

シボーンはメールを読み、ドアのほうを向いた。

「明日の朝、会いましょう」平静な声で言った。

「あいつはきみを送っていくのか、それともやつの自宅へ向かうのか？」

シボーンはその挑発に乗らず、黙って部屋を出て行った。リーバスは窓辺に留まり、シボーンが建物を出て車へ向かうのを見守っていた。彼女が車に近づくと、ライトが点り、舞台へ出る女優のように彼女を照らし出した。助手席のドアが開いて閉じ、ＢＭＷは会話が続いている間、動かなかった。やがて車が発進し、アーデン・ストリートの緩やかな下り坂を交差点方向へ進んでいった。その途中でリーバスの住んでいる建物の前を通ったが、運転者も同乗者もまっすぐ前方を見ていた。リーバスはシボーンが見上げてくれることを強く願ったが、彼女はそうしなかった。

「いつもの魅力と礼儀でもてなしたな」とリーバスは自分をなじった。シボーン・クラークはペイジとフォックスとの間の抜き差しならない狭間《はざま》に落ち込んでおり、それがどれほど彼女を苦しめているかを彼は感じていた。

おまけに自分が彼女をどれほど苦しめていることか。

仕事に有能で、昇進も間違いなく、平穏な人生が続いていたシボーン――そこへリーバスが土足のまま入り込んできて、そこら中に泥をまき散らし、しかもそれに気づきもしない。

なんと、見事なやり口ではないか、ジョン。

彼は煙草に火を点け、ウイスキーをグラスに注いだ。グラスの半分を満たすまで、注ぐのをやめなかった。食卓に座り、道路地図を凝視し続けた。しばらくするとグラスはお代わりが、灰皿は空けるのが必要となった。音楽がないと、この部屋はおそろしく空虚に感じられたが、今の気分に合うようなアルバムはなかった。シボーン・クラークに電話をして、すべてを謝罪しようか。あるいは優しい言葉の短いメールを送ろうか。そうはしないで、ニーナ・ハズリットがくれた本を手に、アームチェアに座り込んだ。エジンバラの地下に埋められた蛇はいないし、ネス湖に怪獣は泳いでいない。それらはすべて迷信であり、説明や答え、理由を求めたがる人間の根本的な欲求から来ているのだ。

まぶたが重くなってきたとき、それでいい、とリーバスは思った。寝室までたどり着けない夜が、またしても訪れただけだから。

23

ゲイフィールド・スクエア署の受付係の巡査は、今もリーバスが中に入るのを認めたがらなかった。毎朝彼女はリーバスに新しい通行証を発行し、毎日の終わりにはその返還を求めた。

「一週間分の通行証をくれたほうが簡単じゃないか」リーバスはその巡査の名前を憶えようとしながら、提案した。

「一週間も来ないかもしれないじゃないですか」彼女が言い返した。

「環境破壊してることを考えろよ」

「リサイクルしますから」彼女はその日の通行証をくれた。「つねに身につけていてくださいね」

「もちろん、そうする」

二階へ上がりながら、彼はバッジをはずし、上着のポケットにしまった。捜査部室は仕事が始まったばかりだった。彼はロニー・オウグルヴィにうなずいて見せ、クリスティン・エソンの机のそばを通り過ぎながら、何か新発見はないか、とたずねた。

「これだけ」

彼は何枚かの紙を受け取った。

「コンピュータで作ったモンタージュ写真よ」エソンが説明した。「イングランドに知り合いの警官がいて、彼はソフトウェアを使いこなす名人なんです」

リーバスは三つの顔を順番に見ていった。サリー・ハズリット、ブリジッド・ヤング、ゾウイ・ベドウズの三人は年齢を重ねているはずなので、彼女たちの現在の顔を想定して作られていた。ハズリットの変化が最も著しかった――失踪してからいちばん長く年月が経っているので、当然である。三十代の女性になっており、目元と頬の輪郭が母親とそっくりだ。ベドウズとヤングは失踪当時とそう変わらない。ヤングの顔には少し皺が加えられ、目がくぼみ、唇の端がやや下がっている。ベドウズは二十代後半の女性になり、目鼻立ちの輪郭はくっきりしたままだが、活気がいくぶん失われた感じだ。

「どう思います?」エソンがたずねた。

「いいね」リーバスが認めた。

「ほかにも作っていて――髪型を変えたものなど……

……」

リーバスがうなずくと、エソンは彼の考えを読み取った。

「死亡していたら、無意味ね」

「これをあちこちに流したほうがいい。しかしその前にペイジの許可を取るんだぞ」

「ミスター〈トランプルド・アンダーフット〉の権威を踏みつけ《トランプルド》にしないようにね?」エソンは笑顔を見せ

た。「昨夜、レッド・ツェッペリンの曲名をいろいろ調べたんだから」

ペイジの部屋のドアが開き、ペイジがリーバスに視線を固定したあと、頭を軽く振ってこっちへ来いと合図した。リーバスはまずマグにコーヒーを注ぎ、それからノックして部屋へ入った。客用の椅子を置くスペースはない。昨日は三人が室内にいたので、まるでサウナのようだった。しかしなぜかペイジはここが気に入っているらしい。ここでは自分の支配権を確立でき、どんな言い抜けも通用させないと思えるからだろう。

「ジョン」ペイジはノートパソコンの前に座りながら声をかけた。

「何ですか、ジェイムズ」

「今日はずいぶん早い出勤だね」

リーバスは黙ってうなずき、次の言葉を待った。

「きみの意気込みがわかるよ。だが、集中力も大事だ」

「まったく、そのとおり」

ペイジの言葉は、ほんとうに言いたいことをどうやって切り出そうか、と考えている間の、場つなぎにほかならなかった。リーバスはそんな手間を省いてやることにした。

「苦情課に関することですね？」リーバスは推測した。

「まあな」つまりは、イエスであり、まさにそのものずばりなのだ。

「おれに厄介ごとがくっついてきたようで、すまなく思ってますよ」リーバスが言った。「おれの仕事の障りにはならないから、安心してもらいたい」

「そりゃ、よかった。仕事の進捗《しんちょく》状況は？」

「思ったより時間がかかっていて」

「アネット・マッキーの事件が優先事項だってわかっているよな？」

「もちろん」

「きみの古い事件がその邪魔になってはならない」

「ニーナ・ハズリットはおれが何か言ったって聞こうとはしませんよ。この機会を何年も待っていたんだから」

「彼女はまだエジンバラにいるのか？」

「おれの知る限りでは、昨夜ロンドンへ発ちました」

「そうか、それはよかったんじゃないか」ペイジは祈るように両手を合わせ、指先に唇を載せた。

「今朝、シボーンを見かけましたかね？」リーバスはさりげない口調を装いながらたずねた。

ペイジはかぶりを振り、腕時計を見た。「遅刻なんて、彼女らしくもない」

「昨夜ベッドに入るのが遅かったとか」

ペイジはリーバスを睨みつけた。「九時十五分に彼女の家まで送り届けた。何が言いたい」

リーバスは驚いた顔をして見せた。「いや、何か言いたいわけではなく、ただちょっと――」

言い終える前に、リーバスの携帯電話が鳴った。シボーン・クラークの名前が画面に出ている。

「噂をすれば」と言いながら、耳に携帯電話を当てた。

「どこにいるの？」シボーンがたずねた。

「捜査部室だ、なぜ？」

「わたしは外に車を停めてる。ここまで降りてきて」

「何があった？」

「ロバートソンのベッドには寝た形跡がない。昨夜、簡易宿泊所へ戻らなかったらしい……」

24

またしてもＭ９０号線を走っていたが、それはエジンバラ市内の朝の交通渋滞を抜けてからだった。パースとＡ９号線を目指している。プラスチックカップの紅茶と乾いたクロワッサンを買うために、ピットインした。ケイト・ブッシュは相変わらず雪だるまの歌を歌っている。フォース・ロード橋を渡るとき、リーバスはシボーンに、何か気づかないか、とたずねた。シボーンは彼をつぶさに見てから頭を横に振った。

「鉄道橋の足場が取り外されている」

シボーンは右手を見て、それを確認した。

「足場がなかったのはいつだったか、憶えていられないぐらい前だ」リーバスが言い添えた。

「そうね」シボーンが相づちを打った。それから言葉を足した。「ねえ、昨夜はごめんなさい」

「おれもだ。あのあとジェイムズと喧嘩してないだろうね」

シボーンはちらっと彼を見た。「どうしてそんなふうに思うの？」

「別に」リーバスは効果を狙って間を置いた。「きみが電話をくれたとき、おれはちょうどあいつのウサギ穴にいたもんで……」

「それで？」

「苦情課のことで、おれを叱ってる最中だった」

「それで？」シボーンはいらだった表情になりながら、再びたずねた。

「別に何もない」リーバスが強く否定した。「ただ、きみたち二人が……そのう……喧嘩したんじゃないかと……きみを家の前で降ろす前に。もしそうだったとしたら、おれがその原因になったことをすまなく思ってる」

「あなたって、ときどきほんとに、どうにもならない、いやなやつね」シボーンはゆっくりとかぶりを振った。

「いつもそう言われている」リーバスが認めた。「だけど、それを恥じているよ、ほんとに」

「いえ、それどころか、あなたはそれを自慢に思ってるのよ」シボーンがまた彼を見た。「ほんとにそうなんだから」

それ以後二人は黙りこんでいた。リーバスは景色を眺めていた――キンロス近くで延々と続く丘陵、一瞬ちらりと見えたレヴェン湖、カーブを曲がってパースシャーに入ると、急に視界が広がるさま、遠くのオッホル山脈の最高峰に残る雪（オッホル山脈だと思うが、シボーンに確認する気にはなれなかった）。シボーンの電話が鳴り、彼女はハンドルのボタンを押して、エンジン音に負けない大声で応答した。

「クラーク警部」と答える。

「ライトハートだ」警部の単調な声は、ケイト・ブッシュの歌声と同じスピーカーから流れてきたようだった。シボーンは別のボタンを押して、CDの音を消した。

「最新情報を教えてください」とシボーンが言った。

「ロバートソンはバスにちゃんと乗ったようだ。仕事場近くで降りた。ところが、作業員仲間の何人かに文句を言われた――自分たちの簡易宿泊所を家捜しされたことが気に入らなかったんだ。それで、彼はピットロホリへ行くと皆に言って出ていった。それが彼の姿を見かけた最後だ」

「逃走したんだわ」シボーンが断言した。

「そのようだね」

「ロバートソンの女にたずねてみたんですか？」

「女性バーテンのことか？　まだだ」

「女の部屋に潜んでいるとか？」

「それだと、問題解決なんだが」

「誰かがまずそれを確かめていてくれたら、わたしもこんなに遠くまで車を走らせなくて済んだのに」

「じゃあ、おれがやろうか？」

「いや、そっちへ着いたら、わたしが彼女と話します」

リーバスは気づいた——わたしたち、ではなく、わたし、と言っている……

「あなたは今、ピットロホリにいるんですか？」シボーンがライトハートにたずねていた。

「そうだが、パースに戻らなくてはならない——十一時の会議に遅れるわけにはいかない」

「じゃあ、そうしてください。またあとで話し合いましょう」

シボーンは電話を切り、ウインカーを出して前方のトラックを追い抜きにかかった。

「さっきのCDをかけるか？」リーバスがしばらくしてたずねた。

シボーンはかぶりを振った。しばらくして質問をすることに決めた。

「彼だとは思っていないんでしょ？」

「そうだ」

「なぜなら、彼はかっとなりやすく、そういうタイプの人間はじっくりと時間をかけて事件を起こさないから」

「そのとおり」リーバスが同意した。

シボーンがゆっくりとうなずく。「じゃあ、なぜ逃げ出したの？」

「彼のような人間はそうするんだ——衝動的に行動する。考えなしなんだ」リーバスは自分の質問をしてもいいだろう、と考えた。「付近の捜索から何か出たのか？」

「タメル湖に潜水士を二人ほど潜らせようか、とたずねて来ているわ」

「そうするのか？」

「それはジェイムズが決めること」

「ロバートソンの持ち物については？」

「だいたいあなたの言ったとおり。大麻が半オンスほどと、コピー商品のＤＶＤが何枚か」

「ポルノ？」

「いくつかは」

「ハードコア？」

「ＳＭはなかったわ、そのことをたずねているのなら」シボーンは彼を再び見た。「プロファイラーを評価しない男が、そんなことを言うとは」

「常識のほうが安上がりだよ」

　シボーンは無理に微笑を浮かべた。二人の間の氷が溶けかかっていた。「あなたの部屋にあった本だけど――あれはニーナ・ハズリットからもらったの？」

「どうしてわかるんだ？」

「彼女のフェイスブックに載っていた経歴に、本の編集、神話や伝説も含まれる、と書いてあった」

「〝薔薇《ばら》の輪、作ろう〟って童謡、ペストのことだって知ってたか？」

「そんなの常識だと思ってたわ」

　リーバスはもう一度試みた。「ソニー・ビーンは？」

　シボーンは少し考えた。「人食い人間？」

「ただし、現実には存在しなかったようだ。一説によると、ジェイムズ二世反対派のプロパガンダだったらしい。噂を広めるのは簡単だからね」

「バリー・マンは本に出てきた？」

「書いてあったよ――本物を見たことがあるかい？」

「去年の八月。クイーンズフェリーまで車で行って、バリー・マンが歩き回ったり、皆から差し出された酒を飲んだりしていたのを見たわ。全身をいがいがの植物で覆われていた。どうやっておしっこするんだか……」シボーンは一呼吸した。「ニーナ・ハズリットは新しいお化けを作り上げているのかしら？」

「同じようなことをおれも彼女にたずねた」

「それで？」

「彼女は機嫌を損ねた」

「彼女の職業は編集者なのよ」

「だから？」

「すっきりした筋道を作るわ、ジョン。失踪事件のすべてに関係した者が一人いれば、雑多で無意味なものに筋が通る」

「また心理学の話に戻ったな」

「ほかに何も言えることがないでしょ？」

「言えるのは、もう生きていないのではないか、と思える人たちがたくさんいるってことだ」

「そうね」

　シボーンが好きなCDをかけてもいい、と言ったとき、リーバスは自分の最新の罪が許されたのを知った。

25

〈タメル・アームズ〉はもう一時間後でないと開店しないが、ドアには鍵がかかっていなかった。晴天の朝、ピットロホリのアソール・ロードは活気にあふれていた。近所の人たちが歩道に立ち、買い物袋や犬のリードを手に、地元の噂話をしている。彼らはよそ者に慣れていて、シボーンやリーバスを一顧だにしなかった。

「こんにちは？」シボーンはパブのドアを押し開けながら、声を張った。店内は漂白剤の臭いがした。床を水洗いするために、椅子やスツールがテーブルの上に置かれている。女が女性用トイレのほうからモップを手に現れた。

「ジーナ・アンドリュウズを探しているんですが」シ

ボーンが言った。

　女はほつれ髪を耳の後ろに掻き上げた。「パン屋にいるわ。すぐ戻ってくるけど」

「じゃあ、待ちます。構わないわね？」

　掃除の女性は肩をすくめ、またどこかへ行ってしまった。

「ここでは人を信用するんだな」リーバスが無人の店内にある、台に並んだアルコールサーバーを見ながら、感想を漏らした。

「そうでもないわ」シボーンが答え、ドアの上にある監視カメラへ顎をしゃくった。そのドアが開いて、別の女性が個別包装されたロールパンやサンドイッチを積み上げたプラスチックのトレイを持ち、ドアを何とかすり抜けて入ってきた。それをカウンターにどさっと置き、大きな吐息をついた。

「警察？」女性が二人のほうに向き直った。

「そうよ」シボーンが答えた。

「トミーのこと？」

「そう、トーマス・ロバートソンのことで」

「彼の車、今も裏に停めてあるわ」

「いつからそこにあったの？」

「昨夜から」

「じゃあ、ここにいるのね？」

　ジーナ・アンドリュウズはかぶりを振った。三十代である。小柄のがっちりした体格で、金髪を肩まで伸ばしている。彼女はどんな国であっても、優秀なバーテンにとって必要な資質を持っていた。公平だが、いったんことが起これば毅《き》然《ぜん》と対処し、敵に回すと厄介な人間。

「ここまで車で来たはずなんだけど、店には入って来なかったわ。常連さんが彼の車があるよ、って教えてくれたんで、メールを送ったんだけど」

「返信はなかった？」

　アンドリュウズはうなずき、ロールパンを金属盆に移し始めた。一つ一つの袋に、中身を記したラベルが貼ってある。

「彼のことは詳しいの？」

「いい人よ。酒と冗談が好きね」

「彼はあなたの……？」

　アンドリュウズは作業から目を上げた。「恋人？　そんなごたいそうなものじゃない」

「じゃあ、たんなる友達？」

「たいていの場合は」

「彼は短気だと思う？」

「風の吹き回しによってはね」

「昨日の朝、彼がどこにいたのか知ってる？」

「いいえ」

「パースの警察署で質問に答えていた」

「行方不明になった女の子のことで？」

「なぜそう思うの？」

　アンドリュウズは何を馬鹿なことを、と言わんばかりに鼻を鳴らした。「ここはシカゴのダウンタウンじゃないのよ。あの女の子のことは大きなニュースなの。警察が作業現場に来たってのは、皆が知ってるわ」

「ロバートソンに前科があったことを知っていた？」

「刑務所に行ったって、話してくれたわ」

「その理由も言ったのね？」

「ナイトクラブの外で喧嘩があった。トミーが割って入り、あんたたち警察はとどのつまりトミーを逮捕したのよ」アンドリュウズは盆にロールパンを積み終え、次の盆に取りかかった。

「強姦未遂だった」リーバスが告げた。アンドリュウズの動きが一瞬、止まった。

「被害者はトラウマで苦しんだわ」シボーンが言い添えた。

「それで、トミーが今回の容疑者ってわけ？」アンドリュウズは作業に戻ったが、心が伴っていない様子だった。

「彼はあなたとはいつも問題なかったのね？」シボーンがたずねた。

「とっても優しかった」アンドリュウズは少し考えてから言った。「わたしからも話を訊くとトミーに言ったの？」

「いけなかった？」

「だからへこたれたのかも。駐車場までは来たけれど、わたしに会う勇気がなかった」

「じゃあ、なぜ車を捨てたのかしらね？」シボーンが言った。

「わからない」

「調べてみてもいいかな？」リーバスが言い添えた。

「好きなようにして」

シボーンはリーバスにうなずいて、外へ出るよう促した。自分はここに留まる。まだたずねなければならないことが残っている。

外へ出ると、リーバスは煙草に火を点け、建物の裏側へ回った。砂利敷きの駐車場は四台分のスペースしかなく、従業員専用という看板が出ていた。ロバートソンは気にならなかっただろう。彼のつもりでは、家族同然なのだから。今停まっているのは、古びた青のフォード・エスコート一台だけで、ドアパネルの片方とフェンダー部分は別の色だ。後ろのバンパーはなくなっていて、尾灯の一つが割れている。そこを見下ろす建物はなく、人目につかない場所だ。リーバスは車の周囲の砂利をつぶさに見て、争った跡がないか調べ、そのあと窓から車内を覗いてみた。車はロックされており、中は乱雑だった。ポテトチップスの空袋、清涼飲料の空き缶、新聞紙とガソリンスタンドの領収書。リーバスはナンバープレートの番号を書きとめ、もう一度車の周囲を歩いた。丸いステッカーに記された自動車税納付期限の日付はもうすぐ到来する。車検を通るためには、親切なメカニックとたぶん心付けが必要であろう。少なくともタイヤ二つは、風の日のボビー

・チャールトン（イングランドの名サッカー選手）の頭よりもつるつるである。改造した排気パイプを靴のつま先で蹴ってみると、がたがたと異様に揺れた。

パブに戻ると、掃除の女性は帰るところだった。リーバスは開けたドアを押さえてやった。アンドリュウズは一つ仕事を終え、次の仕事にかかっていた。棚に洗ったグラスを並べている。リーバスは肩をすくめ、シボーンに何も収穫がなかったことを示した。シボーンも同じ仕草を返した。

「あんたの住まいに隠れているなんてことはないね？」リーバスがアンドリュウズにたずねた。

「あなたの仲間が同じ質問をしてわたしを責めたわ」アンドリュウズが二人に向き直って腕組みをした。それは防御の姿勢ではなく、顔つきから見る限り、その正反対だった。

「じゃあ、違うってことだね」リーバスは飾り付けられたロールパンの山を指さして言った。「一つ、買ってもよいかな？」

「パン屋で買えば」

「ホースラディッシュとローストビーフのやつを」リーバスが注文した。

睨み合いは十秒間ほども続き、その間にリーバスはカウンターに金を置いた。アンドリュウズが折れ、手に当たった最初のロールパンを渡した。ハムとマスタード入りのものだったが、リーバスは礼を言った。

「ミズ・アンドリュウズは」とシボーンが告げた。「ロバートソンが北西部へ戻ったんじゃないかって、わたしに言ってたとこなんです。そこに仲良くしている友達がいるから」

「名前は？」リーバスがたずねた。

「憶えていないって」

リーバスの表情がすべてを物語っていた。それじゃあ、役に立たない。

彼はロールパンを口に入れた。

次に車を停めたのは、作業員仲間のところだった。ビル・ソウムズとステファン・スキラジがまたしても歓迎とはほど遠い表情で迎えた。

「ここでおれが働かせてるやつらを一人残らず追っ払う算段でもしてるのかい？」ソウムズが上着のポケットに両手を突っ込んだまままたずねた。相変わらず、通り過ぎるディーゼル車がうなり声を上げ、排気ガスで空気を汚染しており、怒鳴らないと何も聞こえなかった。天気が下り坂となり、気温が下がって、谷間から霧がこちらへ流れてきている。

「わたしの見るところ、彼を追っ払ったのは、仕事仲間だわ」シボーンが言い返した。

「トミーは村へ行くのにいちいち理由なんて要らなかった」スキラジが言った。

「彼から何も連絡はないんだな？」リーバスが訊いた。

「ないね」

「トミーの車は〈タメル・アームズ〉の裏にあった」

「当然だね」

「でも中には入らなかったのよ」シボーンが付け加えた。

「だが、こっちにも戻ってこなかったな」

「それは確かなのか？」

ソウムズがリーバスをまじまじと見た。「おれたちが嘘をついているとでも？」

リーバスはできるだけ自然に肩をすくめた。「あるいは嘘をつかれたのかもな。ロバートソンの持ち物で、何かなくなっているものはないか？」

ソウムズはスキラジに答えさせた。

「ない」ポーランド人のスキラジが答えた。

「あのな、もしおれが逃走するつもりなら、まず荷物をまとめるね」リーバスが言った。

「あいつはあわくっていて、まともに頭が働かなかったのかもな」ソウムズが言った。「あんたたちが質問攻めにして、昔の話をほじくり返したんで……」

「そしてここへ戻ってきたときは、皆から優しく同情されたってわけか？」リーバスの笑みは冷たく、愉快さはなかった。

「おれたちはかばってなんかいない。周りを見てくれ」ソウムズが片手を大きく回して示した。「隠れんぼができるようなところじゃない」

「捜索チームは何か見つけたのかね？」スキラジがいきなりたずねた。

「いいえ」シボーンが認めた。

「何もないからだよ。あんたたちは時間と労力を無駄にしている。女の子はここまで来ていねえよ——歩いてはね」

「ということは、あんたら、くそったれが無実の男を痛めつけたんだ」ソウムズが加勢した。そしてシボーンにちらっと目を向けて、「汚い言葉で失礼したな、お嬢さん」と言う。

「時間の無駄だわ」シボーンがリーバスに言った。

「ステファンが今そう言ったじゃないか？」ソウムズが皮肉った。

　しかしシボーンはすでにさっさと車へ戻っていった。

26

ジェイムズ・ペイジは忙しかった。

エソンの作った失踪女性のモンタージュは、いくつかの選ばれたメディアに公開された。テレビが興味を示し、その夜のスコットランド地方ニュースで放映されることになった。一般市民もアネット・マッキーの携帯電話から送られた写真に関して、場所の特定につながりそうな情報を寄せ始めた。ある者は自分の勘の正しさを証明するため、自分で撮った写真も添えていた。ペイジは捜査部室の壁にスペースを作り、エソンに写真を貼らせた。さらに情報がどんどん届いている。

ペイジはシボーンとリーバスを自室に招いた。

「そいつはほんとうに容疑者なのか？」それがペイジの最初の質問だった。

「確信は持てません」シボーンが認めた。

「ロバートソンが逃走したということは……」

「衝動的に行動するタイプなのです」

「放浪癖がある」リーバスが言い添えた。「一カ所に長く留まらない男のようで」

「行きそうな場所の見当はついているのか？」

「アバディーンか、そのあたり」シボーンが推測した。

「グランピアン警察に知らせて、探してもらうほうがいいかな？」

「いいですね」

ペイジは腕時計を見た。「一時間後に本部長に報告することになっている。報告に当たって、もうちょっと具体的なものはないか？」

「全員が限界まで働いているんです」

「ここまでのところ、何も結果が出ていない。この状況が長く続きすぎると……」

「もしアネットがヒッチハイクしたとしたら、それは北へ向かう車だ」リーバスが言った。「A9号線上で、そっち方面の写真や情報は来ていないんですか？」

「ピットロホリからインヴァネスの間で、ってことか？」ペイジはコンピュータ画面を調べた。「見る限りではない」と締めくくる。

「壁面用の大きな地図が要ります」リーバスが言った。「それと、虫ピンをたくさん……」

その日は終日、市民が電話やメールで自分たちの考えや推理を伝えてきた。ある者は何一つ確かな意見もなく、捜査班の努力を褒めたいだけなのだった。それに気づかれたとたん、彼らは感謝の言葉とともに、次の通報者が待っているからと言われて、電話を切るようにと穏やかに促された。

リーバスは自宅まで車で戻り、自分の地図を持ってきて、壁に粘着テープで留めた。

「ちゃんとA9にマークをつけてあるのね」エソンが言った。「早業だわ」

そう、それにアウキテラーダーの近くと、ストラスペファとアヴィモアにも虫ピンの跡がある。

「じゃあ、行くわよ」エソンが熱い湯を一口飲んでから、リストの地名を読み上げた。「アピン、テイノウルト、サレン、ケンダル、インヴェルグラス、ロホギル、インシュネダムフ……」

「ゆっくり言ってくれ」リーバスが文句を言った。「その地名の半分は、場所がどこなんだかわからん。最後のなんて適当に作り上げたんだろ」

「インシュネダムフへは行ったことがある」ロニー・オウグルヴィが受話器の送話口を手で塞ぎながら、話に割り込んだ。

「でもジョンが言うのももっともだわ」シボーンが言った。「グーグル・マップで場所を特定して、場所がわかったら地図に目印を付けましょう」部屋を見回す。

「みんな、それでいいわね？」

誰もがうなずいた。

「リストを分割しましょう、クリスティン」シボーンはエソンに命じた。リーバスが市民から寄せられた写真のいくつかと、マッキーの携帯電話からの写真とを注意深く見比べているのに気づいた。「どれか気に入った写真があった？」

「二枚ほど」指で写真を叩く。シボーンは同意せざるを得なかった。

「どこで撮られたもの？」シボーンがたずねた。

「一枚はダーネスの南のＡ８３８号線」

「北西部の、かなり遠方ね？」

リーバスは地図で場所を示した。「どこからも遠い」

「もう一枚は？」

「Ａ８３６号線。エダトンという小さな村」

「どこにあるの？」

リーバスが肩をすくめたので、シボーンは自分のコンピュータへ歩み寄って、キーを叩いた。二分後、その答えがわかった。

「ドーノホ湾ね」シボーンが言った。「Ａ９から数マイルと離れていない。テインのすぐ北」

「グレンモーレンジの蒸留所があるところだな？」リーバスがたずねた。

「あなたのほうがよく知ってるわ」

リーバスはインヴァネスからＡ９を北へなぞった。Ａ９号線はブラック半島を横切り、クロマティ湾沿いに北上し、再び内陸を通ってドーノホ湾まで来ると、そこからは海岸線を伝ってウィックに至る。テインとＡ８３６に印が付けられた。その方面に幹線道路はあまりなく、果てしない荒野が広がるばかりだ。

「競争相手はまだたくさんあるわよ」シボーンが警告する中で、オウグルヴィの電話がまた鳴り出した。

「だからとにかく、これを続けていきましょう」

27

一日の終わりが近づくと、彼らは疲れが出てきた。オウグルヴィがあと一時間、電話番の残業をすると申し出た。シボーンはかぶりを振った。

「皆が休憩しなければ。九時まで代わって引き受けてくれるように巡査の一人に頼んだわ。そのあとは、交換台が電話番号を控え、明日の朝に電話をすると伝えてくれる。よくがんばったわ、皆――ほんとうに」

普通なら、ペイジが言うはずの言葉だが、彼はフェティス警察本部で、またもや会議に出ているのだった。シボーンは額をこすって緊張を和らげながら、壁の地図に歩み寄った。リーバスが考え込みながら地図の前に立っていた。

「明日はもっと仕事が増えるだろう、運がよければ」とリーバスが言った。

「三人の女性のモンタージュのことね？　見かけたという情報が入ると本気で思ってるの？」

「そう考えたいじゃないか」シボーンに向き直る。「で、きみの意見は？」

シボーンは地図を見つめた。「エダトンに何票入ってるの？」

「四票プラス、これから増える分」

「それって、全人口じゃない」

リーバスが強いて笑顔を作った。「ロホゲアに三票、しかしここは西側のずいぶん遠いところだ」指で叩いて地図を示す。「ファイン湖に近いね」

「そしてダーネスも二票」シボーンが続けた。地図には虫ピンがたくさん刺されており、地図の下面をはみ出た壁にも虫ピンの固まりがある。

「イングランドの候補地ね？」シボーンが察した。

「ウェールズや北アイルランドもある」

シボーンは頬を膨《ふく》らまして、勢いよく息を吐き出した。「こういうことって、プロファイラーのほうが得意なんじゃないの？」

「やめろよ」

「言ってるだけ」疲れた微笑を漏らした。またしても地図に見入る。「今もＡ９沿いだと考えているのね？」

「あるいはその近く」

「それでは――えっと――候補地は六カ所」

「六つとこれから増える分」

シボーンはゆっくりうなずき、ちらっと振り返ってチームの誰も声が聞こえるほど近くにいないのを確かめた。それでも声をひそめた。「これが無意味だったら、どうする？　候補地を狭め、これと思われる場所を確定したつもりでも……それが何にもつながらなかったら？」

「そうなったら、別の方法を試す」

「じゃあ、どんなこと？」

「自信を持て、シボーン。自分は時間をかけて、やるだけのことはやったんだ、と最後に言えるなら……」

「きっと家族からお礼のカードがもらえるわね」

「それはわからない」リーバスはシボーンの肩に手を置いた。「今夜何をするにしろ、これとはまったく関わりのないことをしろよ」

シボーンがうなずいて同意した。「あなたもね」とリーバスに命じる。

「もちろんだよ。田舎へドライブするのも悪くない……」


だが都会のパブへ行くのが先だ。〈ギムレット〉のドアには知らないドアマンがいた。電話中で、リーバスを危険人物だと感じていない様子だった。パブは客が多く、この前訪れたときと同じ女性バーテンがいた。

挨拶の印に彼女にウインクして見せたが、酒は飲まずに立ち去った。次に向かった酒場はそれよりもさらにみすぼらしいところだった。〈タイトラー〉は市の北部に位置する公営住宅の真ん中にあり、その公営住宅の半分は取り壊しが決定している。〈タイトラー〉の客自体も、取り壊しの公示を体に貼り付けられてもおかしくないほど、みすぼらしい。そこでもリーバスは長居せず、言葉数の極端に少ないバーテンと短い会話をしただけで、店を出た。次は少し長い距離を車で走り、市内を出て西へ向かい、ウエスト・ロウジアンのいかがわしい地区へ入った。ブロックスバーン、バスゲイト、ブラックバーン、ホイットバーンである。結束意識の強い町、かつての炭鉱町。メインストリートは廃業した店や売り店舗の看板が並び、アールデコ風映画館を改造した酒場のドアの上には〈ジョージョー・ビンキーズ〉という名前があった。長身のドアマン三人がリーバスをじっくりと睨みつけた。全員がコートの袖に警備員を示す腕章をつけ、イヤホンの細いコードが首と襟の間に消えていた。

「入るのか？」一人がリーバスにたずねた。男の顔には傷跡がいくつもあり、鼻も一度ならずつぶれたように見えた。

「ああ」リーバスが答え、通り過ぎようとした。しかし手が出てリーバスの体を止めた。

「誰かと約束してるのか？」ドアマンがたずねた。

「まあな」

「今夜はカップルの夜なんだ、だから三人プレイを目的にしてるんじゃなければ……」

「老人ホームはもうちょっと先だ」もう一人のドアマンが言い添えた。「あそこでもダンスをやってるかもな」

リーバスは笑顔になった。「おれが本を書くときに、その言葉を盗用してもいいかな？」

「どんな本だ？」

「『お馬鹿がとびきりお馬鹿な冗談を言う』って題なんだ」

若い男がぐいと体を近づけた。「お馬鹿っておれのことか？　裏に回って決着をつけようじゃないか…………」

最も場数を踏んでいる感じの、三番目のドアマンは、これまで黙っていたが、このとき若い仲間の背中をぽんぽんと叩いた。

「落ち着け、マーカス。こちらは警察官だよ」

リーバスはマーカスを睨みつけた。「この男の言うとおりだ。おれがこの年まで無事だったのは、勝てない戦いはおっぱじめないことにしてるからだ。憶えておけ……弱虫野郎」

リーバスは三人のリーダー格に向き直った。

「誰に会いたいんだ？」リーダーがたずねた。スキンヘッドで、白いものの混じった口髭と顎髭をきれいに整えている。この男も戦いをくぐり抜けてきたのだ。

「ミスター・ハメル」リーバスが告げた。

「あんたが来るのを知ってるのか？」

「いや、そういうわけでは」

「じゃあ、会いたがらないかもな」

「アネットのことだって伝えてくれないか」

ドアマンはガムを噛みながら、その頼みもじっくり噛みしめていた。

「ミスター・ハメルはあんたを知ってるのか？」

リーバスがうなずいた。

「わかった。じゃあ来てくれ」

ロビーには赤い絨毯《じゅうたん》が敷き詰めてあった。天井にはちっぽけな照明がきらめき、昔の切符売り場で今も入場券を買うようになっている。二つの両開きドアの中から、激しいダンス音楽と酔った女性の奇声が聞こえてくる。ドアマンは立ち止まって、片隅にある狭い階段前で、赤いロープをはずしていた。その横にある表示には従業員専用とある。二人は二階席へ上がっていった。アンプからの音楽で壁が震動していた。

「あのマーカスには、あいつのためのボディガードが要るね」リーバスが言った。

「若い者が幅をきかすようになってな、どこの世界でもそうだが」

階段を上りきると、映画館の古い座席がまだ一部残っていた。ビロード風のつややかな布を張った座席の列が、決して来ない客を待っている。ミラーボールが階下のダンス客のために休むことなく、赤と青の光を点滅させながら、回り続けていた。ドアマンは座席の列の後ろを回って事務室へ向かった。彼はノックすると返事を待たずに入り、リーバスはドアの外に取り残された。三十秒後、ドアマンが出てきて、今度はドアを開けたままにして、リーバスを招き入れた。

「ありがとう」リーバスが言った。「感謝してるよ」リーバスが言うと、ドアマンはうなずき、自分が貸しを作ったことに気づいた。今後のために後ろポケットにしまっておくべきもの。

事務室は予想に反して、広く明るくモダンだった。白木の木製家具、黄土色の革張りソファ。壁には、古い映画の宣伝写真が額に入れて飾ってあり、その中にはリーバスが若い頃に観た映画もあった。

「ここを買ったときに見つけてね」フランク・ハメルが説明した。「屋根裏に何百枚も風化しかけたものがあった。断熱材代わりにしたんだろうな」ハメルは握手するために机を回り込んで出てきた。手を握ったまま、何か知らせがあるのか、と訊いた。

「これといって何も」リーバスが認めた。「座ってもいいかな？」

ハメルがソファの片端に座り、リーバスがもう片端に座った。今夜のハメルはストーンウォッシュのジーンズに茶色の短靴を履いている。先端に銀をあしらったベルトが太い腹を締め付けていた。首元を開けた半袖の白いシャツ。ぼってりした手で髪を掻き上げた。

「ロブは紳士だ」ドアを顎で示しながら、ハメルはリーバスに言った。

「たしかに、〈ギムレット〉のドアマン、ドニーよりも脳みそが多いようだな」

「脳みそと腕っ節は相性がいいとは限らないんだな。質のいい男を見つけるのが、だんだん難しくなってきた」ハメルは諦めたように手を振った。「いずれにしろ、雇ったりクビにしたりは、ダリルに任せている。で、用事というのは？」

「トーマス・ロバートソンの居所を教えてもらえないか、と思って」

「まず、質問をしてもいいか？」

「いいとも」

「トーマス・ロバートソンとは何者だ？」

リーバスは睨み据えてみたが、ハメルはその手は経験済みのようだった。「おれたちが事情聴取をしていた男だ」結局、リーバスは説明することにした。

「なるほど」

「そいつが行方不明になった」

「あんたの考えでは、アネットをさらった男なんだな？」

「いや、しかし確信を持って言うが、あんたはそう考えている」

ハメルは手のひらを上へ向けて手を伸ばした。「あんたがここへ来るまで、名前も聞いたことがなかったのに」と文句を言う。

「ロバートソンはピットロホリの北で道路工事をしていた作業員の一人なんだ。車で村へやってきて、それっきり姿が消えた」

「じゃあ、逃走したんだな？」

「彼は何の罪にも問われていない」

「じゃあ、なぜあんたのレーダーにそいつが引っかかった？」

「ちょっと前科があった」

「誘拐か？」

リーバスは首を横に振った。「暴行」

「あんたはそいつを尋問して、手放したんだな？」

「彼の宿舎を家宅捜索したが、アネットと結びつくようなものは、何一つ見つからなかった」

ハメルは考え込んでいた。「いったい、どうやっておれはその男を知ったというんだ？」

「インターネットに噂が流れていた」

「ネットで見るものと言えば、タインカッスルのサッカー場で、アウェイ・チームが勝ったかどうかぐらいだよ」一呼吸してから話を続ける。「ニュースで見たが……女たちの写真を。アネットが送った写真も……ゲイルに何か伝えられることはないのか、彼女の気分を晴らすために？」

「たくさん情報が寄せられた。明日か明後日、可能性の高いところをこの目で確かめるつもりだ」

「しかしアネットの目撃情報はないんだろ？　彼女の写真がばらまかれているのに……」

リーバスは答えなかった。ハメルは立ち上がって机へ戻り、引き出しを開けて、ウォッカの瓶を出した。

「飲むか？」

リーバスがかぶりを振ると、ハメルは引き出しからグラスを一つ出し、ほんの少し注いだ。

「アネットの母親はどうしてる？」リーバスがたずねた。

「どう思う？」

ノックの音はなかった。いきなりドアが開いて、青年がそこに立っていた。リーバスはダリル・クリスティだとわかった。ハメルに来客があるのを見て、青年は詫びの言葉をつぶやいた。

「紹介したほうがいいな」ハメルが言い、手を振って彼を招き入れた。リーバスはダリル・クリスティのためにソファから立ち上がることにした。

「電話できみとは話をした」リーバスが手を差し出し

ながら言った。「ジョン・リーバスだ」

「ここへ来たのはアネットのことで？」

「捜査の進捗状況を話しにきただけだ」ハメルが安心させた。「心配要らない」

　ダリル・クリスティの携帯電話が音を立て、彼は画面のメールに目を落とした。ハンサムと形容してよい青年で、背広は真新しいもののようだった。背広とは興味深い選択だ。それは大人が着るもの、実業界の制服である。ハメルはくだけた服装をしているが、それは余裕があるからだ。何を着ようとも誰からも軽く見られない。ダリルはもう少しふんばらなければならない。ジーンズ姿では、そこいらの無名の若者と見なされかねない。

「写真とは、どういうことなんです？」ダリル・クリスティがたずねた。

「きみの妹が送ってきたものだ」リーバスが説明した。「というか、彼女の携帯から送られてきた写真。数年前に失踪した女性についても同じことがあった。現在のところ、わかっているのはそれだけだ」

「それプラス、姿をくらました容疑者」ハメルが口を挟んだ。「おれたちはそいつを地下室に閉じ込めていないよな、ダリル？」

「そんなことはしてないですよ」ダリル・クリスティの電話がまた音を立て、メールの新着を知らせた。

「いつもくそ忌々《いまいま》しいメールばかりだ」ハメルが文句を言った。「こいつをショーや上等のレストランへ連れて行っても、携帯から目を上げもしない」

「そうやって仕事をするんだけど」ダリル・クリスティがタッチスクリーンに指先をせわしく滑らせながら、つぶやいた。

　ハメルは渋面を作って、リーバスの視線を捉えた。

「あんたやおれみたいな人間は、面と向き合って話をするほうがいい。昔はそうするしかなかった。今夜、あんたは電話でもよかったのに、自らここへやってきた」リーバスのやり方を肯定してうなずいた。「ほんとに酒は要らないのか？」

「いや、けっこう」リーバスが答えた。

「ぼくに勧めないのかな」ダリル・クリスティが言った。

「そんなことをしたら、深夜におまえをタクシーに押し込まなければならない羽目になる」

クリスティはその言葉を無視した。携帯電話を雇い主のほうへ振ってみせる。「これをやってしまわなければ」と言い、くるりと身を翻して部屋を出て行った。

「さよならも言わないのか？」ハメルは大げさにあきれて見せた。「いい子なんだけどな」

「母親とはいつからの知り合いなんだ？」

「それは前にも訊いたんじゃないか？」

「あんたは答えなかったと記憶している」

「たぶん、それはあんたに関係ないことだからだ」

「おれのような職業では、どんな些細な事柄でも大事なんだ。あんたはダリルの父親を知っているね？」

「デレクとは親友だった」ハメルは肩をすくめて見せた。

「あんたが彼をこの土地から追い出したっていう噂はほんとうなのか？」

「それはあんたの意見なのか、それともあんたの友達、カファティが言ったのか？」

「前にも言っただろう、カファティは友達ではない」

ハメルは再びウォッカをたっぷりとグラスに注いだ。ウォッカの匂いが漂う。リーバスにとって、嫌いな匂いではないが……

「いずれにしろ、カファティは終わった男だ。ゲーム・オーバーだよ」ハメルはグラスを傾けて、一気に飲み干した。

「アネットがどういう女の子なのか、教えてもらえないかな？　それもおれとは関係ないことか？」

「アネットはこまっしゃくれた子だよ——いつも自分

の意見を通したがる」

「おれもそう思ってた」リーバスがうなずいて賛意を示した。「インヴァネスまでバスで行くってのは……」

「うちの者が車で送っていってやったのに！」ハメルがどなった。

「そう提案したんだね？」

「アネットは自分のやり方にこだわった――それがどんな結果を招いたか！」ハメルは怒りの声を漏らし、グラスにまた酒を注いだ。

「アネットのせいだと？」

「ちゃんと聞き分けてくれたら、こんなことにはならなかった」ハメルは口をつぐみ、グラスの中身を揺らしながら、じっとそれを見ていた。「なあ、あんたはおれを知ってるだろ？　おれの立場を……何の役にも立たないってのは、癇《かん》に障るんだよ」

「あんたは賞金を出した」

「それでどうなったかと言えば、半径六百キロにいる頭のおかしいやつらやら金目当ての連中が、どっと出てきただけじゃないか」

「あんたがやれることは、こっちがすべてやっていると思う。あんたが自己流で何かやろうとすると、ややこしくなるだけだ」

「もう一回だけ言おう。おれはロバートソンという男については何も知らない。しかしそいつを見つけるのに、手を貸してもらいたいなら……」ハメルはリーバスを見据えた。

「それは必要ないと思う――というか、よい策ではない」

ハメルは肩をすくめた。「いつでも手伝うから言ってくれ。そうそう、ボーナスは要るか？　銀行だけが金をくれるわけじゃないだろ？」ジーンズのポケットに手を入れ、五十ポンド紙幣と思われる分厚い束を取り出した。

「要らない」リーバスが答えた。

「そうか」事情がわかったと思ったハメルは断定した。

「カファティがすでにたっぷりと顧問料を払ったんだな」

　リーバスは帰ることにしたが、ハメルはまだ言いたいことがあった。

「あんたはカファティに似ていると聞いたが、そのとおりだな。兄弟と言っても通る」

「なんだか侮辱《ぶじょく》されたように思うね」

　ハメルが薄笑いを浮かべた。「いや、そうじゃない。カファティのような男は手強いってことだ」グラスに見入ったあと、それを口につけた。「あの病院であんたがカファティの命を助けたなんて、残念だよ、放っておけばよかったのに」

28

　ダリル・クリスティがロックエンドの自宅に戻ったのは、深夜の二時だった。母親はテレビのショップチャンネルをつけたまま、その前で居眠りをしていた。ダリルは母親を起こして寝室へ行かせたが、母親はその前にハグを求めた。ダリルはすぐにハグをしてやり、その代わり、酒や睡眠薬の助けを借りながら心を落ち着けるよう約束させた。

　ジョゼフとカルはキッチンを片付け、夕食のあとの皿洗いを済ませていた。ダリルは冷蔵庫内を確認した――加工食品とミルクがたっぷり入っている。食品の買い出しのためにテーブルの上に二十ポンド紙幣を一枚置いて出たのだが、そのままテーブルに残っていた。

弟たちは二階の二段ベッドで寝ていたが、小さなテレビを触るとまだ温かかったし、床にはテレビゲームが散乱していた。ゲームのいくつかはアネットのもののようだった。ジョゼフが一つか二つ借りてもいいか、とたずね、ダリルが許可したのだった。

「二人とも寝ているんだろうね」ダリルは二人を戒《いまし》めた。弟たちは寝たふりをするのを止めて、目を開ける気はなかった。ドアを閉めると、ダリルは妹の部屋にそっと入り、電灯を付けた。黒く塗られた壁にポスターやステッカーが貼ってある。天井の小さな星や惑星が暗闇の中で瞬いていた——それはダリルのクリスマス・プレゼントである。彼はシングルベッドにちょっと座ってみた。アネットの香水の匂いがしていて、枕から漂ってきたようだった。枕を取り上げて嗅いでみた。彼女が消えたという気はしなかった——今にも勢いよく部屋へ入ってきて、ここで何をしているの、となじりそうに思われる。小さい頃二人はともに競争心が激しく、ひっぱたいたり、蹴ったり、噛みついたりしたことすらあった。しかし最近では別の世界に住むようになり、そんなことはなくなった。

「早く帰ってこい、馬鹿」ダリルはそっとつぶやき、立ち上がって下の階へ向かった。洋服を着たまま、狭い自分のベッドに横になった。ブラインドを閉めなくても済むように、元温室の明かりは点けなかった。そして携帯電話のアドレスを選んでタッチし、父親が出るのを待った。

「ぼくだよ」ダリルは呼びかけた。

「何かわかったのか？」

「何も」

「二週間になるな」

「わかってる」

「ママはどうしてる？」

「元気とは言えない」

「おれはそっちへ戻れない、ダリル」

「どうして？　ハメルは何も危害を加えないよ」

「こっちにはおれの生活がある」

ダリル・クリスティは頭上のガラス天井に映る、かすかな自分の姿を見つめた。人工の光による汚染。星が見えない。

「ぼくたち、パパに会えなくて淋しい」と父親に言った。

「おまえが淋しいんだろ」デレクが言い直した。「フランクは今もおまえをちゃんと扱ってくれてるんだろうね？」

「ああ」

「カルとジョゼフもだね？」

「二人はだいじょうぶ」

少し沈黙が流れた。「フランクは今夜そこにいるのか？」

「アネットが行方不明になってからは、いないよ」

「本人が決めたのか、それともママがか？」

「わからない」

二人はさらに数分間しゃべり、やがてデレク・クリスティが息子に電話代が高くつくから、と注意した。

「前から言ってるとおり、これはフランクが払ってる」ダリルが言った。

「それにしても……」

それで会話は終わった――あとは、さよならと挨拶し、いつかダリルがオーストラリアへ行く話をしただけだ。ダリルはベッドから足を降ろし、ベッドの端に座った。父親に嘘をついたのだ。フランク・ハメルに費用を払ってもらっている携帯電話を確かに持っているが、これはそれとは別だった。これはダリルの物であり、だからカファティへメールを送るのに使っている。老いたカファティはぐっすり眠っていることだろう。これで目を覚ますだろうか、覚まさないだろうか。いずれにしろ、メールを打ち込んで、送信ボタンを押した。

〝あんたの友達リーバスはハメルに好意を持っている。今夜ジョージョーに来た。〟

　正しい綴りと句読点で――ミスター・カファティのために最善を尽くす。ダリルは、今夜最後のメールを送るためにもう一つの携帯電話の電源ボタンを押した。これが済んだら、数時間の睡眠を取ろう。数時間でじゅうぶんに思えた。六時か六時半になったら、ノートパソコンに向かい、働く一日が始まる。メールの言葉遣いを確かめ、宛先の番号も間違えていないことを確認してから、送信ボタンを押し、再びベッドに仰向けに倒れ、目を開けていた。リモコンを手に取り、周囲と天井のブラインドを閉めた。この装置を設置するのに、莫大な費用がかかった――母親に告げた金額よりも三倍も――フランク・ハメルが大幅な割引を交渉してくれたにもかかわらず。ダリルはシャツのボタンをはずした。暗い中で光る画面を見ると、携帯の一つに、早くもメールが届いた様子だ……

第三部

低い峰から
西方の湖面を眺めると
黒い丘の連なりが夢を見ている……

29

リーバスがジェイムズ・ペイジに説明したように、簡単な論理なのだった。

「主任警部は軽快に動くエンジンさながら、ここを見事に作動させている。おれはね、グローブボックスに入ってるスペアの電球みたいなもんですよ。なくたって、全然困らない部品だ」

ペイジは、シボーンの抗議を無視して、その説に同意した。だから今、リーバスはサーブを満タンにして、再び北へ向かっているのだ。パースのロータリーを回り、さらにピットロホリと道路工事現場を通り過ぎ、その先の〈ハウス・オブ・ブルア〉で、昼食休憩をした。駐車区画がメンズウェアの店の真ん前だったので、ウインドーを覗いて、ストロベリー色のコーデュロイ・パンツなんて、まだはく気にはなれない、と思った。ドラモホター峠の看板には海抜四百六十二メートル地点と書かれてあった。両側に迫った山々は険しそうだったが、ハイカーたちは自分の車を待避線に停めて、山へ入ったようだった。もう自分の車に戻ってきている者もいて、頬を紅潮させ、白い息を吐いていた。アヴィモアに着くと、右のウインカーを点滅させ、回り道をして町へ入ることにした。何も見るものがない町だが、賑わっていた。ガーテン湖の道標が出ていた。三十年前、娘をそこへ連れて行ったのを思い出した。王立鳥類保護協会が望遠鏡や双眼鏡を備えた観察小屋を建てていたが、有名なミサゴは影も形もなかった。空《から》の巣しか見えなかった。サミーはいくつだったんだろう？　たぶん五歳か六歳。車で家族旅行をしたのだ。

あの頃は娘をサマンサと呼ばなければならなかった。そもそも呼ぶことはめったになかったにしろ。今、サミーは父親と電話で話すよりは、メールを送るほうを好む。娘を責めることはできない。話をすれば――リーバスのせいで――たいていつまらない口喧嘩に終わるからだ。ニーナ・ハズリットに、彼女がどんなつらい思いをしているか想像もできないと言ったものの、自分だって一度ならず、サミーを失いかけたのだ。

　Ａ９号線に戻る際に、Ｔ字路で一時停止をし、自分が後ろにつくはずのトラックやバンの数を数えていたが、数がわからなくなった。その何台かは何キロも前の中央分離帯のある道路で追い抜いた車に間違いなかった。急いで走る必要はない、と自分に言い聞かせた。ＣＤもたくさん持ってきているし、ガソリンスタンドでチューインガムも一箱買ってある。煙草のパックも余分に一箱、五百ミリリットルのアイアン・ブルーもある。トマーティン蒸留所へ至る道を通り過ぎたとき、そこへ向かって軽く敬礼をした。八十キロほど前に通り過ぎたダルウィニー蒸留所でも、同じことをしたのだ。インヴァネスの近郊に着くまで、あと十五キロほどとなり、しかも道路はほぼ中央分離帯が付いていたにもかかわらず、途方もなく時間がかかった。カロデンの古戦場が近くにある――そのときの家族旅行で訪れた場所の一つだ。荒涼とした場所で、小屋ほどの広さしかないビジターセンターがあった。サミーは寒くて退屈だと言い続けた。

　インヴァネスに入ったとき、午後四時のニュースがカーラジオから流れていた。依然として交通量はますます多く、リーバスは車線を間違えてしまい、市の中心部へ向かわないように、もう一度無理矢理に車線変更をして、周囲から嫌われた。ケソック橋を渡ってブラック半島に入り、もう一度橋を越えてクロマティ湾へ出た。そこでさらにもう一回、蒸留所のグレン・オードに向かって敬礼をした。折りたたみ式の大地図でこのルートは知っていたが、エジンバラを出る前に地図をもう一枚買っておいた。右手の海中に、巨大な構造物が四基見えた。雨が降り出し、ワイパーが眠気を催すリズムを刻む。その音が何に似ているのか、ふと気づいた。はっと目覚めたときに聞こえる、アルバムが終わったあともまだ溝を回り続けているレコード針の音だ。オルニスはテインの南二十キロ強のところにあり、有名なダルモア蒸留所がある。テインの町には、グレンモーレンジ蒸留所がある。次のロータリーで、リーバスはＡ９を出て、ボナー橋、アルドガイ、エダトン方面と書かれた道路標識のあるＡ８３６に入った。地元の農業者の電話番号を知っているので、それを携帯に打ち込んだ。

「あと五分から十分後」と男に言い、電話を切った。

確かにそれだけしかかからなかった。農業者の名前はジム・メロンと言い、古ぼけたランドローバーで待っていた。彼はリーバスに道路脇で車を停めろと合図した。

「おれの車で行きましょう」サーブでは無理だろうと判断したメロンが、大声で呼びかけた。

リーバスが車を降りて、ロックしているのを、メロンは〝用心深い都会人〟のやりそうなことだと思っているらしい笑みを浮かべて見ていた。リーバスの予想よりも若い男だった――きれいに髭を剃り、金髪で、ハンサム。

「協力してもらって感謝している」とリーバスが言った。「そもそも、わざわざ連絡してくれてありがとう」

「おれだけじゃないって、電話で言ってましたね？」

リーバスがうなずいて肯定した。「数人がきみと同じ意見なんだ」

「じゃあ、あなたがどう思うか自分の目で見てください」メロンはランドローバーへ手を振った。「犬アレルギーはないですね？」

後部座席にコリーが座っていた——たぶん牧羊犬なのだろう。賢そうな目をしており、知らない人に撫でてもらいたがるような、プライドの低さはない。爆音とともにエンジン音がかかり、ぬかるんだ狭い道をランドローバーが進んでいった。途中で標識があり、もし標識のライトが点滅していたら前方の雪害用ゲートが閉じていることを示すと書いてあった。

「この道路をどれぐらいの車が利用するんだ？」リーバスがたずねた。

「一日、数台かな」メロンが考えながら言った。「このあたりまで来ると多くない」

「オルトナメイン方面と書かれた標識があった」

「そこも少ないな——でもそんなに遠くまでは行きませんよ」メロンは一車線の道へ入っており、その道は一定の距離ごとに待避所が作られていた。舗装してあるものの、割れ目から雑草が伸びている。一、二分後、メロンは車をがくんと停め、ハンドブレーキを引いた。

「ここなんです」

リーバスはドアを開けて外へ出た。ポケットから写真のコピーを取り出した。空は暗くなってきているが、まだ暮れてはいない。メロンは指さして見せた。リーバスは景色を見つめ、写真を掲げて、両方を見比べた。

「言っとくけど、いつ撮っても同じなんですよ」メロンが注意を促した。

リーバスはその意味がわかった。この風景は百年以上も前から、ほとんど変化していないのだろう。

「ただし」とリーバスが言った。「この時間には、彼女はピットロホリからさほど北へ行っていないはずだ。ここへ着いたとしても、そのときはもう真っ暗になってただろう」

「じゃあ、写真はここを撮ったものじゃない？」

しかしリーバスは確信を持てなかった。自分の携帯電話を出して、景色を撮った。上手な出来映えとは言いかねたが、シボーンに送信しようとした。ところが、電話が言うことを聞かなかった。

「電波が届いてない」リーバスが言った。

「たいてい、だいじょうぶなんですがね。感度のいい場所を選ばなければならないけど」

「すると、ここで写真を撮ったとしても……」

「送るのに手こずったかもな」メロンが理解してうなずいた。「他にも候補になりそうな場所があるんですか？」

「一、二ヵ所あるが」

「それは彼女が最後に見かけられた場所の近く？」

「でも、ここほど、似てはいない」リーバスは周囲を見回した。心の静まる場所とも言えるし、淋しい場所とも言える。周囲を風がひゅうひゅうと音を立てて吹いている。リーバスは、自分が何を求めているのかよくわからなかった。なぜ、と、誰が、という漠然とした思いがあるだけだ。なぜここなのか、誰がここを選んだのか？

「何か疑わしいようなものを見ていないだろうね？」

メロンにたずねる。「ふだん見かけない人間が、必要以上に長くここにいたとか？」

　メロンは防水コートのポケットに両手を突っ込んだ。

「何も見ていません。知り合いにも訊いて回ったが、誰もみな同じ答えだった」

「タイヤの跡が道じゃないところに残っていたとか？」

　メロンは首を横に振った。

「この道を丘の頂上まで行くと、その先は？」

「分かれ道を左に折れると、遠回りしてまたオルニスへ戻ってくる」

「右折すると？」

「ボナー橋に至る道路へ出ます」

「この土地を知らない人間が、この道を見つけられるだろうか？」

　メロンは肩をすくめた。「地図には載っているし。

カーナビにも出てくるんじゃないですか」

　リーバスはさらに写真を何枚か撮り続けたが、もう日が落ちていて薄暗く、無意味な行為だった。ただ、何かをしていたい、と感じていたのだ。

「遠いところを来たんでしょう」メロンが言った。「うちで紅茶でも飲みませんか」

「ありがとう。だが、もう少し先まで行かなきゃならんので」

「ここはもうじゅうぶん見ましたか？」

　リーバスは地平線を眺めた――見えるところだけだが。「そうだね」

「あの娘っ子《ラッシー》がこのあたりのどこかにいる、って思ってるんですね？」

「わからないな」リーバスが認めた。

　ランドローバーに戻ると、犬が同情したような目つきでこちらを見た。

30

　なぜだか、というよりも、他の選択肢を取る気になれなかったので、リーバスはまたA9号線に戻ったが、さらに北方を目指した。しかしすぐに、ドーノホへ出る道に入り、そこの大聖堂（村の教会ほどの大きさしかなかった）と思われるところを通り、ひとけのない広場で車を停めた。ホテルと店が一軒だけ営業しているようだったが、道路に人影はなかった。電波が入るのを見て、車を降り、うろうろと歩き回りながら電話をかけた。

「どうだった？」とシボーン・クラークがたずねた。

「確かだと思う」

「でも断定はできない？」

「そうだね」

「で、どうするの?」

「携帯で写真を何枚か撮ったんで、それを見ればおれの言うことがわかるだろう」

「これから戻るの?」

「まだちょっとね。今、ドーノホで車を停めている」

「これだと、あなたが帰ってくるのは真夜中ね」

リーバスはサーブの後部座席に置いてある一泊用の鞄《かばん》を思った。「要するにだな、シボーン、アネットはあの写真を携帯で送ることはできなかったってことだ。エダトンから、あの時間帯では」

「わかった」

「じゃあ、どうやって送ったんだろう? おれの考えとしては、あれは実際の写真じゃなかったんだ」

「じゃあ、何なの?」

「写真のコピー。少しぼやけている理由の説明になる」

「なぜそれを送ったのかしら?」

「警察をごまかすため。なぜなら、そこが犯行現場だと見なし、警察は何日間もかけて、ピットロホリの奥地のそれらしいところを探し回るじゃないか」

シボーンはしばらく無言だった。「コピーの件は調べてみましょう。写真に詳しい人物が必要だわ」

「賛成」

「で、何も収穫はなかったってことね?」

「そうとう入念に計画していたやつを相手にしてる、ってことがわかる。さらに、そいつが誰であれ、この名刺を置いていったってことも。この二つは、これまで知らなかったことだ」

「それを名前と住所を刷った名刺と交換したいけど」

「おれだって、そうだ」リーバスは道路を渡り、看板の下に立っていた。〈海岸方面〉と書かれていた。

「ドーノホって、マドンナがあの映画監督と結婚式を挙げた場所ね」シボーンが言った。

「今度マドンナに会ったら訊いてみるよ。それはそうと、きみのほうは何かあったか？」

「トーマス・ロバートソンはまだ見つからない。でも、写真に該当する他の候補地の情報が入ってきてるわ」

「どこかよさそうなところは？」

「これまでに来た情報と同じものばかり。ダーネスがもう一票増えた」

「それでエダトンと同数になるか？」

「もう少しでね。それと、もう一つ――アリステア・ブラントを憶えている？」

「ゾウイ・ベドウズが自分の離婚の原因になったと思ってるやつか？」

「彼にアネットの携帯からの写真を見せたの」

「それで？」

「ゾウイからの携帯写真と同じ場所かどうか、よくわからない、って」

「もっとよく記憶しているかもしれない人を言おうか……」

「元奥さんでしょ？　ジュディス・イングリスという名前よ」

「ほう、今日はご褒美《ほうび》を上げなきゃならんな、シボーン。彼女の意見は？」

「かなり似ているようだって、言ってた。断定にはほど遠いけど……」リーバスがうなり声で応じたので、シボーンは話題を変えることにし、イルカを見たかとたずねた。「そっちのほうに、いるみたいよ」

「もう暗くなってってね」リーバスが答えた。「今日の仕事はもう終わったのか？」

「まあね」

「うらやましいな」

「遠出はあなたの考えだったように記憶してるんだけど」

「そうだ」

「しかも一人で行きたがった」

「何が言いたい？」

「ナビをしてくれる誰かが念頭にあったんじゃないかと思って」

「ニーナ・ハズリットのことか？」

「わたし、何も言ってないわよ」

「そんなにおれを見くびってくれて、ありがたいよ」

「ほんとに今、一人なのね？」

リーバスは人影のない道路の前方と後方を見た。

「そうだよ」

「彼女はインタビューの一つで、あなたの名前を出していたわ。あなたがそのことで上層部から叱責されないなんて、驚きだわ」

「彼女はなんて言ったんだ？」

「あなたは自分の言い分を取り上げてくれた、ごくごく少数の当局者の一人だ、と」

「おれが当局者なのか？」

「何でも鵜呑《うの》みにしないで。それに、ジェイムズには気に入らないでしょうから」

「自分が褒められたんじゃないからだね？」

「わたしたちみんなが、一生懸命に仕事をしてるわ、ジョン。ある特定の人が取り上げられたりしたら、誰だって喜ばない」

「わかった」リーバスはエダトンの写真を送ると約束してから、電話を切った。まだ電波を捉えている間に、バッテリーが切れかけているのを見ながら、送信した。

車に戻ると、エンジンをかけ、細い道を走った。キャンピングカーの駐車区域と沿岸警備隊の駐留地を過ぎると、道幅が広くなった。湾から吹いてくる風がサーブを揺らし、前方のわだちは、渦巻きながら移動する砂で覆われている。空っぽの駐車場へ着いた。背後は雑草に覆われた崖になっている。海岸へ降りる階段があり、月光が波打ち際を照らしている。見える限りでは、浜辺は何百メートルも続いているようだった。ところどころ砂から岩が露出している。岩に打ち寄せる波は絶えることなくリズムを刻むが、一つとして同じ波はない。リーバスは痛いほどの孤独を感じた。車の音もしないし、人っ子一人いない。空には雲が流れているばかりだ。自分の車だけが、今は何世紀なのかを教えてくれる——それと、携帯電話だけが。存在を主張するかのように、それが鳴り始めた。ニーナ・ハズリットからだ。

「もしもし？」リーバスが応答した。

「とても聞こえにくいわ」

「風のせいだと思う。今、車へ戻る」

「山の頂上にでもいるの？」

「実は、海岸でね」リーバスは階段を上がり、運転席のドアを開けて乗り込んだ。「少し聞こえるようになったかな？」

「そっちは天気がとても悪いようね」

「おれたちは慣れてるよ。何か言いたいことでもあるのかな、ニーナ？」

「ないわ、ほんとは。おしゃべりしたくなっただけ」

「最初に言っとくが——電池が残り少なになっていてね」

ニーナ・ハズリットはどう切り出そうかと考えているのか、少し黙りこんだ。「本はどんな感じ？」

「おもしろい」

「口先だけなんでしょ……」

「バリー・マンと、植物の神のグリーン・マン。アザラシ人間とマーメイド……確か〈ローカル・ヒーロー〉という映画にアザラシ人間が出てきたね」

「あれはマーメイドじゃない？」

「そうだったかな」

「でもほんとに読んでるみたいね」

「そう言っただろう」リーバスは海岸のうねる波を透かし見た。イルカか？　いや、今夜は来ないだろう。アザラシ人間、変身するアザラシはどうか？　そんなものは百万年待っても来ない。

「何か……進展でも？」

「少しだけ」リーバスが認めた。

「わたしには内緒にしなければならないの？」

「アネット・マッキーに関連したことなんで」リーバスは少し考えてから言った。「サリーの友達にたずねてみた？」

「SNSのページを訪れた人の中に、変人がいたのを憶えていた友達は誰一人いなかったわ」

「何でも、なかなか探し当てられないものでね」

「探し当てられないのは、わたしの特技みたい」

「おれの特技でもあるな。でも少々のことでは諦めはしない」

「そう願うわ、ジョン」

「おれの名前をメディアに言わないでもらうと助かるんだが」

「そうなの？」

「ほかのメンバーがよく思わないので」

「気づかなかったわ」ハズリットは少しして言い添えた。「わたしって、いつもあなたの邪魔をしているみたいね？」

「あなたは知らなかったんだから」

電話の会話はそのあと数分続いた。弟がいるにもかかわらず、彼女は孤独なのだ。関心事が狭められるにつれ、友人たちも離れていったのだろう。リーバスは自分の携帯電話が警告音を発して電池切れが間近なのを知らせると、ほっとした。

「今にも携帯の電池がなくなりそうなんだ」とハズリットに説明した。

「つまりは、わたしを避けたいのね」堅い口調になった。

「そういうことじゃない、ニーナ」しかし電話はもう切れていた。リーバスは大きなため息をついて、駐車場からバックで出かかったが、また停車して道路地図に手を伸ばした。ダーネスはスコットランド北端の、入り組んだ海岸線に沿って走るＡ８３８号線にある。そこへ行くには、エダトンを通るＡ８３６号線をそのまま走ればよい。どれぐらい時間を要するかは、別問題である。携帯電話が最後の力を振り絞ってシボーン・クラークのメールを受信した。〝デイヴィッド・ベイリー（有名写真家）さんへ、断定はできないけれど、有望――Ｘ《キス》〟

リーバスがドーノホの中心部へ戻ると、大聖堂の向かい側にあるホテルが明るく輝いていて、魅力的に思えた。そこならビールがあるし、モルト・ウイスキーの銘柄も揃っていることだろう。運がよければ、温かい食事にもありつける。泊まる場合もありえると思い、出かける前には財布に金を入れておいた。そこでサーブをホテルの玄関前に停めて、後部座席から鞄を取り出した。

31

朝早く目が覚め、朝食の食堂へいちばんに入った。イングリッシュ・ブレックファスト、オレンジジュース二杯、コーヒー二杯で、ウイスキーを飲み過ぎて二日酔いになった頭に対処した。夜には霜が降りたらしく、今は、乳白色の太陽が薄雲の隙間からかすかな光を放っている。仕事へ向かうドーノホの市民や、好みの新聞を持って家へ戻っていく者が通る。リーバスは一泊用の鞄をサーブに投げ込み、クレジットカードでフロントガラスについた霜をこそげ落としてからエンジンをかけた。

このＡ８３６号線は二車線道路で、地元の車が多く、観光客の車は少なかった。南下する、丸太を満載したトラックがリーバスの車とぎりぎりですれ違っていく。最初に目に入ったガソリンスタンドで満タンにした。次はどこにガソリンスタンドがあるのかわからないからだ。従業員すら知らなかった。

「どっちの道を走るかによるんで」

「まったくだ」リーバスは若い従業員の論理にけちを付けられなかった。リットル当たりの単価の高さに気づいて、リーバスは領収書を求めた。車に乗り込むと、また地図帳を見た。山々はゲール語の名前が付いており、どれ一つ、聞いたことすらなかった。クノック・ア・ユーリッシュ、ミヤウル・アン・ウェライン、クノック・アン・ダイフ・モウド。同じ綴りが含まれている〈アノック〉というウイスキーがあるので、クノックは何らかの意味があるのだろう。この次は瓶のラベルにある説明を読んでみよう。レアグの村を過ぎると、道路は待避所のついた一車線となり、さらに荒涼とした土地になってきた。山脈の頂上は雲で覆われ、険しい斜面は雪で化粧されていた。針葉樹の植林地帯や、伐採されたあと、広大な墓地の墓標のように切り株が残っている植林地跡を通った。空は鉛色に沈み、風雨に晒《さら》された道路標識が、羊の出没を警告している。アルトナハラにあるホテルは一年中営業している。車が数台停まっていて、登山者やハイカーがこれからの厳しい行路に備えて準備をしていた。リーバスは車を道路の端に停め、窓を開けて数分間座ったまま、会話の端々を耳にしながら、ハイカーが出かける様子を見守った。濡れないように透明なプラスチックケースに入れた測量地図を、首からぶら下げている者もいる。リュックサックは食料や雨具で膨れあがり、疲労を防ぐために、長いポールを持っている者が多い。中には二本も持っている者もいる。リーバスは最後の一人が羊用の柵を越え、山へ向かうのを見届けてから、煙草に火を点け、汚染されていない、すがすがしい大気に煙を吐き出した。

三十分後、タングの村へ入った。そこでダーネスに至る海岸沿いの西方面へ向かう道路と合流する。しかし寄り道するところが一つあった。上着のポケットには写真が入っている。それは数年前彼に送られてきたもので、それを使って求めている場所を探そうというのだ。村は道路を左にそれた先にあるが、リーバスはタングの海峡を渡って土手道へ向かった。目指す小さな平屋建ての家はユースホステルの隣にあった。呼び鈴の横に表札はない。ボタンを押して待ち、再び押した。ここからの景色は息を呑むほど美しかったが、家は風雨で傷み、これからもさらに老朽化するだろう。居間の窓から中を覗き、家の裏手へ回った。背後の野原と所有地を隔てるフェンスはない。キッチンは朝方、誰かがいたことを物語っていた。テーブルの横にシリアルの箱、冷蔵庫に戻していないミルクのカートン。リーバスはサーブに戻り、どうしたものかと考えた。海鳥の鳴き声や強い風の音しか聞こえなかった。手帳から紙を破り取り、メモを記すと、玄関へ戻って郵便受けにそれを押し込んだ。

彼は再び車を走らせたが、CDや受信できるラジオ局の放送を聞く気分にはなれず、車内は静かだった。まもなく〈北西ハイランド・ジオパーク〉と自称している場所へ入った。景色はますます異質となり、月世界と言っても通るほどで、岩にはいかなる植物も生えていなかった。しかし時折、断崖の下に原始のままの白い砂と青い海の絶景が見えた。リーバスは自分がパブよりも先まで出かけたことがあったのだろうか、と思い始めた。ガソリンの残量を示す針と、煙草のパックの残りを確認した。ダーネスはまだ何キロも先だし、どんなところかもわからない。エリボル湖沿いに回って、再び北を目指した。ダーネスはスコットランドの先端というわけではない——もし自分の車が悪路に耐えられると思うなら、狭い道をたどってラス岬まで行けば、そこが北端である。リーバスは地元の住人の電話番号を持っていたが、まだ電波が届かない。ダーネスへ着くと、そこは昔ながらの小さな家が数軒と広めの現代的な家々、そしてわずかばかりの店舗があった。年代物のガソリンポンプ二台もある。その横に車を停め、道路を横断して食品スーパーマーケットの〈スパー〉に入り、そこの女性店員にアントニー・グリーンウッドの家を知らないかとたずねた。

「彼なら、今朝スムーへ行ったわ」女性店員が告げた。「戻って来るかどうかわからない」

リーバスは写真を見せた。

「あなた、警官？」女性店員が察した。「エジンバラから？　アントニーから全部聞いてるわ。お探しの場所は、キオルデイルの近くよ」

二分後、煙草の新しいパックを手に入れたリーバスは、サーブに戻り、女性店員の正確な――細かすぎるほどの――指示に従って、さらに数キロ走った。しかし現場に近づくにつれ、ここではない、と感じた。まったくの見当違いではないものの、やはり違った。ダーネス海峡を見下ろすリーバスに、突風が吹きつけた。斜面沿いに目を上げれば、風雨と戦い、永久に腰が曲がってしまった樹木が並ぶ先に、裸の丘陵が見えた。

「違う」リーバスはつぶやいた。丘陵は傾斜がきつすぎる。

しかしそれは初めからわかっていたことで、エダトンを出てからは確信に変わっていたのだ。何か見落としてはいないかと思い、その周辺を行ったり来たりしながら、車をゆっくりと走らせた。しかしダーネスの女性店員は間違いなくその場所を教えてくれていた。ただし、そこではない。

また地図を見た。来た道を帰ってもいいし、このまま前進してもよい。Ａ８３６と合流するまで、この道はいわば円周を描いている。リーバスは後退を知らない男なので、南西のラックスフォード橋へ向かった。道路は相変わらず狭く、待避所が点在していたが、車はほとんど走っていない。ドーノホを出てから百五十キロ以上も走ったが、一度たりとも、のろい車で前方を塞がれなかった。たまに観光客の車や配達車を見かけた。しかし誰もが礼儀正しく、ヘッドライトを点滅させて、車を脇に寄せたからお先にどうぞ、と告げた。その反対に彼が道を譲ったときには、手を振って感謝の意を示した。西海岸まで出ると、車は再び内陸部を目指し、広大な景色と羊しか見えない道を南東へ向かって果てしなく走り続けた。羊が道路に出てきたため、車を停めたことが二回あった。遠い峰の上をゆうゆうと飛んでいる大きな猛禽《もうきん》を見かけたことも一度ある。山には雪がへばりつき、果てしない空はどんよりと曇っている。鏡のような水面にカモが休んでいる湖をいくつも通り過ぎ、道路上に転がる風化した轢死《れきし》動物を、タイヤでさらに押しつぶしながら進んだ。犬の脚の形をした細い湖まで来たとき、電話が鳴り始めた。これまでにも一回受信したことを示すマークが出ている。

リーバスは車を道路脇で停め、電話に出た。電波は届いている。

「お父さん？」サマンサの声だ。「どこにいるの？家に戻ったら、メモがあって……」

リーバスは車から降りた。痛いほどすがすがしい空気を吸い込んだ。「通りすがりだと言ったら信じてもらえるかな？」

「いいえ」サマンサは笑いをこらえていた。

「ところがほんとなんだ。ダーネスで調べることがあって」

「どうやってわたしの家を見つけたの？」

「おまえが送ってくれた写真だよ」リーバスは写真を掲げた。サマンサが平屋の前に立っており、その腕は横に立つ長身の青年の腰に巻き付いている。

「で、今どこなの？」

「どこなんだろう。そうとしか言えない」リーバスは周囲を見回し、静かな湖面に丘が映り込んでいるのを見つめた。「地理の授業を少しでも憶えていたら、説明できるんだがな」

「戻るには、南へ来すぎているのね？」

「そうだと思う。タングから百キロほど離れたところまで来ているようだ」

「残念ね」

「次の機会にでもな？」太い親指で額をこすった。「もしくはおまえがエジンバラへ来ることがあれば、そのときに。元気に暮らしているのか？　美しい場所だな……」

「窓から覗いた？　家の中、散らかってたでしょ」

「おれの部屋よりましだ。キースは元気か？」

「ええ、デュンレイで廃炉事業の仕事をしているわ」

「彼の放射能検査をちゃんとやってるのか？」

「枕元の読書灯はもう要らないぐらいよ」サマンサが冗談を言った。「来るなら、そう言ってくれたらよかったのに」

「ふいに思いついたもんでね」リーバスは嘘をついた。「しばらく電話もしなくて、悪かったな」

「忙しかったんでしょう。ニュースであの女性がお父さんの名前を挙げたのを見たわ」ニーナ・ハズリットのことだ。「ダーネスに来たのはそのため？」

「まあね」

「ということは、復職するの？」

「それは考えていない。ところで、おまえとキースはうまくやってるのか？」

「わたしたち……体外受精を試みてる」

「ほう、そうなのか？」

「レグモア病院で。初回はうまくいかなかった」

「残念だったな」

「まだ諦めていないわ――まだ」

「がんばれよ」リーバスは一瞬目を閉じてまた開けた。景色に再び焦点が合うのに時間がかかった。

「家にいたらよかったわ。友達に会いに行っていただけなの。彼女の赤ちゃんは九ヵ月で……」

「少なくともおまえの家がわかった。今後電話で話すときに、おまえの窓からの景色を思い浮かべられる」

「きれいな景色よ」

「ほんとだね」リーバスは咳払いをした。「もう切らなくては。仕事ということになってるんでね」

「体に気をつけて、お父さん」

「おまえもな、サマンサ」

「ここへ来てくれて、嬉しかったわ。ほんとうよ」

　リーバスは電話を切り、何も目に入らないまま、正面を凝視していた。なぜサマンサに、立ち寄ると知らせなかったのだろう？　とっさの彼女の表情を見て、喜んでいるのかどうか判断したかったのか？　おそらく。もう一つの可能性もある。サマンサが家にいてほしくなかったのだ。そうすれば喧嘩別れになることを避けられる。電話ではいつもの反撃をしないよう、努力をしたのだ。ダーネスの地名が出たときから、彼はサマンサを思い、自分の流儀をくずしたとは取られないで、彼女を訪問する口実を見つけたのだった。

　通りがかりに寄っただけ。

「おまえはだめ男だ」自分に言い聞かせ、エンジンがかかったままの車へ戻った。「だめ男がおじいちゃんじゃあ、まずいだろ？」

　体外受精。サマンサはそんな話をしたことがないし、子供のことすら話し合ったことはない。何が問題なのだろう。十年かもっと前、サマンサは車に轢《ひ》かれたことがある――それが何かを引き起こしたのか？　もしかしたら、キースのせいかもしれない。自分には言わないで、夫婦は体外受精を試みていた。驚かせたかったのだろうか？　それとも自分は彼らの生活にそこまで深入りする存在ではないのか？

　ボナー橋に来ると、右折してエダトンを再び通る道を選ばず、ドーノㇹ湾の北側を進み、クラッシュモアでＡ９に入った。

「やあ、また来たよ」リーバスは道路に挨拶した。今は南下しており、ティン、インヴァネス、アヴィモア、ピットロホリと通過した。遅い昼食を取る気も起こらなかったが、ガソリンスタンドでサーブにガソリンを補給し、新聞と水のボトルを買った。対向車線には重厚な輸送車隊が走っていて、先頭の大型牽引車《けんいんしゃ》は土木機械を積んだトレーラーを引っ張っている。リーバスの車線はもっと車の流れが速く、ありがたかった。アヴィモアの南で、大型輸送トラックと配達バンに続いて待避所に入り、車の外に出て体を伸ばしたり、肩を回したりした。道路は車の往来が激しいが、数十メートルほども丘のほうへ分け入れば、人跡未踏の地点を歩けるにちがいなかった。荒野は誰もそこへ行かないからこそ、今も荒野のままなのだ。バンのドアが開く音で振り向くと、運転手が降りてきた。

「火を貸してもらえないか」運転手が煙草を振って示しながら頼んだ。

リーバスは貸してやった。

「ダッシュボードのライターが壊れちまって」運転手が言い、感謝の印にうなずいてから、勢いよく煙草を吸い込んだ。

「大型トラックの運転手は？」リーバスが訊いた。

「眠りこけてるよ。カーテンが閉じてあるし。後ろへ回ってコンテナーの中身を盗んだって、まだ鼾《いびき》をかいているだろうさ」

リーバスは笑顔を作った。「さっきからそれを考えていたんじゃないかね」

「そんなこたあない。オランダのナンバーだろ。ということは液晶テレビじゃなくて、バケツに入った花ぐらいしか入ってねえ」

「本気でいろいろ考えてたんだな」

運転手は笑い声を上げ、煙草をせわしく吸った。

「あの男がだいじょうぶだってどうしてわかる？」リーバスは大型輸送トラックの運転手のことをたずねた。

「毎日あれを運転してるなら、だいじょうぶとは、とても言えねえや」男はこめかみを指で叩いて見せ、リーバスにセールスマンかとたずねた。

「ちょっと北へ行く用事があって」リーバスはあいまいに答えた。

「インヴァネスか？」

「もっと北だ」

「ウィック？」

「北西の、ラス岬のほう」

「そっちのほうには何もなかったと思うが」

「よく知ってるね」大型輸送トラックが轟音を上げて傍を通り過ぎ、そのあとを乗用車の列が続いた。気圧が変化し、リーバスは自分が道路へ吸い寄せられるのを感じた。

「高速道路ではもっとひでえ」バンの運転手が言った。

「M8の路肩で小便してみろ」

「憶えておこう。この道路をよく使うのか？」

「時計の針のようにな、インヴァネス、パース、ダンディー、アバディーンと回ってる。目をつぶっていても運転できるほどだよ」

「おれが近くにいるときには、やらないでくれ、な？」

「あんたのサーブにぶつけるからか？」

リーバスはかぶりを振った。「あんたを逮捕しなきゃならなくなるから……」

32

　エジンバラへ戻る。

　市内へ入る車の長い列。速度自動監視カメラが時速六十キロに制限しているからだ。道路工事のせいである。それに市内へ入ってからもトラム敷設計画に伴い、迂回路や道路封鎖の標識が多い。背中がひりひりと痛んだ。長時間ハンドルを握っていたからであり、しかも楽な運転ではなかった。ゲイフィールド・スクエア署に着くと、〈警察公用中〉の標示カードをダッシュボードに置いてから車を降り、サーブの屋根を軽く叩いて、道中壊れなかったことへの謝意を示した。そして、いつもの敵が待ち構えているぞと思いながら、玄関へ向かった。ところが防護アクリルガラスの中には、知らない顔がいた。彼女はリーバスの身分証を問題なく認め、ブザーを押して中へ入れた。リーバスは階段を上がって、捜査部室へ入った。クリスティン・エソンのコンピュータに人が群がっていた。

「何があったんだ？」

　ペイジがさっと顔を上げた。「おかえり」と声をかけ、見に来い、と手招きした。

「バスターミナルの監視カメラ」シボーン・クラークが説明した。以前にも見た映像だが、それはアネットがほんとうにインヴァネス行きの長距離バスに乗ったかどうかを確認するためだった。「クリスティンが少し巻き戻してみようと思い立って……」

　エソンはマウスでその部分を、数画面ずつまとめて、戻したり進めたりした。アネットがバスを待つ行列から下がり、後退していき、ついには画面から出てしまった。ほかのカメラに切り替わると、もっと遠くに彼女の姿があった。カメラアングルは異なるが、同時間に撮ったものに間違いない。彼女はバスターミナルのガラスドアへ向かって、後退を続けている。彼女が近づくと、ドアが開き、そこを通るとドアが閉まった。アネットの手が金属のハンドルを押している。彼女は今や、歩道にいた。ガラス越しなので、その姿はおぼろである。

「ズームできるか？」リーバスがたずねた。

「その必要はない」ペイジが言った。「この先を見ろ」

誰かが彼女に話しかけている。リーバスはあっと息を呑んだ。それはフランク・ハメルに間違いなかった。その手が彼女の腕を摑んでいる。そして二人はカメラの視界から消えた。エソンは再生中止のボタンを押し、時間の経過どおりに進むように切り替えた。ハメルとアネットが画面に入ってきた。彼女を行かせたくないかのように、ハメルが腕をしっかりと摑んでいる。アネットはそれを振り払い、ドアを押し開けてコンコースをしっかりとした足取りで歩いていった。ほかのカメラに切り替わった。アネットの顔に浮かんでいるのは安堵の表情か？　緊張した面持ちで、バッグを肩にかけ、長距離バスに乗る乗客の短い列に並び、ハメルがいるかどうかを確認するかのように、ちらっと一度だけ振り返った。

「紛れもなくあの男だ」ジェイムズ・ペイジが言って、腰を伸ばした。エソンの肩に手を置いた。「よくやった、クリスティン」一回だけぱちんと手を合わせ、合わせたままにしていた。「では、マッキー家の友人、ミスター・ハメルをここへ招くことにするか」

「バスターミナルにいたことを、一度も言わなかったんだね？」リーバスが察した。

シボーンが肯定の印にうなずいた。「アネットの携帯電話会社からやっとメールのリストを手に入れたわ。彼女はバスからメールを十二通送っている。友達のティミーに十通、あとの二つはフランク・ハメルの携帯電話へ。そのあと彼女の携帯が使われたのは、トーマス・レドファーンへ写真を送ったときだけ」

「音声の受信は？」

「それは調べがつかない」

「ハメルが返信していたかどうか、わかるといいな」

「彼にたずねてみよう」ペイジがきびきびと答えた。

「前科のある男なんだろ、ジョン？」

「間違いなく犯罪に関わっているが、まだ一度も抜き差しならない証拠を摑んだことがない」

「とにかく、今回の捜査でハメルは嘘をついた。それで今のところはじゅうぶんだよ」

「少なくとも、捜査妨害に当たります」ロニー・オウグルヴィが同意した。

ペイジがゆっくりとうなずいた。「では、皆、仕事に戻れ。シボーン、ハメルに電話して都合を聞いてくれ」ペイジはリーバスの視線を捉え、自室を示した。

リーバスはついていき、ペイジの部屋のドアは閉めなかった。今日はこれ以上、密室はいやだ。

「どうだった？」ペイジがたずねた。

「写真は、エダトンという場所で撮られたものだと確信してます」

「シボーンも同じ意見のようだ。だが写真は誰かのいたずらかもしれないというようなことも漏らしていたが……？」

「そういうことじゃなくて。だが、誘拐犯がこちらをまどわしてるんだと思いますよ」

ペイジは理解するためにちょっと間を空けた。「ハメルは？」とたずねる。

「事情聴取をしなければならない」

「ピットロホリまでアネットのあとを追ったかもしれないね……」

「あり得ます」リーバスが認めた。

ペイジは考え込んでいた。「それ以外、旅はどうだった？」

「取り立てて何もなく」リーバスはガソリン代の領収書を渡した。「経費です」と説明を添える。

ペイジはそれを見つめた。「今日の日付だ」

「そう」

「昨日、行ったんじゃなかったのか？」

「思ったより時間がかかったもので」

「どこかで泊まったのか？」

「ホテルに」リーバスが答えた。

「領収書は？」ペイジが手を差し出したが、リーバスは首を横に振った。

「それは自腹ということで」リーバスは部屋を出ようとしたが、ペイジはまだ用事があった。

「ニーナ・ハズリットがあんたの名前を出して褒めていたよ」

「それは申し訳なかった」

「慢心しなければ、いいんだ」

「それどころか、ジェイムズ、ほんとに申し訳ない……」

捜査部室へ戻ると、リーバスはチームとして働く際に、自分の席がないことを、またしても思い知らされた。取調室から持ってきた金属フレームの椅子はあるが、合わせる机がない。リーバスはその椅子をシボーンの机の横に置き、椅子の脚が体重で壊れないか確認した。

「箱を置く場所は見つかったか？」指で箱の一つをつつきながら、リーバスは暗に促した。

「そのうちに」

「でないと、おれがせっかく大汗掻いてここへ引きずりこんだ努力が、無駄になる」

シボーンがまじまじとリーバスを見た。「気の毒に」コンピュータに向き直りながらたずねる。「旅はどうだった？」

「ダーネスを見たよ」

「そうだろうと思った。だからようやく今戻ってきたばかりなのね」

「候補地にはならない」

画面でシボーンはフランク・ハメルの電話番号を見つけていた。携帯電話を耳に当て、応答を待った。

「ミスター・ハメル？　クラーク警部です。一度署でお話をしたいのですが、いかがでしょう……？」彼女はキーボードの横に置いたノートをペン先で叩いていた。「可能なら、今日です」相手の返事を聞き、いつ戻る予定なのか、とたずねている。「では、それがいちばん早いのなら、明日正午に。それではよろしく……」

シボーンは電話を切り、リーバスをまた見た。「出張でアバディーンに行ってるんですって」

リーバスは口元をすぼめた。「トーマス・ロバートソンの件だろうか？」

シボーンは肩をすくめた。リーバスは壁の地図に見入っていた。さらに虫ピンが増え、新しい地名が加わった。いちばん虫ピンが集中しているのは、やはりエダトン周辺である。クリスティン・エソンが近づいてきた。「もう話したの？」とシボーンにたずねた。

「何を？」

「目撃情報」

「ああ」シボーンが話そうとしたとき、ペイジが戸口から彼女を呼び、自分の部屋に来いという手振りをした。「あなたが話して」とシボーンはエソンに言い、椅子から立ち上がってリーバスの横をすり抜けた。

「ぜひ聞きたいね」リーバスが促した。

「失踪女性のモンタージュを公開したでしょ」エソンが頼みを聞いた。

「ああ」

「目撃情報がいくつか届いた」

「なるほど……」

「おもしろいことに、その多くはサリー・ハズリットの情報だった」

「なぜおもしろい？」

「なぜなら、失踪してからいちばん年月が経っているから。彼女のモンタージュは、ほかのものよりも正確さに欠けるでしょ。写真に二、三年年を取らせるほうが、十年も老けさせるよりも簡単だわ」

リーバスはうなずいて、その意見を認めた。「で、その目撃情報はどこだった？」

エソンは自分の机に戻り、メモ書きした紙束を持って戻ってきた。

「ブリジッド・ヤングは去年、ダブリンのバーで働いているのを見かけられた。ちなみに、今はオーストラリア訛《なま》りになってるそうよ」

「その情報ははずしてもいいかな？」

エソンが微笑した。「情報のほとんどを無視できると思うけど」

「でも全部ではない？」

エソンはメモに目を落とした。「ゾウイ・ベドウズはブライトン、ブリストル、ダムフリス、ラーウィックで目撃されている——それもこの三カ月以内に」

「あちこち飛び回ってるな」

「サリー・ハズリットについては……」エソンは声に出さないで、口を動かして数え上げていた。「全部で十一件の情報。ドーヴァーからダンディーまでのあらゆる場所で」

「何かまだ隠していることがあるね」

「インヴァネスで見たと言う人が二人いる。ホテルで働いていた、と」

「両方とも同じホテルだった？」

エソンがうなずいた。「情報提供者はお互いを知らない。それぞれ別の週に泊まっていた。一人は九月、もう一人は十月。偶然なんでしょうね？ インヴァネスはA9にあるけど……」

「ホテルの名前は？」

「〈ウィッチャーズ〉。系列ホテルの一つよ。それ以上は何も知らない」

「客室係なのか？」エソンが少し間を置いて言った。「関係ないと思うわ」

リーバスもゆっくりとうなずいた。「二人の人間が同じ情報を寄せたのは、この一例だけなんだね？」

「今までのところ、そうよ」

「だったら、調べてみる価値がある」

「でも優先事項じゃないわね？」

「どう思う？」

「女性たちはとっくに死んでいると思う」

「アネット・マッキーは？」

「まだ望みがあるわ――薄いとは言え」

「だったら、彼女に重点を置かなければならない」リーバスが言った。「ところで、あれはよくやったね――バスターミナルの監視カメラの件だ。徹底的に仕事をやれば、結果がついてくるってこと」

エソンは少しうなだれた。「正直言うと、ちょっと困っていて」

「なぜだ？」

「すぐに気づかなかったから」エソンはドアを閉じたペイジの部屋へ、ちらっと目を向けた。

「監視カメラの画像を最初に見たのは、シボーンなんだね？」リーバスが察した。エソンがわずかにうなずいた。「彼女があそこで叱られてると思ってるんだな？」エソンの頬が赤く染まってきた。「それでもきみはご褒美に値する――どうだ、熱くておいしい白湯をご馳走しようか？」

33

夜の〈オックスフォード・バー〉は客が少なかった。リーバスが奥の部屋に座ってIPAエールと夕刊を前にしていたとき、シボーン・クラークが到着した。彼女はもう一杯飲みますか、とたずねた。

「おれが断るなんて聞いたことあるか？」

シボーンは引っ込み、二、三分後にパイントグラスと、泡の立つ緑色のものが入ったグラスを手に戻ってきた。

「レモネードとライム？」リーバスが推測で言った。

「ジン・ライムのソーダ割」シボーンが正し、グラスを挙げてごくりと飲み、ふうっと息を吐いた。

「今日は仕事がきつかったという証拠だな」リーバスが言った。

「誰もがハイランドをぶらぶら巡って過ごせるわけじゃなし」

「ペイジに何か言われたのか？」

「何のことで？」

「バスターミナルにいたハメルに気づかなかったこと」

シボーンが顔を見た。「クリスティンから聞いたんだ」と察した。リーバスは肩をすくめ、答えを待った。

「それより、明日までフランク・ハメルをとっちめられないので、いらいらしてるのよ」

「おれは事情聴取に招かれてるのか？」

「いいえ」

「きみと〈フィジカル・グラフィティ〉だけか。それは仲がよいな」

「言いがかりはよして」

リーバスは降参の印に両手を挙げた。少しの間、二人は黙っていた。やがてシボーンは新聞に何かニュースが出ているかとたずねた。

「別に」

「クリスティンはモンタージュの話をしたんでしょう？」

リーバスがうなずいた。

「考えちゃうわね。もしかしたら会計士は金の問題を抱えていたのかもしれない。美容師は既婚男性とのごたごたにうんざりしたのかもしれないし……」

「サリー・ハズリットの場合は？」

シボーンが肩をすぼめた。「さまざまな理由で、行方不明になる人は多いわ、ジョン。アネット・マッキーの場合を考えて。わがままな女の子だった。母親の男と喧嘩し、しばらく身を隠すことにした――その男を罰するためか、母親につらい思いをさせるために」

「写真は？」

「何の関係もなかったのかも」

「つまり、おれは想像をたくましくしているだけか？」

「あなたの仕事は結び目のない糸にそれぞれ結び目を作ること。もしかしたら、これらは全部、ばらばらにほつれた糸だったのかもしれない」

リーバスは二杯目を飲むために、最初のグラスを空けることに専念した。

「その場合も考えてみなければならないわ、ジョン」

「わかってる」リーバスは上唇に付いた泡を拭った。「では、おれの貢献はもはや必要ないと、ていねいに言い渡しているんだね？」

「わたしが決めることじゃない」

「じゃあ、ペイジか？　彼の評価を取り戻すために、きみは使い走りをしてるわけだな？」

シボーンが彼を睨みつけた。「ジェイムズはね、あなたが何も摑んでいないと思っている。それに引き替え、彼にはトーマス・ロバートソンとフランク・ハメルという捜査対象があるわ」

「ハメルはなぜ恋人の娘を誘拐しなければならない？」

「本人にたずねてみなくてはね」

リーバスはゆっくりとかぶりを振ってから、もう一杯飲むか、とたずねた。シボーンは携帯電話で時間を確かめた。

「もう行かなければ」とシボーンが言った。「まだここにいるつもり？」

「ほかのどこに行けるというんだ？」

「自宅かな」

「きみを夕食に招こうと考えてたんだ」

「今夜はだめ」シボーンは少しして言った。「でもいつか、そのうちに。ぜひとも」

「クリスティン・エソンがきみのことを気にしていたよ」シボーンが立ち上がりかけたときに、リーバスが言った。

「気にしていた？」

「主任警部の部屋に呼ばれたと言って、きみが彼女を責めるんじゃないかと」

「彼女のせいではないわ」

「明日、彼女に会ったとき、そう言ってやってくれるか？」

「わかった」シボーンはバッグを肩にかけた。

「どれぐらい時間が残ってるだろうか、ペイジがおれを追っ払うまで？」

「わからない」

「一日か、二日か？」

「ほんとにわからないわ、ジョン。じゃあ、また明日会いましょう」

「そう願うよ」リーバスがグラスを挙げ、後ろを向いて出て行くシボーンに向かって、乾杯した。彼はまた一人になった。他のテーブルは布巾《ふきん》で拭かれて、新しい客を待っている。バーカウンターのほうから笑い声が聞こえる中で、新聞を読み終えた。常連が来ているのだ。顔見知りの客が数人。その何人かは、職業すら知らない。ここではそれは問題にならない。常連の中には、職業を連想させるあだ名で呼ばれる者もいるが、誰もリーバスにあだ名をつけようとしなかった——少なくとも、彼のいる前では。いつもジョンと呼ばれている。テーブルを見ると、シボーンが買ってくれたパイントグラスは、泡が残っているだけになっていた。空のグラスを取り、表側の部屋にいる仲間たちに加わろうとしたが、ふと、サマンサの住んでいるタングへのドライブを思い出した。寂寥《せきりょう》感と静寂、太古から変わらない、そして未来も変わらない、あの世界。

〝今どこなの？〟

〝どこなんだろう。そうとしか言えない〟

「だがここが好きだ」リーバスは自分に言い聞かせ、バーカウンターへ向かった。

34

「少しだけたずねたいことがあって、ミスター・ハメル」ペイジが切り出した。彼の背広はいつにも増して、ぴしっと折り目がついていた。

「この部屋はレスラーの反吐《へど》みたいな臭いがする」ハメルが口を歪めて嫌悪感を示した。

「よい部屋とは言えないが」ペイジが同意し、取調室の傷だらけの壁を見回した。「ここしか使えなかったもので」

「じゃあ、心理的な目的だけではない？」

ペイジは無邪気そうに彼を見つめた。「はあ？」

「おれを不安にさせて、おれが口を滑らせるのを期待しているんじゃないか？」

シボーン・クラークは下を向き、歯の間に挟まった何かを舌で取ろうとしていた。それでかろうじて笑みをこらえていたのだ。ハメルはペイジの考えを完全に読んでいる。

「とにかく、時間を割いてもらって感謝しています」ペイジが言った。「ちょっとした食い違いを正したかったもので」

「ほう？」ハメルは、ラウンド間の休憩で座っているボクサーのように、体を丸め、足を投げ出していた。

「疑問に思っているのですが」とシボーンが割って入った。「なぜアネットとバスターミナルにいたことを、わたしたちに言わなかったんですか」

「誰もたずねなかったじゃないか」

「たずねられて答える、というものではありません、ミスター・ハメル」

「それより、おれがそこにいたなんて、誰が言ったんだ？」

「監視カメラ」ペイジがシボーンから取り調べの主導権を取り戻そうとして、口を挟んだ。「アネットと何か話し合っている様子だった」

「カメラは嘘をつかないもんだ。インヴァネスまで若い者に車で送らせよう、とアネットに言っていた。でも彼女は嫌がった」

「なぜなのか、聞いてもいいですかね？」

「なぜなら、アネットは強情な娘で、礼を言うのが嫌だったんだよ」ハメルの言い方からいらだちが聞き取れた。「電車代は断らなかった。そうしたら何と、バスターミナルに現れた——電車よりも安いんでね、差額をポケットに入れられる」

「アネットをつけていたんですか？」シボーンがたずねた。

「まあな」

「なぜ？」

「ほんとうのことを言ってるのか、確かめるために。

アネットのことだから、サイトヒルにいる麻薬つながりの友達のところへ行って、そこで数日間ぶっつぶれてるって場合もあるんでね」

「だからバスターミナルまでつけて行ったんですか？」

「まずはウェイヴァリー鉄道駅へだ。アネットは乗車券販売機で運賃を調べたが、チケットは買わなかった。そのあとセント・アンドリュウズ・スクエアまであとを追い……うん、そこからはカメラに写ってるんだろ？」

「口論していた」ジェイムズ・ペイジが言った。

「電車で行けとアネットに言ったんだ。しかし彼女は頑として、拒んだ」

「警察にその話をしなかったのは、なぜ……？」

「一つには、関係がないからだ」

「もう一つは？」シボーンが訊いた。

一瞬、ハメルの顔に迷いが生じた。「ゲイルに知られたくなかった」

「どうして？」

ハメルはもぞもぞと腰を動かした。「ゲイルがどう考えるか、よくわからなかった——おれがそんなふうに尾行することを。しかしおれはそんな人間なのだ。つねに状況をコントロールしていたい」

ペイジは後ろにもたれ、腕を組んだ姿勢でその言葉を考えていた。質問をしようとしたとき、シボーンがそれより先に口を開いた。

「トーマス・ロバートソンに関して、教えてもらえますか？」

「あのな、包み隠さず話すことにする。隠しごとはしない」

「助かります、ミスター・ハメル」ペイジが安心させた。

「では言おう」ハメルが一呼吸した。「彼はあんたたちがアネットをさらったと考えてる男だ」

「だからアバディーンに行ったのですか？」

「ロバートソンには前科があった」

「誘拐事件は起こしていない」

「そうだが、出身地に犯罪者の知り合いがいるにちがいない」

「その一人がアネットを誘拐したんじゃないかと思って探っていたんですね？　なぜそんな犯行に及んだんでしょうね？」

「おれをやっつけるために」

「何かわかりましたか？」

「誰も口を割らない。しかしロバートソンの名前を出してあるから――おれがそいつと話し合いたいことは、知れ渡っている……」

　取調室に沈黙が訪れ、しばらくしてシボーンが質問をした。

「トーマス・ロバートソンに警察が関心を寄せていることを、誰から聞いたんですか？」

「何だと？」ハメルの目が険しくなった。

「発表していないんですがね」

「そうか？」

「そうです」シボーンがきっぱりと言った。

「だが、その名前は噂で流れている」

「ええ、でもあなたは誰から聞いたんです？」

　ハメルはシボーンと目を合わせた。「憶えていない」その声は感情も抑揚もなかった。

　そのとき、なぜかシボーンは悟った。

　あの男以外の誰だと言うのか？


「ここで何してるの？」

　リーバスはトースト・サンドイッチから目を上げた。

「ここはカフェだ」と答える。「食事をしているんだよ」

「いつもの？」カウンターの男性店員がシボーンに呼びかけた。

「カフェ・ラテだけ」シボーンは注文し、リーバスの前に座った。

「この店がきみ専用の店だとは知らなかったな」リーバスは窓越しにリース・ウォークの道路へ目を走らせた。

「違うわ」

「でもおれがここにいることを腹立たしく思ってる」

「わたしはあなたを腹立たしく思ってるわ。それは事実」

リーバスはサンドイッチを置き、ティッシュのように薄いナプキンで指を拭った。「今度は、おれ、何をやった?」

「あなたはフランク・ハメルに会いに行ったでしょう?」

「彼がそう言ったのか?」

「彼から聞くまでもない」

「ペイジは知ってるのか?」

リーバスはかぶりを振るシボーンを見守った。コーヒーが来た。インスタントで、顆粒が表面に浮いていた。

「ペイジに言うつもりか?」

シボーンが彼を見上げた。「これは、フォックスとその仲間たちを小躍りさせるたぐいのことよ」

「トーマス・ロバートソンが行方不明になったとき、ハメルが彼を捕まえたんじゃないかと、真っ先に思ったんだ」

「その考えは秘密にしておいたのね」

「ハメルに会いに行った。あいつは否定した」

「ロバートソンの名前を、そのとき出したというわけ?」

「インターネットでは、警察が誰かを尋問したって、ほぼ知れ渡っていた。おれの話を調べるのに、十分間もかからなかったんじゃないか」

シボーンはテーブルの端に肘《ひじ》を突いて、身を乗り出した。「あなたは犯罪捜査部の人間ではないわ、ジョン。もうあなたの仕事ではないの」

「皆がそう言ってくれるよ」リーバスはトースト・サンドイッチの残りを二つに開いて、中身を調べた。プロセスチーズ一切れと薄く白っぽいハム。「ハメルとしゃべってみて、何か得るところがあったか?」

「アネットに電車賃を渡したことで口論したと言っている」

「アバディーンへ何をしに行ったのか、たずねてみたかい?」

「ロバートソンを探しに行った、と」

リーバスはシボーンを見つめた。「それを認めたのか?」

シボーンがうなずいた。「ということは、ロバートソンをまだ捕まえていない」

「ハメルの言葉を真《ま》に受ければ、だな」

「じゃあ、あなたは信じていない?」

「ハメルがわざわざそう言ったとは、変だな。もしロバートソンの身に何か起これば……」

「ハメルは自分を容疑者の立場に置いた」シボーンは考え込んでいた。リーバスは紅茶のプラスチックカップを持ち上げたが、表面に冷えてできた膜が浮いていた。

「一杯飲みたい」

「やめたほうがいいわ」

「ほんとに飲みたい。さもないと、午後の間じゅう、ハムの後味が残る。来るか?」

「わたしはコーヒーだけにしておく」立ち上がろうとするリーバスの腕を、シボーンが掴んだ。「ペイジが酒臭さに気づいたら……」

「だから、パブではミントを売ってるんじゃないか、シボーン」笑顔でウインクしたリーバスはカフェを出て行った。

シボーンはコーヒーのカップを取り上げ、吹いて冷ました。フォックスの言うとおり、ジョン・リーバスはでたらめに発射される銃であり、警察はそのようなものに、もう用はないのだ。フォックスはさらに、リーバスを近づけるだけで、昇進に差し支えるかもしれない、と警告した。確かに、リーバスが押しかけてくるまで、ゲイフィールド・スクエア署は平和だったではないか？ よいチーム、優れた上司、そして判断ミスもなかった。監視カメラでハメルを見落としたことに、リーバスが関わっているわけではないが。自分だけが悪いのであり、今朝、ジェイムズ・ペイジに再び謝ったのだった。マルコム・フォックスの言葉が頭の中でくるくると回転していた。〝リーバスが魚のようにばたついていると感じたら、いつでもわたしに電話してくれ――ばたついているか、深みへまっしぐらに向かうかしたら……〟

　しかし、それがリーバス流のやり方だった。砂や堆積物を蹴り上げて、どんな状況になるか、その際に何が見つかるかを観察するのだ。

「熱かった？」カウンターの店員が呼びかけた。シボーンはコーヒーを吹き続けている自分に気づいた。強く吹きすぎて、プラスチックカップの側面からコーヒーがこぼれている。

「いえ、だいじょうぶ」シボーンは言い、それを証明するために一口飲んだ。

　実のところ、コーヒーは熱いどころか、生温いまでもいかなかったが、とにかくシボーンは飲み干した。

35

ペイジが捜査部室の前の廊下でリーバスに出会ったとき、リーバスは激しく咳き込んでごまかそうとしたが、それは無駄だった。

「だいじょうぶか、ジョン?」

「元気ですよ」リーバスは答え、片手で目をこすった。「喉に何かが引っかかったもんで」

「煙草の吸い殻かもな?」ペイジは大げさに鼻をクンクンと言わせた。「ランチにミント?　おもしろい食事をするんだね」

「おれの体にいいんです」リーバスは姿勢を正して見せた。

「ところで、ちょっと話があるのだが……」

「おれをクビにするとか?」

「きみはよい仕事をしてくれたよ、ジョン。しかし、捜査は別の方向へ進んでいてね」

「おれが路肩にずっと立って、ヒッチハイクの合図をしている間に?」

「そうは言わないが。だが、きみがここにいる時間が終わりに近づいているように感じているのは、事実だ」

「それなら、頼みがあるんです」

ペイジの目が少し真剣になった。「なんだ?」

「重大犯罪事件再調査班には、まだ言わないでください。あの箱を動かすのに少し時間が要るんです」リーバスはシボーンの机の方向を手で示した。

「一、二時間しかかからないんじゃないか」ペイジが反論した。「チームの誰かに手伝わせよう」

リーバスはかぶりを振った。「そんなことに手を割いてはいけない、ジェイムズ。自分一人でじゅうぶん動かせます。明日の今頃までに迷惑をかけないように出て行きますよ」リーバスは手を差し出した。ペイジはその手を見つめ、やがて自分も手を出して握手した。

十分後、リーバスは持ち帰りのコーヒーと近くの薬局で買い求めた鎮痛剤の箱を手に、再びリース・ウォークにいた。その二つを飲み、街路に並ぶ店のウインドーショッピングをしながら歩いた。中古のレコードを売っている店があったが、そこで時間をつぶすわけにはいかない。運転できる体に戻ったと確信すると、車に向かい、〈警察公用中〉の標示カードを助手席の下に隠して、車のエンジンをかけた。午後の三時になりかけている。走っている途中で渋滞する時間とぶつかるだろうが、それでも……

「鞍《くら》に戻ったぞ」自分の車に告げ、幸運を願ってダッシュボードを軽く叩いた。

〝目をつぶっていても運転できる……〟M90号線へ向かいながら、バンの運転手の言葉を思い出していた。市の中心部から抜け出す際に、いつもながらの難題があった。仮設の信号、道路を掘り返す作業員たち。細い抜け道の多くも通行禁止となっており、市から北へ向かう主要幹線からはずれてみても、たいして得にはならない。フォース・ロード橋へ近づくにつれ、車の流れがまたしても遅くなり、ダンファムリンとカーコディ方面へと曲がる交差点を通り越すまでは、渋滞が続いた。リーバスはキンロスでガソリンを入れるために車を停めた。レジの女性がリーバスの顔を認めて会釈した。物覚えがよいのか。というより、運転手にありがちなチック症状やリズムが身についたので、リーバスを運転手族だとみなした可能性のほうが高かった。

混み合うパースのロータリーを過ぎ、中央分離帯のある道路が終わると、車はじりじりとしか動かず、時間ばかりが経つように思われた。ターボエンジンのBMWやアウディが車列をすり抜けて行く。運転しているのは、ワイシャツにネクタイ姿の男たちで、もしかしたらその一人がこの前、ピットロホリのガソリンスタンドで話をした男、〝ソリューション〟を売ると言った男かもしれなかった。

　ようやくピットロホリまで来ると、嬉しいことに中央分離帯のある道路となったが、これもまた、のろいトラックがのろいトラックを追い越そうとするとき、リーバスはやむなくブレーキを踏みながら、大声でののしることとなった。道路工事現場を走り抜ける際には、目を凝らした。蛍光色の上着にヘルメット姿の作業員たちが工具や機械を使って今も働いている。ビル・ソウムズやステファン・スキラジがいたかどうかわからなかった。マイケル・チャップマンのCDが終わると、スプーキー・トゥースに換え、助手席に手を伸ばして、買い求めた水のボトルから一口飲んだ。空が暗くなってきており、ハイカーの姿も今日は見えない。〈ハウス・オブ・ブルア〉で休憩を取らず、そのままグレン・トルイムを経てニュウトンモアを通り過ぎる。アヴィモアが右手に見えてきたので、そこで右折するトラックが多いことを祈ったが、現実はそれほどでもなかった。やがてトマーティンに差しかかり、またしても蒸留所の方角へ挨拶をした。もう日はとっぷりと暮れ、インヴァネスの空がナトリウム灯で照らされている。支線道路は帰宅する車で今なお混み合っている。インヴァネス市に近づいたときに初めて、電車で来ることもできた、と思い至った。しかし自分の車をこよなく愛しているのだ。もう一度、ダッシュボードを軽く叩いて、愛情を示した。十分後、〈ウィッチャーズ〉ホテルの駐車場に入った。サーブのエンジンが冷えていくのを聞きながら、肩を回したり、背筋を伸ばしたりした。

　周囲を見ながら、煙草を一本吸い終わるまで休憩した。歩いて行ける距離に、出来たばかりのようなショッピングモールや、まだ一部は未入居の貸事務所区域があった。このあたりは観光客ではなく、セールスマンが多いのだ。リーバスはようやくホテルに入り、受付へ向かった。カーペットはタータンチェックで、壁には雄鹿の頭が飾られている。壁のパネルに木材がふんだんに使用されており、BGMの音楽が流れていた。ピンストライプの背広の客がチェックインをしていた。

「いつものお部屋でございます、ミスター・フレイザー」受付係がていねいに言った。

受付係はまだ若い女性だった——二十代前半、もしかしたら十代の終わりぐらいか。ブロンドの巻き毛、こってり塗った緑青色のアイシャドー。背後では同じ年頃の青年が書類を作っていた。リーバスの番が来たとき、受付係はミスター・フレイザーへ向けたのと同じ笑みを浮かべた。リーバスが身分証とサリー・ハズリットのモンタージュを見せたとき、その笑顔が消えた。

「知ってるのか？」リーバスがたずねた。

「スージーにちょっと似ています」受付係が答えた。

「どう思う、ロディ？」

仕事中の青年は振り向いて、すぐさま機敏にうなずいた。青年はカーペットと同じ柄のタータンチェックのチョッキを着ている。

「スージーはここで働いているんだね？」リーバスが訊いた。受付係のバッジには、アマンダ、としか書かれていない。

「ええ」

「誰かが彼女にこの写真を見せたかどうか、知らないかな？　ニュースで流れたんだが」

「わたしとは勤務時間が違うので」受付係は警戒し始めた。

「最後にスージーを見かけたのはいつ？」

受付係は横の電話を取り上げていた。「当直マネージャーとお話しください……」

ドーラ・コズリィという名前の当直マネージャーが、ラウンジでリーバスと座った。紅茶のポットが運ばれた。コズリィはモンタージュ写真を手に取って、じっくりと見た。

「よく似ていますね」

「スージーと？」

「スージー・マーサー。ここに勤め始めて九ヵ月になります」

「でも、今日は勤務していない？」

「数日前、病欠の連絡をしてきて。当然、今日にも医者の診断書を提出しなければならないんですけど……」

「彼女と話したいんだが」

　コズリィがゆっくりとうなずいた。「個人情報をお渡しします」

「ありがとう。もしかして、誰かが彼女にこのモンタージュを見せたとか、似ていると言ったとかいう話を知らないかな？」

「まったく知りません、申し訳ないですが」

　コズリィが立ち去ると、リーバスは紅茶とショートブレッドを前にして待った。ほどなく住所と電話番号を書いた紙を持って、コズリィが戻ってきた。

「この住所がどのあたりかわかりますかね？」リーバスがたずねた。

　コズリィはかぶりを振った。「わたし、二年ほど前にインヴァネスに来たばかりなので。アマンダがコンピュータで探してくれるでしょう」

　リーバスはその言葉を受け入れてうなずいた。「スージー・マーサーは？　地元の人間？」

「イングランドふうの発音ですね」コズリィが言った。「このあたりではイングランドから来た人が多いんですよ」

「既婚者かな？」

「結婚指輪をしていた印象はないですね」

「人事記録があるに違いないが——ちらっと見せてもらえないかな？」

「それには許可証が要ります」

「おれの言葉だけでは不足？」

きっぱりとした笑みが、答えを物語っていた。

アマンダにインターネットからプリントしてもらったルート地図を手に、リーバスは駐車場へ向かった。サーブのボンネットは触るとまだ温かかった。「すまないな、ポンコツじいさん」と謝る。「まだ走り終わっていないんだよ」

市の中心部にあるチャリティ・ショップの階上にあるアパートが、住まいだった。リーバスはブザーを押して待った。黄色い二重線上に車を停めざるを得なかった。ほかに停めるところはなかった。再びブザーを押し、その下の名前を確認した。マーサー。もう一つブザーがあり、その横の名前は消してあった。リーバスがそれでも試してみると、一分後にドアが開いた。夕食の途中らしく、口をもぐもぐさせている二十代半ばの男性が階段下に立っていた。

「すみません」リーバスが声をかけた。「スージー・マーサーを探しているんだが」

「今日は見ていないな」

「病気欠勤していてね。同僚が心配してるんですよ」

青年はその説明を受け入れたようだった。「隣に住んでる人ですよ。いつもならテレビの音が聞こえるんだけど」彼はカーペットを敷いていない狭い階段を先頭に立って上った。上にはドアが二つあり、一つは開け放してあるので、ワンルームの室内が丸見えだった。ソファ、ベッド、調理レンジ。青年はスージー・マーサーのドアを叩いた。しばらくしてリーバスがハンドルに手をかけてみたが、開かなかった。中を覗こうにも郵便受けがない。

「最後に見かけたのは、いつですかね？」

「数日前。中にいると思いますか？」

「もしかしたら」

「だいじょうぶだといいんだが」

「家主がいるのかな？　家主なら鍵を持っているはずだが？」

青年がうなずいて同意を示した。「家主さんを呼んできましょうか？」

「近くに住んでるんですか？」

「何本か道を越えた先に」

「そうしてもらえるとありがたい。夕食の邪魔をしてすまないな」

「いいんですよ」青年は中に入って上着を取ってきた。ドアをロックしようとして少しためらったあと、リーバスに中で待っていたらどうかと言った。

「そりゃあ、ご親切に」リーバスはその申し出を受けた。

室内は狭く、たった一つの窓は、調理の臭いを逃がすためにか、少しだけ開けてあった。今夜は缶詰のチリと袋入りナチョのトルティーヤだったようだ。テレビはなく、机にはコンピュータ、その横にボウルに入った食べかけの夕食が置いてあるのみだ。映画が一時停止になっている。リーバスはその俳優に見覚えがあったが、名前を思い出せなかった。袋からナチョを取り、口に放り込んだ。ドア裏の棚に置かれた封筒から察するに、青年の名前はＧ・フォーチュンだった。Ｇはまさかグッドの略ではあるまい。もしそうなら、幸運という意味合いになってしまう。

狭いシングルベッドの横に、読書灯とくたびれたペイパーバックの本が何冊かあった。おそらくは階下のチャリティ・ショップで、十ペンスから五十ペンスぐらいで買い求めたと思われる、スリラー小説。大きなヘッドフォンに付けられたＭＰ３プレーヤーのほかに、音楽を聴く装置はない。洋服ダンスもなく、上着やワイシャツ、ズボン類を吊すレールがあるだけで、それ以外の物は傷だらけの整理ダンスに入っているのだろう。下のドアを開閉する音と、階段を上がってくる二人分の足音が聞こえた。

家主は差し出されたリーバスの手を取って握手したものの、すぐに質問をした。

「ホテルの人？」

「そんなことは言ってませんよ」リーバスが答えた。

「ジェフがそうだと言ったが」

リーバスは首を横に振った。「そんなふうに思ったのかもしれないが」リーバスは身分証を出した。「警察の者です、お名前は……？」

「ラルフ・エリス。じゃあ、どういうことなんです？」

「彼女にいくつかたずねたいことがあったんです。ところが、この数日間仕事場に来ていない。病欠の連絡をしているが、医者の診断書は添えられていなかった」

「じゃあ、もしかしたら、と……？」エリスは鍵のかかったドアを顎で示した。

「それを明らかにするには、一つしか方法がない」

エリスはとつおいつ考えていたが、やがてポケットから鍵束を取り出してより分け、ドアを開けながらスージー・マーサーの名前を呼んだ。

室内は暗かった。リーバスが電灯のスイッチを入れた。カーテンは閉じてあり、ベッドは乱れている。フォーチュンの部屋とそっくりで、洋服掛けと整理ダンスに至るまで同じだった。しかしハンガーに服はなく、整理ダンスは空だった。

「夜逃げしたようだな」フォーチュンが言った。

リーバスは室内と、付属したシャワールームを見て回った。洗面用品もない。ベッド脇の床に女性雑誌が落ちていた。ベッドの頭上の壁にピンで刺した跡が残っている。リーバスはそれを指さした。

「ここに何が飾ってあったか、憶えていないかな？」

「葉書が二枚」とフォーチュンが答えた。「それに、彼女と友達の写真も一枚か二枚あったな」

「友達とは？」

フォーチュンは肩をすくめた。「実際には見たことがないので」

「恋人はいたんだろうか？」

「時折、男の声は聞こえたけれど……」

「さて」と家主が言った。「彼女はここにいないし、死んでもいない。だから、ここを閉めたい」リーバスを見る。「捜索令状でもあるなら別だが……」

リーバスはここを立ち去りたくなかった。とはいえ、留まる理由になるほどのものもない。「テレビは彼女の持ち物？」とたずねる。

「そうだと思う」フォーチュンが答えた。

「おれのものでもない」エリスが言い添えた。

「今はあんたのものになったかもな」リーバスが静かに言った。スージー・マーサーは急いでここを出て行ったので、手に持てる物だけしか持って行かなかったのだ。二人に名刺を渡した。

「スージーが連絡してきたときには、ここへ」リーバスが説明した。

「だが、戻って来るとは思っていないんだろう？」家主がたずねた。

リーバスは返事をする代わりにゆっくりとうなずいた。彼女のモンタージュが公開されている今は、戻ってこないだろう……

36

リーバスは車の中に座って、状況を考えてみた。そのうちに、サリー・ハズリットとブリジッド・ヤングの事件簿を調べていた際に、北部警察の警官と話をしたことを思い出した。手帳に名前と電話番号を控えてあるので、電話をしてみた。警察署の電話係が出たので、名乗ったあと、ガヴィン・アーノルド巡査部長と話したいと告げた。

「今は勤務に入っていません」そう言われた。

「急を要する件なので。自宅か携帯番号を教えてもらえませんかね？」

「それはできません」

「じゃあ、おれの番号を教えるんで、アーノルド巡査部長にその旨伝えてもらえますか？」

「できるだけのことはしましょう」

電話を切ると、あとは待つしかなかった。インヴァネス、別名ドルフィンスラッジ、つまりはイルカの泥地で。平日の陰鬱な夜、気温が急速に下がってきている中で。彼は何も考えずに車をぐるぐると走らせた。スーパーマーケットが二店舗ほど開いており、客が大勢入っていた。パブの前に男が立ち、一刻も早く中へ入りたいからか、煙草をすぱすぱと吸っている。携帯電話が鳴りだしたので、道路脇に車を寄せて停めた。

「何かご用ですか？」ガヴィン・アーノルドの声がした。

「おれを憶えていますかね、巡査部長？」

「あんたのおかげで、あのファイルを探すために、半日間も年代物の埃にまみれて過ごしたんですよ。まだくしゃみが止まらない」

「ありがたく思っている」

「で、何か進展があったんですね？」

「会って話したほうが、わかりやすいんだが」

「こちらへ車で来られる予定ですか？」

「もう着いてるんで」

「びっくりだな。そう言ってくれればいいのに——今、鉄道駅沿いにある〈ロッホインヴァ〉にいるんです」

「そこがパブなら、今さっき、車で通り過ぎた」

「メインルームの奥のほうにいます。ダーツボードの横に。ダーツはやりますか？」

「いや、やらないな」

「残念だな。今夜はリーグ戦なんだが、一人足りなくて……」

　またしてもパブの前には駐車禁止の黄色い二重線がある——駐車できる場所はすべて塞がっていた。リーバスはダッシュボードに標示カードを置き、サーブをロックして、〈ロッホインヴァ〉のドアを押し開けた。カウンターからアーノルドが手を振った。二人は握手を交わした。

「あんたのお好みは？」アーノルドがたずねた。

「レモネードを」

「車なんですね？」アーノルドは同情した表情を浮かべた。四十代半ばで、すらりとした長身である。灰褐色のチノパンツ、首元を開けた白いシャツ。頬が赤く染まっているが、それはウイスキーを飲み過ぎたせいかもしれない。

「きみの番だ、ガヴィン！」声がかかった。アーノルドはすまなそうな笑みを浮かべた。「あっちが優先なもんで」

「構わないよ」リーバスが言った。バーカウンターのスツールに座り、試合を見守った。アーノルドはうまかったが、相手には勢いがあった。テーブルに座っているチーム仲間が騒がしく応援する。アーノルドはシングル・エイティーン対ダブル・トップ・アウトで負け、対戦相手と握手して終わった。

しかしこの勝負が、この催しの決勝戦だった。両チームの間でしばらく野次の応酬があったあと、アーノルドがリーバスの横のスツールに腰を載せた。

「残念だったな」リーバスが慰めた。

「あいつを負かしたことがまだいっぺんもない」アーノルドがいらだたしそうに答えた。しかし気分を直し、ウイスキーを自分のために注文してリーバスに顔を向けた。

「なぜ遠いエジンバラからわざわざやって来たんです?」

「なぜ遠いランカシャーからここへ移り住んだ?」

アーノルドがにやりと笑った。「ほんとは、ヨークシャーから。でも、ここではスコットランド人よりもイングランド人のほうが多いなって、思う日もありますよ。もっとも外見だけではよくわからないけど」女性バーテンを手招きすると、笑顔で女性バーテンが寄ってきた。

「スー」とアーノルドが呼びかけた。「こちらは友達。ジョンという名前だ」

「初めまして、ジョン」スーはアルコールサーバーの間から手を出して、リーバスと握手した。「ガヴィンの友達は、わたしの友達。諺でもそう言うでしょ」

「スーはここの持ち主でね」アーノルドが教えた。そしてスーに「ジョンはね、しゃべり方で出身地がわかると思ってる」と言って、リーバスを見る。「じゃあ、当ててみて――スーはどこの生まれかな? ヒントを出そう――姓はホロウェイ」

　リーバスはスー・ホロウェイを観察した。彼女の微笑はリーバスが必ず負けるゲームだと告げていたが、それでも参加は義務づけられていた。

「マンチェスター?」リーバスはやっと答えを出した。

「答えを言えよ、スー」アーノルドが促した。

「近いわ、ジョン」ホロウェイが認めた。「でも生まれはカーコディ」

「じゃあ、ファイフ地方ってことだ。おれと同じだな」

「たぶん、あなたはわたしよりしょっちゅう、故郷に帰ってると思う」

「最近は、M90号線までしか行かないが。でも育ったのはマンチェスターだろ？」

「そのとおり」スーが認めた。「正解だから、飲み物を一杯、店のおごりでどうぞ。ほんとにレモネードでいいの？」

二人の前にお代わりの飲み物が置かれたあと、リーバスはガヴィン・アーノルドに、これからする話は長くなる、と前置きした。

「気の済むまでゆっくりと話してください」アーノルドが承知した。

そこでリーバスはこれまでの経過をすべて語り、レモネードを飲み終え、再び追加した。アーノルドのダーツ仲間はいつのまにか帰ってしまい、リーバスが話し終えたとき、客は半分ほどに減っていた。最後に、自分は外で煙草を吸ってくるから、その間にじっくり考えてくれ、と言った。ところがアーノルドも寒い外までついてきて、横に立った。

「すると、マーサーはハズリットの娘かもしれん、ということなんですね？」

「そうなんだ」リーバスが認め、夜気の中に煙を吐き出した。

「モンタージュが公開されると、彼女はこの土地を出ようと思ったんだろうか？」

「可能性はある」

アーノルドは考えてみた。「彼女の人事記録に何か手がかりが含まれているかもな」

リーバスがうなずいた。「きみは地元の人間だが、おれはそうじゃない。きみがたずねたほうが、うまくいく」

アーノルドは腕時計を見た。「ちょっと遅いな……

…」

「ホテルには夜勤マネージャーがいるにちがいない」リーバスがほのめかした。

「それにしても……」

「恩に着る」

「ちきしょう、夜勤のない夜だってのになあ」アーノルドはつぶやいたが、笑顔だった。

「あとでウイスキーをおごるよ」リーバスは励ますために言った。

「約束ですよ」

二人はサーブに乗り、バーネット・ロードにあるアーノルドの警察署へ寄ると、アーノルドが急いで制服に着替えた。

「このほうがいい。警官らしくなる」アーノルドが言った。

そしてアーノルドが助手席で方向を指示しながら、二人は〈ウィッチャーズ〉ホテルへ向かった。しかし夜勤のポーターがいて、どうにもできない、と告げた。明朝ドーラ・コズリィが出勤するまで、オフィスは鍵がかかっている。

「緊急のときには、どうやって彼女に連絡するのかね？」リーバスがたずねた。

ポーターはタータンチェックのチョッキのポケットから、名刺を取り出した。

「この番号に電話してくれ」リーバスが命じた。すぐそばに立っているアーノルドは、何も言わなかったが、いいかげんな扱いは許さんぞ、と言わんばかりの厳しい表情をしていた。ポーターは二人を見つめながら、命じられたとおりにした。

「留守番電話になってます」ポーターがしばらくして言った。

リーバスは受話器を指さして、それを取り、至急に電話してもらいたいとコズリィの電話に吹き込んだ。自分の携帯電話の番号を言い添えたあと、受話器を渡し、ポーターにここで待つと告げた。

「バーはまだ開いているか？」

「利用できるのは泊まり客だけなんです」ポーターが言った。

　アーノルドが一歩踏み出して睨みつけたので、今回だけは規則を曲げるという取り決めができた。

　アーノルドにはシングルモルト、リーバスには紅茶。二人はバーのラウンジに座っていた。革張りの大きなソファ、ＢＧＭ。ほかには客が三人いるだけで、酒の残ったグラスを囲み、眠そうな目をしながら、だみ声で翌日の会合について何やら話し合っていた。

　アーノルドは上着もネクタイもはずしていたが、それでも警察官であることは丸わかりだった。リーバスに定年まであとどれぐらい残っているのか、とたずねた。

「もう引退してるんだ」リーバスが打ち明けた。「再調査班はおれのようなポンコツで成り立ってる」

「その話をしてくれなかったね」アーノルドは腹を立てようかどうしようかと考えているようだった。やがてグラスを見ながら低い声で笑った。「身分証すら見せろって、おれ言わなかったからな。あんたが無関係の人間であってもおかしくない」

「すまなかった」リーバスが言った。

　アーノルドはまた笑い声を立てたが、今回はその声に疲れがにじみ出ていた。腕時計を見る。「徹夜で待つわけにはいかないし」

「そうだな」

「コズリィは夜遊びに出かけているのかもしれないね」アーノルドはあくびをし、シャツのボタンがはち切れそうになるほど、両腕を大きく横に伸ばした。

「これから南へ帰るつもり？」

「まあね」

「明朝、人事記録を手に入れたら、送ってあげよう」

　しかしリーバスには別の考えがあった。今回は一泊用の鞄を持ってきていないが、それでも……

「最後の一杯はどうだ？」リーバスはアーノルドにたずねながら、バーテンに合図した。二人にウイスキーを注文すると、アーノルドはもう自宅へ送ってくれる運転役がいないことに気づいた。

37

またしても食堂での朝食。

昨夜ラウンジにいたビジネスマンの姿はなかった。客のほとんどは、リーバスと同じく、一人で旅しているようだった。七時三十分になっている。受付のアマンダがドーラ・コズリィは八時にならないと来ないと教えてくれた。その情報をアーノルドにメールで送り、ついでに、ベーコンエッグをおごろうと書き添えた。しかし昨夜の飲酒の名《な》残《ごり》をまったく示さず、隙のない制服姿で現れたアーノルドは、コーヒーとオレンジジュースだけでよい、と言った。

「朝食は取らないので」向かい側の椅子を引きながら、アーノルドがそう言った。

「おれもだ。朝食込みで金を払ってるときは、別だが」リーバスは最後に残った三角形のトーストを食べ終えた。「よく眠れたか？」

「赤ん坊みたいにぐっすりと。三回おねしょした」

リーバスは期待されたとおり、笑みを浮かべた。

「あんたは？」アーノルドがたずねた。

「ホテルの部屋だと、ゆっくり朝まで眠れないんだよ」

「そりゃあ、損だなあ？」

「損だ」リーバスが相づちを打った。

ウエイトレスがお代わりのコーヒーを注いでいるとき、フロントから話を聞いたコズリィがこちらへ歩いてきた。目が少し血走っている。

「おはようございます」コズリィが声をかけた。

リーバスが彼女の不注意について、何か一言言おうとしたとき、アーノルドが勢いよく立ち上がって、彼女と握手した。「アーノルド巡査部長です。泥棒の被害が発生したとき、会いましたね」

「そうでしたね」

「新聞に載らないように計らったから、よかったでしょう？」アーノルドはリーバスのほうを向いた。「従業員の一人が犯人だったんだ」

コズリィは手を引っ込めたい気持ちを抑えていた。アーノルドがまだ手を握っていて、コズリィは自分が何を求められているかわかっていた。

「人事記録をごらんになりたいのね」と言う。

「ご面倒でなかったら」アーノルドが答え、ようやく手を離した。


自分の役割を果たしたアーノルドは、仕事に出かけ、その三十分後、リーバスはスージー・マーサーの履歴書、就職願書、推薦状、十二週間分の勤務成績などのコピーを手に、ホテルを引き払った。サーブに座ったまま、もう一度すべての書類に目を通した。推薦状は他のホテルからのもので、一つは北アイルランド、もう一つはマルにあった。マルのほうが日付が新しいので、そこへ電話してみた。はい、スージー・マーサーは去年の夏ここで働いていました、と答えが返ってきた。ところが、北アイルランドのホテルには、彼女の記録がなかった。

「その頃、スーザン・マートンという女性がこちらで働いていましたけど」

リーバスは、電話の女性が人事記録からマートンの写真を探し出すまで待ち、それからマーサーの外見を彼女に伝えた。

「似てますね」女性が認めた。リーバスは写真のコピーを送ってもらえないか、と頼んだ。女性は携帯電話でその写真を写し、二分後、それがリーバスの画面に現れた。ぼやけた写真で、髪型も髪の色も違うが、スーザン・マートンとスージー・マーサーが同一人物であることは、自分の年金を賭けても断言できた。これまでマーサーの番号に五、六回も電話しており、伝言メッセージを促された場合は、それを入れた。そして今度は、メールを打ち、自分の身分を明かさずに、連絡してもらいたいと頼んだ。

履歴書を見ると、ほかのホテルやレストランでも働いており、デパートで期間労働やオフィスで派遣社員もしている。エイルズベリでハイスクールを卒業、そのあと同じ町で専門学校に行った、とある。エイルズベリに関しては、ロンドンの近郊だった、という漠然とした知識しかリーバスにはなかった。生年月日は一九八一年六月一日で、サリー・ハズリットの生年月日がその逆さま、一月六日である。六月一日と一月六日だったら、憶えやすい。携帯電話が鳴りだし、リーバスは反射的に出た。ピーター・ブリスからだった。

「あんたを探している人がいるぞ」ブリスが小声で言った。

「カウアンか？」

「ゲイフィールド・スクエア署がカウアンに、あんたは今朝こっちの班へ戻ると告げたんだ」

〝うまくやり遂げたじゃないか、ペイジ。ちょっとした復讐を……〟

「おれはインヴァネスにいる」リーバスが打ち明けた。「少なくともあと三時間はかかる」

「インヴァネス？」

「話せば長いんだ」

「グレゴール・マグラスの家へ立ち寄るべきだよ」

その名前に思い当たるのに、少し時間がかかった。

「重大犯罪事件再調査班を立ち上げた男だったな？」

ニーナ・ハズリットがくれた、マグラスの番号を記した名刺を思い出した。

「彼はそっち方面に住んでいる」

「彼の家を訪ねるために北へ行ったと聞いたら、カウアンの機嫌がよくなるだろうか？」

「無理だね」

「とにかく、警告してくれてありがとう」

「じゃあ、午後には会えるんだね？」

「旗を振って迎えてくれるかな？」

ブリスは笑い声をかみ殺しながら電話を切った。

38

リーバスが重大犯罪事件再調査班の部屋に入ると、カウアンは電話中だった。ブリスはリーバスにウィンクをし、エレイン・ロビソンは小さく手を振ってくれた。二人の態度は彼の不在中に、仕事がよくはかどったことを示していた。

「今ここに来た」カウアンはリーバスを見ながら、受話器に言っている。「遅くても来ないよりはまし、ということかな」また何か聞いていた。「わかった、そう伝える。すぐに」

カウアンは電話を切り、リーバスにコートを脱がなくてもよい、と言った。「ペイジ主任警部が会いたいそうだ。どんな用件かわかるか？」

リーバスは答えられなかった。事件簿の箱が場所を取っているから早く移動させてくれ、という用事しか思いつかなかった。

「それはそうと、どこへ行ってたんだ？」

「おれがいなくて淋しい思いをしているとは、気づかなかったよ、ダン……」

駐車場で、リーバスはサーブにもう一回謝ってから、エンジンをかけた。始動する前に、ゴホンと訴える咳払いが一回だけ聞こえた。シボーン・クラークへ電話をかけた。彼女が何か言う前に、インヴァネスへ行ってきたと話した。

「要するに、サリー・ハズリットはきっとまだ生きていると思う。あのモンタージュが公開されると、彼女は逃げ出した。決定的な証拠にはならないだろうが、それでも……」

「連続殺人というあなたの説を、疑問視して捨てるのね？」

「そうだ」

「ところがね、それにはちょっと問題があって――だからジェイムズがあなたに会いたがってる」

「へえ?」

「もう二人ほど被害者がいるようなの。ここへ着いたら詳しく説明するわ」

ゲイフィールド・スクエア署の刑事二人が、一つの机を共有することになったので、リーバスは空いた机を使えるようになった。箱はその机の横と上に積み上げてあった。

「机の引き出しは使用できない。そうきみに伝えるよう頼まれた」ペイジが言った。「オーミストン刑事が当分の間は、私物をそこに入れておくそうだから」そこはペイジの部屋で、ペイジは机の前に座り、シボーンとリーバスは立っていた。「シボーンの話では、最初の被害者に関して、きみは考えを変えたそうだね」

「シボーンの話では、ほかにも被害者がいるそうですね」リーバスは言い返した。

ペイジはうなずき、一枚の紙を取り上げ、それを読んだ。

「アネット・マッキーの携帯から送られた写真についてなんだが。別の家族二組の場合も同じだったんだ。この五年間以内に、二家族とも十代の娘を失った。溺死と思われるが、どちらの死体も見つかっていない」

「二人の少女は、行方不明になった日に自分の携帯から写真を送ったんですね?」リーバスが推測した。

ペイジが重々しくうなずいた。「一件では、写真はもうない。しかし両親はニュースで見た写真と同じ景色だったと断言している」

「もう一つの家族は?」

「娘の持ち物はすべて保存している。送られてきた写真がこれだ」ペイジはコンピュータの画面を指で叩いた。リーバスは机を回り込んで画面を見た。

「なんてことだ」リーバスはそれしか言えなかった。

それは疑いもなく、エダトンだった。


その夜、リーバスは遅くまで残っていた。シボーンが手伝うと申し出たので、二人は箱を整理し、重要そうなものをより分けた。ペイジは本部長に提出する要約書を求めた。北部警察に捜査の協力を頼まなければならない――エダトン周辺の地区を捜索し、地元の住民から時間をかけて詳しく聞き取りをしなければならないからだ。聞き取りでは、事実を突き合わせながら、質問や問題点を予測し、それに対する答えを準備しなければならない。シボーンは事件を発生順に並べていた。

「サリー・ハズリットをここに入れますか？」というのがシボーンの疑問の一つだった。

リーバスもわからなかった。

「一九九九年、二〇〇二年、二〇〇八年、二〇一二年。それに二〇〇七年と二〇〇九年を加える」彼女は数字を見つめていた。「プロファイラーがなんて言うかわかるわ」

「教えてくれ、言いたいんだろう」

「連続犯は最初ゆっくりしたペースだけど、なかなか捕まらないとなると、回数がひんぱんになると言うのよ」

「ほう？」

「可能性は三つ。一つめ、犯人は捕まりたいから。二つめ、捕まらないから、大胆になる。三つめ、中毒症状になるから――新しい被害者で満足する期間が次第に短くなってくる」

「最近では、警部ならばそういう知識が必要なのか？」

「クリスティンがプリントしてくれた論文を読む価値はあるわ。ある男がわたしたちに大きな難問を与えている。死体を探すにも場所がわからないということ。

でもエダトンという場所がある。そいつにとって、何か意味のある場所に違いないわ」

「警察の捜査をそらすために、でたらめに場所を選んだのでなければ、だ。たった一回だけ、立ち寄った場所かもしれない。あるいは誰かの撮った写真を、なんらかの手段で手に入れたのかもな」

　シボーンはその可能性を考え、がっかりした表情を隠そうとした。しばらく二人とも無言で作業を続けたあと、シボーンはインヴァネスについてたずね、リーバスが旅の詳細を語った。

「サーブは壊れなかったの？」

「まだ廃車業者に引き渡すほどではない」

「そのようね」

　リーバスは背筋を伸ばし、肩を回した。「もう終わろうか？」

「これを全部タイプするわ」

「明朝、ペイジに提出できるようにだな」

「そうするほうがいいでしょ」

「冷たい飲み物もいいよ」

「もう三十分だけ待って」

「その間、おれは何をしてればいい？」

「インヴァネスの冒険談を書いたら」シボーンが提案した。

　後刻、二人はブロトン・ストリートにあるパブへ向かって歩いていった。シボーンは長く捕囚の身になっていた者が自由を味わっているかのように、夜の空気を胸一杯吸い込んだ。

　照明の明るいパブは、音楽を上回る話し声で賑やかだった。エール一パイントとジン・ライムのソーダ割りの注文。リーバスは大胆になり、塩をまぶしたピーナッツと、ポテトチップス一袋も追加した。

「どうだった？」グラスを合わせながら、シボーンがたずねた。

「元気だよ」

「はるばる遠いところまでドライブしたことについて、言ってるのよ」

「軟膏《なんこう》でもつけてくれるのか？」

「いえ」シボーンが微笑して一口飲んだ。

「あそこは不思議なところなんだ。美しくて、荒涼としていて、しかも薄気味が悪い」リーバスはエールをごくりと飲んだ。「ダーネスの南の、ある地域なんて――サー・ウォルター・スコットの時代から少しも変わっていないんじゃないかな」

「ナビする人間を連れて行くべきだったわ」

「きみはこっちの仕事で忙しいと思ったんだ」

「その理由がすべてではないと思うけど」言葉を切り、リーバスの答えを待ったが、彼はポテトチップスの袋を開けただけだった。

「エダトンはどんなところ？」シボーンがしばらくして訊いた。

「農業と観光だね。ウイスキー蒸留所が通勤範囲内にある。それにクロマティ湾には石油掘削リグがあった」

「ドーノホは？」

「ちっぽけでいいところだ。浜辺も美しい。マドンナは見かけなかった」口の周りの泡を拭き取る。「すべてが……自然のままなんだ」肩をすくめる。「自然なんだよ」電話が鳴り、画面を見た。「ニーナ・ハズリットだ」とシボーンに教える。

「電話に出るの？」シボーンは首を横に振るリーバスを見つめた。「どうして出ないの？」

「なぜならきっと彼女に嘘をつくからだ。何も新しい進展はない、と」

「なぜ事実を言わない？」

「絶対の確信を持って言いたいから――百二十パーセントの確信を持って」

二人は電話が鳴り止むのを待った。電話はもう一回鳴って留守録を預かっていることを知らせた。

「もしサリーが生きているなら、どういう事情だったと思う？」シボーンがたずねた。

「見当もつかない」

「インヴァネスの彼女の家はどんな感じだったの？」

「個性が感じられなかった。彼女はしょっちゅう移動していて、どこにも定住しなかったようだ」

「U2の歌にもあるじゃない――自分の探しているものをまだ見つけていない、とか」

「見つけたやつなんているか？」リーバスはパイントグラスを口へ運んだ。

「なかなかやるわね」シボーンが評したので、リーバスは眉毛を上げて見せた。

「この事件のこと」シボーンが説明した。「あなたの足に、はずみがついたわ」

「おれは正真正銘フレッド・アステアだよ」

「でも、ほんとにそうよ……」

リーバスはシボーンの視線を捉えた。「おれはそうは思わない。警察は変わったんだ、シボーン。何もかもが……」リーバスは言葉を探した。「クリスティン・エソンの場合と同じだ。彼女がやる仕事の九割に、おれはついていけない。彼女の考え方に、おれはついていけない」

「あなたはレコード、わたしたちはデジタル？」シボーンが言ってみた。

「以前、仕事をやる方法と言えば、人との接触だった。重要なネットワークは、街での人脈だけだった」リーバスはパブの窓を顎で示しながら、フランク・ハメルも、あの夜〈ジョージジョー・ビンキーズ〉で、ダリル・クリスティが去ったあと、同じような主旨のことを言ったのを思い出した。

「あなたのやり方も効果があるわ、ジョン――エダトンやスージー・マーサーを考えて。それは靴底を減らして得た結果よ。だから自分が時代遅れだなんて考えないで」空になりかけているリーバスのパイントグラスを指さした。「もう一杯どう？」

「悪くないね」

　リーバスはバーカウンターで並んでいるシボーンを見守っていた。そのとき、電話が再び鳴りだしたので、出てもいいか、と思った。

「ジョン？」

「やあ、ニーナ」

「数分前電話したのよ」

「ここは電波が入りづらくて」

「パブにいるようね」

「図星だな」

「疲れたような声だわ。だいじょうぶなの？」

「たいへん元気だよ」

「捜査のほうは？」

「おれの前回の答えと同じ」

　少しの間、彼女は何も言わなかった。「電話して悪かったかしら？」

　リーバスは目を閉じた。「いや」と答える。

「何か新情報があったら、わたしに言ってくれるわね？」

「そう約束したじゃないですか？」〝あなたの娘は生きている……〟

「約束はいつも守られるとはかぎらないわ、ジョン。またそっちへ行きましょうか？　あなたに会いたいので」

「それはよい考えとは思えないな」〝あなたの娘は生きている、だがなぜ家を出た？〟

「あなたの声が……」

「疲れた声？」

「いいえ、疲れてるだけではなく、変よ。ほんとうにだいじょうぶなの？」

「もう切らなくては、ニーナ」〝なぜ娘は連絡を取らなかったのだろう、母親が必死に探している姿をニュースで見ながら？〟

「ジョン、わたし——」

リーバスが電話を切ると同時に、シボーンがテーブルに戻ってきた。

「当てましょうか」リーバスが携帯電話を切り、テーブルに置くのを見ながら、シボーンが言った。席に座りながら「スージー・マーサーのことを彼女に絶対言わないつもり？」とたずねる。

「言わない」

「言ったら、どんなひどい状況になるかわかるわ。でもね……」

リーバスはシボーンの言葉を無視して、お代わりのパイントグラスを持ち上げた。

「乾杯」と彼は言った。「おれたちに」

飲みながら、リーバスはスコットランドの乾杯の文句の続きを思い出さずにはいられなかった。

〝おれたちみたいに、いいやつがいるか？

いない、いない――

そんなやつらは皆死んじまった……〟

39

マルコム・フォックスの飲み物の好みは、アップルタイザーである。最近はアルコール飲料のたぐいをいっさい飲まない。空き瓶や、紙、空き缶、プラスチック類、段ボールなどは必ずリサイクルに出している。今度は市からキッチンのゴミもリサイクルするように言ってきており、彼の平屋建ての家はどこもかしこもゴミを入れる箱や袋などであふれかえっている。裏にはコンポスト用のゴミ入れが設置してあるが、そこに入れるのは夏だけだ――刈った芝生の屑と時折気が向いたときに抜く雑草を入れる。そんなことが何かの役に立つとは思えないが、やらずにはいられない。一戸建てなので、共有壁で隣家と仕切られているわけではないが、テレビの音量はいつも下げているし、音楽もめったに聴かなかった。読書が趣味だった――仕事と同じくらい好きなのだ。

リーバスに関する資料を自宅に持ち帰るのは、たとえ持てる重さだったとしても、規則に反する行為となるだろう。しかし彼は自分の記憶力に自信があったし、主要な事実や数十年にわたる疑惑、噂、非難などを詳細にメモしてある。そのため、これまで会ったことがあるどんな人物よりも、深くリーバスを知っているように感じていた。おそらく、リーバスは今、どこかのパブで飲んでおり、そのたまったつけは、決して請求されないのだろう。それを賄賂《わいろ》とも誘導とも思わず、正当な捜査方法と考えているにちがいない。昔はそんな考えの刑事が多かったのだろうが、そういう時代は過ぎ去り、そんな戦士たちはとっくに戦場を去った。老いぼれたリーバスは、どこか海外の浜辺にあるタヴェルナで、たっぷり貯めた年金を使いながら、ゆったりと酒浸りの生活を送ればいいのだ。ところがリーバスは犯罪捜査部へ再就職の希望を出した。

なんと厚かましい野郎だ。

しかも、リーバスは警察内に力強い擁護者を一人持っている――本部長がリーバスに味方し、もしも苦情課が異論をとなえる気なら、誰も反論できない証拠を揃えろとフォックスに言い渡したのだった。

〝彼の経歴を見ろ、マルコム。ビッグ・ジェル・カファティを刑務所にぶちこんだやつが、ほかにいたか？〟

そう、それはリーバスの大きな功績だが、フォックスは疑っていた。カファティは刑期をほとんど務めないで出所した。敵と見なされる者が警察内にいるとは、なんと便利なことか。〝見なされる〟、という語がキーワードである。二人がぐるではなかった、と言い切れる者がいようか。カファティは以前よりももっと強くなってエジンバラへ戻ってきた。彼の帝国は削られなかった。どうしてそんなことが可能になるのか。なぜそれ以来、誰もカファティを刑務所にぶちこめないのか。そう言えば、入院中のカファティのベッド脇にリーバスがいて、カファティの心肺が停止したときに、すぐさま蘇生術を施せたとは、なんと好都合ではないか。人は最強最悪の敵の命を助けるものだろうか？　あのとき、命を助けたいというリーバスの執念の強さに、病院スタッフはリーバスを引き離さなければならないほどだった。

敵か？　フォックスはそうは思えなかった。

本部長が主張を裏付ける証拠を揃えろとフォックスに言い渡したので、フォックスはリーバスの電話記録を見る許可をもらいたいと言い返したのだった――固定電話の分と携帯の分。本部長は気乗りがしなかったが、フォックスが執拗に食い下がったので根負けした。その書類がもうすぐ届く。そこに小さな爆弾がひそんでいるのではないか、と希望をかけていた。

認めたくはないが、ほかにもリーバスについて癇に障ることがあった。それはライフスタイルである。背広から煙草の臭いがつねに漂う――背広を一着しか持っていないのだろうか。色の悪いぼってりした顔、二十キロ以上も余計に付いた肉。そして飲酒癖。

とりわけ酒が我慢ならない。

フォックスはアルコール依存症になったため、すっぱりと飲酒をやめたのだ。ところがリーバスは同じ理由から、酒を飲み続けている。なぜだかリーバスの体はまだ機能しているが、フォックスの場合はそうならなかった。アルコールで頭がもうろうとなり、気短になった。寝汗、震え、悪夢に悩まされたものだ。リーバスはモルトを十杯以上も空けたあと、ぐっすり眠れるタイプなのだろう。いやな野郎だ。

さらにフォックスはかつて仕事をしているリーバスをそばで見た、という事実がある。犯罪捜査部で二人が一緒にいた時間は短かったけれど、彼という人となりを知るにはじゅうぶんだった。独りよがりの自我が最初から顕著だった――いつも遅刻したり、どこかへ消えたり、書類が机に山積みされているのに、咳払いしながら煙草休憩へ逃げたりする。もしやと思ったら、道路の向かい側のパブを探せ、とフォックスは教えられた。ウイスキーを前に、考え込んでいるリーバスがたいていそこにいるはずだ、と。

〝運動場で、あんたの菓子を巻き上げたから、今になってそれを返してくれって言うんだな……？〟

そんなことではない。警察は何十年間も、リーバスのような警官を寛容に扱い、目をつぶってきたのだ。そういうタイプの警官は今や去り、その記憶も薄れていて、フォックスの世代の警官たちはそんな男たちの愚行に付き合う気はない。リーバスは最後の生き残りなのだ。自分の時代が過ぎたことをわからせねばならない。そしてシボーン・クラーク。リーバスの影響を脱したあと、順調に業績を上げた優秀な刑事だ。リーバスが戻ってきた今、彼への忠誠心が破滅へと導きかねない。そこでフォックスは音を消したテレビニュースを流しながら、ソファに座り、リーバスに関するメモを繰った。元軍人、離婚歴、娘一人。麻薬取引で服役した弟。現在付き合っている女性はいない。付き合うのは、酒とたまたま煙草を買い求めるときの店員だけ。マーチモントには、結婚したさいに購入したフラット。最近では、そんな高額なものを買える警官は一人もいない。彼が親しかった何人かの同僚も、いつの間にかいなくなった。その中には勤務中に殺された者も二人いる。どう考えてもリーバスは厄介者である。シボーン・クラークはそれを知っているはずだ。彼女は馬鹿ではない。本部長も知っているはずだ。リーバスは本部長の弱みを握っているのだろうか――そういうことか？　書類の中に何かが隠れているのだろうか？　クラーク警部にも何らかの支配力を持っているのかもしれない――こんなに緻密に仕事をしているにもかかわらず、おれは見逃したのか。

彼はやるべきことがわかっていた。もう一度読み直す。最初からやり直す……


情報はつねに金を払うに値する、というのがカファティの考え方だった。警官の名前はオーミストンと言い、安い取引ではなかったが、今夜情報を寄こした。カファティは携帯電話にダリル・クリスティの番号を押して待った。ダリルが出た。

「今一人か?」カファティがたずねた。

「車で帰宅する途中です」

「そんなことを訊いているんじゃない」

「一人です」ダリルは車のスピーカーフォンを使っているような声だった。「もっと前にあなたから電話があると思っていたんですが」

「確かに興味深いメールだったよ」

「あなたの子分、リーバスはフランクから金をもらってるんでしょうね?」

「リーバスなら、それもあり得る。だが電話しているのは、ハメルのことだ」

「はい?」

「警察が監視カメラ画像で、ハメルとおまえの妹を見つけた」

「どういうことです?」

「二人はバスターミナルで口論していた。警察はハメルをしょっぴいて尋問した。ハメルは自宅から鉄道駅、さらにセント・アンドリュウズ・スクエアのバスターミナルまで彼女を尾行したらしい」

「なぜそんなことを?」

「ハメルの説明によると、アネットは電車代を受け取ったのに、もっと安く済む手段を使おうとしたんで、腹を立てたんだそうだ」

「ずいぶん詳しく知ってるんですね、ミスター・カファティ」

「いつだってそうさ、ダリル」

「それはリーバスからの情報ですか？」

「情報元を明かすわけにはいかない。おまえが知っとくべきだと思っただけでね。おまえの母親が知っているかどうかよくわからん——フランク・ハメルはその話をおまえにしていないと思うが」

「何も聞いていません」ダリル・クリスティが断言した。「ほかには？」

「じゃあ、何かお返しの物でも寄こすか？　今、おまえのボスは何をやってる？」

「自宅で酒盛りをしていますよ」

「おれの知ってる客は来てるか？」

「北から二人——カルム・マクブライドとスチュアート・マクラウド」

「そいつらと手を組むことにしたのか？」

「仕事の話をしているところは聞いていないけれど」

「それでもおもしろい。家族はどんなぐあいだ？」

「相変わらずです」

「今も母親に気を配っているんだな」

「うちはだいじょうぶ」

「もちろんだとも。だが何かおれで役に立つことがあるなら……」

「ありがとうございます、ミスター・カファティ」

「おまえの父親はおまえを誇りに思うことだろう」

「父はそう思っています」

「じゃあ、気をつけて家へ帰れよ、ダリル」カファティは電話を切った。


ダリルは紅茶の入ったマグを手に、寝室へ入った。今夜も十二時を過ぎている。パブ二店とナイトクラブに先ほど電話したが、三店とも今夜は客の入りが少なかった。ベッドに横たわり、携帯電話でネットを見ながら、今夜の出来事を思い返していた。フランク・ハメルはレイバーン・プレイス近くの元馬屋だった家に住んでいる。ダリルはパーティの食事の手配と、客を迎える役を命じられたのだった。どのグラスもつねに満たされているように気を配っていることも。それはダリルにとって好都合だった——気の向くまま、いくらでも会話に耳を傾けられるから。大量のウイスキー、ワイン、シャンペンの瓶はハメルが事務室として使っている部屋に置いてあった。となれば、ダリルは簡単に、ボスのコンピュータを立ち上げて、持ってきたメモリースティックを差せた。データを移す間、彼は酒をさらに注いで回った。フランク・ハメルはホスト役を楽しみ、ダリルを使い走りのようにこき使った——ウイスキーを持ってこい、サモサを持ってこい、ミニ・ハンバーガーを持ってこい、と。ダリルは従順そうに見えることで満足していた。あるときなど、ハメルはカルム・マクブライドの面前で、ダリルの髪の毛をくしゃくしゃにしながら、「かしこい子」と呼んだ。

　確かに、かしこい子、である。事業の隅々までほぼ知り尽くし、さらに毎日学習している、かしこい子供。長期にわたって勤務している者をお払い箱にし、誰に忠誠を尽くせばよいかを知っている、もっと痩せて、もっとハングリーな男たちに入れ替えている、かしこい子供。

　枕で頭を支えながら、ベッドの上で体を伸ばし、平たい腹にノートパソコンを危なっかしく載せ、ダリルはメモリースティックを差し込んだ。財務記録が出た。パスワードで保護されたものばかりではない。パスワードのあるものは、税務署がぜったい目にしないものだ。ハメルはダリルにパスワードをいくつか教えていた。残りは心配ない。ダリルには、ハッキングに命をかけている友達がいる——ダリルがオンライン・バンキングの誘惑に絶対負けない大きな理由の一つである。しかしハメルはやっていた。

「何かと楽じゃないか」ハメルがそう言ったのだった。

　まさしく、楽である、愚かな者にとっては。

ブラインドはまだ閉じられていなかったので、ダリルは空を見上げた。またしても曇っている。ノートパソコンのファンの音を除けば、家の中は静まり返っている。母親の愛人から現金を受け取った妹のことを思った。妹は頼んだり礼を言ったりしなかったのだろう――フランク・ハメルのほうから言い出したにちがいない。でも妹が電車に乗ったかどうか確かめるために、あとをつけるとは？　バスターミナルで口論するとは？　いったいどういうことなんだろう。雇い主にそれを訊くことはできない。どうやってそれを知ったのか、と問い返されるからだ。

そのとき、あの賞金を思い出した……

40

翌朝、リーバスがゲイフィールド・スクエア署に着いたとき、ペイジはちょうど捜査会議を始めたところだった。クリスティン・エソンがホチキスで閉じた九枚の資料を渡してくれた。リーバスはペイジが話している間、それをざっと読んだ。最後の五ページは昨夜ファイルから集めた資料で埋められていたが、その前には新しい行方不明人二名の情報が書かれてあった。

二〇〇七年の八月、ジェマイマ・ソルトン、十五歳、はパーティから帰宅しなかった。衣服の一部がネス湖の湖畔にあるピクニック地域で見つかった。パーティはインヴァモリストンで行われ、ジェマイマの家はそこから十キロほど離れたフォート・オーガスタスにあった。彼女は真夜中を越した頃、徒歩あるいはヒッチハイクで家へ帰るつもりだった。潜水士が送り込まれたが、ネス湖の湖岸は何キロにも及ぶ。溺死事故、というのが結論だった。容疑者は浮かび上がらず、携帯電話とバッグも見つからなかった。家族は彼女の寝室を廟《びょう》のように保っていた。午前三時に写真が家族のもとへ送られてきたが、ずいぶん時間が経つまで、家族はそれに気づかなかった。メッセージはなかった。家族は寝室を調べた。ジェマイマもいなかった……

二〇〇九年の十一月、十六歳のエイミィ・メアンズは両親と口論し、ゴルスピー村の友達の家を何軒か訪れた。そのあと近くの海岸へ皆で出かけたが、いつのまにかエイミィの姿が見えなくなった。翌日彼女の上着は、風に吹かれたのか、浜辺の上のフェンスに引っかかっているのが見つかった。エイミィ自身は二度と姿を現さなかった。

「溺死事故」ペイジが声を張って繰り返した。リーバスはペイジの視線を感じていた。「地図を見ると、ゴルスピーはテインとドーノホの北方のＡ９線上にあり、インヴァモリストンはＡ８２号線にあるが、インヴァネスの南でＡ９に近い。写真と道路という二つの要素が浮かび上がってきた――というわけで、わたしはこの二件を重視したい」一息入れる。「これまでのところで、何か考えはないか、ジョン？」

リーバスは読んでいた書類から目を上げた。「交通量の多い道路です。観光客の車にバンやトラックが通る。それに長距離の道路だ。捜査は簡単にはいかない……」

「それでもだ」ペイジが声を張り上げた。しかしその先をなんと言っていいのか、わからないようだった。シボーンが、各地の警察署に連絡を取り、トップ会談みたいなことをする必要があると提案して、窮地を救った。

「さまざまな管轄権や申し合わせについて話し合わな

いと」シボーンが言った。

ペイジがうなずいた。

「これまでの事件でジョンがやったことをやる必要もあります」エソンが意見を述べた。「家族や友達と会い、行方不明人の生活全般に関してや、失踪した日の行動について、もっと具体的に知らなくてはなりません」

ペイジはその意見にもうなずいた。

「手がかりとなるのは、写真ぐらいです」オウグルヴィが言い添えた。「エダトンだという確信があるならば、地域をしらみつぶしに探す班を組織し、地域住民や定期的に訪れる者から聞き取りをしなければならない」

ペイジはこれから始まることに明らかにひるんだ様子で、頬を膨らませた。

「頭に入れておいてもらいたいんだが」とリーバスが口を挟んだ。「最初の被害者はサリー・ハズリットだ。しかしおれは彼女が生きているかもしれないという考えに傾いているんだ。同じことが他の被害者の何人かにも言えるかもしれない」

「マスコミにはどの程度発表しましょうか？」シボーンがペイジに訊いた。

「この段階では、最小限度だな」

「エダトンにわたしたちが集団で押し寄せたら、マスコミも何か気づくんじゃないですか」

「まずはグランピアン警察に連絡しなくては――いや、北部警察かな？」

「後者のほうだ」リーバスが答えた。

「ジェマイマ・ソルトンとエイミィ・メアンズの家族にもなるべく早く会って話を聞かなければなりません」シボーンが言った。「この数年間、家族たちは娘が溺れ死んだと思ってきた。ところが娘たちは誘拐され殺されたかもしれない、という疑いを突然押しつけられたわけだから」

「よい指摘だ」ペイジは片手で顎をこすっている。

「優先順位を決めなくてはならないな――それはきみに任せてもいいかな、シボーン？」

シボーンがうなずいて承知した。「本部長に報告をなさりたいでしょうね」強制的な提案というより、軽い念押しに聞こえるように、言葉を選んだ。

「本部長の部屋に電話しよう」ペイジは腕時計を見ながら言った。すぐに彼は自分の密室へ消えた。部屋には沈黙があり、皆の目はシボーンに注がれている。ところがシボーンはリーバスの方向を見つめていた。

「ジョン、未解決事件を皆に分配してもらえる？　関係者には新しい聞き取りが必要だわ。誘拐犯は隠れて待っていたのか、それともその前に女性たちと会ったことがあるのか？　誘拐犯はその特定の場所へ行くような仕事、あるいは、被害者と結びつくような仕事に就いていたのか？」

「それは法外な要求だ」リーバスが注意した。

「でもやってみる価値はある、そうでしょ？」シボーンは否定できるものならしてみろ、と言わんばかりの挑むような表情でリーバスを見た。

「もちろんだ」リーバスが答え、チームの皆が彼の周りに集まって、命令を待った。

リーバスはこれまで自分が取り組んできた事件の総数がわからなくなっていた。今回の事件と同様に複雑な場合が多かった。何回となく事情聴取を行い、何回となく供述書を作成してきた。箱の中に入った資料は、今、周囲の者たちが熱心に目を通している。その書類は、何か結果を出したいという強い願いからではなく、努力を示したい思いから、書かれたものなのだ。そう、自分はそんな事件を経験してきたし、片っ端からドアをノックしたあげく、質問にぽかんとした表情を浮かべる相手ばかりで失望を味わった事件もあった。しかし時には、手がかりが忽然《こつぜん》と現れたり、二人の人間が出頭してきて同じ名前を口にしたりすることもあった。容疑者が絞られる。三回目、四回目の事情聴取のあとで、アリバイや作り話が見えてくる。圧力をかけ続けるうちに、地方検察官に提出できるほどの証拠が集まる。

　幸運から解決につながる事件もあった——何もしなくても何かが起こるのだ。根気の要る作業や鋭い推理とは無関係に、たんなる偶然が働く。そんなときの最終結果は勝利感が薄いか？　もちろんである。今度の資料の中で、何らかの関係や糸口など見落としたものがあるかもしれなかった。チームが働いているのを見ながら、リーバスは彼らにそれを見つけてもらいたいのやら、見つけてもらいたくないのやら、よくわからなかった。見つかったら、自分が愚かで、怠惰で、現役から遠ざかっている事実を示すだろう。しかし、リーバスの見栄を犠牲にしてでも、何かの発見が求められている。そこでリーバスは彼らが働いている姿を見守った。うつむいて書類を繰り、ペン先を噛み、下線を施し、メモを取り、コンピュータに自分の考えを打ち込んでいる。もっと詳しい年代順の表を作り、事情聴取すべき人物を決め、当時の捜査もしくはリーバスが見逃していた道筋を提案する準備を整える。

　ペン先をさらに噛み、メモをさらに取る。ケトルやコーヒーポットへ近づく。ときには、下から軽食を買ってこようか、と声がかかる。煙草休憩をするのはリーバスだけである。そんな休憩をしていたとき、リーバスは駐車場に並んでいる車の中に人がいないのを確認してから、ある番号を携帯電話に打ち込んだ。

「ハメルと話したい」電話の相手に告げた。「リーバスだと伝えてくれ」

　数秒後、相手の男の声がした。「今は電話に出られない」

「大事な用だと言ってくれ」

「こちらから電話する」

それっきり電話が切れた。リーバスは画面を見ながら、小声でののしった。二本目の煙草に火を点け、駐車場をうろうろと歩いた。駐車場は二階建ての警察署とジョージ王朝様式の集合住宅の裏側とで囲まれている。窓はたくさん見えるが、人の気配はない。屋根に鳩が何羽かいて、それなりに暮らしている。ユニオン・ストリートにある美術スタジオの、赤い煉瓦造りの大きな煙突が見える。飛行機が急旋回をして、空港へ向かっていた。リース・ウォークの方角から車のクラクションが鳴り、遠くのほうでサイレンが聞こえるが、こちらへ近づいてくる様子はない。

「人生はすばらしいタペストリーだ」リーバスは指に挟んだ愛する煙草へ言うかのごとく、つぶやいた。二分後、煙草を捨てようとしたとき、電話が鳴った。知っている番号ではない。電話に出てまず名乗った。

「何か話したいことがあるのか？」ハメルがたずねた。用件のみのきびきびした口調で、おしゃべりを楽しむ雰囲気ではない。

「トーマス・ロバートソンではない」リーバスがきっぱり言った。

「それで？」

「それだけだ。だからロバートソンを解放するか、もしくは探し回るのを中止するんだ」

「どっちがいい？」

「もう捕まえているかどうかによる」

「なぜあいつが誘拐犯でないと、言い切れる？」

「女性の一人が行方不明になったとき、彼は服役中だった」

「だからと言って、アネットをさらってないとは言えん」

「いや、違う。すべて関連している事件だということは、かなりの確信を持って言える」

「納得のいく説明をしてくれ」

「ロバートソンを捕まえたのか捕まえていないのか、

どっちなんだ？」

「馬鹿なことを言うな、リーバス」

リーバスは一瞬、選択肢を考えてから、深呼吸をした。「これまで知らなかったんだが、被害者の女性が少なくとも、もう二人はいるようなんだ。一人は二〇〇九年の十一月にさらわれた。そのとき、ロバートソンはピーターヘッド刑務所にいた。新しい犠牲者は二人とも、アネットの場合と同じく、自分の携帯から写真が送られた」リーバスは少し間を置いた。「あんたにこんなことを話すと、おれは窮地に立たされるかもしれんが、あんたにわかってもらいたかった」

「よし、わかった。だが、あのくそったれ野郎はまだ見つけていないぞ」

フランク・ハメルは電話を切った。

そのあとの時間は、宙ぶらりんの地獄にいるようだった。物事が進み始めているが、それはゲイフィールド・スクエア署の近くではなかった。ペイジはシボーンを伴って、本部長へ報告するため警察本部へ出かけた。リーバスは最新情報をメールしてくれとシボーンに頼んだが、彼女は本部長の執務室で携帯電話を出すのはマナー違反だと考えたらしい。

北部警察はペイジのチームが持っている資料すべてのコピーを求めた。エソンとオウグルヴィは書類を集めて送る作業を命じられた。ガヴィン・アーノルドがインヴァネスからリーバスに電話してきて、署内が忙しくなってきたと告げた。リーバスはこの会話を続けるには、廊下へ出たほうがいいと判断した。

「あちこちから警官を狩り集めているところでね」アーノルドが話を続けた。「ディングウォルが小さいけど一番近い警察署なんだが、エダトンからは遠すぎる。土地を借り上げて、現場に簡易宿舎を作らなきゃならないだろう」

「親切な農業者を一人知ってる」リーバスはジム・メロンの名前と電話番号を教えた。「この男が最初に現場を特定したんだ」

「ありがとう、ジョン――これでおれは点が稼げそうだ」

「借りを少しは返せたかな」リーバスは戸口から中を覗き込んだ。チームは落ち着きなく、いらだちながら、ジェイムズ・ペイジが戻ってきて指示を出すのを待っていた。「報道機関が嗅ぎつけるまで、どれぐらい時間があるだろう？」

「おそらく同僚の誰かが、こうしている間にも、地元の新聞にべらべらしゃべっているだろうよ」

「仕方がないな」

「また北へ来るのか？」

「わからん」

「溺死事件を憶えている――ネス湖のやつだ。当時は誰も疑問を持たなかった」

「当然だよ。ゴルスピーのほうはどうだ――何か憶えていないか？」

「何もない。でもＡ９沿いで事件とはな。犯人は、Ａ９殺人犯と呼ばれるんじゃないかな？」

「今回が最後であることを願ってるよ」

「それはおれたちが犯人を捕まえるかどうかにかかっている」

「そうだな」とリーバスは言った。

「この件に関してよい知らせは、デムプシィという警視正が、おそらくこちら方面を指揮する、ってことだ」

「その男は優秀なんだね？」

「こっちでは、これまででダントツだね。でも男じゃないよ、名前はジリアンだ」

「それは失礼」ペイジとシボーンが階段を上がってきた。「じゃあ、もう切らないと、ガヴィン」

「こっちへ来たら、電話をくれよ。それからもし、おれがカレィＦＣのアウェイ・ゲームでそっち方面へ行った場合は……」

「おれがおごる」リーバスが請け合い、厳しい表情の二人のあとから捜査部室へ入った。たちまち皆がペイジを取り囲んだ。

「結論を言うと」とペイジが口を開いた。「本部長はエダトンに関してまだ完全に納得していない。本部長が言うには、これは写真の写真だ――ついでながら、その点は確認済みだ。いつ撮影されたものかわからないし、警察を迷わせるために使われただけかもしれない。一方、A9つながりは、無視できないほど強力である。ピットロホリの捜査は行き詰まり状態なので、本部長はインヴァネスに連絡を取り、写真が撮影された地域の捜査と住民の聞き取りを依頼した。北部警察はすでに行動に移っているが、捜査員が数名不足しているようなので、こちらから応援を出す。クリスティンとロニーは、ゴルスピーとフォート・オーガスタスの両親の事情聴取に行ってもらいたい」

「北部警察はそれでいいと言うんですね？」エソンが確認した。

　ペイジは大きくうなずいた。「わたしはシボーンと北部警察本部へ向かう」ペイジはオーミストン刑事を目で探した。「デイヴ、ここの指揮を執ってくれ」

「わかりました」

　リーバスはシボーンの視線を捉えた。シボーンは一瞬ためらったあと、発言した。

「ジョンはエダトンへ行ったのです。土地の人たちと話をしています。ジョンが現地にいると役に立つかもしれない、最初のうちだけでも……」

　ペイジはリーバスを凝視し、少しして心を決めた。

「いいだろう」とペイジは言った。

　午後にニーナ・ハズリットが電話をかけてきた。リーバスは出なかったが、あとでメッセージに耳を傾けた。

「もう二件見つけたっていうのは、ほんとうなの？

ネットはその噂で持ちきりよ。わたしが気づかなかったなんて。新聞からそれを見つけなかった自分が信じられないわ。でもわたしの意見が正しいってことでしょ？　A9についても正しかったし、すべて関連しているってことでも正しかった」ニーナ・ハズリットは話しながら、すすり泣いていた。「どうか電話をください――そう約束してくれたじゃない。わたしに一番に知らせるって。何が起こっているのかあなたの口から聞きたいの。サリーがこれの始まりだったのよ、ジョン――それを忘れないで。わたしは関係者よ……聞こえている？　わたしを閉め出さないで！」

　ニーナ・ハズリットが泣き崩れたあげく、電話を切ると同時に、シボーンがペイジの部屋から出てきて、リーバスの机に近づいてきた。

「ハズリットは新しい二件について知っていた」リーバスが言った。

「もう？」

「インターネットで盛大に流れているらしい」

　シボーンは下唇を噛みしめた。「誰かのせりふじゃないけど、くそったれ、こりゃたいへんだ」

「初めから、たいへんな事件だよ、シボーン」

「まあね」シボーンが同意した。「でも皆が重大な関心を寄せるようになった」

「本部では絞られたのか？」

「別に。ただし、はっきりと宣告されたのは、もしも何も実体がないのに、深読みしすぎていたら、と……」

「その場合は、おれのせいにしてくれ」リーバスが言った。

「憶えておくわ」シボーンの顔を微笑がかすめた。

「では……明日の朝、インヴァネスで」

「その言葉、カントリー・ソングの歌詞みたいだな」

　リーバスは少ししてから付け加えた。「それはそうと、おれを仲間に入れてくれてありがとう」

「お安いご用よ」

「強く言わなくても、すぐに許可が下りたな。おれのよい評判が広まってたからか」

「まあ、そうなんじゃない」

「アネット・マッキーから捜査対象が移ったみたいだ」リーバスが感想を述べた。

「新しい手がかりが何もないから」

「アネットの家族はがっかりしているんじゃないか」

シボーンは肩をすくめるしかなかった。「母親と話をしたほうがいいかしら？」

「そうしたほうが親切だね、ゴルスピーとネス湖の話が母親の耳に入る前に」

「そうね、そのとおりだわ」

「クリスティンとロニーにさせたほうがいいかもな——北へ向かう前に、よい訓練になるだろう。早ければ早いほどいい——最近はニュースがブロードバンドとやらで伝わるから」

41

その夜、カファティがリーバスのフラットのドアの前に現れた。

「会うのはまだ早いんじゃないか」リーバスがこぼした。

「一杯飲もうと思って」カファティが答えた。いつもどおり、黒革のジャケットに黒いポロシャツ姿である。

「楽しそうだな」リーバスが言った。

「元気にしてる」

リーバスはすでに支度を調え、そろそろ出発しようかと考えていたのだった。一杯飲むのは、悪くない変更だった。運転できなくなるので、インヴァネスには真夜中ではなく、明るくなってから着くことになる。

「どこか歩いて行けるところなら」リーバスが要求した。

　カファティはうなずいた。「あんたは近くの居酒屋に詳しいんだろ」

「じゃあ、鍵を取ってくる。今回はドアの外で待っているんだぞ……」

〈タネリー〉はかなり混んでいた。テレビでサッカー中継をやっていて、それを見るために大勢の客が来ているようだった。リーバスとカファティはパブの片隅に席を見つけた。テレビ画面がはっきりと見えない場所なので、他の席よりも静かだった。カファティは最初の酒は自分がおごると言い張った。

「おれが誘い出したんだからな」

　一人の男がテーブルから立ち上がった。二人の注意を惹いたと見るや、バーテンのほうへ顎をしゃくった。

「あのバーテンは、まだ若いから、あんたが誰だか知らないが、おれは知ってるぞ。ここで面倒ごとが起きるのはまっぴらだ」

　カファティはリーバスを見た。「あんたのことかな、それともおれか？」そして男に言う。「心配するな」手を差し出すと、ここの主人と思われるその男は手を握り、安心した顔で自分のテーブルへ戻った。

「店のおごりで一杯飲ませるとすら言わなかった」カファティがこぼし、ウイスキーをぐっと空けて、次の一杯を注文した。「では、あのかわいそうな少女たちの話は事実なのか？」

「事実とは？」

「今は六人に増えているんだろ」

「そうか？」

「おれだってコンピュータは使える。シルバー世代のネットサーファーってやつだ。では、アネット・マッキーは、時間をかけた犯罪の最後の被害者なんだな？」

「そのようだ」

「もしかしたら、そんなふうに見せかけているのかもな」

リーバスはグラスを置いた。「どういうことだ？」

「アネットはフランク・ハメルと口論したんだろ？」

「誰からそれを聞いた？」

カファティはそれには答えず、にやりとした。「ハメルはアネットのあとをつけたんじゃないか、口論にけりをつけようとして？」

「ハメルを犯人に仕立てたいのか？」

カファティはその言葉を笑い飛ばした。「ただ、あれこれ考えているだけだ」

「じゃあ、なぜあの写真はアネットの携帯から送られたんだろう？　ハメルは他の被害者のことをどうやって知ったんだ？」

「フランクはいろんなところに関係している」

しかしリーバスはかぶりを振った。パイントグラスを手に取った。「ハメルは彼女がバスに乗るのをいやがったんだ。結局その判断は正しかった。電車だったら乗り物酔いにならなかっただろうから」

「それでも、都合がよすぎるように思うな」カファティが言った。「ハメルは大物だ。そしてアネットは自分の娘の次に大事な女の子だろ。そのアネットが誘拐されたのは、偶然とは言えない。カルム・マクブライドかスチュアート・マクラウドと話してみたかね？」

「そんな名前、聞いたことがない」

「アバディーンの実力者だよ。彼らとハメルの間には、ちょっとしたもめ事があって……」

「なら、同じ質問を繰り返そう。なぜ写真を送った、どうしてそいつらはそのことを知った？」

「おれは刑事じゃないんでね」

「そうとも。おまえはな、昔から今に至るまで、いつでもこそこそと企みやがる悪党なんだよ。行方不明の女性が六人出たのを聞いて、そこから何か話を作り上げ、面白がっているんだ」

カファティの瞳が暗くなった。「言葉に気をつけろ、リーバス」

「おれは自分の思ったとおりを話す」リーバスはグラスを押しのけ、ドアを目指した。パブの主人が外にいて煙草を吸いながら、携帯電話を耳に当てていた。リーバスに気づくと、愛想よく挨拶した。しかしカファティが店内にまだ残っていることに気づくと、少し心配そうな顔になった。リーバスは煙草に火を点け、歩き続けた。


フォックスは立ち去るリーバスを見守った。パブと街路を隔てた向かい側にある、遅くまで営業している食料品店の前に停めたフォード・モンデオの助手席に、体をかがめて座っている。同僚のトニー・ケイは店内にいて、食料を買うために車を停めているかのように装っている。ケイはビール四缶入りパックを持ち、マーズ・バーをかじりながら現れた。後部座席にビールを投げ込むと、ぐるりと回って運転席へ入った。

「カファティはまだ中にいる」フォックスが教えた。

しかし一、二分後、カファティが出てきた。タクシーを電話で呼んだらしく、タクシーが寄ってきて停まった。カファティが乗り込んだ。もう一人の男がパブからすぐに出てきて、モンデオへ小走りに近づいた。

「おれのため?」男が言い、後部座席に座ると、ビールの缶を空けた。

「それだけの働きをしろよ」ケイがつぶやいた。

ジョウ・ネイスミスはフォックスの小人数チームで、最年少だった。彼はビールをごくりと飲み、げっぷを我慢してから、報告を始めた。

「テレビでサッカーをやってて、ものすごい騒音だったんです」

「二人がしゃべっていた内容を、少しでも聞き取れたか?」フォックスが厳しく迫った。

「フランク・ハメルのことを話しているようでした。

ハメルと行方不明になった女の子について」

「どういう内容だ？」

ネイスミスは肩をすくめた。「今、言ったようにやかましかったもんで。あまり近寄りすぎたら、二人はおれに気づくし」

「無駄だった」トニー・ケイが怒った。フォックスに向き直る。「これだけ苦労したあげく――なんのためだ、マルコム？」

「結果を求めている」

「たいした結果だよ」ケイは黙り込み、少ししてから言った。「二人が会うという情報をどこから得た？」

「メールだ。番号は非公開」

「じゃあ、前と同じだな。変だと思わないか？」

「何だって？」

ケイはリーバスが歩み去った方向を手で示した。

「彼ははめられているんじゃないかな」

フォックスはケイを見つめた。「わたしは考え違いをしているのか？　引退した刑事が、ついでに言うと、警察に臨時に雇われているだけなのに、進行中の事件に首を突っ込んでいるやつがだな、有名なギャングを自宅に来させたんだぞ。そのあと二人は飲みに出かけ、何やら近況を話し合ったんじゃないのか？」

「どうということではない」

「いや、いろんな意味合いを持つ。とりわけリーバスが捜査している、まさにその事件について、話し合ったとなれば。フランク・ハメルがそこへ加われば、もっとおもしろくなる」

「よくわからんな」ケイは首を振りながら言った。

「わたしにはわかる」フォックスが言い返した。「要するに、そういうことが重要なんだ」

「一つどうですか？」ジョウ・ネイスミスがケイに缶を差し出した。

「えい、飲んでしまおうか」ケイは缶をさっと取った。

「ではわたしが運転をする」フォックスが言い、助手席側のドアを開けた。

「捕まるのが怖いのか？　一回ぐらい危険を冒してみたらどうだ？」

「交代しよう」フォックスが言い張った。

ケイはフォックスを見て、主張を曲げる気がないのを悟った。ため息をつき、ドアハンドルを握った。

第四部

苦痛の瓶を取り、水浸しの野原へ……

42

ドライブに備えて、もし自分でテープを作成していたとしたら、きっと旅に関する歌をたくさん集めたことだろう。キャンド・ヒート、ローリング・ストーンズ、マンフレッド・マン、ドアーズなど。キンロスでガソリンを補給し、ピットロホリの北では道路工事の状況を調べ、〈ハウス・オブ・ブルア〉で紅茶とチーズ・スコーンの休憩を取った。そのとき、携帯電話を確認して、ニーナ・ハズリットからの電話に気づかなかったこと――これで四回目だ――を知り、〈ウィッチャーズ〉ホテルに二泊分の予約を取った、と知らせるシボーン・クラークからのメールを読んだ。このホテルを選んだのは偶然ではないだろう。彼女がインヴァネスで知っているホテルは、ここだけだったのかもしれない。しかしインヴァネスに直行するつもりはなかった。Ａ９を走り続け、ケソック橋を渡った。オルニス、次はテイン、そしてやっとエダトンへ折れる道へ来た。警察はジム・メロンに連絡を入れ、彼から現場の正確な位置を教えてもらった。前方ではトラックからプレハブ小屋が降ろされている最中だった。この大型トラックがバックで本道へ戻るには、そうとう苦労するにちがいない。クレーンが前方の小道にプレハブ小屋を降ろした。このあたりの野原は湿地なので、そこでは重さに耐えられないのだろう。そのため、迂回路が必要となった。警察の捜査が済むまで、ほかの車はこの道を通れない。制服警官が窓を開けるようにとリーバスに手真似で命じた。リーバスはその指示に従い、身分証を示した。メロンはきちんとしたツーピース姿の女性と何やら相談中だった。二人は丘のほうを指さしている。女性はアネット・マッキーの携帯電話から送られた写真のコピーを掲げている。彼女は用意周到だった。靴を緑のゴム長と履き替えている。リーバスは自分も気づけばよかったと後悔した。

　彼はサーブのハンドルを切って湿地の直前とおぼしきところに停めた。

「トラックが出るときは、大きな声で呼んでくれ」制服警官に言った。警官はうなずき、リーバスのナンバーを手に持っているクリップボードに書き加えた。メロンがリーバスに気づき、手を振っている。リーバスは歩み寄って握手した。女性は紹介されるのを待っていた。

「ジョン・リーバス」リーバスは名乗った。「エジンバラの捜査部に所属しています」

　女性はゆっくりとうなずいた。「ミスター・メロンからあなたのことを聞いていたところでした。わたしはデムプシィ警視正です」

「よろしく」二人は握手を交わし、お互いを観察した。デムプシィは四十歳ぐらい、豊かな胸で、めがねをかけ、くすんだブロンドの髪を肩まで伸ばしている。

「ペイジ主任警部はどこ？」

「もうすぐ来ます。比較してみてどう思いますか？」リーバスは彼女が持っている写真へ手を向けた。

「わたしたちが立っているところから撮られたように思うわね」少しして言い添える。「でも、どういう意味があるのか、今もよくわからないけど」

「これを送った者が、もしほんとうに頭のいいやつだったら、警察の時間と手間を無駄に使わせるために、ここへ引き寄せたんです」

　デムプシィはリーバスを見つめた。「頭がそれほどよくない相手であるように願う、ということね？」

　リーバスがうなずいた。

「じゃあ、そう願いましょう」デムプシィはプレハブ小屋の先に停まっている警察車輛の列を示した。警察のバンはオルトナメイン方向へ進んでから迂回して帰路につくことになる——邪魔なプレハブ小屋の横をすり抜けることはできない。警察官は班に分けられ、おそらく担当部分を格子で区切られているにちがいない、地図を示されている。「警官たちは何を探せばいいの？」

「ここにはないはずの物すべて」リーバスが助言した。

「布きれ、煙草の吸い殻、捨てられた瓶や缶」間を置いてたずねる。「事情聴取はどのように？」

「六人のチームで」デムプシィが答えた。「訪問するにしても、あまり人が住んでいないのよ」

「生意気なようですが、カフェやガソリンスタンドも確認したらどうでしょう？」

「どれぐらいの半径以内で？」デムプシィはリーバスを見直すかのように、鋭い目つきになった。

「ドーノホ、ボナー橋、テイン——とにかく、まずはそこまでぐらいで」

その言葉があるかなきかの微笑を招いた。「このあたりに詳しいのね」

「少しだけ」

「あなたの考えは？」

「旅行者かな——地元の人間ではないかもしれない。だがこの地域には詳しいはずです」

「まあ、がんばりましょう」彼女は階級付きでリーバスを呼ぼうとしたが、知らないことに気づいた。

「警部という高い地位にいましたよ」リーバスが教えた。

「いました、ってことは？」

リーバスは再びうなずいた。彼の携帯電話にメールが入った。

「運がいいわね。わたしの携帯電話は電波が入らない」

「アンテナが半分だけ立っている」リーバスが言った。

「ミスター・メロンが教えてくれるでしょうが、風がちょっと別の方向へ変わったら、もう入らないんですよ」

　メールはシボーンからで、インヴァネスの本部に着いたので、これからお偉方に会いに行く、とあった。しかしリーバスは挨拶すべきお偉方とは、自分の横に立っている女性しかいない、とわかっていた。リーバスが顔を上げると、デムプシィは捜索班の一つへ近寄っていた。細い棒と証拠品袋を持った捜索班は、これからの作業に意気込んでいる様子だった。どうやら、デムプシィは激励の演説を始めたらしく、捜査員たちは熱心に聞き入っていた。

「すばらしい女性だ」メロンが小声で言った。「自分の奥さんだったら、誇らしいよな」

　クリップボードを手にした警官がリーバスの横に来ていた。

「車を動かしてください」トラックのエアブレーキがプシュッと大きな音を立てる中で言う。「ばらばらにされたくなかったら」

43

午後のまっただ中。ペイジもシボーンもまだ現れない。シボーンのメールから察するに、彼女は気に入らないのだが、ペイジが次から次へと人と会うことにしたからである。おそらくはペイジが自分の声に酔いたいからで、シボーンはそれに付き合うのが義務と思ったのであろう。

サンドイッチと水のボトルがどこからともなく現れた。パトカーの後部に満載され、ドアが開けっ放しになっているので、皆が適当に取って食べていた。熱い飲み物は、メロンが何とかしようと申し出たけれども、用意できなかった。プレハブ小屋にはテーブルと椅子が二脚あるのみである。テーブルにこの地域の測量地図が広げられているのを見て、リーバスはピットロホリの道路工事現場へ出かけたときの情景を、まざまざと思い出した。発電機が運び込まれようとしているので、この小屋は電灯と電熱ヒーターが使えるようになる。三十分ほどして、今日の捜索は打ち切られるだろう。薄暗くなってきているからだ——少なくともエジンバラよりは三十分も早く日が暮れるだろう。リーバスが水を飲んでいるときに、バンが到着して、車輛の列の最後尾に停まった。クリップボードの警官の姿はない。運転席から制服警官が出てきて、リーバスに会釈した。リーバスはバンに少し近寄って、車の側面にある文字を読もうとした。

グランピアン警察・警察犬班。

車の後部が開けられ、ケージの鍵がはずされた。ぶちのスパニエルの大型犬が飛び降りて、道の表面を熱心に嗅ぎ回った。

「遠いところから来たんだな」リーバスが言った。

「北部警察にはルービィのような犬がいないんでね」

警察官が説明した。

「アバディーンからはるばる来たのか？」

警察官がうなずいた。犬に注意を集中している。

「来るのが少し遅かったな」リーバスは空を見上げた。

「でもルービィは目を使わないんだ。だからもう少し遅くまでやれる。あんたが責任者か？」

リーバスはかぶりを振った。「デムプシィ警視正がそうなんだが、インヴァネスに戻らなければならなくなった」

「じゃあ、とりあえず、始めようか」ドッグ・ハンドラーの警察官は、農家出身のように見えた。太い胴回り、赤ら顔、額から後ろへ掻き上げた黒い髪。野原へ通じるゲートは開けっ放しで、ルービィは一刻も早く中へ入りたそうにしていたが、許可が与えられるまでは動かなかった。

「あれ、必要ないのかな……？」

「何が？」

「失踪者の布きれとか、そういった物が？」

「それはルービィの得意分野じゃない」

「じゃあ、どういうことが？」

「ルービィは死体を探し出す犬なんだ」警察官がスパニエルに合図すると、犬は野原をまっすぐ勢いよく走っていった。捜索班の一組が、乏しい戦利品を証拠品袋に入れて戻ってきた。彼らはプレハブ小屋へ向かい、自分が見つけた物を記録し、証拠品袋をテーブルに置いた。捜索班が食べ物のある車へ行った隙に、リーバスは彼らの収穫物を見に行った。瓶の錆びた蓋、ポテトチップスの空袋、チョコレートの包み紙、古びたペンキ缶、煉瓦のかけら……

短い紐が少し……

裂けたレジ袋の断片がいくつか……

ネズミの骨……

羽毛……

無残な結果だった。当初は意気盛んだった捜索班も、今や気落ちした、悲観的な顔になっている。リーバスはドッグ・ハンドラーの警察官の姿を見失っていたが、また見えてきた。すでに野原の半分ほども進んでおり、遠くの木立を目指している。彼は戻って来る捜索班の一群とすれ違った。警官の一人がルービィを撫でようとしたのか、身を屈めたが、急に背筋を伸ばした——叱られたのだろう、とリーバスは察した。ルービィは仕事をするために訓練を受けた犬で、遊ばせてはならないのだ。

食べ物を積んだ車の前で、小声の会話が交わされ、メールの有無を調べるために、電波を求めて携帯電話が高く掲げられている。

「明日はよい結果を期待しよう」誰かが言った。

「天気がもつかな」

リーバスは天気予報をたずねた。

「曇りだ」と答えが返った。

「みぞれかもしれん」別の声が言い添えた。そして「エジンバラから？」とたずねる。

リーバスはうなずいた。

「おれはエジンバラが大嫌いだ。我慢できないね」

「あんたはインヴァネスから来てるんだな」

警官はリーバスを睨んだ。「インヴァネスも大嫌いだ。おれはディングウォルでいいんだ」

「そろそろ薬を飲む時間じゃないのか、ボビィ？」誰かがたずね、何人かのうんざりした笑みを誘った。

三十分後、本部から、今日の作業は終了というメールが届いた。デムプシィは戻ってこないのだ。プレハブ小屋の鍵を閉めるようにと、誰かに命令が下った。

「証拠品を一晩ここに置きっ放しにするのか？」リーバスがたずねた。

「証拠品と呼べるかね。明朝、ボスが見て、どうするか決めるだろう」

「あとどれぐらい、未調査の区域が残っている？」

「たっぷりあるよ」
リーバスは各班が脱出の準備をするのを見守った。プレハブ小屋より前方に停めた車で来た者たちから不満のつぶやきが漏れた――長い回り道を余儀なくされるからだ。ほかの車をよけてハンドルを何回も切らなければならない車もある。一台が動かなくなり、泥まみれのタイヤが空転し続けて、車を湿地から道路へ押し上げなければならなかった。最後のパトカーがバックで小道を進み始めると、中の警官四人がリーバスに軽く手を振った。彼らはリーバスを話題にし、笑顔になった。リーバスは手を振り返さなかった。警察犬のバンは、リーバスのサーブから二十メートルほど離れた場所にまだあった。残っているのはこの二台だけである。日が暮れ、野原の三分の二ほどしか、もう見えない。ルービィとハンドラーの警察官の姿はどこにもない。リーバスは車にもたれて煙草を吸い、終わるとサーブの灰皿でもみけした――手がかりだと誤解を招くような物は何一つ残してはならない。捜索班にはそんな考えは浮かばなかったようだった。食べ物を積んだパトカーがいた道路の傍には、パンのかけらやトウモロコシの粒が散乱している。溝には水のペットボトルすら捨ててあった。リーバスはそれを拾い上げ、助手席に投げ込んだ。

時間の無駄かもしれないが、それでも……

あと十五分もすれば、真っ暗になるだろう――ここでは街灯のたぐいは何一つない。空にはすでに星がいくつか瞬いているし、気温が急激に下がってきた。犬の警官に知らせようとしてクラクションを三回鳴らした。ホイッスルが聞こえたとき、返事をしたのかと思ったが、ホイッスルがまた聞こえ、さらに何回もしつこく鳴り響いた。犬と会話をするために吹くような音ではなかったし、野原のどこか遠くから、叫び声も上がった。リーバスは何も見えなかった。ゴム長靴姿の捜索班を見ているので、野原がぬかるんでいるのはわかっている。サーブに懐中電灯を置いていないので、もし迷ったら携帯電話の明かりに頼るしかない。

また叫び声。

「何だよ」リーバスはつぶやき、ゲートから中へ歩み始めた。

野原はくぼみや浅い穴が点在していて、足を取られた。くるぶしまで水に浸かる。また罵り声を発し、息を切らしながら歩き続けた。前方の木立と野原の間にフェンスがあった。高さ一メートル余りのフェンスが続き、上部に有刺鉄線が巻いてある。リーバスはその先を透かし見た。

「そこにいるのか？」

「ここだ」ハンドラーの警官が答えた。

「どこだ？」

細い光線が現れた。木立は予想以上に深い森だった。ルービィと警官は森のどこかにいた。リーバスはフェンスを見つめ、左右を見回したが、通り抜け用の踏み段もなければゲートもなかった。しかたがないので、上着を脱ぎ、有刺鉄線の上にかけてから、片足を上げてフェンスをまたぎ、次にもう片足もまたいだ。ズボンが何かに引っかかり、裂ける音が聞こえた。尖った鉄線の一つが上着とズボンを突き抜けていた。

「ちきしょう」リーバスは小声で呻いた。またもやくるぶしまで水に浸かり、靴が脱げそうになりながら、やっと足を引き抜いて低い堤へ上がり、森へ向かった。

「どこにいるんだ？」

「ここだ」小さな懐中電灯で照らしながら、ハンドラーの警官が答えた。「捜索班を呼んできてもらえるか？」

「皆帰ってしまったよ」リーバスは犬と警官が見えた。ルービィはしっぽを振り、舌を垂らしながら、湿った地面に座っている。「どうした？」リーバスはたずねながら、呼吸を整えようとした。答える代わりに、警官はルービィのすぐ先の地面へ懐中電灯を向けた。犬も同じ方向を向き、舌舐めずりをしている。地面が掘り返されていた。リーバスは何を見せられたかを知った。

　粗末な墓のようなものから、人間の手が突き出ていた。

「なんてこった」リーバスが声を絞り出した。

「ただし」と警官は懐中電灯を振り回して、周囲を照らしながら言った。「ルービィはまだ仕事を終えていないと思う――まだまだだ」

44

　ディーゼル発電機の振動音。六個のアーク灯が作業を照らし出している。警官たちが犯罪現場用のテープをリールから長々と繰り出していた。ぬかるんだ踏み分け道が小道から森の中へ通じている。この踏み分け道は今や、立ち入り禁止であり、青と白の縞柄テープで仕切られていた。犯行には車が使われたにちがいないからだ。死体が引きずられたり、抱えられたりして運ばれたとは考えにくい。

「四輪駆動車だな」先ほどリーバスはシボーンに向かって断定したのだった。「とはいえ、この地方では車の七割はそれだね」

　シボーンはうなずき、彼を見つめた。

「何だ？」

「あなたがそのときここにいたなんて、信じられない」

リーバスは答えず、肩をすくめただけだった。

そして今、ペイジはデムプシィと話し合っている。ペイジは利口にも、どこからかゴム長靴を借りてきていた。リーバスの靴は干さなければならない――もしくは捨てるかだ。乾いたソックスも欲しいが、ズボンときたら……

「血が出てるの？」シボーンはズボンの被害を確かめているリーバスにたずねた。

「ちょっとしたひっかき傷だ」

「破傷風の注射をしたほうがいいかも」

「ウイスキーがほんの一杯あれば、それでいい」

二人は目の前にあることだけは、話題から避けていた。これまでのところ、ルービィは死体を三体見つけ出し、今は休憩中である。ハンドラーの警官がバンからボウルと水のボトルを取ってきた。現場鑑識班も到着していて、忙しく働いている。医者が呼ばれ、証拠収集係の警官二人がビデオカメラで撮影している。

「で、今日はどうだった？」リーバスはシボーンに一応たずねた。

「まあね、いつもどおりよ」シボーンは寒さを防ぐために胸で手を組んだ。

「まだホテルにチェックインしていないのか？」

「だいじょうぶみたいよ」シボーンは足の位置を変えた。二人は三つの墓からずいぶん離れたところに立っていた。オーバーシューズの類いが足りなかったからだ。足跡の証拠が消えてはならない。「現場を荒らさない」ようにする――ペイジはシボーンに、テープの中に入れないと説明する際に、まさしくこの言葉を使ったのだった。リーバスはそんな気遣いの言葉もかけてもらえなかったし、それどころか、存在すら無視されていた。

知らせたのはリーバスだったにもかかわらず。あるいは、知らせたのがリーバスだったからかもしれない。

もっとも、デムプシィは礼を言ってくれ、リーバスは自分ではなくルービィの手柄だと言い添えた。

「そこは、触れて欲しくないところなのよ」シボーンはあとでリーバスに教えた。「本部で聞いたところによると、北部警察と隣のグランピアン警察は、仲が悪いそうだから……」

今、シボーンは携帯電話を見て、時間をつぶやいた。

「十時十五分」

「もっと遅いかと思った」リーバスが言った。

「ここに何時間ぐらい前からいるの？」

リーバスは考えたくもなかった。黙って脇に寄り、現場鑑識班を行かせた。フードのついた白いつなぎと、ゴム入りの靴カバーという装備で、さわさわと音を立てながら、彼らはテープをくぐり抜けて歩いていった。ケースと折りたたんだビニールシートを持っている。死体安置所のバンはまだ到着していない。バンには遺体袋が積んである。しかしまだ何一つ持ち出されていない。

簡単なテントが墓二つの上だけに張られていた。もっと取り寄せるためにインヴァネスへ使いが出されている。

「いつまでかかるの」シボーンがまた足を踏み替えながら言った。

「車の中で待とう」リーバスが誘った。シボーンは強く首を振って断った。「ペイジがきみを必要としたときには、きみがどこにいるかわかるから」

「わたしはここから離れない」シボーンがきっぱりと言った。

「じゃあ、煙草を吸ってくる」シボーンがうなずいたので、リーバスはその場を離れ、小道へ出て、煙草に火を点けた。振り返ると、森の中の開けた場所を動き回る鑑識班の長い影が踊っていた。発電機の一つがひどい騒音を発していたが、静寂よりはよかった。鑑識班の話し声の断片が耳に入るよりは、よかった。

淋しい場所だった。少女たちはここへ生きている間に運ばれたのだろうか、と考えずにはいられなかった。縛られ、猿ぐつわを嚙まされていたのだろうか、あるいは意識がもうろうとしていたのか。もう死んでいたのかもしれない。証拠となる痕跡があるはずだ――犯人の車内にきっとある。衣服の繊維、髪の毛、もしかしたら唾や血液すらも。

少女たちはここへ日中に連れてこられたのか、それとも夜間か？　おそらく夜だろう。しかし夜に小道で放置された車は、たまたま車で通りかかった者の目に、怪しく映るはずだ――だからやはり、森まで車を乗り入れたに違いない。

そこにタイヤの跡や、木の幹や枝に付着した微少なペンキがあるかもしれない。

明朝は鑑識班がさらに忙しく働くことだろう。彼らの仕事には日光が重要なのだ。

小道の入り口と出口には警察規制テープが張られ、迂回の標示が置かれている。一人の男が歩いて近づいてくるのを見て、リーバスははっとした。靴とズボンの裾が濡れている。ということは、野原を横切って歩き、警備の目を逃れたのだ。

記者。

男は携帯電話を取り出し、目の前に構えて、写真を撮ろうとした。リーバスは片手で顔を覆った。

「そいつを仕舞うんだ。でないと一晩豚箱に放り込んでやるぞ」リーバスが怒鳴った。「さっさと来た道を戻りやがれ」

「その言葉を記事にしていいですか？」まだ若い記者で、金髪の巻き毛が緑色の防水ジャケットのフードからはみ出ている。

「本気だぞ」リーバスは携帯電話が下げられているの

に気づいた。

「大がかりな捜査だな」記者が言い、つま先立ってリーバスの向こうを覗いた。「現場鑑識班まで来ている。すると、何か見つけたってことですね？」

「皆が知るときに、おまえも知る」リーバスが怒りをこめて言った。

「どうしたの？」

　リーバスは声がしたほうへ振り向いた。デムプシィ警視正が大股に近づいて来る。

「沼の生物が這い出て来たんです」リーバスが説明したが、彼女の目は青年記者に注がれていた。

「あなたがいちばんに罠を抜け出る動物だと、察するべきだったわね、レイモンド」

「何か話してもらえませんか、デムプシィ警視正？」記者は携帯電話の画面を手早く操作して、カメラからテープレコーダーへ切り替えている。

「明朝、記者会見を開くわ」

「早い版には間に合わないんですよ。何か骨を投げてください。インターネットに負けるんです」

　デムプシィが大げさにため息をついた。「遺体があるようなんだけど、それ以上のことはわかりません。さあ、行きなさい」

　記者がさらに質問をしようとすると、デムプシィは彼を追い払った。記者はにやりと笑った。「じゃあ、日曜日にママのところでね？」

　デムプシィはリーバスの目を避けながら、うなずいた。記者はもう編集室と電話をしながら、元来た道を引っ返して行った。

「レイモンドは姓と名のどっちなんですか？」リーバスがたずねた。

「名のほう」デムプシィが打ち明けた。「あなたがたずねる前に言っとくけど、彼はわたしの甥なんです。だからといって、特別扱いを受けているわけではない」

「たった今、受けたように見えましたが」デムプシィは答えなかった。「じゃあ」とリーバスは言葉を続けた。「彼が強い肘を持っているといいですね――噂が広まったとき、記者仲間たちのスクラムからはじき飛ばされないように」二人は黙り込んだ。「全部で何人になるんですか？」しばらくしてリーバスがたずねた。

「五人だと思います。四人は腐乱が進んでいて」

「もう一人は？」

「アネット・マッキーでないほうに賭けないわね」

リーバスは森からペイジとシボーンが出てくるのを見守った。ペイジは靴カバーをはずしている。シボーンは無表情のまま、携帯電話の電波を確かめている。ペイジは青い顔をしていて、気分が悪そうだった。いきなり顔を背け、手を口に当てて、音が漏れないようにしながら、吐き気に耐えていた。リーバスは自分のボトルに残っていた水を差し出した。ペイジはうなずいて感謝を示しながら、受け取った。シボーンは気分を切り替え、捜査計画が変更になったと、エソンか、オウグルヴィに電話している。

「わたしはインヴァネスに戻らなければならないので」とデムプシィが告げた。「病理医にはっぱをかけて、明朝までにやれることはやってもらいましょう」エジンバラの警察官三人を見つめた。「あなたたち、眠らないと駄目よ。明日はわたしたち皆にとって、たいへんな日となるから……」彼女は疲れた様子で自分の車に戻っていった。ペイジがリーバスのボトルを返そうとして差し出した。

「もう、あなたのものですよ」リーバスが言った。シボーンは電話を終えた。

「ホテルのレストランはまだ開いているかしら？」シボーンが訊いた。

リーバスはかぶりを振った。「運がよければ、バーでサンドイッチにありつける。ポテトチップス付きで」

「二人とも、食べ物の話をしないでもらえるかな？」

ペイジは頼みながらも、また吐き気に襲われ、顔を背けた。

45

もうすぐ午前二時。

ペイジは一時間前に自室へ入り、エソンとオウグルヴィもそれに続いた。最初の計画では、二人は夜にエジンバラへ戻るはずだったのだが、シボーンは居眠り運転になることを嫌がった。二人とも泊まることに抵抗はなかった。二人はゴルスピーとフォート・オーガスタスで被害者の両親と会ったが、ほとんど収穫はなかった。

「ジェマイマの寝室は不気味だったわ」エソンが言ったのだった。「ジェマイマがいなくなったときのままなんです。どうしても忘れられないタイプの人って、いるんですね？」

受付がエソンとオウグルヴィに小さな歯磨きセットをくれ、〝直前割引〟で部屋を二つ提供してくれた。どれぐらいの数のニュース・チャンネルがこの事件を追うかによるが、明日はホテルも混むだろうとリーバスは思った。彼は今夜四杯目となるウイスキーを飲んでいる。

「体が温まったか？」リーバスはシボーンにたずねた。

「ずいぶん」

「あそこへ戻ろうかと思ったりしてるんだ」

「それが何かの役に立つの？」シボーンは携帯電話の画面に見入っている。ホテルのＷｉ‐Ｆｉを通じ、インターネットでエダトンに関する記述を探しているのだ。

「何の役にも立たん」リーバスが認めた。「おれは皆の邪魔をするだけだ。だけど眠れそうにないから」

「四杯じゃあ、今やもう足りないの？」シボーンがウイスキーグラスへ手を向けた。

「前からそうだ。これはただ、気分を鎮めるだけだ」

シボーンは皿からレタスの切れっ端を拾い上げた。先ほどサンドイッチとポテトチップスとチェリートマトが運ばれてきたのだが、リーバスは今日すでに白い食パンをしこたま食べてしまったからと言って、手を付けなかった。

「まだ始まったばかりよね？」シボーンが考えながら言った。「今や、まったく別の事件になってしまったわ」

「何も変わっていない」リーバスが反論した。「確定しただけだ」

「こんなふうになると、初めからわかってたの？」

「その可能性はあった――それは口にするかしないかの差だけで、誰もがわかっていたことだ」

「あなたはわたしよりこれらの事件にどっぷりと取り組んできた。これからどう進めればいいの？」

「現地の聞き取り、犯罪現場の分析、情報提供の求め……」

「どんな人間を探せばいいのかしら？」

「それはきみの友達のプロファイラーにたずねることじゃないのか？」

「プロファイラーの友達なんていないわ。それに、いずれにしろ、事件はわたしの手を離れたし」

リーバスは彼女を見た。「われらが友、ペイジに担当する能力があるかどうか疑問だよ。きみは彼の片腕となる必要があるんじゃないか」

「ジェイムズはだいじょうぶよ。まだ殺人現場の場数を踏んでいないだけ」

「ペイジは事務管理職の人間だ、シボーン——犯罪捜査部じゃなかったら、システム・キッチンを販売する会社に向いている。今回の事件の担当はもっと違うタイプの人間でなければならない」

「デムプシィ警視正が捜査を率いるわ」

「それは大いなるプラス要因だ。でも彼女すらこんな事件はこれまで経験したことがないにちがいない」

「あなたにはあるってことね？　自分を主要メンバーとして招き入れろってわたしに頼んでいるわけ？」

「まあな」

「そうなるとメンバーが多すぎる——わたしを外に追い出したいなら、話は別だけど？」

リーバスはかぶりを振った。「おれははずされたくないだけだ」

「それはいつも可能とは限らない、ジョン」シボーンはオレンジジュースを飲み干し、時間を見た。「朝食はどんな感じ？」

「たっぷりしてるね」

「いつから朝食の時間か訊くのを忘れてしまった……」

「七時だ」

シボーンは疲れた笑みを浮かべた。「ミシュランのでこだましている。

″よい夢を″……

ガイドと同席してるような感じだわ」立ち上がって、お休みと言った。

リーバスは最後の一杯をツケで注文し、時間をかけて飲んだ。テーブルの上には携帯電話がある。それを取り、手の中で転がした。ニーナ・ハズリットに電話してみようか。あるいはフランク・ハメルに。あるいはダリル・クリスティに。朝になれば、デムプシィの甥から発したニュースが世間に行き渡る。やっぱりやめよう、という結論に達した。何も知らない最後の一夜、希望に彩られた最後の眠りを彼らに与えよう。立ち上がろうとしたとき、ふくらはぎが痛かった。寒い野外で長い間立っていたからだ。バーの本棚に本が並んでいたので、借りてもよいか、とたずねた。

「そのために置いてあるのです、お客様」

リーバスが選んだのは――何よりも題名が気に入ったのだ――『暗号の解読』という本だった。それを持って部屋へ上がった。バーテンの最後の言葉が頭の中

46

朝食時に、最初の報道班がやってきた。

リーバスは外で煙草を吸っていた。激しい風を伴った雨が降っているので、ホテル玄関脇で雨を避けている。一団はしゃべりながら、駆け足でそばを通り抜けた。予約を取っていない様子だが、期待していた。早めにチェックインできれば、運がよい。さっとシャワーを浴びて朝食を取り、そのあとエダトンへ向かえばよいからだ。イングランドふうの発音、まだ髭を剃っていない顔、はれぼったい目。ここへ来るために一晩かけて運転してきたのだろう。ペイジは電話中で、シボーンはコーヒーのポットから二杯目を注いでいる。

「ちょっと困ったことになった」リーバスは開いた入り口のほうをシボーンに顎で示した。シボーンの席から受付がよく見えた。到着した一人は、大型の報道用カメラを脇に持っている。ペイジも気づいて、電話をしている相手にあとで電話をすると伝えた。

「もしあいつらが泊まるなら、こちらは出て行く」ペイジが言った。

「賛成」シボーンが応じた。そして「デムプシィから何か知らせは？」とたずねる。

ペイジはゆっくりとうなずいた。「一時間後に一つ目の検死が始まる。病理医が言うには、全部済ませるのに二日間ほどかかるんだそうだ。その間、鑑識班は現場を徹底的に調べる」

「それには天気が悪すぎる」リーバスが言葉を挟んだ。

「できる限り、ビニールシートで現場を覆った」ペイジが教えた。

「ゴム長を買わなければ」シボーンが言った。

「おれもだ」リーバスは片足を上げてシボーンに、ざっと汚れを落とした靴を示した。「ついでにズボンも買おう」受付で針と糸を貸してもらったのだが、リーバスの縫い方では持ちそうもなかった。

「破傷風は？」

リーバスは肩をすくめた。「どんな症状が出るんだ？」

「頭痛、口の渇き……」シボーンはリーバスが縫った箇所を見つめた。「それに、手と目の連携不足ね」

ペイジは次々とメールを確認していた。「クリスティンとロニーは車で帰路についているのか？」とたずねる。

「はい」とシボーンが答えた。

「デムプシィはインヴァネスに被害者の家族を呼び集めるだろう。今や、殺人事件となったのだからな」ペイジが言った。

「それで思い出したんだが、ルービィに上等の骨をプレゼントしなくては」リーバスが言った。

三人は報道者の一団が食堂へ入ってきて、テーブルを確保してからビュッフェへ向かう様子を見守った。彼らは傍若無人だった。

「あれを見ると、ここを出る潮時だな」ペイジが立ち上がった。

チェックアウトはしないことにした――代替場所が見つかるまでは。シボーンのアウディの後部席は、足を伸ばすゆとりがなかったが、リーバスの席はそこしかなかった。北部警察本部へ向かう車中で、ペイジは訓示を垂れることにし、相手への接し方に気をつけることや、自分たちはロウジアン&ボーダーズ警察の〝代表〟であるから、自分たちの能力を〝はっきりと〟示して、〝波〟やもめごとを起こさないようにすることを求めた。リーバスはその演説が自分だけに向けられていると感じた。バックミラーでシボーンの目を捉えたが、彼女は無表情だった。

目指す建物は、ロータリーに接し、二十四時間営業のスーパーマーケット、〈テスコ〉の向かい側にあった。ピンク色の石とスモークガラスが多用された現代的な三階建てが警察本部だった。その前の道路や歩道に、報道陣が待っていて、カメラを設置したり、電話をかけたりしている。制服姿の巡査がペイジの身分証を調べ、アウディに駐車場の方向を顎で示した。リーバスは玄関脇に〝保護と奉仕〟というモットーを英語とゲール語で記したプレートがあるのに気づいた。〝保護〟はすでに間に合わず、あとは〝奉仕〟が残るのみ……

本部へ入ってみると、デムプシィ警視正は一番目の検死に立ち会うため、すでに出かけていた。近くのレグモア病院で行われる。娘サミーが体外受精を試みたのと同じ病院だ、とリーバスは思わずにはいられなかった。ペイジが行き方を訊いているときに、メールが届いた。

「デムプシィからだ」とペイジはリーバスとシボーンに伝えた。「病院の病理医が人数の多さに辟易《へきえき》しているらしい――死人じゃなくて、生きている人間のほうだ。で、追加で来るわたしたちを歓迎していない」ペイジは下唇を噛んだ。リーバスはペイジの考えがわかった。自分たちは北部警察のお客なのだ。これは自分たちの担当事件とは言えない――アネット・マッキーの身元確認が済むまでは。そうなっても、マッキーの捜査は他の被害者とひとくくりにして行われる、というのが常識的な線だ。エダトンが犯罪現場なのだから、紛れもなく、北部警察の事件である。もしペイジが文句を言ったり、もめたりしたら、たちまち追い出されるだろう。その一方で、自分たちが近づけないところで起こったことを教えてもらうために、ぶらぶらしながら待っていたところで、何の役に立つだろうか。

「エダトンへ行きましょう」シボーンが提案した。

一瞬考えたのち、ペイジはうなずいて賛成した。

そこで彼らはA9を再び走っていた。ケソック橋を渡る頃、雨はますます激しくなり、横殴りの風が車体に吹きつけた。シボーンはワイパーを最速にしたが、それでも視界がかき消された。

「けっきょくゴム長を買わなかったな」リーバスが後部席から声をかけた。

「足下に傘があるわ」シボーンが告げた。リーバスは屈んで取り上げた。折りたたみ式のピンク色の傘で、広げてもシンバルほどの大きさしかないように見えた。

「貸してあげる」シボーンが言った。

「ありがとう」リーバスは嬉しくない声で答えた。

警察規制テープの前にいる制服警官は雨具で武装していた。クリップボードすら、ビニールの覆いがつけてあった。警官は名前を記入し、アウディのナンバーも控えた。報道カメラ班がバンの後部席で、何事も見逃さないようにドアを開けたまま、雨宿りをしている。デムプシィの甥のレイモンドは、自分の車、白いフォルクスワーゲン・ポロの中にいる。窓を開けており、リーバスへ会釈した。アウディはゆっくりと警察規制テープを抜け、坂を登り始めた。車体の両側を雨水が筋となって流れ落ちる。プレハブ小屋は鍵が開けられ、犯罪現場から戻って休憩を取る者たちの避難場所となっている。現場鑑識班はインスタント・スープのカップを両手で包み込み、それで暖を取っていた。ペイジは現場までさらに坂を歩いていくことにした。シボーンがちらっと後ろを振り返ると、リーバスが自分はここに留まるけれど、きみは上司について行けと身振りで示していた。

プレハブ小屋はリーバスが入ると、もう余地がなかった。現場鑑識班のうちの二人がマグを手にケトルの湯が沸くのを待っていた。水のボトル。インスタント・スープの空袋。前夜の証拠品袋はもうない——鑑識班が持って帰ったのだろう。

「今日は最高の天気とはいかないな」リーバスが誰に

ともなく言った。「約束されていたヒーターもないし」そしてたずねる。「死体はすべて運び出されたのか？」

　皆がうなずいた。

「まだ五体だけ？」

「まだ、とは？」

「これ以上見つからなくて幸いだったと思ってね」

「最終確認をするために犬をまた連れてきた」現場鑑識班の一人が言った。

「墓に何か遺留物はなかったか？」リーバスはさりげなくたずねた。

「えっと、あんたは誰でしたっけ？」

「おれはアネット・マッキーの捜査班に属している。昨夜ルービィが最初の一人を発見したときに、ここにいたんだ」

　その答えで部屋の皆は満足したようだった——ほぼ。

「遺留品はなかったよ。衣服もアクセサリーも何もなかった」

「遺体の一つは、ほかのに比べてかなり新しかったのか？」

　また皆がうなずく。

「その女は身元が簡単に割れるんじゃないか」誰かが教えた。

「ほかの被害者は、そうはいかない？」

「歯医者の治療記録からか、ＤＮＡ検査だね。スープを飲むかい？」

　そう勧められたということは、リーバスが仲間と認められたのだ。「ありがとう」リーバスは朝食でまだ腹がふくれていたけれど、そう答えた。

「Ａ９で女たちをさらったんだ」別の一人が言った。

「ここに埋めて、写真を送った——地元の人間がやったんだよ」

「道路事情に詳しいやつだったかもしれない」リーバスが注意を促した。「タイヤの跡はなかったのか？」

「まだ採取できそうなやつはない」

「だが、そいつがここへ来て三週間かそこらしか経っていないんだぞ」

「地面が凍っていたのかもな――マッキーの娘が行方不明になった夜は零度以下だったから」

リーバスはなるほどとうなずいた。「まだ探し続けるのか?」「中止の命令が出るまでな」

「衣服と持ち物は、別の場所に埋められたのかもしれない」

「今日の午後、金属探知機を持ち込む。もし望むなら、地球物理学者だって協力してくれるさ」男の目はリーバスにじっと注がれ、自分たちは最善の努力を払ったのにそれを疑う気かと挑んでいる。リーバスは黙ってスープの表面を吹いた。豆と人参の濃縮還元スープがこれほど魅力的に見えたことは一度もなかった。

47

午後遅く、彼らはインヴァネスの北部警察本部に再び集まった。デムプシィはまもなく記者会見を開く予定だが、その前に捜査班に新情報を知らせたかった。重苦しい気分が漂っていた。写真が回された。病理医の報告によると、遺体はすべて女性であり、そのうち一人だけはすぐに身元が判明できそうだった。リーバスはアネット・マッキーの顔を見つめた。目を閉じており、まつげや髪や耳たぶに土がまだ少しへばりついている。

「手で絞殺」デムプシィが重々しく言った。「運がよければ、親指の指紋が採れるでしょう。首に圧迫痕があり、とりわけ喉頭で顕著です。病理医が言うには、大きな手だそうです。腐乱と昆虫の仕業の状態から判断すると、被害者は二十日から二十五日前に死亡したと思われます」デムプシィは顔を上げた。「アネット・マッキーが誘拐されてから、今日で三週間ですから、彼女はその後まもなく死亡したと考えていいでしょう」デムプシィはまたメモに目を落とした。「目視の証拠から、被害者はアネット・マッキーと断定してもいいと思いますが、家族が正式に身元確認をするために、エジンバラからこちらへ向かっています」

「ほかの被害者も同じような死に方をしたんですか？」デムプシィのよどみのない話を遮って、誰かがたずねた。デムプシィは不届き者を睨みつけた。

「それはわかりません。腐敗が進んでいるので。病理医が言えるのは、どの被害者にも切り傷や銃弾の跡は、初見では見つからないということです。アネット・マッキーについては、おそらく性交渉があったと思われるが、しかし強姦を示す材料はまだ見つからない。ただし、病理医にはまだやるべき作業が山ほどあって、数日先でないと、完全な報告書はもらえないでしょう。わたしたちの友人であるロウジアン&ボーダーズ警察から、失踪女性の情報を提供されているので、初期段階では、それが役に立つはずです。ほかの女性たちが誰なのか、まだ確定していないという点を、強調したいと思います。誰も早とちりをしてはなりません」

うなずく者や、賛意を示す声を上げる者がいた。シボーンは手を上げた。デムプシィは少しためらったあと、質問を許可することにした。

「アネット・マッキーを確認するのは、誰なんですか？」

「兄弟の一人だと思います。母親は来られるような精神状態じゃないでしょう。テレビで生中継を見ているんじゃないですかね」テレビという言葉に誘われて、デムプシィは腕時計に目をやった。「ハイエナどもと会う用意をしなければ。あとでまた捜査会議を開きましょう。それまで、いろいろと考えておいてください。建設的な意見を、たくさんわたしにぶつけられるように。さあ、皆さん、持ち場へ戻って」

捜査会議が終わると、ペイジが、自分も記者会見に同席したいと主張するために、前へ突進した。リーバスは振り向いてシボーン・クラークを見た。

「おれたちには、〝持ち場〟がないよな？」

シボーンは部屋を見回した。「そうね、ないわ」と認める。

「今夜泊まるところもない――危険を冒してあのホテルに留まるのでなければ」

「それもよい指摘だわ」

「それにおれたち二人はゴム長をまだ手に入れていない」

シボーンは否定できなかった。彼女の靴は先ほどの外出で泥にまみれている。「買い物に行こうと言ってるの？」

「ツーリスト・オフィスにちょっと寄り道しようか。民宿があるかどうか確かめる」

シボーンはペイジを見つめていた。ペイジはデムプシィに笑顔を向け、感謝の印に頭を下げている。彼は入れてもらえたのだ。「一時間で戻れる」リーバスは迫った。

「いいわ」シボーン・クラークは歯を食いしばって答えた。

予約できた簡易ホテルの住所を手に、二人が北部警察本部へ歩いて戻ってきたとき、報道陣がざわめいた。車が一台入ってきた。後ろの窓を黒くした、白いレンジローバー・スポーツ。運転しているのはフランク・ハメルで、ダリル・クリスティが助手席に乗っており、携帯電話の画面に見入っていた。写真が何枚か撮られ、テレビカメラが肩に載せられたものの、車が割り当てられた駐車場所に停まり、二人が出てくると、その周りには空間ができ、敬意を払う空気が流れた。マイクを顔に突きつけて、ニュースを知った感想を聞かせてくださいと要求する者はいなかった。リーバスはハメルとクリスティのためにドアを支える羽目になったが、彼らは誰の目も避けていたせいか、リーバスに気づかなかった。

二人が受付で名乗っている間に、リーバスとシボーンはそれぞれ身分証を見せて、先に建物内へ入った。

「デムプシィはここで二人と会うに違いないわ」シボーンが小声で言った。

「死体安置所よりもここのほうがいい」

「でも、最終的にはそこへ行かなければ……」

そのとおり、とリーバスは思った。身内や友達――母親や父親、連れ合い、恋人たち――がシーツをめくられた遺体と向き合う場面に、何十回となく立ち会ってきた。彼らは涙をこらえ、ときには、あっと息を呑んだり、喉の詰まった音を立てたりしながらも、目の前に冷たく動かずに横たわる人間の身元確認を求められる。やりきれない仕事であり、リーバスはそのあと自分が無能であったといつも感じる。適切な言葉、優しい言い回しを思いつかないのだ。彼らはつねに同じ慰めの言葉を求める。死者は苦しまなかった、と。

〝あっという間だったと思います〟どれほど真実とかけ離れていようとも、その言葉を言わなければならないのだ。陥没した頭蓋骨《ずがいこつ》、煙草の火傷《やけど》の跡、折れた指、えぐり出された目玉……〝あっという間だったと思います〟

「これからどうする？」シボーンがたずねている。

「ボスがどう考えるか待とう」

シボーンはリーバスをちらっと見た。「ボスですって？　そのうち歌のタイトルを使い果たすって言ったでしょ」

ペイジは人であふれかえった捜査部室で携帯電話をかけている。シボーンとリーバスに気づくと、電話を終えてこちらへやって来た。

「どこへ行ってた?」ペイジがなじった。

「ゴム長を買いに」シボーンが答えた。「それに、今夜の宿も確保したので、うるさいメディアから離れられます。記者会見はどうでした?」

「彼女はうまくやったよ」しぶしぶ褒めている響きがあった。ペイジはリーバスを見据えた。「彼女は、捜査チームへの説明をきみに頼みたいと言ってる」

「なぜ?」

「きみの失踪女性の資料が原点だと理解しているからだ。きみが求められているのは、昔の事件の詳細な事実だ」

「二人に関しては、被害が判明したばかりですよ」

「じゃあ、ほかの三人についてだ。アネット・マッキーに関しては、わたしからすでに説明している」

「遺体がまだ一つ足りないわ」シボーンが言い添えた。「A9の被害者が六人、そのうち五人が見つかった」

今度はシボーンがリーバスを見た。「サリー・ハズリットはまだ生きている、というあなたの考えを、捜査チームに言うつもり?」

「言うべきだろうね」リーバスは心を決め、ペイジに言った。「その説明はいつ行う予定なんですかね?」

「約五分後だ」

「もし時間までにおれたちが戻って来なかったら、おれに代われたところだったのに」

ペイジは口を開いて何かを言いかけたが、思い直した。

「トイレに行くんで」リーバスは沈黙が広がる中で言った。そしてシボーンに「ハメルとダリルが着いたことを主任警部に話しといてくれ」と頼んだ。

シボーンが話している最中に、リーバスは部屋を出た。ところが廊下を歩いていると、制服警官に案内されてデムプシィの執務室へ向かうフランク・ハメルとダリル・クリスティにばったりと出会った。

ハメルは相手が誰なのかを見定めると、「引退老人にしては、ずいぶんあちこちへ出張ってるんだな」と皮肉った。

リーバスは、やっと携帯電話から目を上げたダリルだけを見つめた。「妹さんについては、まことに残念でした」と悔やみを述べた。「お母さんはどうしておられる?」

「どうしていると思うんだ?」ハメルがすごんだ。リーバスは無視した。

「きみはどうなんだ、ダリル? だいじょうぶか?」

青年のダリルがうなずいた。「これからどうなるんだろう?」平静にたずねる。

「身元確認のために病院へ行ってもらう」

「妹だってのは確かなんだね?」

リーバスはゆっくりとうなずいた。ダリルの唇が震え、また携帯電話に目を落とすと、せわしく指を動かし始めた。

「そいつにはたっぷり仕返しをしてやる」ハメルは吐き捨てるように言った。

「ここでそんなことを言ったらまずいんじゃないか」

リーバスが注意した。

「本当のことを言ってる」ハメルはリーバスの胸を指で突いた。「あんたたちは、一切おれの邪魔をするな」

廊下の先でドアが開いた。待ちかねたデムプシィが立っていた。

「どうしたんですか?」デムプシィが呼びかけた。

ハメルは最後にもう一度、リーバスを睨みつけてから、押しのけるようにして歩み去り、デムプシィのほうへ向かった。リーバスは握手を求めてダリルに手を差し伸べたが、青年はそれを無視し、携帯電話に見入りながら、ハメルのあとを追ってデムプシィの執務室へ歩いていった。

48

リーバスの説明会は首尾よくいった。捜査員たちは次々と質問を放ち、馬鹿げた質問は一つもなかった。

「頭のいい子供たちだ」リーバスはあとでシボーンに言った。

「最近の若者はそうよ」

彼らはホテルを引き払い、カロデンの古戦場の近くにある簡易ホテルへ車で向かい、それぞれの部屋を確かめた。夕食は付いていないので、町の中心へ出て目についたインド料理店に入った。ペイジは同行しなかった。デムプシィとそのほか数人の上席警察官との食事に招かれたからだ。シボーンの携帯電話が鳴ったとき、彼女はトイレに行っていて席にいなかった。リーバスはゲイフィールド・スクエア署からだとわかり、電話に出ることにした。

「リーバスだ」

「シボーンはいるかな？」

「誰なんだ？」

「デイヴ・オーミストン――あんたに机を譲った男だよ」

「シボーンはすぐ戻って来る。おれで何か役に立つことがあれば？」

「トーマス・ロバートソンが生者の国へ戻ったよ」

「ほう？」

「アバディーンから連絡があった。今病院にいるそうだ」

「どうしたんだ？」

「おれが聞いたところでは、何者かから、もしくは複数の人間から、こっぴどく殴られた」

「地元の警察が関わっているのか？」

「波止場近くのゴミ箱の横で倒れているのを警察が見つけた。意識不明だったが、ポケットに身分証があった。クレジットカードと現金も盗まれていなかったので、強盗の仕業ではないようだ」

「命は助かるんだろ？」

「そのようだ」

リーバスはペンを出し、テーブルに手を伸ばして紙ナプキンを取った。「病院の名前は？」とたずねる。

「それと、アバディーンの捜査部で、連絡先となる警官名と、その電話番号がわかったら、それも教えてほしい」

オーミストンはわかる範囲で教え、インヴァネスでの捜査はどうなっているのか、とたずねた。

「うまくいってる」リーバスが答えた。

「ニュースであんたを見たよ――フランク・ハメルのためにドアを押さえていた」

「常識的なマナーだよ」

「ハメルと話をしたのか？」

「なぜそんなことを知りたい？」

「別に」オーミストンは咳払いのような音を出した。

「質問するときには、それなりの理由があるもんだ」リーバスが食い下がった。

「今回はそうじゃない。シボーンにトーマス・ロバートソンのことを伝えてくれるね？」

「もちろんだ」リーバスが答えた。

シボーンが戻ったとき、携帯電話は切れていて、元の置き場所だった水のグラスの横に戻っていた。シボーンは手の甲で口を覆い、あくびを隠している。

「枕に頭をつけたとたん、寝てしまうわ」

「気持ち、わかるよ」リーバスは調子を合わせた。

「そろそろ帰ろうか？」

シボーンはうなずき、ウェイターに請求書を持ってくるよう合図した。「それから、これはわたしが払うわ。経費で請求できるし――わたしは年金暮らしではないから……」

簡易ホテルへ戻ると、リーバスは部屋に留まり、携帯電話を短時間充電させてから、アバディーンへの最短ルートを調べた。A96がその答えのようだった。しかし百五十キロあまりの旅となり、リーバスは逡巡《しゅんじゅん》した。とはいえ、体力が回復するやいなや、ロバートソンは逃げ出す恐れがある。今夜が唯一の機会かもしれない。リーバスはこっそりと階段を降りて三階建ての簡易ホテルを出ながら、眠っているサーブにこの知らせをどう伝えようかと悩んだ。

アバディーンの王立病院へ着いたとき、十一時をはるかに過ぎていた。長年アバディーンへは来たことがなく、道路沿いの景色にもまったく見覚えがなかった。石油がアバディーンの主要産業であり、車窓から見えた工場群はすべて石油関連事業のようだった。二回ほど道に迷ったが、そのうち偶然にも病院の方向を示す看板が目に入った。救急車用と指定された場所に車を停め、病院へ入った。待合室は閉所恐怖症を引き起こしそうな造りで、ベージュ色のペンキを製造した者はここで大儲けをしたにちがいなかった。眠そうな受付係がエレベーターを指し示したので、リーバスは三階で降り、病棟へ通じるドアを押し開き、たった一人いた当直看護師に、自分は警察官であり、ロバートソンという患者に用があると告げた。ベッドは八床あり、七床に患者がいた。まだ目を開けている男が一人いて、ヘッドフォンを両耳につけ、前に本を置いていた。ほかの者は眠っているようで、一人は大きな鼾をかいていた。トーマス・ロバートソンのベッドの上にライトがあったので、点灯すると、ぐちゃぐちゃになった顔が照らしだされた。青黒く変色した目のまわり、黒く太い糸で縫われている顎の深い裂傷。絆創膏《ばんそうこう》で覆われた、おそらくはつぶれたと思われる鼻。ベッドの足部分にフォルダーがあったので、リーバスは開いてみた。

足指一本骨折、手の指二本骨折、肋骨一本破損、歯一本脱落、腎臓の損傷……

「誰かにやられたな、トミー」リーバスは言い、椅子を引き寄せて座った。ベッド横のキャビネットに水差しが置いてあったので、グラスに水を注ぎ、ごくごくと飲んだ。運転し続けたせいで頭が痛く、長時間ハンドルを握っていたために、手のひらがじんじんとしている。キャビネットを開けて、ロバートソンの財布を取りだした。クレジットカードと運転免許証、それに現金が四十ポンド。

オーミストンが言ったように、路上強盗ではない。リーバスは財布を戻した。ハンカチ、小銭、ベルト、腕時計——これは文字盤が破損している。リーバスはキャビネットの扉を閉じ、前屈みになってロバートソンの耳に口をぐっと近づけた。

「トミー？　おれを憶えているか？」リーバスは眠っている男のこめかみに指を押しつけた。ロバートソンのまぶたがひくひくと動き、低いうめき声が漏れた。

「トミー」リーバスが声をかけ続けた。「起きる時間だよ」

ロバートソンははっと目覚め、たちまち痛みに顔をしかめ、全身を痙攣《けいれん》させた。

「こんばんは」リーバスが挨拶した。

少ししてロバートソンは自分の置かれている状況を把握した。乾いた唇をなめ、膨れあがった目で訪問者を見つめた。

「誰だ？」かすれた、しゃがれ声でたずねる。

リーバスはグラスに水を入れ、ロバートソンの口につけて飲ませてやった。

「パースの警察署でな」リーバスは教えた。「あのとき壁にもたれていた警官がおれだ」グラスをキャビネットの上に戻す。

「どうしてここにいるんだ？」

「フランク・ハメルに関して、訊きたいことが少しある」

「誰だって？」

リーバスはハメルの外見について説明してから、待った。ロバートソンはけげんな顔をして首を横に振ろうとした。

「知らない？」リーバスが言った。「じゃあ、おまえのことを知らないとハメルは言ったが、今回ばかりはあいつの言葉も本当だったのかもしれないな。ただしな、誰かがおまえをこんなにしたんだ」

「いきなり襲われた。それしかわからない」ロバートソンがしゃべると、抜けた歯の隙間から空気の漏れる音が伴った。

「襲われたのか？」

「若いやつらに」

「そいつらは持ち物を奪わなかったのか？　波止場でやられたのか？」

「波止場？」

「自分がどこにいるのかわかってるのか、トミー？」リーバスは冷笑した。「知らないんだろう？　そいつらはピットロホリのパブの裏でおまえを誘拐し、どこかへ運んだ。そして監禁されていたんだよ、アネット・マッキーの件におまえが関連していないと判明するまでな――そんなことは知らなかったんだろうがね。彼女の遺体がインヴァネスの先の森で見つかった。ほかに四遺体も近くで見つかった。それでおまえは容疑者からはずれたんだ。なぜ自分が浅い墓に埋められていないで、ここにいるのかが、わかったか」

リーバスは彼の心が揺さぶられたのを知った。ロバートソンの目が急に怯えを示した。

「どうした？」

「何でもない」ロバートソンはかぶりを振ろうとしていた。「言っただろ――いきなり襲われたんだ」

「どこの市で襲われたんだ、トミー？　おまえはここに連れてこられて捨てられたんだよ」リーバスは少し黙った。「いずれにしろ、ハメルはこれ以上おまえには関わらんだろう。だが万一の保険として、ハメルの仕業だとおれに言ったほうがいい」

「何回同じことを言わなきゃならないんだ？　そんな名前、聞いたこともない」

　看護師がベッドの足元に立っていた。「どうしたんですか？」わざとらしく声をひそめてたずねる。

「眠りたいんだ」ロバートソンが言った。

「そうですよね」

「もう次の痛み止めを飲む時間か？」

「二時間後よ」

「今飲んだら、朝まで眠れそうなんだが」

　看護師はリーバスの肩に手を置いた。「もうお帰りくださいね。ほかの患者さんが目を覚まさないうちに」

「あと五分」

　しかし看護師は首を横に振っていた。

「帰ってくれ」ロバートソンが言った。

「明日また来る」

「いくらでも来いよ。今夜あんたが聞いた言葉をそっくり繰り返すだけだ」ロバートソンは看護師を訴えるように見つめた。「こんなに責め立てられるなんて、つらいよ。痛くてたまらないのに……」

「おれは長い道のりを運転してきたんだ。馬鹿野郎」

「今すぐ、出て行ってもらいます」看護師がリーバスの肩にかけた手に力をこめながら、言った。「帰らないなら、強制的な手段を取りますよ」

　リーバスは自分の主張を貫くべきか考えた。しかし、すぐに立ち上がった。

「また会おう」ロバートソンに告げ、彼の手の甲をぐっと押した。その指二本にはテーピングがしてある。ロバートソンが思い切り泣き声を上げたので、鼾が止まり、ほかの患者を起こした。

「やはり、薬を早めに与えたほうがいいようだね」リーバスは看護師に告げ、エレベーターへ向かった。

その夜、北部警察の負担で用意されたホテルの部屋で、ダリル・クリスティはノートパソコンの電源を入れ、携帯電話を充電しながら机の前に座っていた。母親と弟たちにはすでに話をしており、三人の世話をしてくれている近所の人にも電話をした。そのあと、父親にも電話で、フランク・ハメルが同行したことは省いて、身元確認をしたことを告げた。最後にモリス・ジェラルド・カファティの番となった。

「だいじょうぶか？」カファティがたずねた。

「それはいいんです。これでフランクが関係しているんじゃないか、というあなたの疑いが吹っ飛んだ」

「確かにな」

「なのになぜぼくはこうやって電話してるんだろう？」

「なぜなら、何が起ころうとも、おまえは野心的な子供だからだ」

「ぼくは子供じゃない。フランクの敵に関して、いろいろ話してくれたけど――ぼくがあなたをその敵の一人とみなさないだろうって、どうして思ったんです？」

「誘拐はおれの性分に合わんよ、ダリル。罪もない者を傷つけるなんてよくない」

「そうなんですか？」

「違う意見の者もいるかもしれんが、おれは品格を重んじているつもりなんでね」

「あなたについて聞いている話と、合わないような気がするんですが」

「ハメルから聞いた話なんだろうが」

「でもフランクからだけじゃない。行方不明になったり、掟《おきて》を破ったやつらがパブの裏手で死んでいたり、そんな話がたくさんある……」

「今は時代が変わったよ、ダリル」

「そのとおりです。あなたは過去の人間だ、カファティ」

「まあまあ、いい加減にせんか、坊や」

「ぼくは坊やでも、子供でもない！」

「わかったよ、ダリル。おまえは今ものすごくつらい思いをしているんだからな」

「あなたはぼくのことをわかっちゃいない」

クリスティは電話を切り、カファティがかけ返してきても、無視した。ノートパソコンに向かい、メモリースティックを差し込んでいる間も、カファティの言葉が頭の中でこだましていた。

〝罪もない者を傷つけるなんてよくない……〟

トーマス・ロバートソンにそれを言うがよい。

49

「あんまり寝ていないような顔ね」翌朝、朝食時にシボーンが言った。

リーバスはざっと髭を剃《そ》り、生温い湯がちょろちょろと出るシャワーを浴びたあと、遅れて食堂に降りてきた。

「ペイジはどこだ？」

「もう本部へ行ったわ」シボーンは怒りを抑えていた。

「きみのお供は要らないようだね」

簡易ホテルの女主人はほかのテーブル二つを片付け始めていた。彼女はしゃれた服の上に青いチェックのエプロンを着け、こってりと化粧をし、香水もたっぷりと振りかけている。女主人がベーコンを切らしたんです、と謝ると、リーバスはコーヒーとトーストだけでけっこう、と答えた。

「おかゆはいかが？　ポーチドエッグは？」

「トーストでじゅうぶん」

　女主人が去ると、シボーンが新聞を掲げ、リーバスに第一面の見出しを見せた。

〝A9殺人——多数の墓を発見〟

「ラジオもこのニュースを流しっぱなし」シボーンが言った。「あの道は何かが起こると予知できたので、使わなかったと言ってる人たちまで、登場させたわ……」

「今日もまた、長い一日になりそうかな」

「昼寝をしないで、今日一日がんばれそうなの？」

「おれがか？　おれは元気そのものさ」

　シボーンが隣のテーブルに置いていたチラシを、リーバスはめくり始めた。

「イルカ・ウォッチング？」

「ミセス・スカンロンの話では、料金を払わなくてもいいんですって——チャノンリィ岬というところでは、イルカが岸までやって来るから」

「観光客になる時間があるってことか？」

「それは親愛なるリーダー次第」

　ミセス・スカンロンがコーヒーを持ってきた——小さいカップに入ったコーヒー。リーバスはまじまじと見た。

「ポットごと持ってきてください、ミセス・スカンロン」シボーンが言った。

　インヴァネスに住んでいるブリジッド・ヤングの母親と妹が、エダトンへ車で向かうところを、テレビカメラが追っていた。母親は花輪と行方不明となった娘の額入り写真を持っている。ゾウイ・ベドウズの家族は、彼女が発見されたという動かしがたい事実が見つかるまで、北へ行かないと決めた。父親のDNA採取はすでに済んでいる。ニーナ・ハズリットが、こちらへ向かっているので、到着したら会ってもらえないか、とリーバスにメールを送ってきた。リーバスはまだ返事をしていない。捜査部室にテレビが設置され、班の皆が最新情報を得られるようにしてある。室内は人が少なかった――エダトンに出かけている者もいれば、死体安置所や科捜研に行った者もいる。誰かがリーバスにレグモア病院を指さして教えてくれた――北部警察本部の角を曲がった先にある。三カ所から最新情報が電話で刻々と伝えられる。捜査部室の窓から外を見ると、カメラ班が二組、新聞記者のグループ、そしてよっぽど暇なのか、地元の野次馬がたかっていた。公式に妹の身元確認を済ませたダリル・クリスティもまた、ハメルのレンジローバーの助手席に座って、エダトンへ向かっている。無駄金を使ってヘリコプターを雇ったニュース・チャンネルの一つが、走る車を追いかける映像を流し、時折は現場鑑識班や捜査班が今もなお働いている、エダトンの森の俯瞰《ふかん》撮影を挟んだ。ルービィとハンドラーの警官は、必要な仕事を終え、アバディーンへの帰路についている。テレビで、リーバスはプレハブ小屋や、暗い中をよろよろと歩いた、あの野原を見た。梢《こずえ》の間から墓を覆っているテントがちらちらと見える。ヘリコプターにレポーターは乗っておらず、スタジオの司会者が逐次、状況説明をしていた。

「これから現場にいるリチャード・サーリィ記者から話を聞きます。リチャード、どういう状況ですか？」

カメラは警察規制テープのほうへ移動していた。ハメルの車が到着したのだ。硬い表情の二人が乗った車は警察規制テープの中へ誘導されていき、マイクを口元につけたレポーターは、よい場所を確保しようとしてもみ合っている。再び発進した車のタイヤが回り、小石を跳ね上げる。一車線の道を進む車を追う映像。ヘリコプターからの画面に切り替わると、レンジローバーは警察バンが一列に駐車している前で停まった。二人の男が車を降りた。相変わらず、ダリル・クリスティは携帯電話から目を離さない。ハメルはヘリコプターに向かって一本の指を挙げたように見えた。すぐ両手をポケットに突っ込み、ジリアン・デムプシィ警視正のほうへつかつかと歩み寄った。デムプシィは踏み分け道を森のほうへ先に立って歩いて行き、彼らの姿がカメラから消えた。リーバスはシボーンが横に立っているのに気づいた。

「ペイジもあそこへ行ってるのか？」

シボーンがうなずいた。「ほかのどこだっていうの？」

スタジオの司会者が再び話を進め、中継でニーナ・ハズリットを迎えると告げた。彼女の顔が司会者の後ろのスクリーンに映し出された。ニーナはイヤホンをはめようとしていた。字幕には、インヴァネスから、と書かれてある。

「レグモア病院の前にいるわ」シボーンが背景から場所を特定した。ハズリットは、娘のサリーが犠牲者の一人であることを確定するためなら、自分のDNAを提供して捜査に協力しましょう、と司会者に語り始めた。行方不明の女性たちがA9号線上でつながっていることを最初に気づいたのは、あなたでしたね、と司会者がハズリットに水を向けると、彼女はあまりにも勢いよくうなずいたので、イヤホンが滑り落ち、またはめなければならなかった。

「自分の正しさが証明されたように感じました」とハズリットが言った。「最近まで、わたしはどこの警察へ行っても、変人扱いされていたんです。わたしの主張を取り上げてくれた、エジンバラの元警部、ジョン・リーバスにはいくら感謝してもしきれません」

「いい言葉じゃない？」シボーンが言った。

リーバスはうなり声を上げただけだった。部屋にいた捜査員の一人が勢いよく拍手する真似をした。

「あんたもさっさと出かけろよ」リーバスがその捜査員に命じた。

　インタビューが終わると、ニーナ・ハズリットはイヤホンをはずしてニュース番組のスタッフに渡すと、病院のドアのほうを向き、頭を高く掲げて中へ入っていった。

「これを楽しんでいるんだわ」シボーンが評した。

「ちょっと楽しみすぎかも」

「彼女は長い間注目される日を待っていたんだ」リーバスが言い返した。カメラは中へ入るハズリットを追おうとしたが、病院の警備員が許さなかった。スタジオの司会者が、画面をエダトンに戻します、と告げ、白いレンジローバーがバックで細い道を戻っていくヘリコプターからの映像に切り替えた。

「二人はすぐ戻ってきたわね」シボーンが言った。

「見るものがあまりないからな」

　別の映像。今回は警察規制テープ前のリチャード・サーリィだ。彼は首をねじって、レンジローバーが方向転換できる地点まで戻ってくるのを見守っている。警察規制テープの地点に来ると、車は停まり、ハメルとクリスティが出てきた。ハメルはいつものとおり、ジーンズと襟元の開いたスポーツシャツ、そして首には金のチェーン。ダリル・クリスティは白いワイシャツ、黒いネクタイ、ダークスーツという、どこから見ても隙のない、喪に服した服装である。ハメルの顔は紅潮し、誰彼構わず話しかけようとしていた。

「こんなひどいことをやったやつはな、地獄に落ちる」とレポーターたちに言った。「地獄を信じていようがいまいが、必ず落ちる」彼はカメラのレンズをまっすぐ見た。「そいつが絞首台からぶら下がるところをぜひとも見たいもんだ……」

　その瞬間、音声が切られ、画像だけが残った。司会者の詫びる声が聞こえ、ハメルの発言への注釈が始まった。

「ミスター・ハメルは家族の親しい友人であり、犯罪現場を見て、当然ながら動揺し……」と司会者が声を張り上げた。

　リーバスは注意深く見ていた。興奮しているハメルにカメラは焦点を絞っているが、その後ろには何の感情も示していないダリル・クリスティがいる。誰かがダリルに質問すると、彼は黙って首を振った。ハメルは今や、カメラに向かって指を突きだしており、まるで自分で自分を弾劾しているように見えた。

「読唇術ができたらいいんだけど」シボーンが言った。

　さらに多くのマイクがハメルの前に突き出されたが、ハメルは息切れしてきた。ダリル・クリスティが彼の腕に手を置くと、ハメルはうなずいて見せ、二人で車のほうへ歩いていった。スタジオがリチャード・サーリィへ映像を戻すと、彼は「今、ここでわたしたちが耳にした激情ほとばしるコメント」について語った。レンジローバーはクラクションを鳴らしながら、警察規制テープを抜け、群がるレポーターをかき分けて進み、そのあとジグザグに進みながら次第にスピードを増して幹線道路へ走り去った。

「ここでいったん中断します、リチャード……」

　画面は再びレグモア病院の前へ戻り、涙を浮かべ、悲しみに震えるニーナ・ハズリットが現れた。つまりは、現時点では彼女のＤＮＡは必要がなく、後日連絡をすると言い渡されたのだった。

「それを聞いてどんなお気持ちですか？」マイクを持ったレポーターがたずねている。

「とても腹が立ちます。わたしはスコットランドの司法組織を信じていました。それなのに平手打ちを食らったように感じます。わたしだけではなく、被害者の家族すべてが……」

「あなたはきっとまたメールをもらうわよ」シボーンがリーバスに言った。画面の上部に小さな囲み画像が現れ、黒いリムジンの後部席に座ったデムプシィとジェイムズ・ペイジがエダトンを出ていくさまを映した。

「何かしておくべきことがあるかな？」部屋にいる捜査員の一人が訊いた。

「二人が戻ってきたときに、忙しそうに見せかける」ほかの誰かが提案した。

　五分後リーバスの携帯電話が鳴った。予想どおり、ニーナ・ハズリットからだった。リーバスがゆっくりとかぶりを振りながら、鳴るにまかせ、メッセージになるのを、シボーンは見守っていた。リーバスは窓から外を見つめたが、ハズリットの姿はなかった。四十五分後、デムプシィとペイジが戻ってきた。デムプシィは捜査班を集め、最新情報を伝えた。アネット・マッキーの遺体で恥毛が一本見つかった。現在、比較して調べているが、彼女のものではなさそうだった。ジェマイマ・ソルトン、エイミィ・メアンズ、ゾウイ・ベドウズ、ブリジッド・ヤングの家族からDNAが採取された。

「サリー・ハズリットについては、しないんですか？」シボーンが口を挟んだ。

　デムプシィはうなずいた。「病理医はどの遺体もそんなに古いものではないと、考えています。ブリジッド・ヤングが消えた二〇〇二年すら、疑問視しているぐらいです。もし照合しない遺体が残ったら、サリー・ハズリットを候補に戻しますよ」

　シボーンは理解した印にうなずき、デムプシィは説明を続けた。捜査会議が済むと、シボーンとリーバスはジェイムズ・ペイジを探した。

「わたしたち、なんだか置き去りにされているみたいで」シボーンがペイジに言った。

「ここでやる仕事はいくらでもある」ペイジが鋭く言い返しながら、自分が置いて行かれないように、デムプシィの姿を目で追っていた。

「少しリーダーシップを発揮してもらえると助かるんですが」

ペイジはかっとしてシボーンを見据えた。「エジンバラへ戻りたいのか？　いつでもそのように計らってやるぞ」

「あなたは追っかけと同じです。そばにいられるんだったら、どんな馬鹿馬鹿しいことだって我慢するのよ」シボーンはきびすを返して、勢いよく部屋を出て行った。リーバスは留まり、ペイジと目を合わせた。

「何か付け加えたいのか？」ペイジが訊いた。

リーバスは笑みを浮かべて首を横に振った。「やりとりを楽しんでいるだけで」

シボーンはすぐに見つかった。自分の車の中にいて、ハンドルを握りしめ、フロントガラスを凝視している。リーバスは助手席に乗り込み、ドアを閉めた。

「だいじょうぶか？」

「ええ」しかしその声はわずかに震えていた。

「彼のせいばっかりでもない、そうだろ」

「わたしのせいよ。エジンバラでは、必要とされることに慣れていた。自分があそこを切り回しているみたいな、錯覚に陥るほど」

「それなのに、今は応援バンドの太鼓叩きですらない？」

シボーンの表情から緊張が少しほどけた。「わたし、追っかけ、ってほんとに言っちゃった？」

「言ったようだな」

「謝らなきゃね」シボーンは大きな吐息をついた。

「で、これからどうする？」

「イルカでも見に行こうか」

「ドライブするってこと？」

「天気がよくなってきた——青空すら覗いている」リーバスは空を見上げた。

「あなたの車で行きましょう」

リーバスが思わずシボーンを見ると、シボーンはハンドルから手を離して見せた。手が震えていた。

「おれの車にしよう」

50

二人はケソック橋を渡り、右折してブラック半島へ入った。フォートローズでもう一回右折すると、チャノンリィ岬に着いた。マリ湾が前方にあり、一車線の道の両側はゴルフコースになっていて、突風にもめげず、ゴルフをしている客が何組かいた。

「ゴルフをしたことがある？」サーブの助手席でシボーンがたずねた。

「まさか、ないよ」

「やってみたことはあるでしょう？」

「なぜだ？　おれがスコットランド人だからか？」

「でも、絶対やったことがあるわ」

リーバスは思い返してみた。「子供のとき」と認めた。「こつが掴めなかったよ」

「ここは不思議な小国よね？」シボーンは窓の外を眺めた。

「小国とは言えない」

「そんなにいちいち引っかからないで。奥が深い、って言いたいだけ。わたしは長年ここに住んでいるけど、でも、いまだにこの国がよくわからない」

「何が理解できない？」

「何もかもよ」

前方から車がやってきた。リーバスは待避所へ入り、対向車から振られた手に、会釈を返した。「人間は、人間にすぎない。善人か、悪人か、無関心な人間かに分かれるだけだ。ただおれたちは二番目のグループと接することが多いだけだよ」車は折り返し地点に来た。その先に駐車スペースがある。リーバスは車を停めた。海面が波立ち、海岸は小石に海藻と貝殻が混じっている。頭上ではカモメが同じところを舞っている。車が何台か停まっているが、中に人の気配はない。すると、左手の向こうのほう、灯台を越えたあたりで、海辺に立つ人々の姿が見えた。

「あそこらしいよ」とリーバスが言った。「行くか？」

　シボーン・クラークはすでにドアを開けて車から降りかけていたが、リーバスが呼び止めた。

「きみとペイジの関係を、おれが壊したようだな？」

「そうかも」

「というのは、きみが自分を安売りし、二番手で甘んじて欲しくなかったからだ」

「あなたはわたしの父親じゃないのよ、ジョン」

「わかってる」リーバスは少し黙った。「実は、ほかにもきみに話したいことがあって……」

「何なの？」

　リーバスは海へ目をやった。「この間のおれの小旅行なんだが――きみを誘わなかった理由があったんだ」

「そうなの？」

「サミーの家を訪れようかと思ってたんだ」

「で、行ったの？」

　リーバスはしぶしぶうなずいた。「でもサミーは家にいなかった」

「行くって、彼女に伝えていなかったんでしょう？」

「おれのちょっとしたミスだな。実はな、シボーン、おれはサミーをもう少しで失いかけたことがある。何年も前、きみが犯罪捜査部に加わる前だ。頭のおかしな野郎がサミーを捕まえて……」

「で、今回の件に心が痛んだのね？」シボーンは理解を示してうなずいた。「警察学校で教わらなかったの？――自分の感情を持ち込んではならない、って」

　肩をすくめるリーバスを、シボーンは見つめた。「あなたは複雑な人間なのね？」

「そうじゃないやつなんて、いるか？」

「人間は人間にすぎない、って言ったんじゃなかったっけ？」

「イルカはイルカにすぎない――イルカを捕まえられるかどうか、行ってみよう」

二人は並んで歩いた。喉元まで上着のジッパーを閉めたリーバスは、横殴りの風を避ける帽子があればよかったのに、と思った。近くまで行くと、数人が同じ方向を向いて立っているのが見えた。彫像のようだが、カメラを構えた彫像だ。三脚とズームレンズに加えて、双眼鏡、折りたたみ椅子、魔法瓶まで持ってきている者もいる。地元の専門家だと踏んだリーバスは、今日は見えたんですか、とたずねた。男は全員が向いている方向を顎で示した。「湾内へ十メートルほど入ったところで」と答える。リーバスはそちらのほうを向いて、見つめた。頬を赤くしたシボーンは腕を体に巻きつけながら、海面に目を凝らしている。

「あれ？」シボーンが指さしながらたずねた。

「まだ見えない」専門家が答えた。

専門家の助言を聞きながら、シボーンは海を見続けた。「目を凝らしすぎると、そこにはないものが見えてくるのよ――とりわけ、見たいと念じているときには」

「そのとおりだ」リーバスが小声で同意した。

専門家が教えたところとほぼ同じ場所の海面から、青い滑らかな形が現れたとき、シボーンはあっと息を飲んだ。一瞬のうちに、イルカは姿を消したが、その後ろに二頭目、さらに三頭目もいるようだった。見物人の間から笑い声と歓声が上がった。

「今から食事の時間」専門家が教えた。「潮流がよい方向に変わると、イルカはこのあたりへ来て、腹一杯餌《えさ》を食べるんだよ」

「見た？」シボーンがリーバスにたずねた。

「見たよ」リーバスは答えたが、対岸に注意を奪われていた。城の胸壁のようなものが見えている。

「フォート・ジョージだ」折りたたみ椅子の男が、リーバスの考えを読んだかのように言った。イルカが海面から躍り出ると、男は写真を撮るのに忙しくなった。シボーンは携帯電話を取りだして、写真を撮ったが、出来映えに不満足そうだった。画面をリーバスに向けた。遠景すぎるし、イルカは海の色と似ていて見分けがつきにくい。

「これを」男がシボーンに双眼鏡を貸してくれた。シボーンは礼を述べて双眼鏡を目に当て、焦点を合わせた。リーバスはポケットに手を突っ込んで立っていた。見物人のうちの二人は観光客だった——日焼けした顔、スコットランドのどんな天候にも対処できるように購入した、真新しいパーカー。彼らは誰かと目が合うと必ず笑顔になった。犬を連れた女性もいたが、すぐにその場を立ち去り、岬を回ると、ボールを投げてコリーに取って来させた。ほどなく、リーバスは灯台を囲む壁のほうへ戻り、煙草の火を点けるための風よけを探した。いずれにしろ、イルカ・ショーは終わったようだった。シボーンは双眼鏡を返したあと、男が撮った写真のコレクションを見せられている。やがてシボーンはリーバスに追いつき、二人は車へ向かって歩き始めた。

「おもしろかったか？」リーバスがたずねた。

シボーンがうなずいた。「別の世界があるってことを、思い出させてくれるのはいいわね。今度はアシカを見ましょう、ここに長い間いるようなら」

「アザラシでもいいぞ」

「あの本、読み終えたの？」

リーバスはかぶりを振りながら、駐車場の水たまりを避けた。サーブの前に石塚《ケルン》があったので、見に行った。銘板には、これは地元小学校の作品であり、ブラン・シーアに捧げられている、とあった。

「偶然だな」リーバスが言った。

「え？」

リーバスはケルンを顎で示した。「あの本に、こいつが出てきた」

「ブラン・シーアって誰なの？」

「石油掘削油井やカレドニアン運河などを予言したと言われている。だが存在すらしていなかったかもしれないんだ」

「ソニー・ビーンみたいに？」

「そのとおり」リーバスはサーブのロックを外した。ドアが閉まると、リーバスはエンジンをかけ、暖房を入れた。

「しばらくここに座っていましょうか」シボーンが言った。

「いいとも」

シボーンは体を揺すぶって温もりを取り戻そうとしていた。「その間、話をして」

「どんな話だ？」

「その本から」

「まだ読み終えていない」

「いいから」シボーンが促した。

リーバスは海を見ながら、考えをまとめた。「アザラシの話がある、そう言えば」ようやく語り始めた。「それは南西部の、カークブリの海岸で起こったことだ。ある少年が海面から出てきた生き物を見て、肝をつぶし、殺してしまった。それが周囲の村に悪運をもたらしたんだ。地主は腹を立てたが、村人は少年をかくまった」

「少年のせいだと、皆は知っていたの？」

リーバスはうなずいた。「父親に打ち明けたんだ。とにかく、地主は村全体を罰することに決めた。村人を飢え死にへ追い込もうとした。少年に解決法は一つしかなかった。ソルウェイ湾の海へ向かって歩いて行き、とうとう水中に没した」

「呪いは解けたの？」

リーバスが再びうなずいた。「しかし毎晩、少年の頭が水中から現れ、悲しげな目をして陸地を見つめた。彼はアザラシになったんだ。しかし、もしも自分が陸へ上がったら、おびえた子供が石を持って待ち構えているかもしれない、とわかっていた」リーバスは間を置いた。「終わり」

「で、この話の教訓は……？」

リーバスは少し考えてから、肩をすくめた。「教訓なんて、要るか？」

「行動には結果が伴う」シボーンがきっぱり言った。「それがわたしの得た教訓」

「それと、罪人をかばう人が必ずいる、ってのも教訓だね」リーバスが言い添え、ポケットを探って鳴っている携帯電話を取り出した。

「ハズリット？」シボーンが推測した。

「いや」リーバスは画面を見てから電話に答えた。「何か用かな、ピーター？」

重大犯罪事件再調査班のピーター・ブリスからだった。「知りたいかと思ったもんで。おれたちは野に放たれる」

「班は解散となるんだな？」

「すぐにも実行される。あんたも自分の机を片付けたいだろう」

「再調査班が閉店となる」リーバスはシボーンに教えた。そしてブリスに「エレインはどう受けとめている？」

「彼女は達観してるよ」

「我らがご主人様は？」

「高等法院の刑事部へ推薦されると確信しているようだ」

「推薦される候補者は、自分一人だけのつもりなんだろ」

ブリスは的を射た言葉に低い笑い声を漏らした。

「で、今どこにいるんだ？　そばに誰かいるのか？」

「シボーン・クラークと一緒なんだ。北に来ている」

「そうだと思ったよ。でも今日はテレビカメラがあんたを狙っていないな」

「狙いをよけられて嬉しいね」リーバスはフロントガラスを指さし、餌場へ来ているイルカをシボーンに教えてやった。「実はな」とブリスに話し続けた。「おれの車で、今、イルカのパレードを見ているところなんだ」

「チャノンリィ岬か？　じゃあ、グレゴール・マグラスの家から数分のところだね」

「そうなのか？」

「ロウズマーキーってところだ」

「行ったことあるのか？」

「一回だけな。海岸に面したコテージだ。その通りで赤いドアはそこだけだったと憶えている」

「じゃあ、寄ってみるか」

「行ってくれるか？」ブリスが間を置いた。「本気で言ってる。グレゴールは再調査班がどういう活動をしているか、いつも知りたがっているんでね」

「では、つぶれる寸前だってことを、おれが伝えろって言うのか？」

「電話一本より、親切だろ」ブリスが迫った。

「で、あんたはまんまと嫌な務めを逃れるんだ」リーバスが反論した。

「あんたは紳士だよ、ジョン」

「もしくはカモだ」

「あんたが戻ってきたら、一緒に飲もうや。クビになる前に古い職場へ乾杯だ」

「カウアンも呼ぶのか？」

「馬鹿なことを言うな」ピーター・ブリスが電話を切った。

　シボーンはさらにイルカを探している。

「もう少し先の海岸に行けば見つかるかもしれん」リーバスが言い、エンジンをかけた。「ついでに、引退した刑事と紅茶も……」

　ロウズマーキーはほんの五分ほど走ったところにあった。狭い本通りに教会とパブ一つ。海岸線を見失ったので、右折して細道を行ってみると、海に突き当たった。海に面して家が並び、それをブックエンドのように、児童公園とレストランが挟んでいる。赤いドアの家は、屋根の下から明かり取り窓が突き出たコテージだった。アームチェアが一つ置けるだけの広さの、ガラス張りポーチが付いている。男がそのアームチェアに座り、新聞に目を近づけて、熱心に読んでいた。家の横には古ぼけたオリーブグリーン色のランドローバーが停まっており、前の庭は、幅三十センチほどの細さで、雑草一つ生えていない。男はそのうち、リーバスとシボーンが通行人ではないことに気づいた。新聞を下に置いて、ドアを開けた。大柄な男だが、年齢を重ねて背中が曲がり、動作が緩慢になっていた。六十代半ばだろうか、銀髪をきちんと整え、小さいが鋭い目をしていた。

「グレゴール・マグラス？」リーバスが言った。

「そうだ」

「おれはジョン・リーバス。こっちはシボーン・クラーク。ピーター・ブリスから頼まれてここへ来たんです」

「ピーターか？　数日前電話で話したところだが」

「とにかく、よろしくと伝えてくれ、と」

「リーバス？」マグラスはリーバスをじっと見た。「名前に聞き覚えがある……」少し考え込む。「ロウジアン＆ボーダーズ警察の捜査部か？」

　リーバスはうなずいて認めた。「このシボーンは現役の警部です」

「では、なぜ北部まで来たのかね？」

「中へ入れてもらえますか？」

「部屋が散らかっていて……」

「見ないと約束します」

　マグラスが招き入れた。玄関ドアを入ると、もうそこは、むっとするほど暖房の効いた、狭い居間で、その先に小さなキッチンが見えた。柄地の椅子の三点セット、テレビ、本や置物やマグラスの現役時代の記念品などであふれかえった本棚。

「ここで一人暮らしですか？」

「家内は何年も前に亡くなった」

「ピーターがそんな話をしていたように思う」リーバスがうなずいた。

シボーンがポットに紅茶を淹れましょうか、とたずねた。マグラスが手伝おうとしたが、シボーンは自分一人でできます、と答えた。シボーンが調理台で用意をしている間、二人の男は電熱ヒーターの両側に座った。

「電気代がかかるでしょうね」リーバスが言った。

「この部屋はすぐ暖まるんでね。窓ガラスが上等だから」マグラスは膝を両手でぽんと叩いた。「こんな遠いところまで来たわけを、あんたは話していた……」

「テレビでごらんになったと思うが」リーバスはテレビの消えている画面へ視線を投げた。「少なくとも新聞で読んだはずです」

「行方不明の女性たちか？」マグラスが察した。

「そのうち五人がどうやら見つかったようで」

マグラスが重々しくうなずいた。「嫌な話だ」そう言ってから、シボーンに、砂糖はパン容器の横のボウルに入っているから、と呼びかけた。

「ここに長く住んでいるんですね」リーバスが言った。

「引退してからずっと」

「すばらしいところだな」リーバスは立ち上がって、窓辺へ近づいた。

「そうだよ」

「ここの出身なんですか？」

「いや、以前からこの土地が好きだったんだ。エジンバラは最近どうだ？　トラムの完成は近いのか？」

「まだ線路を敷いてるところですよ」

「金の無駄遣いだね。市議会はトラム建設に関して、まともな考えに至ったことは一度もない」

「おれは重大犯罪事件再調査班に属しています」リーバスは窓辺へ背を向けながら、そう切り出した。

「それで名前を覚えていたのかもな。おそらくピーターがあんたの名前を口にしたんだろう」

「そうなんでしょう。ピーターと電話をしたばかりなんですが。再調査班がすぐにも解散するってことを、あなたに知らせて欲しいと頼まれたもんで」

「高等法院の班が引き継ぐのか？」マグラスの唇がゆがんだ。「驚くほどのことではない」

「でも、なくなるなんて残念だな」

マグラスがゆっくりとうなずいた。「あれはおれの遺産だとかねがね感じていた。おれの功績だと」

シボーンは盆を見つけ、何もかもそれに載せてキッチンから入ってきた。「ビスケットが見つからなかったわ」

「ビスケットを買っても、全部食っちまうんでね」マグラスが言い訳した。

シボーンがリーバスをちらっと見ると、マグラスは察した。「お仲間がもう話してくれたよ」とシボーンに告げる。

三人は黙って紅茶を飲んでいたが、やがてマグラスがピーター・ブリスはどうしてる、とたずねた。

「息をしてますよ」

「一呼吸、一呼吸が、人生最後の息みたいに聞こえるんだろ？」

リーバスは認めた。「教えてください。あなたが班長だった間に、何件ぐらいを解決へと導いたんですか？」

マグラスは少しの間考えた。「二件だけだ。ほかにも六件、進展を見せたものがあるが、訴追までは行かなかった」やや前屈みになる。「実のところ、二件のうち、一つは勝手に転がり込んできたものだ――捜査の再開を聞いたとたん、犯人が出頭して自白した。良心の呵責《かしゃく》に耐えかねてってことだろう」

「世の中に良心がもう少したくさんあればいいのに」シボーンが言った。

「まったくだな、お嬢さん」

「あれは昔の木製警棒ですかね？」リーバスが本棚を示しながらたずねた。

「あんたが勤務する以前のものだね」

リーバスは本棚へ歩み寄った。「手に取ってみても……？」警棒を取り上げ、重さを確かめた。適度な重さがあり、手首に通す革のストラップが付いていて、指の形に合わせた溝が掘ってある。「最近では手錠すら許されなくて」と文句を言う。

「胡椒《こしょう》スプレーも、伸縮式の警棒もね」シボーンが付け足した。

リーバスは警棒をマグラスの方向へ振って見た。

「これを使用したことは？」

「何回か使ったよ、実を言うと」マグラスは椅子にもたれた。「再調査班の話をするためだけに、わざわざこんな遠いところまでやって来たのか？」

「実は」とシボーンが言った。「チャノンリィ岬でイルカを見ていたんです……」

「そのときブリスから電話があって」とリーバスが先を続けた。「あなたの家から近いことを教えてもらった」

マグラスは微笑しながら一人でうなずいていた。

「自分がその知らせを言いたくなかったからだな」

リーバスは警棒を本棚に戻した。そこには家族写真がいくつか飾ってあった。銀メッキの額に入ったグループ写真。「ニーナ・ハズリットを知っていますね？」

マグラスは思い出すのに、少し時間がかかっているようだった。

「サリー・ハズリットの母親です」リーバスが促した。

「サリーは一九九九年の大晦日にアヴィモアで行方不明になった」

「ああ、そうだった」マグラスがうなずいた。「この頃は記憶力が衰えてな」と謝る。

「この一週間ほど、ニーナ・ハズリットはメディアに出まくっていますよ」リーバスが言った。「そして、あなたを褒めちぎっています」

マグラスは目を丸くした。「どうしてなんだ？」

「なぜならあなたは、誰も聞く耳を持たない中で、彼女の言い分を認めたからです」

「あの女性の話を聞いてやったんだ」

「そして調べた」

「まあ、そういうことだ。彼女はストラスペファの近くで姿を消した女のことを聞いたんだ――そして自分の娘の失踪と結びつくと確信した」

「ほかの警察官はちっとも動いてくれなかったんで、彼女はそのことを忘れていない」

「おれはたいしたことは何もしていないんだが……」

「要するに、あなたの名前が功労者として発表されても、びっくりしないでください」

「彼女が何も言わないでくれれば、ありがたいんだが」

「どうしてなのか、訊いてもいいですか？」

「なぜなら、あれも解決に至らなかった事件の一つに過ぎないからだ」マグラスは椅子から立ち上がり、窓辺からの永遠に変わらない景色に、心の慰めを得ようとしているかに見えた。「失敗続きの中の一つだ」自分に言い聞かせているようだった。

「でもハズリットの考えは正しかったのかもしれない」とリーバスが言った。「誘拐という点で」

「人間ってどこまで悪くなれるものなんだろうと、考えさせられるよな？」マグラスはため息とともに言った。

二人はもう数分間留まり、リーバスはマグラスがシボーンに、鯨を見た話をしたり、イルカとネズミイルカの見分け方について語るのを、横で聞いていた。マグラスはコテージ、海の眺望、村の生活という、引退後の暮らしに満足しているようだった――そのどれにもリーバスが心惹かれなかったのは、残念だった。

　二人が去ると、マグラスはポーチの椅子に戻り、彼らに手を振ってから、また新聞を開いた。

「あのランドローバーは彼の車だと思う?」シボーンがたずねた。

「古さがぴったりだよ」

　シボーンがリーバスを見た。「どうかした?」

「別に」

「嘘おっしゃい」

「マグラスの記憶力は確かだと思う。それだけだ。椅子の横に積んであった新聞から見て、ニュースは常に追っている」

「それで?」

「だから、なぜニーナ・ハズリットの名前を思い出せないかのような芝居をしたんだ?」

51

インヴァネスへ戻る道中で、ペイジからシボーンへ夜の食事に誘うメールが来た。

「招待に応じたほうがいい」リーバスが助言した。

「きみたち二人は話し合うんだ」

「精神的な支えにあなたを連れて行くのはどう？」

リーバスはかぶりを振った。「おれは早く休みたい」

ところが、車が北部警察本部に着いたとき、最初に出くわしたのはガヴィン・アーノルドだった。

「よく会うじゃないか？」アーノルドが言って、リーバスと握手した。リーバスはシボーンに彼を紹介し、「アーノルド巡査部長はいいやつなんだ」と説明した。

それが彼女にとって必要な情報すべてだった。

アーノルドはその褒め言葉を受けて、あとで飲まないか、と誘った。シボーンは行けないと答え、リーバスは考えてみると言った。

「じゃあ、おれの居場所はわかるだろ？」

「ダーツボードの傍だな」リーバスは察した。

アーノルドはうなずき、半径七十キロ以内の巡査全員と同じように、自分も捜査に駆り出されており、その結果、本部は人であふれかえっていると言った。

「バーネット・ロードでそうなるべきなんだ」とアーノルドはこぼした。「そこに犯罪捜査部があるんだから」周囲へ手を振る。「ここはお偉方や経理屋がいるとこなんだぞ」

「なら、なぜここに捜査本部を置いたんだろう？」

「ほかならぬお偉方や経理屋のせいだよ――報道カメラの前を通るときに自分を偉く感じるからだ」

なるほど、捜査本部室は満員だった。外出していた者も、今は戻ってきてデムプシィの説明を聞いていた。DNA照合の結果が入ってきており、被害者のうち二人はエイミィ・メアンズとジェマイマ・ソルトンと判明した。

「家族は結果を教えてもらうためにこちらへ向かっています」とデムプシィが言った。声がしゃがれており、一息入れてペットボトルから水を飲み、咳払いをした。疲れた白い顔になっている。それでも何とか力を振り絞って、家族二組と会い、家族のもたらす強い感情に対応しなければならない。「何か質問は？」とたずねた。

「ほかの被害者たちの身元がわかるのに、あとどれぐらいかかりますか？」

「そんなにはかからないでしょう――うまくいけば、明日か明後日」

「死因は？」

「確定するのは、なかなか難しいですね。早く結果が出るように、アバディーンにもう二人病理医を派遣するよう頼みました」

「次はどんな手を打つのですか？」

「戸別訪問を続けます。農家には、監視カメラを設置しているところがあるかもしれない。店舗や車の修理工場についても、同様です。しらみつぶしにたずねて回らなければ」

「野原や森で採取した証拠品は……？」

「すべて科捜研に運ばれています。これまでのところ報告するほどのものは何もない」

「恥毛なんですが……」

「はい？」

「アネット・マッキーのものではない、とわかっていますね」

　デムプシィがうなずいた。「それのDNAがもし採取できたら、エダトン近辺に住む男性すべてに、DNA検査に協力してもらいます」

室内の捜査員たちは、それが膨大な仕事量となることがわかっているので、思わず目を見交わした。

「たいへんな要求をしているのは承知していますが、最善の努力を払っていることを世間に知ってもらわなければならないのです」

　そのとおりだ、とリーバスは思った。たとえ結果が伴わなくても、殺人犯を慌てさせ、そいつが不用意に飛び出てくる可能性もある。再調査班で自分が提案した戦術を思い出し、思わずデムプシィに向かって、DNAの証拠があろうがなかろうが、DNAの証拠があるとメディアに発表したらどうか、と提案してしまった。彼女はリーバスを睨みつけて黙らせた。

「プロファイラーの助けを借りる可能性について、考慮なさっていますか？」リーバスから注意をそらすためか、シボーンが質問した。デムプシィはシボーンと視線を交えた。

「わたしは、理にかなった提案であれば、取り入れるつもりですよ、クラーク警部」

「というのは、なぜ連続殺人犯はある特定な場所を選んで死体を始末するのか、という点に関して、さまざまな研究がなされているからです。今回、被害者は広い地域にわたっていますが、あの一つの場所に集められています」

「つまり、犯人にとって、あの場所は何か意味があるということですね？」デムプシィがうなずいた。「その件に関して、すでにいくつかメールを受け取っています。予算を超えない範囲でやってもらえるような、親切なプロファイラーを知っている者がここにいるようなら……」デムプシィは部屋を見回した。「あるいはクラーク警部にインターネットで探してもらってもいいし」デムプシィは再び、シボーンを見つめた。

「そうします」

「よろしい」デムプシィは腕時計を見た。「では質問がもうないようであれば、覚悟を決めて、悲嘆に暮れている家族と会わなければ……」

部屋のあちこちから同情の声が上がった。ペイジは数人の警官を押しのけながらシボーン・クラークに近づいてきた。

「どこへ行ってたんだ？」ペイジが訊いた。

「あちこちへ」シボーンが答えた。

「ずいぶん前からきみを探していたんだぞ」シボーンに失望したような口調だった。

「電話してくだされればよかったのに」

「充電してなかったんだ」ペイジがつぶやいた。「ちょうど合うアダプターを持っている者が誰もいなかった。今夜の夕食についてのメールを見たか？」

「シボーンは喜んで招待を受けますよ」リーバスが口を挟み、シボーンから厳しい視線を浴びた。「おれも行きたいのは山々なんですが、ほかに用事があって」

そう言い終えると、リーバスは出て行った。


その夜、早く寝るつもりだったにもかかわらず、リーバスは簡易ホテルからタクシーでパブへ向かった。助手席に座って、インヴァネスでは駐車場を見つけるのが難しい、と運転手に話しかけた。

「週末にはどうなるか見に来るといいよ」と運転手が言った。「駐車場ビルもスーパーマーケットの駐車場も、一日中満杯だ」

「景気がいいんだな」

運転手がせせら笑った。「おれもそのおこぼれにあずかってると言えればいいんだがね」

リーバスが〈ロッホインヴァ〉へ入っていくと、ガヴィン・アーノルドがまさにダーツを投げようとしていた。彼の投げたダーツはワイヤーの外側に刺さってしまい、アーノルドは頭を振り続けながら、対戦相手がダブル・セブンティーンで勝利を収めるのを見守った。そのあと対戦者と握手を交わし、お互いの腕を叩いて健闘を称えた。アーノルドはリーバスに気づき、バーカウンターへ手招きした。

「何を飲む？」

「IPAがいいな」

「二つくれ、スー」アーノルドが言った。スー・ホロウェイはリーバスに挨拶の笑みを浮かべ、仕事にかかった。

彼女がエールを注ぐのを見ながら、リーバスはアーノルドに、今日はどうだった、とたずねた。

「おれは戸別訪問の係だ」と答える。「おれの車はそうとうがたついたと思うよ。農家の小道を何回となく往復したんだからな」

「何も結果が出ないんだな？」

「デムプシィ警視正は、それ自体が結果だと主張してる。範囲を狭めるんだそうだ」

「ある意味、それは言えてる」

「おっそろしく退屈な一日になるんだな、そういうことだよ」

「文句を言わないで」スーが言った。「感謝の印として、これは店のおごりよ」

「感謝とは？」リーバスがたずねた。

「変態男を見つける努力と、今後の犯行を防いでくれることへの」

「じゃあ、乾杯だ」アーノルドが言い、リーバスのグラスと合わせてから一口飲んだ。「あんたはどうなんだ、ジョン？ 何か進展があったか？」

「おれは余分な人間のようなんだ、ガヴィン。半日は観光をして過ごした」

「カロデンか？」アーノルドが推測で言った。

「ブラック半島だよ」

「もし捜索範囲が広がったら、おれもそのうちそこへ行くよ。ブラック半島は気に入ったか？」

「イルカを見た」

「カルボキーへ行ったか？」アーノルドは首を振るリーバスを見た。「そこにはいい感じのパブがあるんだ。

クロマティ湾を見渡せるビア・ガーデンがついていて」

　リーバスはその地名をなぜ自分が知っていたかを思い出した――カルボキーはブリジッド・ヤングが失踪した日に、彼女が携帯電話を置きっぱなしにした場所なのだ。

「おい、ガヴィン」ダーツ仲間の一人が声をかけた。「あれ見てるか？」その男はドアの上にあるテレビのことを言っていた。ニュース・チャンネルが映っている。画面では何人かの人々がテーブルを囲んで座ろうとしていた。そこはバーのようだったが、その店はナプキンとメニュー付きである。フラッシュが何回も光り、あるときなどは画面が強く揺れた。

　リーバスはフランク・ハメルとニーナ・ハズリットがいるのを見た。二人は初めて紹介されたかのように、握手をしていた。その場にはもう二人いて、大勢から注目され、カメラに接写されて、落ち着かない様子だった。

「あれはブリジッド・ヤングの妹と連れ合いだ」アーノルドが説明した。画面の下には、Ａ９の遺族が会う、というテロップが出ている。

「あれって、〈クレイモア〉じゃない？」スー・ホロウェイが言った。

「そうみたいだ」アーノルドが認めた。そしてリーバスのために「ここの真向かいの店だよ」と教えた。

　誰かが確かめにドアへ向かった。アーノルド、リーバスほか数人がそのあとを追った。なるほど、店の外に衛星放送用のパラボラアンテナを屋根に取り付けた中継用バンが停まっている。〈クレイモア〉バーの中でたくさんのライトが動いている。リーバスは道路を横切り、窓から中を覗いた。テーブルと四人の姿が見える。男がバンの後ろから出てきて、先端に照明をつけた三脚を設置した。ケーブルをバンまで伸ばして、コンセントに差し込むと、室内がさらに明るく照らし出された。ハメルは窓へ目をやり、険しい目つきになってリーバスと視線を合わせた。すぐにマイクへ向き直り、話を続けた。ダリル・クリスティの姿はなかった。ニーナ・ハズリットは盆から飲み物を受け取っている。ブリジッド・ヤングの妹は隣に座っている男の手をしっかりと握っている。野次馬がリーバスの後ろを取り巻くと、リーバスはそこから抜けて〈ロッホインヴァ〉へ戻った。アーノルドはテレビの前に陣取り、ニュースを見ている。誰かが音量を上げていた。

「いきなりの記者会見だ」とアーノルドが言った。

「デムプシィは喜ばないね」

「なんて言ってる？」リーバスがたずねた。

「ハメルは警察の努力が足りないとなじっている。ハズリットはＤＮＡテストを望んでる」

「ほかの二人は？」

「自分たちがどういう状況なんだかよくわかっていないようだ。もう一杯飲むか？」

「おれが払う」リーバスはアーノルドの空のグラスを取り上げ、カウンターへ向かった。携帯電話が鳴ったとき、誰からなのか見当がついたが、テレビ画面を見て確かめた。ニーナ・ハズリットは発言している。フランク・ハメルがその隣にいて、自分の携帯電話を見つめていた。リーバスはメールを確認した。

〝まだそこにいるか？〟

リーバスは返信を打ち、エールの代金を払った。それから半時間後、ハメルが店に入ってきた。ただ一つ驚いたのは、ニーナ・ハズリットを伴ってきたことだった。

「ニーナだ」とハメルが紹介した。

「ジョンはわたしを知ってるのよ」ハズリットが言った。「ジョンは素振りにも見せないので、わからないかもしれないけれど」

二十ポンド紙幣を手に、スーの注意を捉えようとしていたハメルは、驚いた様子だった。リーバスは店内を見回した。誰もが素知らぬ顔をしているものの、入ってきた二人の顔がわかったようだった。次のダーツ試合の半ばまで進んでいるアーノルドは、リーバスへ問いと警告の混じった視線を投げた。

「同じもの？」ハメルがハズリットにたずねている。

「そうね」

「あんたは、リーバス？」

「おれはけっこう」リーバスはハズリットへ目を向けた。「だいじょうぶですか？」

「何か知らせがあれば、もっと元気になれるわ」

「明日か明後日には結果が出ると聞いているが」

「じゃあ、あなたはわたしと同じだけしか知らないんだわ」ハズリットがぴしゃりと言った。

ハメルがハズリットにグラスを渡しているときに、リーバスはダリル・クリスティがどこにいるのかとハメルにたずねた。

「エジンバラに戻った。母親の傍についていなきゃならんのでね」

「あんたもそうすべきじゃないのか？」

ハメルが睨みつけた。「そっちはどうなんだ。酒浸りになりやがって。野放しの変態を捕まえるのが仕事だろうが」

「ジョンは精一杯働いてると思うわ」ハズリットが割って入った。「だから忙しくて、メールの返事もできないのよ……」

「トーマス・ロバートソンと会った」リーバスはハメルに告げた。ハメルはウイスキーとエールを注文しており、エールを少し飲んでから、そのグラスにウイスキーを混ぜた。

「誰だ、そいつは？」

「ピットロホリの道路工事作業員だ」リーバスが教えてやった。

「なぜ、そんな男のことを言う？」

「誰かにぼこぼこにされたんだ」

ハメルは肩をすくめ、携帯電話を取り出して画面を読んでいる。リーバスはニーナ・ハズリットへ向き直った。「道路の向こう側でのあの騒ぎだが、いったいどういうことなんです？」

「メディアの注意を喚起するためよ」ハズリットが答えた。

「あなたが考えたことか、それとも彼？」リーバスはハメルを顎で示した。

「どっちでもいいじゃない？」

今度はリーバスが肩をすくめた。ゲームを終えたアーノルドが、ダーツボードから手招きしている。リーバスは歩み寄った。

「何をやってるんだ？」アーノルドが声をひそめてなじった。

「あの二人が店へ入ってきたんで、仕方なかった」

「じゃあ、偶然出会ったんだな？」アーノルドは納得した声ではなかった。「テレビの連中が全員帰ってしまったのは、間違いないな？　このことがもしデムプシィの耳にでも入ったら……」

「きみも言わないし、おれも言わない」リーバスはウインクしてバーカウンターのほうへ戻った。ハメルが、そろそろ一杯どうだ、とたずねた。リーバスは首を横に振った。

「もう帰る。明日も朝が早いんで」

「もう一杯ぐらいだいじょうぶよ」ニーナ・ハズリットが懇願するような目つきで迫った。ニーナが純粋に自分ともう少しいたいのか、ハメルと取り残されるのが嫌なだけなのか、リーバスはよくわからなかった。

「よおっ、皆さん！」パブのドアが大きく開かれると、携帯電話を高く掲げた男が立っていた。リーバスとハズリットとハメルは、思わず声の方向へ振り向いた。笑顔の青年が今撮ったばかりの写真を確認し、親指を立てると、後ずさりして道路へ出て行った。ドアがばたんと閉まった。

リーバスはレイモンドだとわかった。デムプシィの甥である記者――ガヴィン・アーノルドもその顔がわかった。二人は顔を見合わせた。

〝このことがもしデムプシィの耳に入ったら……〟

「やっぱり、ウイスキーをもらおうか」リーバスはハメルに言った。

「そうこなくっちゃ」ハメルが答え、スー・ホロウェイへ手を振った。ハズリットの体から緊張が解けたようだった。リーバスを見て微笑み、留まることへ感謝を示していた……


ドアをノックする音が聞こえたとき、リーバスはベッドの中にいた。腕時計を見ると、夜中の十二時より少し前だ。起き上がってドアへ歩いて行った。

「はい？」とたずねる。

「わたし」シボーン・クラークの声だ。「まともな格好をしてる？」

リーバスは小さな部屋を見回した。「ちょっと待ってくれ」ズボンをはきシャツを着ると、ドアを開けた。

「何かの邪魔をしてない？」

「だったら嬉しいんだが、どうした？」

「これを見た？」シボーンはリーバスが見やすい角度に携帯電話を掲げた。地元新聞のニュースだった。〈ロッホインヴァ〉での写真があり、Ａ９遺族解決を渇望、という見出しが添えられている。

「でかでかと記事にしやがったな？」リーバスが評した。

「どういうことなのか話してくれる？」

「一杯飲みに行ったんだ。向かいの店でハメルとハズリットが記者団に意見を述べていてね。そのあと二人はパブに入ってきた。それを少年記者が携帯で撮ったんだよ」

シボーンはガヴィン・アーノルドに負けないぐらい、疑わしそうな目でリーバスを見た。

「それより大事なことだが」とリーバスは付け加えた。

「食事会はどうだった？」

「お互いにとても礼儀正しく振る舞ったわ」

「警視正にしっぽを振るために、自分が見捨てられたことを怒ってる、と彼に伝えたか？」

「もうその話はやめてくれる？」シボーンは腹立たしげな声になった。

「すまない」

「じゃあ、朝食のときに」

「そのときまでに、デムプシィがおれを追い返さなければ、な」リーバスはシボーンの携帯電話を指さした。

「遠からずわたしもそのあとを追うかもね。ジェイムズがわたしに〝適した役割〟を見つけようとして、努力していると言ってた」

「親切な男だな」

シボーンは携帯で時間を見た。「もう寝たほうがよさそうね、お休み、ジョン」

「きっと何もかもうまく行くよ」リーバスはそう言いながらドアを閉めた。シボーンがもう一階上の、最上階にある自分の部屋を目指して、廊下を歩み去る足音を聞いていた。同じ階の別のドアが開いて、どうしたんだ、とたずねるペイジの声がした。

「何でもないわ」とだけシボーンは答え、そのあと階段を上るきしんだ音が続いた。

52

デムプシィは三人が本部へ現れるのを待たなかった。リーバスとペイジとシボーンが朝食をすませ、簡易ホテルから出たとき、運転手付きの彼女の車が近寄ってきた。煙草に火を点けたばかりのリーバスは、デムプシィに、連行には目隠しが要るかとたずねた。

「いったいどういうつもりなんですか？」デムプシィがたずねた。

「おれはパブで、静かに飲んでいただけですよ」リーバスはあらかじめ、筋書きを作り上げていた。「ハメルとハズリットは道路を隔てた店にいた。二人がカメラへポーズを取ったあと、パブへ来てたまたまおれの横に座ったんです。顔見知りだったんで、挨拶していたら、レイモンドがいきなり入って来て、パパラッチをやらかした」

「何の話です？」ペイジがけげんな顔で訊いた。

「あなたの部下がインターネットに大きく出ているんですよ」デムプシィが教えた。

「あなたの甥のおかげでね」リーバスが釘を刺した。

デムプシィはその非難を無視した。「で、捜査に関して、あの二人にどんなことを教えたんですか？」

「何を教えられる？　おれは仲間に入れてもらっていないんですよ」

デムプシィはリーバスを指さしながらペイジを見た。

「すぐに彼をここから去らせてください、わかったわね？」

「はい、わかりました」ペイジが答えた。デムプシィはもう車に戻っていた。運転手が車を発進させた。

「おれの弁護をしてくれてありがとう、ボス」リーバスが言った。

「中へ戻るんだ」ペイジが言った。「荷物をまとめてチェックアウトしろ。ゲイフィールド・スクエア署が宿代は支払う。エジンバラで会おう」

リーバスは、あんたが乳母車に乗っていたころ、おれは殺人事件を解決してたんだぞ、というような言葉を思い浮かべたが、何も言わなかった。しっかりやれよ、と言うかのように、シボーンへ軽く頭を下げると、煙草を地面に捨て、言われたとおりにした。

再び玄関へ出ると、いつものように厚化粧をしたミセス・スカンロンも付いてきて、南方へのよい旅を、と言ってくれた。ペイジもシボーンもとっくにいなかった。リーバスはミセス・スカンロンがドアを閉めるのを見守ったあと、出発前にもう一本、煙草を吸うことにした。電話が鳴り出したとき、出ないでおこうかと思ったが、見ると、ゲイフィールド・スクエア署からだった。

「誰だ？」リーバスが訊いた。

「クリスティン・エソン」

「やあ、クリスティン。まだ聞いていないなら言うけれど、もうすぐきみたちのところへ戻る」

「何か報告することでも？」

「今はな、おれよりもインターネットのほうが、何でも早い」

「あなたとハメル、ハズリットの写真を見たわ……」

「それで笑ってやろうとしておれに電話することにしたのか？」

「何を笑うの？」

「何でもない」リーバスは煙草の吸い殻を踏み消し、サーブに乗り込んだ。今日こそ、サーブが始動するのを拒否する日か？

エンジンがかかった。ダッシュボードの警告灯はすべて点いていない。

「とにかく」とエソンが話し続けている。「彼女の番号を伝えると言ったので」

「ごめん、クリスティン、最初の部分を聞き逃した。誰の番号？」

「サリー・ハズリットのことで、あなたに話したいと電話してきた女性よ」

リーバスは目を上へ向けた。またしても目撃情報。

「その口調から、どれぐらい頭がいかれているか、わかったかい？」

「まともな人の声だったわ。名前を言い、電話を待っていると、あなたに伝えてほしいと言ってた」

リーバスはため息をつきながらも、ポケットから手帳とペンを取り出した。エソンが名前を読み上げると、リーバスははっと身を固くした。もう一度繰り返してくれ、と頼んだ。

「スージー・マーサー」エソンが澄んだきれいな声で繰り返した。

「最初にそう聞いたと思ったんだけど」リーバスがエソンに言った。

53

グラスゴー。

リーバスはスージー・マーサーと名乗る女性に、「直接会って話をしたい」と言ったのだった。

彼女は、どうして、とたずねた。

「間違いのないようにしたい」

彼女はグラスゴーにいる。Ａ９を南へ、さらにＭ８０を西へ。昼食時にリーバスはグラスゴーへ着き、バスターミナル近くの駐車場ビルへ車を停め、すぐ近くのブカナン・ストリートへ向かって歩きだした。約束どおり、そこで電話をした。

「着いたんだが」リーバスが言った。

「どこ？」

「ブカナン・ストリートを歩いている」

「王立取引所の建物で左へ折れると、〈トムソンズ〉というカフェがあります。カウンター席の窓寄りに座っていてください」

「おれはジェイムズ・ボンドじゃないんだけれど」

「そこにいてくだされば、わたしがそちらへ歩いていきます」

リーバスは言われたとおりにした――コーヒーとオレンジジュースを注文し、買い物客が行き交うのを座って見つめていた。グラスゴーは自分の縄張りではない。エジンバラに比べて、だだっ広い。五つか六つの通りだけなら、自在に行動できるが、その狭い範囲を越えると、もう迷ってしまう。

五分後に、ようやく彼女が入ってきた。隣のスツールに滑り込む。

「あの人を連れてきていないか、確認したかったので」彼女が言った。

リーバスはつくづくと女性を見た。髪を短く刈って漂白しており、眉毛はほとんどなくなるほど、抜いてしまっていた。しかし目と頬骨は今も母親とそっくりである。

「長年の間に、顔を変えるのが上手になってきたんだな」リーバスはサリー・ハズリットの瞳を見つめながら言った。

「まだじゅうぶんじゃない」サリーがぴしゃりと言い返した。

「でも、あのモンタージュはかなり似ていた――きみが慌てるのも無理はない」リーバスは少し間を置いた。「では、きみをサリーと呼んでいいのかな、それともスージー、もしくはすでに新しい名前に変えたかな？」

サリーはリーバスをじっと見た。「ニーナはニュースであなたの名前をしきりに出していたわ。だからあなたがた二人の写真を見て……」

「それで？」

「ニーナにはもうやめて、と伝えなければならない、と思ったの」

「きみを探すのをやめるのか、それともきみが殺人事件の被害者だと考えるのをやめるのか？」

　サリーの目はリーバスから離れなかった。「両方とも」

「じゃあ、なぜ自分でそう言わない？」

　サリーはかぶりを振った。「できないわ」

「だったら、なぜきみが逃げたのか話してくれ」リーバスはコーヒーカップを口に運んだ。

「まずあなたに教えて欲しい——なぜ、彼女はあんなことをするんでしょう？」

「彼女はきみの母親だ。ほかにどんな理由がある？」

　しかしサリー・ハズリットは首を横に振り続けていた。「わたしたちの家庭がどんなだったか、母はあなたに少しでも話したのかしら？」

　リーバスは思い出してみた。「きみのお父さんとお母さんは教師だった。ロンドンに住んでいた……」

「知っているのはそれだけ？」

「クラウチ・エンドというところだと、言っていたな。自分たちの力ではとても買えないような、高級住宅地だ、と。身内から遺産を受け継いだそうだ」リーバスは一呼吸した。「そう、お母さんは今も同じ家に住んでいるよ。今はアルフィーおじさんと同居しているが。きみのお父さんはきみが子供の頃、おとぎ話の本を読んでやるのが好きだった」またリーバスは間を置き、目をサリーから離さなかった。「お父さんが死んだのを知ってるね？」

　サリーがうなずいた。「せいせいしたわ」その一言で、リーバスはついに真相に近づいたように感じた。

「父がわたしに教えたがったことはたくさんあった」と意味ありげに話を続ける。「たくさんよ、たくさん」

そのあと続いた沈黙を破って、リーバスが優しい口調で話しかけた。

「その当時、お母さんに何か言ったのかい?」

「言う必要もなかった——母は知っていたから。だからこそ、母はわたしが生きてるかどうかぜひとも知りたいのよ。もし生きていたら、わたしが秘密をばらすかもしれないから」うつむいた彼女の目は潤んでいた。

「なぜアヴィモアに着くまで待ってから、行動を起こしたんだ?」

一瞬の間を置いて、サリーは気を取り直した。「大学で英語なんて勉強したくなかった——それは父の意思だった。アヴィモアの山小屋で、友達と将来について話し合っているうちに、わたしは父に面と向かってそんなことは言えない、と強く思うようになった」

リーバスは深くうなずいて理解を示した。

「父は……その頃にはもう止めていた。十四歳のときに止めたわ」サリーが咳払いをした。「おかしな話だけど、その当時、わたしは自分が悪いのだと思い込んでいて、それでよけいに苦しんだ。それ以来父をどうやって罰しようかと考え続けていたんだけど、あの大晦日の夜、酔った勢いで——というか、ジンの力で、たやすく行動に移せた。知らない場所、両親からはるか遠くに離れた場所にいると、とても心が落ち着いたわ」

「お父さんが亡くなったのを聞いたときは……?」

「もう時機を失していたわ。戻る気はもうなかった」

「顔を知られたんじゃないかと、びくびくしながら生きるのは、楽しくないだろうに」

「だから母にやめるように言ってほしいんです。わたしは生きているし、元気だけど、二度と母に会いたくないし、話もしたくない」

「自分の口からそう言ったほうが、ずっといいんじゃないかな」

「わたしはそうは思わない」サリーはスツールからす

るりと降り、リーバスの前に立った。「やっていただけますか？」

　リーバスは頬を膨らませて考えた。「そういう人生でいいんだね？」

「これしかないもの」サリーは肩をすくめた。「世間にはわたしよりもつらい人生を送っている人がいっぱいいるわ。知らないの？」

　リーバスは少し考えたあと、うなずいて同意を示した。

「ありがとう」サリーがかすかに笑みを浮かべた。リーバスは何か言葉をかけようとして考えたが、サリーはすでにドアへ向かっていた。いったん外へ出たもののためらい、また戻ってきた。

「一つ、あなたが誤解していること――わたしにはアルフィーおじさんなんていない。というか、おじさんは一人もいない」サリーはドアを引き開け、カフェを出て行った。肩にバッグをかけ、頭を高く上げて颯爽《さっそう》と歩み去り、そのうち通行人の群れに紛れてその姿は見えなくなった。リーバスは携帯電話を出し、サリーの携帯番号をアドレス帳に追加した。おそらく彼女はそれを変更し、同時に、別の過去を持つ新しい人間像へと移るのだろう。むなしい人生だ、とリーバスは思わずにはいられなかった――とはいえ、そういう生き方を彼女は選んだのだ。サリーの番号がちゃんと入ると、携帯電話をポケットにしまい、両頬を撫でながら、さっきの会話を思い出していた。

〝父がわたしに教えたがったことはたくさんあった……〟

〝わたしが秘密をばらすかもしれないから……〟

〝わたしにはアルフィーおじさんなんていない。というか、おじさんは一人もいない……〟

「じゃあ、アルフィーって誰なんだ？」リーバスは窓に映る自分の顔を見つめながら、自問した。

第五部

血の臭いがどこにでも付いていた——
石にまでも……

54

リーバスはフェティス警察本部にある重大犯罪事件再調査班室へ入っていき、梱包用の箱が届いているのを見た。ピーター・ブリスとエレイン・ロビソンはラベル貼りや、目録作りに追われている。

「手伝いに来てくれたんですね？」ロビソンがすがるような声で言った。

「これはすべて高等法院の刑事部へ行くんだな？」リーバスは箱の一つを靴先でつつきながらたずねた。

「そうだ」ブリスが言った。「最初に持ち込まれたときよりも、ずっと順序よく整理されてる」


「心配しないで」ロビソンが言い添えた。「あなたのために一つ二つ、仕事を残しておいたわ。仲間はずれになったと感じたくないでしょ？」

「ダニー・ボーイはどこだ？」

「お偉方とまたもや会議」

「坊やは仕事にありつけそうなんだな？」

「そうらしい」ブリスがしぶしぶ認めた。

「偉そうにするだろうな」リーバスが言った。

「でも、おれたちには関係ないだろ？　こっちは昼間からテレビを見て、訪問販売に悩まされるだけの身分になるんだから」

「迷宮入り事件の代わりにね」ロビソンは笑顔で言い添えた。「でもその前に、もう一度オーストラリアへ旅行に行くつもり」シドニー・ハーバー・ブリッジの写真を机から取り上げ、写真にキスした。そしてリーバスに向かって「次の金曜日に食事会をしようって、わたしたち考えてるんだけど」と言った。

リーバスは自分の椅子から、空箱の一つを降ろすと、机の前に座った。「スケジュール帳を確認しないと」と答える。

「インヴァネスはどうだったんですか？　テレビでは大騒ぎしているような印象だったわ」

「メディアは新しいソニー・ビーンが現れて、皆を怖がらせるって図式をこよなく愛するんだよ」

「それ、誰？」

「人食い男――神話上の人物らしい」

「グレゴール・マグラスの家に行ったんだね？」ブリスがたずねた。

リーバスがうなずいた。「今回のことを伝えた」

「どう受け止めていた？」

「冷静に」

「北方のすばらしいところを見つけて住んでいるだろ？」

「凪《なぎ》の日なら、よいところだが……」

ブリスが小声で笑った。「そうだよな、グレゴールは引退するまで、いつも太陽を追っかけてたな。マーガレットと真っ黒に日焼けしてテネリフェ島の休暇から戻ってきたもんだ」

「マーガレットは奥さんなんだね？」リーバスは本棚にあった写真を思い出しながら言った。「いつ亡くなった？」

「グレゴールが引退する二年ほど前だった。ほんとに気の毒だったよ――クルーズ旅行のパンフレットを持ってきては、引退したら夫婦でどこそこへ行くんだと皆に触れ回っていた。どんな様子だった？」

「元気そうだったよ。彼がニーナ・ハズリットと会ったとき、あんたはここで働いていたのか？」

「ここにはいなかったと思う。いたら、その話を聞いていたはずだ」

「二〇〇四年だったと思う」

「じゃあ、おれがここへ来る直前だ」

「グレゴールはハズリットの話を一度も持ち出さなかったのか?」

ブリスがうなずいた。

開いたドアをノックする音が聞こえた。リーバスがそちらを見ると、マルコム・フォックスが立っていた。

「話があるんだが」フォックスが言った。

「用事があるなら聞こう」リーバスが応じた。

「廊下へ出てもらえるか……」

リーバスは彼のあとをついて苦情課の巣へ向かった。フォックスはロックの暗証パッドを体で隠しながら、番号を打ち込んだ。再調査班と部屋の広さはほぼ同じで、しつらえもそっくりだった。机とノートパソコンが並び、フェティス・アヴェニューに面した窓が一つある。背広姿の男が二人を待っていた。フォックスと同年配だが、もっと筋肉質の体で、片頬に古いニキビ跡が残っている。この男はフォックスが柔の警官を演じるなら、剛の警官役を喜んで務めるのではなかろうか——あるいはその反対の役回りもあり得る、とリーバスは思った。フォックスはトニー・ケイだと紹介し、リーバスに座ってくれと言った。

「立っているほうがいい」

フォックスは肩をすくめ、トニー・ケイの机の端に尻を乗っけた。

「まだ北にいるんだろうと思っていた」フォックスが言った。「だからまずインヴァネスに電話をしたんだが、あんたは追い返されたと聞かされた」リーバスの目を食い入るように見つめる。「その理由を話してもらえるか?」

「向こうの連中が、捜査にかけてはど素人だってことで、恥をかかせてしまった。そんな場合、よその警察がどれほどいらだつかわかるだろう」

「じゃあ、フランク・ハメルとは関係ないんだな?」

「そんなことあるわけない」

「あんたとハメルが仲良く酒を飲んでいる写真のこと

だ」トニー・ケイが言葉を挟んだ。

「あれはたんなる偶然だ」

「おれたちをなめるな」

リーバスはフォックスに視線を戻し、話を待った。

「モリス・ジェラルド・カファティ」フォックスが口を開いた。「そして今度はフランク・ハメルだ、あんたは友達を選ばないんだな、リーバス」

「あいつらを友達と言うなら、あんたらも友達だ」

「それは変じゃないか」ケイが言った。「おれたちはあんたと一度もパブへ行ってないが、二人と飲んでいるところは目撃されているんだからな」

リーバスはフォックスから目をそらさなかった。

「これでは、お互いに時間を無駄にしている」

「再調査班は解散になると聞いた。そうなればあんたはまた警察とは縁が切れる」フォックスは一呼吸置いた。「本気で再雇用を願い出ない限りは」

「民間人へ戻ることにも、それなりの利点がある」リーバスはきびすを返してドアへ向かった。「あんたたちのくだらない命令を聞かなくても済む」

「余生を楽しめよ、リーバス」ケイが呼びかけた。

「少しでも残っているものなら……」


その夜、帰宅してみると、ドアの下からメモが差し込まれていた。それを開いてみた。MGCと書いてある――モリス・ジェラルド・カファティからで、〝フランク・ハメルのようなクズと付き合っている〟のを知って、大いに失望したことをぜひとも伝えたい、とあり、〝クズ〟に三重線を引いて強調してあった。リーバスは残りの郵便物を拾い上げ、居間へ入った。空気がよどんでいたので、上げ下げ窓の一つをぐいと開け、その代償としてラジエーターの温度を上げた。オーディオのターンテーブルのスイッチが入ったままで、ゆっくりと回転していた。バート・ヤンシュのアルバムを選び、レコードに針を載せた。携帯電話の充電を始めると、寝室へ行って一泊用の鞄から洗濯物を取り出し、レジ袋二つに詰めた。近くのコインランドリーが閉まるまで、あと一時間あるので、そこへ持って行き、帰りに食料品を買おう、と決めた。携帯電話はそのままにし、レコードからトーンアームを持ち上げると、フラットに鍵をかけ、階段を二階分降りていった。

「わかってるよ」サーブに近寄りながら、サーブに謝った。洗濯物を後部席に放り込んだとき、自分の名前を呼ぶ声が聞こえた。はっとして振り向くと、ダリル・クリスティが黒いメルセデスMクラスから出てきた。運転手はハンドルの前に座ったままだが、状況がよく観察できるように、窓を開けた。運転手は〈ジョージョー・ビンキーズ〉の、あの生意気なドアマンだ――マーカスとか、そういう名前だった。

「やあ、ダリル」リーバスはサーブにもたれて答えた。「どうやっておれの住所を知ったか、たずねてみてもいいかな?」

「今や、情報化時代だよ、知らないのか?」

「ママはどうしてる? 家族は?」

「葬式の準備をしなくちゃならないんだ」

「きみの母親の友達で、頭を冷やさなければならないやつもいてね」

「ぼくが彼に引きずられるとでも思ってるの?」

「きみにはまともな常識があると思ってる。いろんな意味で、きみはフランク・ハメルよりも頭がいい。誰かがあいつをインヴァネスから呼び戻さなければならん」

「明日帰って来る」クリスティがきっぱりと言った。この前と同じダークスーツを着ているが、新しい白ワイシャツで、ネクタイはしていない。両手をズボンのポケットに突っ込み、リーバスを観察した。「フランクがあんたは合格だと言ってるよ」

「そりゃ嬉しいな」

「カファティの子分であってもだ」

「おれは子分じゃない」

「どっちでも構わないよ。フランクは、家族のために、あんたがよく聞き耳を立てておいてくれないかって言ってる」

「へえ？」

「捜査の対象となったどんな名前でもいい――とにかく、機先を制したいからって」

「フランクはそいつが逮捕される前に、自分の手で捕まえたいのか？」

クリスティがゆっくりとうなずいた。「でもぼくはそうなって欲しくない」

「そうなのか？」

「あとでごたごたするじゃないか。それにママをこれ以上苦しめたくない」

「フランク・ハメルはかなりよい成績を上げているぞ、ダリル。もし彼が誰かを捕まえたら、そいつは跡形もなく消えてしまう――長い間、見つからん」

「今回はそうはいかない。今みたいに見境がなくなっているのを見たのは初めてだもの」

今度はリーバスが目の前の青年をつくづくと見た。

「きみはほんとに賢いんだな？」

「ぼくは今、少しばかり合理的に考えているだけだ。それにもし彼が馬鹿な真似をしたら、ぼくの仕事も危うくなるし」

「でも、それだけじゃない。きみは生まれつき、慎重なんだ。おれの考えでは、きみは学校で目立たないように振るまい、テストの成績は抜群なんだと思う。どういう状況なのか、何が人を行動させるのか、などをつねに観察しているんだろう」

ダリル・クリスティは肩をすくめて見せた。ポケットから手を出すと、片手にカードを持っていた。「携帯をたくさん持ってるんだ。この番号に電話してくれたら、あんたからだとわかる」

「おれが犯人の名前を教えると、本気で思ってるのか？」

「名前と住所、それだけだ」クリスティはサーブの窓を透かし見て、後部席にあるレジ袋に気づいた。「洗濯機を買うほうが安上がりかもしれないよ……」

リーバスは、くるりと向きを変えてメルセデスへ歩むクリスティを見守った。威張った足取りではなく、自信がにじみ出ているような歩き方。運転手はクリスティの意思がどんなものであれ、それに逆らえるものならやってみろ、と言わんばかりにリーバスを睨んでいる。窓ガラスがするすると閉じられるのへ、リーバスはウインクして見せた。そしてサーブに乗り込みエンジンをかけた。駐車スペースをバックで出て、アーデン・ストリートの坂下にある交差点まで来た時には、もうメルセデスの姿はなかった。

コインランドリーの店主が二日ほどかかると告げた。リーバスが二日も待てないと抗議すると、店主は洗濯サービス注文表へ手を振った。

「あんなに注文を抱え込んでるんで、あんたが自分で洗濯機に放り込んでくれるなら、金を払ってもいいぐらいだ」

自分のフラットへ戻る途中、フィッシュ&チップスとインド料理と中華料理の三択に悩んだ。インド料理が勝ち、リーバスは〈パタカ〉へ寄った。ラム・カレー、ローガン・ジョッシュを注文し、出来るまで待つと伝えた。ラガー・ビールを勧められたが断った。店は繁盛していて、料理の皿や冷したワイン・ボトルを分け合っているカップルで満席だった。ここから二分ほどの徒歩圏内に、パブが三、四店あるが、そこへは行かないで夕刊を開いた。読み終える頃には、注文した料理ができあがった。ラジオでマギー・ベルの歌を聴きながらアーデン・ストリートまで戻った。まだ彼女は現役なのだろうか……

容器を開けて、肉やソースやライスを皿に移すと、キッチンが濃厚な芳香に満たされた。食品戸棚にビールがあったので、一つ開けてトレイに載せ、食卓へ運んだ。居間は少し空気が入れ替わっていたので、窓を閉め、バート・ヤンシュのアルバムをまたかけた。携帯電話が鳴り、メールの着信を知らせた。リーバスは後回しにすることにした。数分後、また鳴ったので、今回は立ち上がって確かめた。未読のメールが一つと録音メッセージが一つ。

　ニーナ・ハズリットからだ。

「わたしがどこにいるかわかる？」とハズリットが言っていた。

55

　二人は鉄道駅の裏にある昔風のパブで会った。ハズリットはロンドン行きの寝台列車を予約しており、乗車するまで二時間ほど時間をつぶさなければならなかった。リーバスが着いたとき、彼女はカウンター席に座っていた。リーバスのために買っておいたエールは、時間が経って気が抜けていた。リーバスは全然構わないと言った。

「あなたはまだインヴァネスにいると思ってたわ」ハズリットが言った。

「人数が多すぎたんで」

「もう遺体の身元は全員わかったの？」

　リーバスはうなずき、エールを飲んだ。

「サリーはいない」ハズリットは目を落とした。

「彼女は事件と無関係ってことなんだ」リーバスが言った。

「そんなわけないわ！　最初に気づいたのは、わたしじゃなかった？」

　バーテンが二人に警告する目つきを向けた。ここは大声で言い争う場所ではない。窓辺のテーブルにいたカップルが帰ろうとしているのをリーバスは見た。自分のグラスとニーナ・ハズリットのスーツケースを持ち上げた。ハズリットも少し遅れて自分のウォッカ・トニックを手に、彼のあとを追った。二人がテーブル席に落ち着くと、ハズリットはリーバスが視線を合わせるのを待った。睡眠不足と答えが見つからない不安とで、その目は血走り、顔色が悪く、皮膚が突っ張っていた。

「フランク・ハメルをどう思う？」リーバスがたずねた。

「とても思いやりがあるわ」

「ギャングだよ」

「新聞はそうほのめかしているわね」

「あなたの人生にふさわしい男ではない」

「彼はわたしの大事な人ではない」

「あなたたち二人はインヴァネスで仲がよさそうだった——どっちがあの撮影を計画したんだ？」

「どっちでもいいでしょ？」

「事態を正確に把握したいので」

「あなたには関係ないことだわ、ジョン」

「そうかもしれない」リーバスは少し間を置いた。「もう一人の男はどうなんだ——それもおれとは関係ないのかな？」

　ハズリットはため息をついた。「今度はどの男のことなの？」

「あなたと同居している男——名前はほんとうにアルフィーなのか？」

「言ったでしょ。弟よ」

「あなたに男兄弟はいない、ニーナ」

ハズリットの口が少し開いた。その頬が赤く染まるのをリーバスは見つめていた。

「どうしてそう断定できるの？」ハズリットがようやくたずねた。

「おれは警官だ。何でも見つけるのが得意なんでね」リーバスが一呼吸してたずねた。「で、彼は誰なんだ？」

「彼は……わたしと同棲しているの」

リーバスがゆっくりとうなずいた。「なぜ嘘をついたんだ？」

「わからない」

「もしすでに男がいたら、おれへ向けたお色気の効き目が薄れるとでも思ったのか？」

ハズリットは再び目を落とした。膝へ手を置き、手のひらを上向けにしている。「たぶん」小さな声で認めた。

「それに、家で待っている男がいなかったほうが、悲しむ母親として、メディア受けがよいからだろう」

「ジョン……」

リーバスはそれ以上何も言うな、と手真似で伝えた。パイントグラスはまだ半分以上残っているが、もう飲みたくなかった。未消化な肉と膨れたライスで、胃がむかむかしていた。立ち上がった。ニーナ・ハズリットは動かなかった。自分の手に見とれていた。あるいは以前、そのポーズでうまく乗り切ったことがあるのかもしれない。リーバスは小さなテーブルの端に拳を突いて、ハズリットのほうへ身を屈め、声をひそめて言った。

「彼女はあなたに会いたくないそうだ」と告げた。「とりあえず、彼女は父親のことを公表するつもりはないと思う」

ニーナ・ハズリットはぎくっとして、頭をさっと上げた。「娘はどこにいるの？」

リーバスはかぶりを振りながら、背筋を伸ばした。

「会ったのね？」

リーバスはドアへ向かいかけていた。ハズリットが立ち上がった。「お願い！」と呼びかける。「わたしは謝りたいだけなの、それだけよ！　わたしがごめんなさいと言ってたって伝えてくれる？　ジョン！　娘に言ってくれる……？」

しかしリーバスはドアを引き開け、彼女の世界から遠ざかっていった。

住まいへ戻る車中で、彼は電話やメールがひっきりなしに来るかと思ったが、何も来なかった。車を停めると、携帯電話を取り出して、サリー・ハズリットの番号を出した。彼女がごめんなさいと言っている、とメールを打ち込んで送ったが、受信者がそれを読むのかどうか、まったくわからなかった。


バート・ヤンシュのあと、ローリング・ストーンズの番となり、その次はジェリー・ラファティを聞いた。リーバスは〈ハイランド・パーク〉を相当量飲んだが、それで気分がよくなったのか、さらに悪くなったのかわからなかった。その昔、ジム・ダンロップの会社で作られた、ナイロンのピックを、ポケットから取り出し、それを二本の指で挟んで撫でながら、ニーナ・ハズリットについて思い巡らした。自分は嫌がらせをしたくて彼女に真実を話したのか？　何も言わないほうがよかったのではないか？　五分間だけ声を聞きたくて、自分の娘に電話をかけようとしたが、もう深夜になっていたので思いとどまった。

五組の家族が、やっと娘の死と向き合って悲しめるようになったが、それには恐怖がつきまとっている。五人の犠牲者が命を絶たれ、裸にされて埋められた。殺人犯は戦利品を今も持っているのだろうか——衣服やハンドバッグ、携帯電話などをため込んでいるのか？　リーバスはそう願った。次の記者会見で、デムプシィがその訴えをするだろう。失踪した当時の被害者の持ち物を詳細に説明することになる。デムプシィは既婚者なのだろうか——結婚指輪ははめていないが、最近ではそれが証拠にはならない。子供もいるのではなかろうか。リーバスの電話は椅子のアームに置いてあり、しょっちゅうそれに目をやっては、シボーン・クラークに電話をして、今夜の出来事を話したいと思った。そうはしないで、レコードを裏返してB面を置き、少しだけ音量を絞り、最後の一杯としてグラスにモルトをたらたらと注いだ。

　テレビが無音で流れている。ニュース・チャンネル。A9事件はヨーロッパで起きた新しい政治危機にトップニュースの地位を奪われた。フランク・ハメルの新しいインタビューが流れたが、ほんの三十秒ほどに短縮されていた。すでに彼は新鮮味を失っている。映像がスタジオに戻ると、ニュースキャスターの背後に、エダトンで警察規制テープ前にいるハメルの静止画像が映し出されていた。目が膨れ上がり、開いた口の両端に唾が張り付いているハメルは、目玉をえぐりだそうとするかのような勢いで、視聴者に向かって指を突き出している。もしも容疑者が見つかり、そのあとすぐさまその男が行方不明になったら、ハメルには非難と賞賛が相半ばするだろう。リーバスはハメルという男を理解しようとした。もともと激しやすい性格なので、あれほど怒るのだろうか。あるいはアネットの母親に好印象を与えたいからか？　それともメディアの注目を浴びることに喜びを見いだしているだけなのか？　ほかの家族は自制するすべを学び取ったり、悲しみを甘受するようになった。だがフランク・ハメルは違う。家族ではないのに。

　家族ではない。

　アネットのあとをつけ……彼女と口論し……

　でも家族ではない。

リーバスはグラスに残っているモルトを飲み干しながら考え続け、もう一杯飲むのはやめた。その代わり、紅茶を淹れ、それで鎮痛剤二錠を飲んだ。そのあと、遅い時間にもかかわらず、フランク・ハメルに電話した。録音された女性の声が、その番号は使われておりません、と告げた。番号を調べ直してもう一度、かけてみた——結果は同じ。そこでポケットからダリル・クリスティのカードを取り出し、その番号を携帯電話に打ち込んだ。

「もう？」クリスティがすぐさま応答した。

「ハメルに電話したい。電話番号を控えたと思ったんだが」

「彼は数週間ごとに電話番号を変えるんだ——あんたたちが盗聴するんじゃないかと気にしててね。ぼくでは役に立たないかな？」

「まあな」

「どんな用事なのか、聞かせてもらえる？」

電話から静かな音楽が聞こえた。知る限りでは、ダリルはまだ自宅で暮らしている。自分の部屋にいるのかもしれない。「たいした用事ではない」

「たいした用事でもないのに、真夜中に人に電話をかけるのかなあ？」

なんと、この若者は鋭い。「邪魔して悪かった」リーバスは電話を切ろうとした。しかしクリスティは、待って、と言った。とつおいつ考えている気配だった。グラスの当たる音や咳が聞こえる。ナイトクラブかバーだろうか。客は少なそうだ。音楽は録音テープのようだった。

「ジャズか？」リーバスがたずねた。

「ジャズは好き？」

「大好きというほどでもない。ジャズが好きだなんて、きみは三十年ほど若すぎると思うな」

「書くものを持ってる？」

「ああ」

クリスティはハメルの新しい番号を読み上げた。リーバスはカードの裏に書き留めたあと、礼を言った。

「なんなら、ジャズの良さを教えてあげるよ」クリスティが言った。

「じゃあ、教えてくれ」

「コントロールってことだよ……」

音楽が聞こえなくなり、クリスティが電話を切っていたことに気づいた。

カードに書き留めた番号を見つめながら、ふいにハメルに電話する気力が失せた。今夜はやめよう――携帯電話のアドレス帳に番号を入れるだけにしよう。

ボトルにはウイスキーがわずかばかり残っていた。それを飲み干さないで、自制できた証拠にしようと思った。「コントロールってことだよ」とつぶやき、ギターのピックをポケットにしまい、ベッドへ向かった。

56

翌朝、リーバスが家を出ようとすると、クラクションが鳴った。白いレンジローバー・スポーツからハメルが手招きしていた。リーバスが道路を横断する間に、ハメルは運転席の窓を開けた。

「住所を変えなきゃならん」とリーバスが文句を言った。「ありとあらゆる野郎がおれの住んでるところを知ってる。いつこっちへ戻ったんだ?」

「真夜中だ。あっちにいても、何のメリットもない」

ハメルは二日間ほど髭を剃っていないようで、睡眠不足の顔をしていた。「あんたがおれに電話してくるって、ダリルから聞いた」

「そのつもりだった」

「で、おれはここにいるぞ」

「たしかにな」リーバスは相づちを打たずにはいられなかった。ハメルは続きを待っている。リーバスは人通りのない道路の前後を見回した。「でも、電話のほうがいいんだが……」

「なぜだ？」

「あんたに襲われる確率が少ない」

ハメルはいよいよ鋭い目つきになった。「さっさと言ってしまえ」

リーバスはどうしようかと考えた。「わかった」と言い、開いた窓へ身を屈め、声をひそめた。「アネット・マッキーはあんたの娘か？」

車のドアがいきなり開き、飛び退くリーバスをドアがかすめた。ハメルが降りたとき、リーバスはじゅうぶん距離を取っていた。二人は道路の真ん中で、三メートル以上離れて立っていた。

「何をぬかす」ハメルがすごんだ。

「ここでやりたいのか、フランク？」リーバスは二人の両側にある集合住宅の何十もの窓を示した。

「アネットは十五歳だった」ハメルは拳を固め、リーバスに二、三歩近づいた。「デレクの目をしのんで、おれが母親といい仲になってたと言うのか？」

「おれが言いたいのは、あんたが親のように振る舞ってたことだ――アネットを尾行したり、監視したり、小遣いをやったり、かと思えば、その使い道や誰と会うかなどで、彼女ともめたりしていた。もし親じゃないのなら……」

「違う」ハメルが一言のもとに否定した。

「だったら、別の考え方がある。それは無視したいのだが」

「それは何だ？」ハメルは、戦闘を前にして自分を鼓舞するかのように、目を見開き、荒い呼吸をしている。

「科学的な証拠がある、フランク。アネットのものではない恥毛だ。科捜研がＤＮＡを特定したら、彼女と関係を持った者のものと照合を始める。その恥毛が殺人犯のものか、あるいはデート相手のものにすぎないのか、特定にかかるだろう」

　リーバスは数歩後ずさりしたが、ハメルはもう動かなかった。

「だから、たずねなくてはならない、フランク——あんたとアネットは親密な仲だったのか？　もしそうなら、ＤＮＡの結果があんたのものと一致する可能性は高い。それが判明するまで、捜査班は見当違いの捜査を続け、その間にも、ほんとうの殺人犯に証拠を隠す時間的ゆとりを与えることになる」

「おれが愛する女の娘と寝ていたか、と訊いているんだな？」

　リーバスは答えなかった。

「そう訊いているんだろ？」ハメルが食い下がった。

リーバスが答えないでいると、ハメルは突進してきて、リーバスに全体重をかけて押し倒した。リーバスは自分の体からすべての空気が抜けたように感じた。ハメルはもがきながら体を起こそうとし、リーバスは転がって逃れようとした。配達バンが道路に入ってきたが、急停止し、運転手が様子を見るために車から降りた。リーバスはハメルを押しのけて立ち上がろうとしたが、ハメルに脇腹を蹴られてまた倒れ込み、アスファルトで手の甲がすりむけた。

「この野郎——」

　ハメルは最後まで言えなかった。彼の股間が頭突きにちょうどよい位置に来たので、リーバスはすかさず実行した。ハメルが苦痛の声を上げ、前にのめったところを、リーバスはぐっと髪を摑んで引き倒し、その顔を道路の表面にこすりつけた。バンの運転手がおそるおそる近づいてきた。

「もうやめろ！」と運転手が声をかけた。「今にも誰かが警察を呼ぶぞ！」

　リーバスは立ち上がった。心臓が激しく打ち続け、地面に激突した頭の部分がずきずきと痛む。息を吸うと肋骨が悲鳴を上げた。ハメルは四つん這いになり、口からは血の混じった唾が流れている。リーバスは相手との間にじゅうぶん距離を取りながら、ハメルが立ち上がるのを待った。ハメルの顔は紫色に近く、砂利が少しくっついている。

「歯の詰め物をなくしちまった」ハメルは糸のように垂れる血と唾を拭いながらぼやいた。リーバスはハメルから目を離さずに、バンの運転手へ、行け、と手を振った。「ついでに、おれのキンタマも一つなくなった」ハメルはリーバスを見据えた。「おそろしく喧嘩に強い野郎だな、あんたは?」

「あんたを止めるには、こうするしかなかった、フランク」リーバスが答えた。「これで話ができるか、どうなんだ?」

ハメルは口の中に手を入れ、被害を確かめていた。ゆっくりとうなずく。

「じゃあ、おれのところへ来い。顔を洗って、きれいにすればいい……」

リーバスが先に立って階段を上がったが、自分の階に着いたときには息が切れていた。手が激しく震えているので、ポケットから鍵を出して鍵穴にはめるのに、何回となくやり直した。「バスルームはあっちだ」と教えた。ドアが閉じ、水の出る音が聞こえた。キッチンでケトルのスイッチを入れ、頭の後ろに手をやって切り傷を探したが、それはなかった。上着を脱ぎ、シャツのボタンをはずした。肋骨を触ってみると痛かったので、あとで青く腫《は》れることだろう。骨が折れていないことだけを願った。アスファルトでこすれて靴には擦り傷ができているが、背広に被害は及んでいない。蛇口の下で手を洗うと、冷たい水でたちまちひりひりと痛んだ。シャツのボタンをはめ、ズボンに押し込んだところに、ケトルが沸いた。ブラックコーヒーを二つのマグに作り、居間へ持っていった。ハメルが出てきたとき、リーバスは食卓に座っていた。

「砂糖は？」とたずねる。ハメルは首を振って席に座り、部屋を見回す振りをして、リーバスと目を合わさないようにしている。顔にかすり傷や擦り傷こそあるが、驚くような怪我はしていない。

「すまなかった」リーバスが言った。「しかし、そのうち誰かが必ずたずねる」

ハメルはしぶしぶうなずいた。リーバスがテーブル越しに手を伸ばしているのを見た。熱意もなくその手を取り、二人は握手を交わした。

「キンタマが痛い」ハメルが打ち明けた。

リーバスはまた詫び、二人はコーヒーを飲み始めた。

〈ハイランド・パーク〉のボトルがアームチェアの傍に置いてあり、まだ二人分は取れそうだったが、リーバスは勧めなかったし、ハメルも飲みたいとは言わなかった。

「恥毛からほんとにＤＮＡが採取できるものなのか？」ハメルがしばらくしてたずねた。リーバスがうなずく。「実は……」ハメルが咳払いした。「おれのものかもしれない」リーバスが何か言うのを待っていたが、リーバスはコーヒーを吹いて冷ましているばかりで、非難めいた言葉を発しなかった。ハメルは少し気が楽になったようだった。「ひょんなことって、あるだろ？　自制が利かないときだって、意外とある」

「二人ともひた隠しにしていたんだな？」

「そうでなきゃ、ゲイルは付き合ってくれないよ」

リーバスはニーナとサリー・ハズリットをちらっと思い浮かべ、多くの家族が秘密を抱え、世間から隠し通していることを思った。「ダリルは知ってるのか？」

ハメルはかぶりを振った。「これからどうなる？」とたずねる。「すべて公表されるのか？」

「あんたが考えているようなやり方にはならない」リーバスは考えてみた。「ＤＮＡ採取は数秒で済む。それは匿名《とくめい》でもやれる。毛と合致したら、毛は証拠から除外され、捜査班は他の方面に力を注ぐことができる」

「おれを犯人と決めつけない限りは、だ」今やハメルはリーバスを見つめている。「あんたの親友、カファティが喜ぶだろうな」

「そんなことにはならない」リーバスがきっぱりと言った。

「このことがよそに漏れないと本気で考えてるのか？　警察署がどんなとこか、おれたち二人ともよく承知してるじゃないか」

「長年にわたる付き合いだったのか、あんたとアネットは？」

ハメルが睨みつけた。「余計なことを言うな」

「アネットは妊娠していなかったんだろ？」

「何だと？」

「彼女はバスで気分が悪くなった」

ハメルはかぶりを振った。固定電話が鳴り出したが、リーバスは無視した。

「大事な用件かもしれんぞ」ハメルが言った。

「販売説明なしで売られたローン保証保険に関する、録音メッセージだ。しかもおれは加入すらしていない」

「それこそ警察がやる仕事じゃないか」ハメルが言った。

「電話をかけてくるのは、そこからだけなんだ」

電話の音がやむと、ハメルは苦々しい笑みを浮かべた。「おれは追い込まれてしまったな。だがなぜか、あんたの根性を憎む気にはなれん」立ち上がった。

「クラーク警部と話をつけなければならない」リーバスが言った。「デムプシィ警視正に直接伝えてもらうように彼女に頼もう。DNA採取はどこか人目につかないところでできる——警察署でする必要はない」

ハメルはリーバスをつくづくと見た。「なぜおれを助けてくれる？」

「おれは公僕だよ。あんたは、おれの好き嫌いには関係なく、市民の一人だ」リーバスが椅子から立ち上がり、二人は再び握手を交わした。

「次はおれがぜったい勝つからな」ハメルが断言した。

「そのとおりだと思うよ」リーバスは同意して、ドアまで送っていった。

57

「警察署がどんなとこか、わかってるでしょう」シボーン・クラークが言った。彼女はまだインヴァネスにいる。リーバスはゲイフィールド・スクエア署前の駐車スペースに停めた、自分の車の横に立ち、耳に携帯電話を押し当てていた。

「それはハメル自身が言ってたよ。だからこそ、きみにだけ打ち明けているんだし、きみも直接デムプシィに言わなきゃならないんだ」

「それでもよ……」シボーンは疑い深げな声だった。

「わたしたち、フランク・ハメルに借りがあるわけでもないし」

「彼だけじゃない、そうだろ？　アネットの家族はすでにずいぶんつらい思いをしてるじゃないか」

「まあね」

「じゃあ、そういうことで」リーバスは駐車監視員が近づいて来るのを見守った。監視員はサーブのダッシュボードに置かれた標示カードをじっと見てから、通り過ぎていった。

「でもね、要するに」とシボーンが話し続けている。「わたしがこっそり何かやってることを、ジェイムズが知ったら……」

「知るわけがない」

「デムプシィの口を封じるなんてできる？」

「きみが彼女に頼めばいい。彼女はきみに借りができるんだから。現地の男全員からDNAを採取するとなれば、デムプシィがどれほど経費を無駄遣いすることになるか、考えてみろ」リーバスはシボーンのため息を聞いた。「ほかのことは、どうなってる？」

「エダトン周辺の住民全員から聞き取り調査をしたわ。フラッシュが光るような華々しい成果はなし」

「誰かが愛する近親者をかばっているというような疑いは？」

「ないわ」

「捜索はどうだ？」

「何一つ出てこない。デムプシィが、今日ジェイムズとわたしに帰りの乗車券を渡すような気がする」

「じゃあ、早く彼女に話したほうがいい――電話ではなく、会って話すんだ」

「早くエジンバラへ戻りたいわ」

「エジンバラもきみに恋い焦がれているよ。こうして話している間も、おれの肩にもたれてさめざめと泣いてる」リーバスは顔を上げて雨を見た。通り雨で、西の空はすでに明るい。

「じゃあ、今日は何してるの？」シボーンがたずねた。

「きみの部屋にあるおれの机を片付けたあと、すぐさま、おれの部屋の机も片付けている」

「終わったの？」

「ゲーム・オーバーだよ。しかも、苦情課がそう望んでいるんだからね」

「あなたはこの事件にずいぶん貢献したわ、ジョン。誰かがそれを苦情課に言わなくては」

「おれのファンクラブがさぞかし、いろんな証言をしてくれることだろう」少し口をつぐんだ。「ではデムプシィに話すんだね？」

「どうやってわたしがそれを知ったか、デムプシィは必ずたずねるわ」

「情報を受け取った、と言え」

「それでは納得しない」

「彼女はどうにもできないさ――きみはもうすぐ、こっちへ帰ってくるし。風船やら何やら注文しといたよ」

「よく考えてみれば、いずれにしろ、わたしは彼女に情報を教えなければならない――連続殺人と死体遺棄場所の一般的な傾向について」

「信用のおけるインターネットとやらで、何か掘り起こせたのか？」

「たいてい物事には理由がある、ってことだけ――もっとも基本的な考えとしては、犯人が住んでいる地区の近辺であるということ。言い方を変えると、犯人の〝空間的な習性〟は〝経験的に形成される〟そうだわ」

「最初の説明のほうが好きだな」

「そうだろうと思った」

電話が終わると、リーバスは階段を上がった。捜査部室は活気を失っていた。ペイジもシボーンも不在だし、事件はデムプシィの率いる班に乗っ取られたので、誰も何もすることがなかった。せっせと仕事をこなしたのに、達成感がない。

「暇そうにしていて、嬉しいよ」リーバスが言った。「このたくさんの箱を運ぶ手伝いが欲しかったんで…

……」
最終的に、エソンとオウグルヴィがすべての荷物をサーブに運び込んでくれた。エソンが資料をインヴァネスへ運ぶのかとたずねた。リーバスがわからないと答えると、エソンは万一に備えてゲイフィールド・スクエア署で保管したほうがいいのではないか、と言った。

「おれがここにいないなら、ファイルもここには置かない」リーバスが説明した。

そのあと、彼らはマグの紅茶（と白湯）に、袋入りビスケットの残りで祝った。

「きみのコンピュータから何かすごい新発見は出てこなかったか？」リーバスがエソンにたずねた。

エソンはかぶりを振り、ビスケットを少しかじった。オウグルヴィは紅茶にビスケットを浸し、それをちゅうちゅうと吸った。

「じゃあ、今のうちに、のんびりしておけよ」リーバスが言葉を続けた。「今夜のうちに、ペイジもこっちへ帰ってくるだろう」

「あんたはフェティス本部へ戻るんですか？」オウグルヴィがたずねた。

「ちょっとの間だけだよ——再調査班は閉鎖が決まっている」

「じゃあ、どうするの？」エソンが訊く。リーバスは大げさに肩をすくめて見せた。

「室内ボウリングをするか、古い映画の再放映を観るか……」

エソンが笑顔になると、若々しくなった。

「でもきみたち二人と働けてよかった」リーバスは言い、捜査部室を最後に見回すと、皆に手を振りながら出て行った。階段の上で、書類を読みながら階段を上がってくるデイヴ・オーミストンを見て立ち止まった。オーミストンも彼に気づいて、薄笑いを浮かべた。

「おれの机が戻って来るのか？」オーミストンがたず

ねた。

リーバスがゆっくりとうなずいた。

「じゃあ、さよならだな」オーミストンは手を差し出したが、リーバスが拒否したので、顔をこわばらせた。

「こういうことだ」リーバスが言った。「あんたが電話でしつこくあれこれ訊きたがったんで、おれはビッグ・ジェル・カファティのことが頭に浮かんだ」

「ほう、そうか?」

「あのな、カファティはバスターミナルの監視カメラについて、知るわけがないのに知っていた」

「あいつがあんたの友達だってことは、公然の秘密じゃないか」

「しかし、あんたとおれはそうじゃないことを知っている、そうだろ、デイヴ? おれたちはカファティが誰かを抱き込んでいることを知っている——ここで働いている誰かだ」リーバスがオーミストンに顔をぐっと近づけたので、二人の顔は数センチの距離まで狭まった。「おしゃべりはもうやめる潮時だ。さもないとおれは苦情課に訴えて得点稼ぎをしなきゃならん。苦情課の働きを見たことがあるか、デイヴ? あいつらはあんたの電話やコンピュータを徹底的に調べる。あんたの消費癖を調べる。必ず証拠を見つけるよ。そうなれば、あんたは年金とバイバイだ」リーバスは少し間を開けた。「はっきりと警告する——カファティから離れろ、二度と近づくな」

サーブに戻ったリーバスは、ダッシュボードに手を伸ばして〈警察公用中〉の標示カードを取った。それを受付に返そうとして階段を上がりかけた。しかし立ち止まった。誰からも返却を求められていないではないか?

ほんの五十メートルほどブロトン・ストリートの方向へ車を走らせたとき、携帯電話が鳴った。シボーン・クラークからだった。

「デムプシィに関して、何か困ったことになったのか？」携帯電話を耳に当てながら、予測して言った。

「近くにテレビがある？」

「いや」リーバスは左右を見た。飛び込めるパブがたくさんある。

「じゃあ、携帯で画面を送るわ。二分ほど待って」

電話が切れた。リーバスは車を道路脇に寄せて停め、ダッシュボードに標示カードを戻して、一番近いパブへ入った。バーテンが何をご希望ですかとたずねたので、まずはチャンネルを変えて欲しいと頼んだ。

「スカイかＢＢＣニュース」と推測で頼んだ。

文句を言う客がいなかったので、バーテンは言われるままにした。ＢＢＣがアフガニスタンのニュースを報道しているのがわかると、スカイに切り替えた。レポーターがエダトンの農業者、ジム・メロンにインタビューしていた。しかし映像はすぐにスタジオに切り替わり、タイトルすらわからないままだった。携帯電話でシボーンを呼び出し、何を見たかを告げた。

「あなたに写真を送ったわ」シボーンが言った。「３Ｇじゃないから、時間がかかるかも」

「何か、新事実がわかったのか？」

「新事実？　いいえ、たんに興味深い人物がいないから、農業者に話を訊いているだけよ。報道陣の半分はすでに潮が引くように帰ってしまった。写真が着いたら電話して」

「今話してくれないか？」

「何でもないかもしれないから」一呼吸して付け加える。「きっとそうよ」

また電話が切れた。リーバスは画面を見つめ、シボーンのメールが来るよう念じた。バーテンが待っている間に飲むかとたずねた。

「じゃあ、ＩＰＡを半パイント」リーバスが応じた。

エールが注がれ、目の前に出され、金を払い、飲み終えたときに、携帯電話がメールの着信を教えた。開けて見ると、テレビのインタビュー画面が出てきた――

ニュースキャスターとメロンだ。二人は農場にいて、そのすぐ後ろには白い小型バンが停まっていた。その側面に黒々と太い大文字で名前が書いてある。

マグラス。

リーバスはシボーンに電話をした。「それで？」とたずねた。

「偶然だと思う？」

「珍しい姓ではないね」

「実はそうなのよ――その綴りだと。地元の電話帳を調べたところなんだけど」

「グレゴール・マグラスは何かの商売をしてると思うんだね？」

「グーグルの助けを借りたら、八十キロ圏内にマグラスという屋号は一つしかない。ロウズマーキーにある電気屋」

リーバスは考え込んだ。「彼は電気屋みたいに見えたか？」

「典型的な年金生活者に見えたわ。それにあそこにバンはなかったわね？」

「たぶん何でもないんだろう」リーバスが言った。「ところで、デムプシィと話をする機会があったかい？」

「まだよ。でもこの建物のどこかにいるわ」

「今夜こっちへ戻ってくるのか？　だったら、一杯飲まないか？」

「長時間は駄目よ――一杯だけね？」

「もちろん」

「電話するわ」

「もしペイジからも誘いがあったら、おれは喜んで引き下がるからな」

「さよなら、ジョン」

リーバスは携帯電話を見て微笑してから、ポケットにしまった。バーテンがＩＰＡのポンプの背後に立ち、お代わりを注ごうとしたが、リーバスは首を横に振ってパブを出た。

再調査班室では、ブリスとロビソンが車から資料の箱を出して運ぶのを手伝ってくれた。ロビソンはエソンと同じ質問をした。資料はインヴァネスへ運ぶんですか？

「たぶん」リーバスはそう答えただけだった。

最後の箱をようやく床に置き、腰を伸ばして目に入った汗を拭い、呼吸が平常に戻ってきたとき、ダニエル・カウアンが会議か何かから戻ってきた。前にもましてめかしこみ、自信満々な様子だった。

「非難するわけじゃないが」とカウアンが皆に言った。「われわれの方針は、この部屋を空にすることであって、物を持ち込むのは、違うんじゃないか？」

「A9事件の資料」リーバスが教えた。カウアンは急に関心を示し、一番上に積まれた箱のへりをすっと撫でさえした。A9事件は本物の捜査であり、注目を浴びている、現在進行形の、報道されている事件ではないか。カウアンの目に一瞬、憧れの感情が宿った。自分が担当したい、でも自分の手には届かない事件である。それに高等法院刑事部の未解決事件特捜班へ転勤したら、二度となまの事件を扱うチャンスはないかもしれない。

「食堂で仲間たちにキットカットをご馳走してやろうとしていたところで」リーバスが言った。

「わたしは仲間じゃない？」カウアンが訊いた。

「あんたはここにいて電話をかけるんだと思ってた」

カウアンがリーバスの顔を見た。「電話とは？」

「インヴァネスへ——必要なら、ファイルはここにあるからと伝えるんじゃないですか」

カウアンの目が輝いた。「そうだ、それを伝えるのは、わたしの役目だろうな」

「では、のちほど」リーバスはブリスとロビソンを引き連れて部屋を出た。

テーブルに着席すると、リーバスはブリスに、グレゴール・マグラスは電気製品に関する技術に強いのだろうか、とたずねた。

「電球なら換えられるだろう」ブリスが答えた。「プラグにコードをつなぐとなったら、信用できないな」

リーバスがバンのことを話した。「彼は向こうに親類でもいるのかな？」

「聞いたことがない」

「もしいたら、マグラスは話題にしただろうね？　だってあんたたち二人は連絡を取り合っていたんだし――家にも行ったんだろう……」

「でもな、もっと天気のよい南部のどこかで余生を過ごすのではなく、北へ行ったのは、親類がいるからだったのかもしれない」

「そうだな」

ロビンソンはビスケットかポテトチップスはどうだ、というリーバスの勧めを断って、リンゴをかじった。

「たんに、同じ姓を持つ人なのかもね」彼女は口を動かしながら、意見を出した。

「あり得る」リーバスが同意した。

「じゃあ」とロビンソンが言葉を続けた。「三人がここに揃っていることだし、どこでお別れの食事会をするか、決めましょうよ……」

58

その夜、リーバスは〈オックスフォード・バー〉でシボーン・クラークと会った。奥の部屋のテーブル席に座ったところで、リーバスはインヴァネスからの新情報が何かあるかとたずねた。

「車輪がのろのろと回ってるってとこね」シボーンが話した。「人員がさらに掻き集められたわ。デムプシィは捜査範囲を拡大している。住民も続々と手伝いに参加しているし、屈強な消防士も全員参加よ」

リーバスはそれぞれの失踪事件が起こった当時の捜査状況を思い返した――足を使った地道な捜査がほぼ徹底して行われたので、捜査の怠りを咎められることはありえない。

「気をつけなきゃならんのは、住民の誰かが何かを隠しているかもしれないってことだ」

「デムプシィはちゃんと承知しているわ。住民グループには必ず警官一人を混ぜ、おどおどした様子や、妙な振る舞いをする者がいないか、見張るよう命令している」

「それはすべて、衣服や持ち物を見つけるためなんだな？」

「そう、どこかにあるはずよ」

リーバスはゆっくりとうなずいてから、デムプシィと話をしたかとたずねた。シボーンもうなずき、グラスを持ち上げた。

「なぜわたしの上司にそれを持ち込まないのか、と彼女がきっとたずねるにちがいないって思ってた」

「でもそうは言わなかった？」

「ハメルのDNA検査の手続きをしましょう、と言っただけ」

「ハメルとアネットの関係をきみが言ったとき、デムプシィはどんな反応を示した？」

「眉を少し上げただけ」

「情報源については……？」

「公表されない」シボーンが少し黙り込んだ。「恥毛がハメルのものじゃない可能性だってあるし」

「その場合は、それが証拠として再び役に立つね」リーバスが同意した。

シボーンはまた一口飲んだ。「それはそうと、あの電気屋に電話してみたけど――誰も出なかった。やっぱり偶然なのかしら？」

「ピーター・ブリスはグレゴール・マグラスと時折連絡を取り合っている。でも彼が電気に強いとは思わないし、あの近辺に親類がいるのを聞いたことはない、と言ってる」リーバスはちょっと考えてから、携帯電話に手を伸ばした。

「誰にかけるの？」

「ジム・メロン――電話番号をここに入れたのを思い出した」

電話に出たのはメロンの妻だった。夫は納屋へ行っていて、しばらく戻らない、と告げた。リーバスは自分の番号を教え、メロンからかけてもらえないか、と頼んだ。

「じゃあ、わたしでは役に立たないんですね？」妻が訊いた。

「いや、たぶんあなたでもいいでしょう。ご主人が今日、テレビに出ていたときのことなんですが……」

「主人はテレビにやたらと映りたがるようになって。いやね」

「ご主人が立っていた背後の農場に、バンが停まっているのを見たんですが。車の腹にマグラスと書いてありました。それは電気屋の車なんでしょうか……？」

「ケニィ・マグラスよ」

「ケニィ・マグラス」リーバスはシボーンに聞かせる

ために繰り返した。「ロウズマーキーに住んでいるんですね？」

「そうよ」

「ロウズマーキーに住んでいる、もう一人のマグラスを知っているんですが、グレゴールという名前の」

「それはお兄さんなんじゃない」

「お兄さん？」リーバスは言葉を続けながら、シボーンを見つめた。

「ケニィがお兄さんのことを話題にしてたもの」

「じゃあ、間違いないですね」リーバスが言った。

「では、やはりジムに電話させましょうか？」

「もう必要ないですよ。あなたのおかげで助かりました、ミセス・メロン」

リーバスはシボーン・クラークから目を離さないまま、電話を切った。

「それで？」シボーンが促した。

「で、グレゴール・マグラスは引退すると、北に家を買った――彼は奥さんといつも太陽の輝く土地で休暇を過ごしたにもかかわらず……」

「ブラック半島を選んだなんて、ちょっと変ね」

「そこに親兄弟がいるなら話は別で――いたんだよな。でもなぜ、ピーター・ブリスに何も言わなかったんだろう？ ブリスが訪ねていったときすら、弟の話は出なかった」

「もしかしたら、以前に仲違《なかたが》いでもしたのかしら。そんな家族は別に珍しくもないわ」

「しかし、壁の棚に写真があった――両親と子供二人の写真が。その子たちがもう少し成長した写真も。それは弟とその家族にちがいない」

「そうとも限らないわ」

「きみのそういう肯定的な見方が好きだよ」

「それはわたしのせりふよ」シボーンは黙り込んだあと、これはどういうことなんだろう、とたずねた。

「よくわからん」

「デムプシィの耳に入れたほうがいいことかしら？」

リーバスは肩をすくめ、エールを飲むことに専念した。シボーンは携帯電話で時間を見た。

「軽くもう一杯？」リーバスが誘った。

「家でやることがあるから」首を横に振りながらシボーンが言った。

「どういうこと……？」

「郵便を開封し、請求書を見て、洗濯をする」

リーバスはなるほどとうなずき、腕時計に目をやった。洗濯物を取りに行くには時間がもう遅い。「じゃあ、またそのうち会おう」

　立ち上がったシボーンは、右手を差し出した。リーバスはその手を摑んで握手したものの、違和感があった。よそよそしい。二人で働いた時間が終わったことを、彼女なりに知らせているのか？　たずねようとしたが、もうシボーンはいなかった。

「おまえとおれの二人だけか？」リーバスはパイントグラスへ言った。「いつもそうだよな」椅子にもたれて正面の壁を見つめながら、グレゴール・マグラスや、家族というものや、秘密について思い巡らした。


　夜の〈ジョージョー・ビンキーズ〉。フランク・ハメルは先ほど治療をしてもらいに歯医者へ行ってきた。顔の傷について、彼にたずねる者は一人もいなかった。今は、ＤＪがデッキの後ろで体をくねらせたり踊ったりしているのを、バルコニーから見守っている。ＤＪがレコードをかけているわけではない――すべてＣＤかＭＰ３かノートパソコンからだ。音楽はハメルの趣味に合わなかったが、ダリルは出費にあまり頓着しない若い客層を狙っている。最近は今風の乱れた雰囲気になってきていて、客はいろんなところから集まってくる――西海岸や、ファイフやボーダーズ地方から長距離バスでやってくる。下では数十人がくるくると踊っていた。ハメルは魅力的な女たちを目で追い求めた。

ある痩せたブロンドの女は、胸の開いた短いドレスを着ていて、その内側が見えそうだった。見えたわけではない。

店員二人が、トラブルを防ぐために、店内を巡回している。ハメルはその店員の名前を知らなかった。新人だ。どいつもこいつも新人だった。ダリルが説明してくれた——遅刻の常習犯、ハメルのいないところで陰口をたたくやつはクビにせざるを得ない、と。仕事が出来なくなった年寄り、自分の役割を果たさない男もだ。今夜、ハメルが自分のナイトクラブへ入ってみると、ドアマンは全員知らない顔だった。信用の置けるロブすら無断欠勤している。パブのスタッフも同様だ。古参が去り、新顔がいる。ダリルは〝老舗《しにせ》の再生〟と呼んでいる。それでも金は入ってきている——ダリル自身が言ったように、景気後退時としては、なかなかの業績なのだ。そしてある独創的な経理方法のおかげで、金の多くは流出しない仕組みになっている。

ハメルは舌で新しく入れた歯の詰め物を触った。滑らかとはいえないが、ざらつき具合がよかった。横に気配を感じたので、振り向くとダリルが立っていた。ハメルは挨拶の印に青年の腕を叩いた。

「平日の夜にしては、客の入りがいいな」ハメルは音楽に負けないように声を張り上げた。

「もっと客が入るようになりますよ」ダリルが言い切った。またもや新しそうなダークスーツを着ており、薄緑のワイシャツと合わせている。

「ロブは今夜どうした？」

ダリルは踊っている客たちから雇い主へ目を向けた。

「解雇しなければならなくなって」

ハメルは片方の眉を上げた。「何があった？」

「何もありません。でもあなたが北へ行かれたので、ロブに出て行けと言いやすくなりましたよ。彼には少し金を渡しました、ほかの者たちと同様に」

「いいやつだったのに」

「ロブはあなたの従業員でした。それがロブの難点だった」ダリルはダンスフロアを手で示した。「今は、全員がぼくの従業員です」

ハメルは肩を引いて拳を固めた。「いったい、どうなってるんだ？」

ダリル・クリスティは冷ややかな笑みを浮かべた。

「あなたはここから出て行く、フランク、そういうことだ。あなたの弁護士から――今はぼくの弁護士になってるけど――書類が届くことになってる。あなたはあなたの事業全部を、一ポンドでぼくに売るんだ」

「この虫けら野郎、ここからとっとと失せろ」ハメルは唾を飛ばしながら叫び、ダリルと向き合った。「あれだけ目をかけてやったんだぞ？　恩知らずの小僧っ子が」階段下へ親指を向けた。「さあ、行け。さもないとおまえの首を引きちぎってやる！」

「見て」ダリルが冷静に言った。ハメルが見ると、階段の上に男が三人現れた。ドアマンだ。名前も顔も知らない男たち。ダリル・クリスティのドアマン。

「ぼくはすべてを手に入れた」ダリルが相変わらず、冷静な口調で続けた。「パスワード、会計記録、すべてだ。オフショアの銀行、誰にも知られていないと思っている番号。そういうものがアル・カポネを刑務所へ送り込んだし、あなたもそうなるだろう。税務署は大喜びですよ」

「おまえの母親はなんと言うだろうね？」

「何も言いません。あなたは二度と母には会わないからです。今後、あなたはぼくの家族とは無関係です」クリスティは少し間を置いた。「でないと、ぼくはあなたと妹との関係を母に告げるから」

ハメルの顔が凍りついた。

「アネットから聞いたんです」ダリルが語り続けた。

「アネットはそういう子なんだ――何でも秘密にはしておけない。それを聞いてぼくはあなたの後頭部に、もう少しで一撃を食らわすところだった――そのことでも、それ以外のいろんなことでも頭にきて」

「おれがサインすると夢にも思うな」

「だったら、メモリースティックが王立税務庁へ明日中に着きます――国外脱出をはかる時間もない――ほかの貴重品と一緒にあなたのパスポートも安全なところに隠してあるから」

ドアマン三人がハメルの後ろに立ち、命令を待っていた。ハメルが動こうとすると、彼らはハメルを羽交《はが》い締めにして、雇い主に危害を加えないようにした。

「おれがおまえをここまでにしてやったんだぞ」ハメルが自由になろうとしてもがきながら、怒鳴った。

「仕事を与え、おれの家に入れてやった……」

「もうすぐ、ぼくも同じような家を手に入れます。でもあなたとは一つ、大きな違いがある」

ハメルはダリルをねめつけた。「何だ？」聞かずにはいられなかった。ダリルが体を寄せた。

「ぼくは誰も信用しない」そう打ち明けると、ドアマンにハメルを事務室へ連れて行け、と合図した。

「ぜったいサインはしないぞ！」連れ去られながら、ハメルが叫んだ。しかしハメルはサインする、とダリルは確信していた。バルコニーに両腕を載せ、携帯電話にメールを打ち込んだ。父親宛のメールで、簡潔な文だった。

〝準備完了〟

それでも、そうとは言い切れないことを彼は知っていた。

59

　切れ切れに眠った一夜を過ごしたリーバスが、フェティス本部の駐車場へ着くと、そこは半分以上空いていた。空はまだすっかり明けきっておらず、街灯が点っている。車をロックし、建物へ入った。受付にいた警官は、あの最初の日、重大犯罪事件再調査班室へ電話をかけてきて、マグラス警部に会いたいという訪問者が玄関に来ている、と伝えた男だった。あのとき、班のほかのメンバーが電話に出たかもしれなかったし、リーバスが煙草を吸いに席をはずしていたかもしれなかったのだ。

　もしそうだったら、状況はすべて変わっていただろう。

　エレベーターを使わず、階段を上がることにした――小さな努力がすべて益になる、とかかりつけ医がこの前の検診の際に教えてくれた。それでも手すりと階段途中での休憩が必要となった。廊下はひとけがなく、通りすがりに見る部屋にも人はいなかった。再調査班室のドアを開け、入り口にたたずんだ。そこは時間の止まった空間だった――書類が半分詰まった箱、掃除の者が空にしたあと、使われていないゴミ箱、マーカーやペーパークリップ、汚れたままのマグ。自分の机の上にあった新しい紙に日付と、サリー・ハズリットに会ったときの内容をごく簡単に記した。最後に署名し、彼女のファイルを開けて表紙裏にクリップで留めた。カウアンの机は相変わらず、整然としている――お偉方の誰かがまんいち立ち寄った場合に備えているのだ。ホチキスにはカウアンの名前が付いている。ホチキスが次々と紛失したあと、カウアンが自費で購入したものである。リーバスはそれを取り、以前のホチキスと同じく、ポケットに入れた。そして部屋を出ると、階段を降りていった。
ドライブには悪くない天気だったし、留まっていたくない気分だった。フェティス本部へ来る途中で、サーブを満タンにしているので、北へ向かってもだいじょうぶである。今回のことが全部終わったら、サーブががんばったご褒美として、入念な検査や磨きを受けさせるために、修理工場へ予約を入れようと心に決めた。CDプレーヤーでナザレスを流し、指でハンドルを叩いてリズムを取りながら、リーバスは車を走らせた。旅そのものと、ときおり道路上で目を惹くもの以外は、何も念頭になかった。中央分離帯のある道路が終わった地点や、ピットロホリの道路工事や〈ハウス・オブ・ブルア〉などを示す標示板、ワルツィング・ウォーターズ噴水ショーやキリクランキー水力発電所などのような、自分はぜったいに行かないだろうけれど、名前をよく知っている観光スポットの看板など。丘の多くにはまだ雪がたくさん残っている。列をなして通り過ぎるトラックやバンや乗用車に慣れている羊たちが、草をひたすら食べ続けている。チャノンリィ岬へ車を走らせていたとき、シボーン・クラークが言った言葉を思い出した。〝ここは不思議な小国よね……奥が深いわ〟シボーンは防御に走るリーバスをなじった――そうなるのはきわめて自然な反応なのだが、心の底では、彼女に同意していた。厳しい気候や周囲の広大な絶景に屈しているかのごとく、寄り添いながら住み、村社会の概念と共有の歴史にしがみついている、人口五百万の国。その心情の一部は、ニーナ・ハズリットがくれた伝説を収集した本の中に、描かれたり暗示されたりしていた。お化けですら有用だった。〝そいつら〟がいるなら、それに対する〝おれたち〟もいるわけであり、〝そいつら〟なる敵を非難すればいいのだ……

アヴィモア

インヴァネス

ケソック橋

そしてマンロッキー、オッホ、フォートローズ。

やっと目的地へ到着した。ロウズマーキーの海岸沿いに並ぶ家々へ。

ポーチにグレゴール・マグラスの姿はなかった。オリーブグリーン色の古びたランドローバーが前と同じ場所に停めてある。リーバスはコテージのドアをノックして待った。返事がないので、居間の窓から中を覗いてみたが、人の気配はなかった。本棚の額装写真だけがおぼろに見えた。背筋を伸ばし、風に邪魔されながら煙草に火を点け、冷えてきたサーブの横に立って、遠い海岸へ目を向けた。浜辺の右手はるか向こうで犬が吠えており、飼い主は何十メートルも引き離されながら追っている。水辺に人がいた。リーバスは手をかざして、波打ち際を歩き続けるその男を見守った。車をロックもせずに、リーバスは同じ方向へ歩いていった。風が砂粒を顔に打ち付ける。

「ミスター・マグラス！」と呼びかけた。マグラスはこちらを見たが、気にかけないことにしたようだった。リーバスはその背中に向かって、もう一度呼びかけた。

「また、あんたか」マグラスはいらだった声で言った。靴先で濡れた砂を掘っては、出来た穴に海水が湧くのを見つめている。

「どうしたんです？」リーバスが言った。「おれと目を合わせられないんですか？」

マグラスが挑戦を受け、二人はしばらく無言で向き合っていた。

「どうして誰もあなたの弟のことを知らないんですか？」リーバスは声をひそめて訊いた。

「ケニィか？　誰だってケニィを知っている」

リーバスがうなずいた。「このあたりなら、そうでしょう。しかしピーター・ブリスとよく電話で話し合っていたのに……再調査班に長年いたのに……ブリスがあなたの家を訪れ、おれもこの間、あなたのところへ行ったのに……」マグラスは視線をはずし、足下の砂に関心が戻っていた。口を開いたが、何も言わなかった。砕ける波と、むち打つような風の音しか聞こえない。

「あなたは再調査班の事件簿に強い関心があった。仲間のブリスに詳しい内容を教えろとうるさく迫った」

「そもそも再調査班をスタートさせたのはおれじゃないか？」マグラスが文句を言った。

「そうです」リーバスが認めた。「しかし、それだけではない、と思う。ある日、ニーナ・ハズリットという女性が再調査班室へ現れた。すると、それから日を置かずあなたは引退することに決め――周囲を驚かせた。再調査班はあなたの宝だったのに、突然あなたはそれを捨てた。そして北部へ、弟の近くへ、移った。誰にも事情を説明せず、弟の名前も出さなかった……

……」マグラスが黙っていたので、リーバスは話を続けた。「ニーナ・ハズリットがあなたに会いに来たのは、彼女の娘の失踪とブリジッド・ヤングの失踪とを結びつける細い糸を見つけたと思ったからだ。その糸とは、A9号線だった。あなたは彼女の話に耳を傾けたので、彼女はあなたが親切にしてくれたと思っている。しかしあなたがみずから言ったように――実際には何も進展させられなかったし、ほかの者が事件に関心を持つように働きかけることもしなかった」リーバスは間を置いた。「あなたにそうする気があったのかすら、おれは疑問に思っている」

マグラスはその非難にひるみ、浜辺をあとにして歩き始めた。リーバスはすぐ後ろを追った。

「あなたの弟はジム・メロンの農場で仕事をしている。この地域をよく知っているはずだ。仕事の合間に車でよく走っているだろうから」

「何を言いたい？」歩調を早めたマグラスは、荒い呼吸になっていた。

「それはおれたち二人ともわかっている」リーバスが言った。

「何のことやら、さっぱりわからん！」

「ケニィの家はどれですか？　彼と話し合いたい」

「おれたちのことは構うな」

「ミスター・マグラス……」

マグラスが立ち止まり、くるりと向き直ってリーバスを見た。「身分証を見せてもらえるか？　どうだ、できないだろ？　あんたはおまわりじゃないからだよ！　警察に電話して、苦情を申し立てようか。帰れよ、リーバス。おれたちを放っといてくれ！」

マグラスは再び勢いよく歩き始め、リーバスがくっついていった。

「何に怯えているんです？」リーバスがたずねた。答えは返らなかった。「わかった。デムプシィの率いる捜査班をここへ来させたいなら、そのように計らいます」

マグラスは浜辺から道路へ至るコンクリートの階段を上がり、鍵束をポケットから出しながら自分の家へ向かっていた。

「あなたはピーター・ブリスを再調査班へ入れた」リーバスが食い下がった。「あなたのスパイになれるようにだ。そうすれば、どの事件の調査が再開されるのか、常に知っていられる。もちろん、班に残っていても、そうできただろうが、あなたはここに、弟の近くにいなくてはならなかった。あなたの好きな温かい地方ではなく、ここだ。日焼けオイルよりも、血のほうが濃いというわけだね、グレゴール？」

「そんな話は聞きたくない」

「ちょっとだけ考えてみてくれ」リーバスが迫った。

「こうするほうがずっと楽なんだから」

しかしリーバスの目の前でドアが閉まった。ガラス越しにマグラスが二枚目のドアを開け、家の中に消えるのをリーバスは見守った。ポーチの椅子には新聞があり、エダトン事件に関する最新記事のページが開けてあった。床に落ちた新聞も同じ記事の紙面が出してあった。リーバスは拳でドアを叩き、郵便受けをがたがたと揺らした。応答がないので、後ろへ下がり、居間の窓へ近づくと、ちょうどマグラスがカーテンを閉めているところだった。一分ほど待ってから、隣の家へ歩いて行き、ドアベルを鳴らした。八十歳代とおぼしき老女が、布巾で手を拭きながら、ドアを開けた。

「すみません」リーバスは笑顔で言った。「ミスター・マグラスの家を探しているんですが」

「お隣よ」

「ケニィのほうなんです——電気屋の」

老女は道路の先を指さした。「庭にブランコのあるところ。玄関はぐるっと回った反対側よ」

リーバスは礼を述べ、海岸沿いの遊歩道を急ぎ足に歩いていった。コテージの並びが終わると、急坂の庭がついた現代的な家が数戸あった。隣の老女の言うとおり、その家々は海岸に背を向けていた。八角形の温室を増築している家があり、その前にはシートがなくなり、錆《さ》びた金属フレームだけになったブランコがあった。リーバスは遊歩道の端まで歩き、そこから小道を上がって左へ曲がり、探している玄関を見つけた。ベルを押すと、家の中で鳴っている音がしていた。中年の女性がドアを開けた。

「はい？」女性が応じた。

「ケニィ・マグラスという人を探しているんですが」

「仕事で出かけていますよ。仕事の話かしら？」

「いつ、戻られますか？」

女性は親切そうな表情を失っていなかったが、とまどっていた。親しみやすい丸っこい体型、赤褐色のカールした髪、義兄のランドローバーと同じオリーブグリーン色の瞳を持つ女性だった。

「わたしでお役に立つことが何かあるかしら？」

リーバスは身分証を出し、彼女に見せた。「エダトン事件の捜査をしている者です。昨日、ご主人はジム・メロンの農場にいましたね」

「ええ」

「いやね、お仕事柄、ご主人はあの地域で何か怪しい動きとか、知らない人を見かけたかもしれないと思ったもので」

「でも、もしそうなら主人がわたしに言ったと思うわ」彼女の目が少し鋭くなった。

「そうでしょうね。だが、何かをたずねられてから、ふと思い出すときもあるんですよ」

「そうなんですか？」彼女はその言葉を考えていた。リーバスは別の質問で沈黙を埋めることにした。

「あなたはここに住んで長いんですか？」

「生まれたときからよ」

「結婚してどれぐらい？」

「思い出させないで」彼女は冗談ぽく答えた。

リーバスは最大級の笑顔を作った。「子供は二人？」

女性の顔がこわばった。

「グレゴール・マグラスの家で写真を見たんですよ」リーバスが説明した。「今も子供たちは家にいるんですか？」

「子供たちは二十代になっているわ」彼女は少し緊張を解いた。「一人はインヴァネス、一人はグラスゴーにいます。じゃあ、グレゴールと話をなさったのね？」

「仕事上ではなくてね。おれは以前彼の同僚だった男と働いているんですよ。同僚がグレゴールのところに寄って挨拶してこいって言うもんだから」

彼女は気持ちを決めたようだった。戸口から一歩下がりながら、中へ入りませんか、とリーバスに言った。

「迷惑をかけたくないんで」

「迷惑じゃないわ。ケニィは一時頃休憩しに戻ると言ってたので。ケトルはもうスイッチを入れたし……」

家の中は明るく、家具が整然と配置されていた。居間の壁には額装写真がたくさん飾られ、その多くはゆりかごから卒業まで、あらゆる発達段階を示す子供たちの写真だった。リーバスは盗み見をしていないように振る舞った。

「ご主人は店があるんですか？」

「物置小屋みたいなものなら――いろんな道具や部品をしまっておくだけのところよ」

「それはここから近いところ？」

彼女がうなずいた。「パブの向かい側」少し間が空いた。「ごめんなさい、わたし、お名前を聞かなかったみたい」

「リーバスです」

「リーバス？」

「ポーランド人ですよ、ずっと遡《さかのぼ》れば」

「今はスコットランドに大勢ポーランド人が住んでいるわ。ケニィの話では、建築業界で働いてる人が多いんですって」

「でもご主人に仕事の需要はあるんでしょう？」

「ええ、もちろん。何の心配もないわ」

「いつも地元の仕事？」

彼女はリーバスを見つめ、そんな質問をした真意を探ろうとしていた。リーバスはもう一度笑顔になった。

「すみません。何でも訊きたがって」

「ケニィは評判がいいの」彼女はポットから紅茶を注ぎ、リーバスにマグを渡した。ショートブレッドの皿もあったが、リーバスはかぶりを振って断った。

「仕事の注文が多いんですね？」

「年中よ」彼女は自分の紅茶を一口飲んだ。リーバスの父親なら、〝上級曹長のスペシャル〟と呼んだに違いない、砂糖入りの濃い紅茶だった――マホガニー色で、口の中にタンニンの渋みが残る。リーバスは写真を見つめた。

「息子さんや娘さんによく会うのですか？」

「できる限りね。ジョアンナのほうが会いやすいわね」

「インヴァネスにいるんですね？」

ミセス・マグラスがうなずいた。「でも、ケニィは数週間前、ブレンダンと会ったのよ」

「ブレンダンはグラスゴーに住んでいる？」リーバスが確認した。

「わたしは行けなかったわ。レグモアにいる友達のところへ行くことになっていて」

「ここから西部地方までは、ずいぶん遠いでしょう？」リーバスは同情した。つい最近、自分もそこまで車で走ったのだ。Ａ９からＭ８０を走り、目的地にはサリー・ハズリットが待っていた。

そしてガソリンを入れる必要が出来たら、ピットロホリで道路を出ればよい……

「数週間前に？」リーバスがたずね、さらに言葉を足した。「もう少し具体的に言えませんか、ミセス・マグラス？」

「またしても、根掘り葉掘り？」彼女の口調が冷ややかになった。

「職業柄、自制するのが難しいときもあってね」

「あれは土――」

リーバスより先に、ミセス・マグラスはバンの音に気づいた。家の前へ近づいてくる。

「土曜日？」リーバスが促した。アネットが誘拐されたときと同じ曜日。「それは三週間ほど前ですね、ミセス・マグラス？」

「ケニィは決まりを作っていて――本人があなたに説明するでしょうけど。ここを朝早く出て、ブレンダンとランチを共にし、そのあとサッカー帰りの混雑が始まらない前に、こっちへ戻ってくるんですよ」

車は一度エンジンを吹かせたあと、がくんと停まった。

「それはいいですね。憶えておこう」グラスゴーを三時直後に出れば……ピットロホリに四時半から五時の間に着く……

バンのドアが油切れの音を立てて開き、ばたんとしまった。玄関のドアがきしみながら開くと同時に、ミセス・マグラスは立ち上がった。

「十分しか時間がない」男の大声が響いた。ケニィ・マグラスは部屋へ入り、室内に知らない男がいるのに気づいて、ぎょっとしたように見つめ直した。

「リーバス刑事よ」妻が説明を始めた。

「わかってる――グレゴールから今さっき、こいつについて聞いたばかりだ」彼はリーバスに指を突きだした。「あんたは歓迎されない客だ」

妻は二人を見比べた。「どういうことなの？」

ケニィ・マグラスはリーバスを射るような目つきで見つめた。彼は兄よりも長身で体格もよく、おそらく十歳ほど年下だった。豊かな髪は、こめかみの部分だけが銀色になりかけている。彫りの深い顔立ち、くぼんだ目、濃い眉毛。リーバスは睨み合いなら負けないぞとばかりに、じっと目を合わせ続けた。椅子から立ち上がり、ズボンのポケットに両手をゆっくりと入れ、慌てて出て行くつもりがないことを示した。右手の指はギターのピックを撫でている。

「出て行けと言ってるんだ」マグラスはドアを示した。そして妻に向かって「マギー、警察を呼べ」と命じる。

「でもこの人、警察官なのよ」

「グレゴールはそう言っていない」

マギー・マグラスはリーバスを見つめ、欺《だま》された、馬鹿にされたと感じていた。

「おれはエダトンの捜査に関わっている」リーバスは、マグラスから一瞬たりとも目をそらさずに、告げた。

「こいつはエジンバラから来ているんだ」マグラスが妻に言った。「ここでは何の権限もない、おれの家に押しかけてくるなど……」

リーバスは招かれたから入ったと言いかけたが、マギー・マグラスにこれ以上迷惑をかけたくなかった。

「話を訊きたい」とマグラスに言った。

「何も話すもんか」マグラスは一歩詰め寄った。

「どういうことなんだか、わたしにはさっぱりわからないわ」妻がこぼした。

「死んだ女性たちの件なんです、ミセス・マグラス」リーバスが教えた。

　マグラスがすさまじい怒りの形相で、さらにもう一歩詰め寄った。「あんたを放り出そうか？」

　ここでもみ合ったら、マギー・マグラスの整然とした室内がめちゃくちゃになるとリーバスにはわかっていた。マグラスの目から視線を離さなかった。

「では、外で話を訊こう」

「どこであろうと、何も話さねえぞ！」マグラスはリーバスの腕を締め付けんばかりに摑んだ。

「手を離せ」リーバスが穏やかに言った。

「その前に答えろ」

「おれは出て行く」リーバスが請け合った。「その手をはずして、おれがそれを折らないで済むようにしてくれたら、な」

「脅しているのか」マグラスはリーバスの腕から手を離し、一歩後退した。「歩ける間に出て行け」

「脅しているのはどっちだ？」

「おれじゃない」マグラスが言った。「女房が証人だ」

　マギー・マグラスはリーバスへ目を向けなかった。リーバスはふいに悟った。彼女は知っているのだ、少なくともずっと疑念を抱いていたのだ。「すぐ帰って」彼女の声は震えていた。

「いずれにしろ、話し合わなければならない」リーバスはケニィ・マグラスに言い渡し、ドアへ向かった。

「ちきしょう、何も話さんぞ！」ケニィが答えた。

　家の外には、〝マグラス〟と車体に書かれた白い小型バンが停まっていた。後部の窓は、その全面にペンキが塗られている。前の座席には、工具がいくつかと、古いタブロイド紙が置いてあるだけだ。リーバスは車のナンバーを携帯電話に打ち込み、来た道をたどって、海岸とサーブのほうへ歩いて行った。

60

「ここで何をしているの？」ジリアン・デムプシィがたずねた。

「あなたに会いたかったんです」リーバスが答えた。北部警察本部の玄関前で、一時間以上も彼女を待っていたのだ。「あなたに伝えてもらうよう、受付に頼んだんですが」

「忙しかったのよ」デムプシィは自分の車へ向かっている。運転手が後部ドアを開けて待っていた。デムプシィはショルダーバッグとブリーフケースを持ち、さらに小脇に抱えた書類がずり落ちないように気をつけながら歩いている。歩道にたむろしていた数人の報道記者は、自分たちの質問に答えてもらえるような雰囲気ではないのを察していた。いずれにしろ、誰にも感謝されない仕事を割り当てられた制服警官二人が、記者たちを少し離れた場所に留めていた。

「中に入れてもらえなかったんです」デムプシィの横を歩きながら、リーバスが訴えた。「おれの身分証ではだめだと言って」

「訳のわからない訪問者のたぐいが多くてね。あわよくば突入しようとする報道記者すらいるのよ」

「あなたの甥もその仲間？」リーバスは言わずにはいられなかった。デムプシィは足を止め、リーバスを睨みつけた。

「用事は何、リーバス？」

「手がかりを掴んだと思うんです」

「じゃあ、それを書類にして。ペイジがわたしに報告してくれるわ」

「そういう手順をはしょりたいんですよ」

「なぜ？」

「そうしないと、証拠を処分する時間を容疑者に与えてしまう」

デムプシィは少し考えた。「ということは、容疑者はあなたに疑われていることを知っている？」

「それについては、申し訳ない」

デムプシィはため息をつき、やれやれという表情をした。「車に乗って」と命じる。「あなたの話を聞きましょう」

リーバスは行き先も、どれぐらい時間の余裕があるのかもわからないので、早口に語り、ときおり間違えると話を戻して訂正を加えた。デムプシィはアームレストを隔ててリーバスの横に座っている。クラシック音楽が静かに流れていた——運転手ではなく彼女の好みなのだろう。デムプシィはときおり質問を挟み、彼が語り終えたときに初めて目を合わせた。

「それで終わり？　それだけなの？」

「間違いないという勘がしきりに働くんです」

「ああ、そうでしょうね」デムプシィは携帯電話のメールを確認し始めた。「でもね、わたしたちはもう手一杯な状態なのよ。早く犯人を見つけろと世間は声高に要求するし、頭のいかれた連中が捜査を手伝おうという電話をかけてくるし——自分がブタ箱に入りたいんだか、仲の悪い隣人を放り込みたいんだか知らないけど。被害者と話ができる霊能者もいれば、夜中に現場へ行きたがる幽霊好きもいる。どんなくだらない話もすべて書類にして事件簿に追加しなければならないんです。その上に、あなたは勘が働いたとかいう話をとくとくとするんですか？」

デムプシィはゆっくりとかぶりを振り、短い笑い声を上げた。笑わなければ、いらだちと怒りのあまり、怒鳴り声を上げるにちがいないからだろう、とリーバスは察した。

「かなりすっきりと筋道の通った推論です」リーバスが説得した。「容疑者の家や物置小屋やバンを捜索してください。ピットロホリのガソリンスタンドの監視カメラで、アネット・マッキーが失踪した日の録画を確認してください。それから容疑者を尋問し、ほかの女性たちが誘拐された日にどこにいたかを聞きただすんです」

「まあね、わたしたちの一人がすべて解明したとは、なんて嬉しいこと」

「殺人犯は死体を処分した場所の近くに住んでいることが多い」

「それはお友達のクラークから聞いた情報ね」

「ケニィ・マグラスはエダトンを熟知している」

デムプシィは初めてリーバスを見るかのように、まじまじと顔を見た。「疲れきった顔だわ。疲れ切っている上に、二日酔いね。頭がまともに働いているとはっきり言い切れたのは、どれぐらい前のこと？　頭が冷静で、混乱していなかったのは、いつのこと？」

「それはおれのことですか、それともあなたのこと？」

「あなたの話よ」

「というのも、こんな事件がどれほどあなたの神経をすり減らすか、よくわかるからです。ついには事件を投げ出したくなる」

「わたしはやらなければならない仕事があります、リーバス。現実の仕事が――拙速な結論などを出す暇はない。それに忘れないで、まだ死体が一つ見つかっていない――サリー・ハズリットに関する、この前のあなたの勘はどうなったのかしら」

「サリー・ハズリットは生きています」リーバスが言い切った。「グラスゴーで彼女と会いました」

「何ですって？」

「サリーはまとわりつく父親から逃げていたんです。今も逃げている」

「なぜ今までその話を聞いていないのかしら？」

「なぜなら、そのことで事件性は変わらないからです。まだ捕まっていない殺人犯がいる。おれはその男の名前を今教えたでしょう」

「名前だけでは足りないわ！　名前だけなら何十も知ってるわ！　よくも、その女性に会った話を隠していたわね！」

「ファイルをきちんと見るべきでしたね」リーバスは言い返さずにはいられなかった。

　怒りでさらに顔が朱色になったデムプシィは、運転手のほうを見た。「アレックス、車を停めて！　今すぐ！」そしてリーバスに命じる。「ここで降りて」

　車が急停車した。リーバスはドアを開けようとしなかった。

「いいですか」とリーバスは説いた。「これを放っとけば放っとくほど、あなたは馬鹿面をさらすことになるんです」

「アレックス」デムプシィが言った。その口調で運転手は命令を理解した。車を降りて回り込み、リーバス側のドアをさっと開けた。

「容疑者をしょっぴくんだ」アレックスが襟を摑んで引きずりだそうとする中で、リーバスが言った。数秒間デムプシィと視線を交えたものの、気がつけば歩道にいて、運転手がドアを閉めていた。リーバスは身を屈めて車中を覗こうとしたが、デムプシィは横を向いていた。

「じゃあな、アレックス！」リーバスは運転手に手を振った。「気をつけて運転しろよ！」車はウインカーを出して発進し、車の流れに入った。リーバスは交通量の多い幹線道路脇に取り残された。

ここはインヴァネスの郊外のどこかだが、どうやってサーブのもとへ戻ればよいのかわからない。

「またしてもしくじっちまったな、ジョン」リーバスはつぶやきながら、ポケットの煙草を探った。

結局、三十五分間歩いたのだった。たった一人出会った歩行者が道を教えてくれたが、それはまったくのでたらめな指示だった……

物置小屋はすぐに見つかった――パブへ入り、たずねただけである。パブはロウズマーキーの北端の、道路が急角度に曲がったところにあり、そこの小道を下れば海岸とマグラス兄弟の家に至る。物置小屋はその真向かいにあり、隣は現代的な平屋建てで、境には低い煉瓦塀がある。物置小屋の前に砂利敷きの駐車スペースがあったので、リーバスはサーブをそこに停めた。物置小屋の木製二枚戸には、南京錠がかかっていた。窓は一つだけで、その外側には金網が張られ、中側にはレジ袋らしきものがかぶせられて、覗き見を防いでいた。リーバスは車に戻り、CDプレーヤーのスイッチを入れた。待つしかない。あらかじめパブで食料品を買っておいた――チーズとオニオン風味のポテトチップスを二袋、塩をまぶしたピーナッツの小袋二つ。助手席にはまだ半分残っている水のボトルがある。車はほとんど通らない。知る限りでは、この道路はクロマティへ続いているだけだ。地図で調べると、Ａ８３２号線だった。指で道路を逆にたどると、Ａ９に至り、さらに南下を続ければパースに着く。次にパースから北上し、Ａ９から離れずまっすぐ進めば、ドーノホ湾に至り、そこから内陸部に入ってタングへ向かう。リーバスは指をタングで止め、サマンサの家からの眺めや、居間の窓から見えた部屋の様子を思い出した。それは娘の暮らしを想像するヒントや手がかりを与えてくれたのだった。さらに進んでダーネス、ラックスフォード、コラボル、レアグ、そしてエダトン。リーバスはサーブのハンドルに手のひらを押し当てた。

「ずいぶんと長い距離を走ってくれたもんだな、ポンコツ野郎」リーバスは車に語りかけた。

ＣＤが終わると、ラジオをつけてみたが、電波が入ったり入らなかったりして、実質的に選べるのは、スコットランド民謡の局だけだった。そこでＣＤをジョン・マーティンから初期のウイッシュボーン・アッシュの曲に切り替え、シートにもたれて目をつぶった。

目が覚めたとき、完璧な静寂に包まれていた。腕時計を見ようとして首を起こすと、首筋が痛かった。文字盤が見えなかったので、携帯電話の電源を入れた。午前二時。パブは暗闇に沈んでいる。水を一口飲んでから車を降り、物置小屋へ歩み寄って、その横壁へ小便を引っかけた。サーブに戻ると、携帯電話にメールが来ているかどうか調べたが、何もなかった。腕や足をこすって感覚を呼び覚ました。今夜、気温は零度までは下がらないだろう。曇天だからだ。目の前のドアについた南京錠をしばらく見つめているうちに、視界がぼやけてきたので、再び目を閉じた。

61

横の窓ガラスを拳で叩く音で、目が覚めた。夜が明けかかっており、横を向くとケニィ・マグラスの顔が間近にあった。マグラスがサーブのドアを開ける。

「こんなとこで、何やってるんだ？」マグラスが怒鳴った。

「あんたが何も動かさないようにするためだ」

「何を動かすんだ？」

「証拠」

「完全にいかれてるな」

「午前七時だぞ――それ以外に、ここで何かすることがあるのか？」

「必要な物を取りにきた」マグラスが言った。「四十分かけて車で行かなきゃならんのでね」マグラスはリーバスをじっと見たあと、ゆっくりと首を振り、ポケットを探って鍵を取り出しながら南京錠へ近づいた。「中を見てみろ」と声をかけた。「捜索令状すら要求しないんだぞ、その上、あんたは警官でもないというのに」ドアが大きく開いた。マグラスが中に消え、電灯を点した。リーバスは車から出ると、背筋を伸ばしながら、左右を見た。ほかに誰もいない。誰一人いない。戸口まで歩み寄り、そこで立ち止まった。壁の一つには手作りの棚が据えつけられ、プラスチック容器がぎっしりと置かれていて、中にはソケットやスイッチ、ヒューズ、接続箱などの電気部品が入っている。その壁から窓のある壁まで届くような長い作業台があった。窓の両側の壁には、釘やフックから工具がぶらさがっている。作業台には壊れた電気器具が置いてあり、その部品が、おそらくは、はずしていった順番どおりに、整然と並べてあった。マグラスはねじ釘、ワッシャー、ロールプラグなどのパックを上着のポケットに詰め込んでいる。

「刃物でも見つけたいのか？」マグラスがたずねた。

「引き出しを開けてみろ。作業台の下には段ボール箱とビスケット缶もあるぞ――それも見逃したくないだろうが」

「こっちを見ろ」リーバスが穏やかに言った。マグラスがリーバスのほうへ顔を向けた。「デニス・ニルセンの話を聞いたことがあるか？」

「知るもんか」

「そいつが住んでいる通りの下水で、人体の一部が見つかった。警察の求めに応じてそいつがドアを開けた瞬間、刑事は犯人だと悟った」リーバスは一呼吸した。「それはロンドンの話だ。だが昨日、あんたに会った瞬間、同じことが起こった。おれにはわかったんだ、ケニィ。あんたの目を見てわかった。それを忘れるな」また間を置いた。「そのねじ回しを使いたいなら、今が唯一のチャンスだ……」

マグラスは目を落として、ねじ回しを握った自分の手を見た。それをわざとゆっくりと作業台へ戻した。

「あんたが整頓好きなのはわかる」リーバスは物置小屋を見回しながら話し続けた。「あんたは几帳面で、注意深い。だからこそ長年、レーダーに引っかからなかったんだ――それに兄さんがあんたを必死に護っていたからな。だが今はレーダーで照らし出された。あんたは光の真ん中にいて、近くには誰一人いない」

「おれは何もしていない」

「今この瞬間、あんたは被害者たちのことを考えている――とりわけアネット・マッキーのことを。最近のことだから、一番よく憶えているはずだ。彼女の喉に手を回したときの感触をな」

「あんたは頭がおかしい」マグラスは忘れ物がないかというように、周囲を見回した。膨れ上がったポケットの一つ一つを手で押さえてから、リーバスのほうへ近づいた。リーバスが後ずさりすると、マグラスは電灯のスイッチを切り、ドアをロックした。

「グレゴールに打ち明けたのか、それともグレゴールが何らかの方法で察したのか？　たぶんあんたたちが子供の頃、グレゴールは危険な徴候を見たんだろう」

「徴候って何だ？」

「カエルの足を引き裂いたとか。猫や犬のしっぽに花火を結びつけたとか……」

マグラスはかぶりを振った。「おれはそんなタイプじゃない――グレゴールに訊いてみろ」

「そうしようか。彼も心の重荷を下ろすべきときが来ている。あんたの奥さんも同様だ」

「マギーを巻き込むな！」

「もう手遅れだよ」

「何を言う……」マグラスは何とか怒りを抑え込んでいた。大きく息を吸いこみ、唸《うな》るような音を立てて吐き出した。リーバスは一歩も動かず、相手がどう出るか待っていた。マグラスは迷っているようだったが、やがてくるりと後ろを向いて、停めてあるバンのほうへ歩いていった。

「どこへ行く、ケニィ？」

答えはない。

「あのとき、ピットロホリにいたんだろ？」

マグラスはリーバスの視線を避けながら、バンに乗り込んだ。リーバスはゆっくりと歩み寄った。キーをイグニションに差し込んだマグラスは、切り返しながら方向転換を始めた。クロマティ方面から角を曲がってきたミニバスが、バンとの衝突を避けて、急ブレーキを踏んだ。ミニバスの後部には学童が数人乗っていた。運転手がクラクションを鳴らして警告したが、マグラスはいっさい無視して、フォートローズの方角へエンジン音を響かせながら走り去った。リーバスは朝食用の煙草に火を点け、できる限りのことはやった、と思った。二分後、グレゴール・マグラスのコテージの前にサーブを停めた。風が収まり、浜辺には犬と散歩する人たちの姿がある。海上に、イルカなのかアザラシなのか、何かの姿が一瞬だけ見えた。マグラスのドアを叩いて、返事を待った。マグラスはポーチに出てきて、窓越しにリーバスをじっと見た。

「あなたの弟のことで話がある」リーバスが呼びかけた。

　マグラスはゆっくりと首を横に振った。

「弟の犯行を食い止めるために、ここへ引っ越してきたんですね？　もしそうだとしたら、失敗したな」

「立ち去れ」マグラスが言った。

「最初の一年ほどはうまくいったが、そのあとは……
……」

「行け！」マグラスはわめいていた。

「もう終わりだ、グレゴール」リーバスが食い下がった。「それは当然わかってるだろう。すべて終わりにして、これ以上、あなたの評判を落とさないようにすることだ」

「何も聞く気はない！」

「弟を説得するんだ――自首したほうが、すべてうまくいく。とにかくマギーのことを考えろ、と言うんだ……」

　グレゴール・マグラスは憎しみに満ち満ちた顔つきだったが、諦めの表情もかすかに混じっていた。マグラスは後ろを向いて家の中に入ってしまった。リーバスが待っていると、マグラスが木製警棒を振りながらポーチに再び現れた。

「それはいけない」リーバスはかぶりを振り、笑みらしきものを添えて言い渡した。「もう無理だ。肉親を護りたい気持ちはわかる――ついでに、あなたの名誉も護りたかったんだろう。しかし、こちらへ越してきても弟の犯行を食い止められなかった。次の手段へ移るときがきたんだ、グレゴール」

「うるさい！」

マグラスは再び中へ入った。リーバスはさらに数分間そこにたたずみ、拳でドアをときどき叩いてみたものの、もう出てこないだろうとわかっていた。サーブへ戻り、エジンバラにいるシボーン・クラークに電話をした。

「あなたにしては、朝っぱらからの電話ね」シボーンがこぼした。

「起こしちまったか？」

「そうでもないけど」リーバスは体を起こしてベッドに座る音が聞こえたように思った。口が乾いていたらしく、シボーンは咳払いをした。「何か急ぎの用？」

「今、ロウズマーキーにいる」リーバスが打ち明けた。

「何のために？」

「マグラスの弟だよ、シボーン。ぜったいそうだ」

「何が？」

「マグラスは犯行を隠すために、北部へ引っ越したんだ。弟はあちこちへ出かける。アネット・マッキーが誘拐された日にはグラスゴーにいたし、帰宅するためにA9を走ったにちがいないんだ」リーバスは空いている手で、頬や顎に生えた無精髭を撫でた。

「ちょっと待って」シボーンがほかの部屋に移動する音が聞こえた。「立証できる何かがあるの？」

「デムプシィに言ったんだ、鑑識班にマグラスのバンを調べさせなければならない、と。それプラス、自宅や物置小屋も」

「デムプシィにもう話したの？」

「デムプシィはおれが何かを渡さなければ、食いついてこない。だから、きみに頼もうと思った」

「頭がおかしいんじゃない？」

「誰もがそう思ってるようだが――おれはあいつだと確信している」

「それだけでは駄目よ、ジョン」シボーンは少し黙り、そのとき、リーバスがほんの少し前に言った言葉がやっと頭に入った。「わたしがどんなふうに役立つの？」

「ピットロホリのガソリンスタンドの電話番号。そこの監視カメラの映像を見たい。アネットがピットロホリの村でヒッチハイクしたのなら、ケニィ・マグラスもその村にいたにちがいない」

「ガソリンを入れるためにＡ９を出た？」

「たぶん」

シボーンの長いため息が聞こえた。ソファの端に座り、膝に肘を突き、額を押さえている姿が目に浮かぶ。まだ一日を始める気分ではないのに、もうこの重荷を渡されたのだ。

「時間が経てば経つほど、犯罪の証拠を始末する時間をケニィに与えることになる」

「じゃあ、ちょっと待って」シボーンは立ち上がった。電話番号を見つけ、リーバスに伝え、さらに反復した。リーバスは番号を書き留め、確認した。

「ありがとう、シボーン」

「デムプシィは必ずジェイムズに連絡を取ると思うわ」シボーンが言った。

「またしてもおれはこっぴどく叱られるだろうな」

「ただし、あなたはもう警官じゃない」シボーンが少し黙った。「ということは、わたしはあなたに何も話してはいけないんだし、あなたはこんなことをしてはならない」

「おれはやんちゃな子供だな？」リーバスは疲れた笑みを浮かべた。「さっき、イルカが見えたように思った」

「それともアザラシ？」

「おれは現実にないものを見ている、と言いたいのか、クラーク警部？」

「ガソリンスタンドで、どれだけ嘘をつくつもり？」

「最小限に抑えるよ。また電話する」

「何回電話しても許される、と思ってるわけね」

リーバスは苦笑し、教えてもらった番号を携帯電話に打ち込んだ。しかしアネット・マッキーが失踪した日の、ガソリンスタンドの映像は手に入らなかった。

「すでにお持ちですよ」と告げられた。

「インヴァネスにある？」リーバスはなるほどとうなずき、電話を切ると、別の番号にかけた。

「ジョン？」ガヴィン・アーノルドが出た。「快晴の、のんびりとした朝に、何か用かな？」

「じゃあ、少しだけ緊張してもらおうか」リーバスが言った。

「どうやって？」

「ちょっぴり規則を曲げることで」リーバスが答え、頼み事を話した。

62

常日頃、苦情課へ一番乗りで出勤するのはフォックスだが、今日は違った。トニー・ケイがフォックスの机の前に立ち、片手にコーヒーの紙コップを持ち、もう片手でジョン・リーバスに関する書類の山の一つを繰っていた。

「早いな」フォックスが言いながら、コートを脱ぎ、それを掛けた。

「ジョウ・ネイスミスが来るまでに、話をしたかったもんで」

「携帯をなくしたのか？」

「直接会って話したほうがよいと思ったんだ」

「なら、さっさと言ってくれ」

ケイは書類の山に手を突いた。「何の話だかわかってるだろう」

「わたしたちが時間を無駄にしていると言いたいのだろう」

「あの男は旧式なタイプなんだよ、マルコム。まだそういうタイプが生き残ってるなんて、びっくりだが」

「じゃあ、あの男は絶滅危惧《きぐ》種だから、竹を食わせようと言うのか？」

「よい猟師は引き金を引くべきでないときを知ってるもんだ」

「通話記録を見ただろう、トニー。エジンバラの悪党で、あの男と親しくないやつが一人でもいるか？」

「クラーク警部が言ってたよ――リーバスはアネット・マッキー事件に関わっているんだから、フランク・ハメルへ電話する理由はいくらでもある、と」

「カファティは？」

「ハメルの元雇い主だ」

フォックスはゆっくりと頭を振った。「あの男は警察にとって足手まといなんだ――危険なんだよ」

「それは幹部会議で決めることだよ」

「わたしたちの意見に基づいてだ。わたしがリーバスを色眼鏡で見たとでも言いたいのか？」

「事実だけに留めておくことだ。個人的な感情を持ち込んではならない」

「個人的な感情とは、どういうことだ？」

「でも、そうなんだろ。あんたはセント・レナーズ署の犯罪捜査部で働いていた。同じ頃、彼もいた」

「それで？」

「あんたが話してくれたのを憶えているよ。優秀な刑事が必ずしも苦情課に向くとは限らない、って」

「わたしが犯罪捜査部では、業績を上げなかったと言うのか？」

今度はケイがかぶりを振った。「リーバスは古いやり方で結果を出すと言ってるんだ。努力の跡を見せずに。なぜなら、あんたには出来ないやり方で、いかがわしい連中と親しくなれるからだ。あんたが得意なのはこれだよ、マルコム」ケイは机を叩いた。「リーバスの専門分野は少し違っている――だからといって、敵にはならない」

「わたしたちは公明正大に捜査しなければならない。リーバスやその同類はそれがわかっていない。はっきり言うなら、あの男はわたしたちを小馬鹿にして喜んでいるんだと思う」

「それでも敵にはならない」ケイが穏やかに繰り返した。

フォックスの携帯電話が振動し、メールの着信を知らせた。画面を見て、ケイへ視線を移した。

「この話を本部長に漏らしたのか？」

ケイは首を横に振った。「なぜ？」

「なぜなら、話があると言ってるからだ」フォックスは書類の山に目を走らせた。机の横の床にも箱がいくつも置いてある。リーバスに関する何十もの違反行為が何千ページにもわたって詳述されているのだ。だが何十もの逮捕に至った成果もある。決定的証拠はない。フォックスの自宅にあるメモについても同様だ――すべて状況証拠で、どのようにも解釈できる。

「リーバスのことだろうか？」

「ほかに何がある？」フォックスが言い捨て、ドアへ向かった。

「こんなことをしたら、おれは階段を転げ落ちることになりかねない」北部警察本部前で、リーバスと会ったアーノルドがこぼした。

リーバスが茶色い紙袋を差し出すと、アーノルドが受け取ってそれを開け、クロワッサンを出してぱくりと食べた。そしてリーバスについてこいという仕草をして、建物内へ入った。リーバスは受付で来訪者と記入してもらい、〝常時身につけるべき〟通行証を渡された。

捜査部室に来たときも、アーノルドはまだ口を動かしていた。また仕草で、ここで待て、とリーバスに知らせ、ドアの中に消えた。戻ってきたとき、彼はCDサイズの銀色ディスクが数枚入った透明なビニール封筒を持っていた。

「ノートパソコンは？」アーノルドがたずねた。

リーバスはかぶりを振った。

アーノルドはやっぱりな、と言わんばかりに唇の端を歪めた。リーバスを連れて廊下を進み、誰も使っていない机がある部屋を見つけた。マウスを動かして、パソコンの画面を出し、パスワードを入れた。

「パスワードはカレィシス？」リーバスがたずねた。

「カレドニアン・シスルの短縮形だ、スコットランドの国花アザミということ」アーノルドは椅子を引き、リーバスに座れと合図した。そして机脇の床にあるディスク・ドライブへ屈み込み、ディスクの一枚目を入れた。

「八時間分あるぞ」アーノルドが警告した。

「そんなに長くかからんだろう」

「誰かにたずねられたら、適当に話を作っておいてくれ」

「きみの名前は伏せて、だな？」リーバスは察した。そして手を差し出す。「ありがとう。ガヴィン」

二人は握手を交わし、アーノルドは出て行った。

リーバスはある特定の時間に絞って、ガソリンスタンドの敷地へ出入りする車を見ればよいだろうと考えた――アネット・マッキーがピットロホリについた時刻の前後三十分を見る。最初のディスクは、時間が早すぎて役に立たなかった。二枚目も三枚目もそうだった。四枚目に入ると、画面の隅にある時刻に目をやりながら、早送りにした。ついに、嬉しい瞬間が来たので、体を乗り出し、真剣に見つめた。

デムプシィは最初、彼の顔がわからなかった。気づいたとたん、顔がこわばった。「どうやってここへ入り込んだんですか？」

リーバスは来訪者バッジをポケットに隠した。「別に犯罪じゃあないでしょう？」

「いや、そうなるでしょう」

リーバスはデムプシィを会議室で見つけたのだった。彼女は座っていたが、今は立ち上がっている。もう一人の警察官は、わけがわからない様子だった。デムプシィは、あとで相談の続きをします、と告げながら、手を振ってその警察官を追い払った。リーバスと二人きりになると、腕組みをして話を待った。

「犯人が確定した」リーバスはそれだけしか言わなかった。デムプシィは彼が銀色の小さな何かを手に持っているのに気づいた。

その日の午後、マグラス兄弟とケニィの妻マギーが事情聴取のため、警察に連行された。家宅捜索令状が要請され、デムプシィは発行には時間がかからないだろうと考えているようだった。その間、ロウズマーキーの住民たちに、最初の戸別訪問が行われた。

メディアはすぐさま反応した。警察本部の前を記者が取り巻き、屋根にパラボラアンテナを付けた無線車が配備された。テレビ局はまだ来ていない。少なくともリーバスが捜査部室の窓から見た限りでは。リーバスは記者会見に出るよう求められたが、デムプシィが禁じた。彼は現役の警官ではない——それを利用して法律家が壊滅的な一撃を加える可能性がある。

「実際には」とデムプシィがリーバスに言ったのだった。「いちばんよいのは、あなたがエジンバラへ戻ることです。それから、あなたがどうやってここへ入ったか、教えてちょうだい」

何か進展があったら、必ず電話をする、とデムプシィは約束もした——恩知らずだと思われたくないのだ。

しかし現在のところ、すべては仮定の上に成り立っており、それに偶然の一致が絡まっているだけかもしれないのだ。

それで終わった。リーバスは排除された。

ガヴィン・アーノルドの姿が見えないので、リーバスは短い感謝のメールをアーノルドに送信し、そのあと外へ出た。デムプシィの甥、レイモンドが会釈して、何か感想はないかとたずねた。ほかの記者たちはリーバスが誰かを知らないので、けげんな顔になり、落ち着かない様子だった。とにかく首を突っ込もうとして、彼らはたちまちレイモンドを取り巻いた。リーバスはわざと時間をかけて煙草に火を点け、おもむろに口を開いた。

「重要参考人が現在、デムプシィ警視正と捜査班から事情聴取を受けている」

「名前は？」

リーバスはレイモンドを見つめた。レイモンドは携帯電話をマイク代わりに突きだしている。

「重要参考人は地元の者だ」リーバスが話し続けた。「噂が飛び交っていることと思う……」

そして車に乗り込み、エンジンをかけた。

自分は帰路につくつもりなのか？　よくわからなかった。まずロウズマーキーへ行き、物置小屋の前を通った。ケニィ・マグラスのバンがその前に停まっている。リーバスは車を停めて降り、もう一度バンの窓から車内を覗いてみた。この前とまったく変わらないように見える。ただし、おそらくはマギーが作ったにちがいない、タッパーウェアのランチボックスと魔法瓶が置いてあった。透明なプラスチック容器から残したサンドイッチが透けて見える。物置小屋には相変わらず、南京錠がかかっている。リーバスはバンをぐるりと回ってみた。小型車で、細いタイヤの溝が摩耗している。こんなバンがエダトンの原野へ乗り入れれば、ぬかるみにはまって動きが取れなくなるのではなかろうか？　車体に傷があるかどうか点検してみたが、泥が少し付着しているだけだった。ナンバープレートから察するに、バンは購入してまだ一年ほどしか経っていないようだ。もう一度バンの周囲を回り、擦り傷やこすれを何とか見つけようとして目を凝らしているときに、鑑識班が到着した。四人組だった——二人はフォード・トランジット、もう二人はボクスホール・アストラでやって来た。その一人がエダトンのプレハブ小屋にいたリーバスを憶えていた。その男は顎を突き出し、頭を軽くひねったが、それがリーバスへの挨拶のすべてだった。

　誰かに何者だと問われたり、身分証の提示を求められる前に、リーバスは権威ある人物であるかのように装い、この物置小屋は整理整頓されていて、物を隠せるような場所は見当たらない、と説明した。

「周辺も調べたほうがいい」とリーバスは付け加えた。

「もし彼が戦利品を隠しているなら、手近なところにはないと思う」

「なぜそんなことを言うんですか？」彼はたずねられた。

「この前、彼とここに入った。ここを調べても、まったく動じなかったからだ」

　質問を発した者がうなずいた。

「捜索令状はすべて出たのか？」リーバスがたずねると、うなずきが返った。「兄弟の家二つともだな？」

「そうです」

「グレゴール・マグラスの家の外にある緑色のランドローバーも追加したほうがいい。誰の持ち物か知らないが、調べたほうがよいように思う。この車よりは全地形型だからな」リーバスはバンを指し示した。

「じゃあ、なぜそのように手配しなかったんですか？」班長がたずねた。

「それはおれの仕事じゃないんでね」リーバスは答え、サーブへ戻っていった。

63

リーバスは〈ウィッチャーズ〉ホテルを再び訪れた。死体発見当時の騒ぎが収まったので、空室があったが、リーバスは泊まるかどうか決めていなかった。そこでラウンジに座り、携帯電話を充電しながら、ステーキ・パイとポテトチップス、ポットの紅茶を注文した。トイレへ行ったとき、顔を洗ったあと鏡で自分の姿を見つめた。車内で一夜を過ごした男そのものだった。受付で頼み、歯ブラシと歯磨きチューブ、カミソリとシェービングクリームのセットをもらうと、トイレに引き返して応急処置をした。

腹がくちくなり、紅茶のポットをまた注文すると、人心地がついてきた。時間つぶしには新聞がたくさんあったし、『暗号の解読』というホテル備え付けの本も置いてある。先ほど、テレビをニュース・チャンネルに切り替え、音を消してくれないか、と頼んでみた。

「かしこまりました」とタータンチェックのチョッキを着たウェイターが答えた。

二時間ほど経ったが、デムプシィから電話はかかってこない。リーバスは携帯電話がちゃんと受信できる状態にあることを確かめた。ようやく携帯電話が鳴ったとき、画面を見るとシボーン・クラークからだった。リーバスは電話に出た。

「デムプシィが今さっきまで、ジェイムズ・ペイジと話し合っていたわ。あなたがエジンバラに戻っているのか知りたがっている」

「それで？」

「ジェイムズは再調査班のカウアン部長刑事にたずねたけど、彼もあなたを見かけていないって」

「おもしろいな」

「まだインヴァネスにいるの?」

「もちろんだ」リーバスは監視カメラの映像について語った――アネット・マッキーがガソリンスタンドから歩き始めて五分と経たないうちに、ケニィ・マグラスがガソリンを入れにそこへ入ってきたことを。そしてケニィとグレゴール・マグラス兄弟が事情聴取のために連行されたことも説明した。「デムプシィは事情聴取が終わったとペイジに言ったのか?」

「知らない」シボーンがしぶしぶ答えた。

「ペイジときみとは仲良しなんじゃないのか?」

「やめてよ、ジョン」

「残念だな――おれはあの男が好きなんだ」

「あなたはわたしの言うことも誰の言うことも聞かないんだから、そうでしょう?」

リーバスは笑みを漏らした。「デムプシィはおれに最新情報を知らせてくれるはずなんだ。だからここに留まっている」

「あなたは、絶対的な確信があるのね?」

「希望の泉は涸れることがない」

「でも、デムプシィの声は解明間近のようには聞こえなかった」

リーバスの携帯電話に別の電話がかかってきた。非通知の番号。シボーンにあとで電話すると告げた。

「リーバス?」ジリアン・デムプシィの声だった。

「どうなりました?」

「彼らは事情聴取をされ、釈放されましたよ」

「それで?」

「それ以上何も話はないわね。ケニィ・マグラスの物置小屋とバンを調べて――発見物は科捜研へ送られたけれど、望みはなさそうだというのが捜査員の意見。二つの家についても同様だわ」

「ランドローバーについては?」

デムプシィは一呼吸した。「それはやはりあなたの考えだったんですね? ええ、親切な判事がもう一枚捜索令状にサインしてくれたけど、これもまた何も出なかった」

「初めから何もなかったのか、あるいは掃除したからなのか」

「最近誰かが掃除したかもしれない、と言ってましたね」デムプシィが認めた。「でもあなたがほのめかしているような、徹底した掃除ではなかった。それに、ピットロホリにいたのはそのバンで、ほかの車ではなかったでしょう？」

「ガソリンスタンドへ寄ったことについて、ケニィは何て言ってましたか？」

「グラスゴーの息子を訪ねたあと、戻る途中でガソリンが少なくなったから、と」

「偶然だとはとても思えないですね？」

「実のところ、そう思ってるわ。ケニィ・マグラスもよ——アネット・マッキーの事件が報道されたとき、彼は奥さんにその話をして、警察に通報しようかと相談した。奥さんは何も見ていないなら、通報しても意味がないと反対したそうです」

「彼女がおれにその話をしなかったとは、妙だな」リーバスは目を閉じてこすった。

「奥さんはケニィをかばっていると思うんですね？」

「家族ならそうすることもある」

「とにかく」デムプシィが言葉を続けた。「科捜研が何かを見つけない限り、わたしたちはどうやら行き詰まったようね？」

「取調室でケニィを見ましたか？　というか、その目をじっくりと見ましたか？」

「それ以上のことをやりましたよ。心理学者に取り調べの映像を見てもらいました。危険な徴候は何一つ見つからなかった。この男は所帯持ちなんですよ。成人した子供二人に、夫を慕う妻。近所の人たちは口々に褒めているし、彼の名前ではスピード違反切符すら切られていない」

「せめてもう少し調べてもらえますか？　ほかの女性たちが誘拐されたとき、彼がどこにいたかなど……」

「本人にたずねましたよ。書類を調べないとわからないので、そうすると言ってましたね」

「それはこっちの仕事じゃないんですか？」

「書類をすべてここへ運ぶために、警官を家に行かせました」デムプシィが冷ややかに言った。「でも現時点では、やはり捜査は行き詰まりの状態ね」少し間を置いた。「それはそうと、今どこにいるのか、たずねてもいいかしら？　運転中のようではないけれど」

「そうです。〈ハウス・オブ・ブルア〉で休憩中なんですよ」

「じゃあ、エジンバラへ戻っている途中？」

「ご命令どおりに」リーバスは彼女に聞こえるように、ソーサーにカップをかちゃかちゃと当てた。「でも何かわかったら、おれに教えてくれますね？」

「もちろんよ。ああ、それから――甥に不用意なコメントをしたことだけど？　あまりいいやり方とは思えないわ。発表を競い合うのはわかるけど……」

　デムプシィが電話を切ってしまったので、リーバスは携帯電話をティーポットの横に置いた。ラウンジにいるのは自分だけだ。新聞は隅々まで読んでしまったし、テレビはどこかのサッカーチーム監督の不名誉な事件に関する録画を今も流している。それは十五分間隔で繰り返し放映されているらしく、毎回同じ画面が出る。エダトンに関するニュースは一切出ないし、画面下に速報のテロップも現れない。

「さて、どうしたもんか？」リーバスは自問した。答えが浮かんだ。「煙草だ」と言いながら立ち上がる。

　四十分後、またラウンジで座り、あれこれと思い巡らしながら、ぼうっと前を見ていたとき、知っている顔に気づいた。制服姿で帽子を小脇に抱えたガヴィン・アーノルドだ。

「なんでここにいるんだ？」リーバスがたずねた。

「あんたを探していたんだ、デムプシィに命じられて。ここは候補地の二番目だった」

「その前は？」

「〈ロッホインヴァ〉」

「座るか？」

アーノルドは首を横に振り、リーバスの前に立っていた。

「デムプシィには〈ハウス・オブ・ブルア〉にいると言ったのに」

「欺されなかったようだな。おれはあんたをA9へ誘導し、デイヴィアットまで伴走するように、と命令されている」

「おれは町から追い出されるのか、シェリフ？」

「そうだよ、カウボーイ」

「おれはあんたのことを漏らさなかった、ガヴィン」

「わかってる。だが彼女がその気になったら、あんたに来訪者バッジを渡したのは、おれだってことぐらい、五分と経たないうちに割り出しちまうさ」

「じゃあ、きみの点数が直ちに高くなるように手を打つべきだな」リーバスは立ち上がり、上着に手を伸ばした。「でも、まんいち何か噂でも耳に入ったら……」

「耳打ちして欲しいんだろう？」アーノルドは笑顔で察した。「教えてくれよ。あんたと知り合ったやつで、自分の首が絞まるのを感じないやつなんて、一人でもいるのか？」

「それはおれの友達連中に訊いてくれ」

「支払いは？」アーノルドがティーポットを顎で示した。

「もう済ませた」

「じゃあ、出発しようか」

リーバスはアーノルドの前で立ち止まった。二人の顔は十センチほどしか離れていない。「ケニィ・マグラスがやったんだ、ガヴィン。おれの人生の中でこれほど強い確信を持ったことは一度もない」

「じゃあ、捕まえようじゃないか」アーノルドが言った。

「できるか？　必ずしも、できるとはかぎらんだろ」

受付を通り過ぎながら、リーバスはサリー・ハズリットを思った。別の人格を作り上げ、友人や家族から離れ、移動を繰り返しながら暮らし、誰も信用できず、定着できず、警戒を緩められない、そんな人生。


アーノルドのパトカーはデイヴィアットの標識までリーバスを追尾し、そこでヘッドライトを二回ほど点滅させてから戻っていった。まるで、きっぱりと最後の別れを告げているかのようだった。

第六部

今朝目を覚ましたら、目には雪が積もっていた
おれは荒れ模様の空の下で眠っていた……

64

何も起こらない。

リーバスは毎日出勤して、資料の箱が次々と運び出されるのを見守った。つなぎを着た作業員が台車に積んでは持ち去った。高等法院刑事部の未解決事件特捜班から誰かがやって来て、これまでの仕事に感謝し、ロウジアン&ボーダーズ警察のファイルにある事件については、もれなく捜査を続けると約束した。この男はダニエル・カウアンを前から知っている様子で、二人はランチへ出て行き、なかなか帰ってこなかった。戻ってきたカウアンの頬はほんのりと赤く、部屋の誰にでも笑顔を向けた。

「ポストをもらえたんですね？」エレイン・ロビソンがたずね、リーバスとピーター・ブリスは無関心を装った。

「まだ公式な話じゃない」

「でも、事実でしょう」とロビソンが念を押すと、カウアンはさらに大きな笑顔になった。

再調査班は週末で終わりを迎えるが、水曜日には書棚が空っぽになった。IT技術者が各コンピュータを調べ、全ファイルを一つのポータブル・ハードドライブに移したあと、すべて消去した。

「コンピュータをリサイクルできますからね」技術者が説明した。

それを見ながら、リーバスは〈二〇〇一年宇宙の旅〉のシーンを思い出した。無情にもハルの声が次第に遅く、とぎれとぎれになっていく、あのシーン。

「汗と血と涙の結晶が」ブリスがつぶやいた。

ある夜、リーバスはブリスを飲みに連れて行き、そこでグレゴールとケニィ・マグラスに関する彼の説を洗いざらい語った。ブリスはその可能性を一つとして認めたがらず、やがてパブを出て行った。それ以後彼の態度は、職業上の礼儀を超えることはなかった。リーバスは彼の机にメモを置いた――よく考えてみてほしい。何か引っかかる点はないか？　ブリスはそのメモを丸めてゴミ箱へ投げ込んだ。

「あなたたち二人とも」とロビソンがたしなめた。「どうして仲良くなれないの？」

「向こうから仕掛けたんだ」リーバスはブリスの笑みを引き出そうとしてふざけた。

　それはかなわない望みだった。

　シボーン・クラークに電話をかけて、インヴァネスの捜査に関する最新情報を求めた。ガヴィン・アーノルドはリーバスに何も教えてはならないと、おそらくはデムプシィから、注意を受けたからである。シボーンはあまり情報を持っていなかった。インヴァネスの捜査班がアネット・マッキーに関するすべての資料をエジンバラから取り上げたので、ジェイムズ・ペイジと部下たちは手も足も出ない状況だった。デムプシィはエジンバラへ乗り込んできて、ゲイル・マッキーやフランク・ハメル、トーマス・レドファーンから再度、事情聴取をした。さらにバスターミナルの監視カメラの映像も、要請を受け、北部警察本部に送られた。

「すべて、何の役にも立たん」リーバスはシボーンに言った。「やることがないので、あちこち引っかき回しているだけだ」

　マグラスのバンからもランドローバーからも、何一つ不利な証拠は見つからなかった。根気の要るテストを繰り返したあげく、アネット・マッキーの遺体にもその体内にも、ケニィ・マグラスと結びつくような異物は何一つ見つからなかった――恥毛はフランク・ハメルのものだった。やがて、ほかの四人の犠牲者とともに、葬式の許可が下りた。リーバスはテレビで葬儀の様子――葬列の先頭に立つダリル、その腕にすがりついて歩む母親、ハメルの姿は見当たらない――を見ているうちに、その墓地を知っていることに気づいた。ジミー・ウォレスが埋葬された墓地である。あの日を思い出した。柩を担ぐ人々が人数で呼ばれたこと、嘆き悲しむ未亡人、そしてトミー・ビーミッシュが傍へ寄って囁いたこと。

〝ジミーみたいな男は多い――定年退職すると、まもなく柩の中に横たわる……だからまだ働いているんですか……？〟

まあな、そうに決まってるじゃないか。さて。来週は何をしようか――釣りをするか、犬を買うか？　いや、それよりも、自分の知っている老人のように、パブで過ごす時間がまるで仕事みたいになって、酒樽をぼうっと見つめながら過ごす可能性のほうが高いのではないか。

ある日、階段でマルコム・フォックスと出会った。フォックスは立ち止まり、苦情課はリーバスに重大な関心を寄せるのをやめた、と言った。

「ほう？」

「現在のところは、だ。だから再就職をがんばってくれ」

「ああ、わかった」

「本気で言ってる」フォックスはリーバスの目を凝視した。「あんたが現役へ復帰するのを望んでいる。そうなれば、あんたは遅かれ早かれ、何かやらかす。そのときこそお互いをよく知ることになるだろう。ただし、シボーン・クラークのような人間を引きずりこまないよう、願うが……」

木曜日に、エレイン・ロビソンは翌日の夜にお別れ飲み会をするつもりで、場所と時間を決めようとした。しかしピーター・ブリスはその提案に乗らなかった。

「予定があるんだ」ブリスが言った。

「じゃあ、週末は？」

　ブリスは首を横に振った。「やめとこうじゃないか？　何も祝うようなことじゃなし」

「ピーター……」

　しかしブリスは考えを決めていた。リーバスと目を合わせることすら出来なくなっていた。金曜日の午後、彼らが机の引き出しの中身をレジ袋に入れて、二度と戻ってこない部屋を出て行く準備をしていたときだった。ダニエル・カウアンはすでに別れの挨拶を済ませていた――そして新しい班の会合に出るために、足取りも軽く出て行った。ロビンソンはトイレにいた。ブリスはその機会を捉えて、リーバスと対決した。

「グレゴール・マグラスはよい男だった」ブリスが言い切った。「おれの中では、今も未来もそうだ。あんたのやろうとしていることは、彼の名誉に泥をなすりつける行為だ。おれはそれには荷担しないし、そんなことをするあんたを絶対に許さない」

「マグラスと話をしたか？」リーバスがたずねた。

「彼はこのことで非常に苦しんでいる。あんたが言ったことのために連行されて事情聴取されたんだ」ブリスの顔が紅潮し、感情が高ぶって声が震えていた。

「マグラスは長年、弟のケツをかばってきたんだ」

「あんたは溝が壊れたレコードだ、リーバス」

「そうかもしれんが、まだ歌詞はすばらしいぞ。マグラスはきみをもてあそんだんだ、ピーター。それが我慢ならないんじゃないか？」

「彼の人権は尊重されるべきだ」

「じゃあ、被害者たちの人権はどうなんだ？」

　ブリスは唸るような声を上げ、机からレジ袋をさっと取ると、リーバスを押しのけるようにして通り、階段を足音高く降りていった。ロビンソンが帰ってきて、自分を待っていたリーバスを見た。

「これで本当に終わりね」彼女はブリスがいないことに気づいた。

「彼は急いでいたんだ」リーバスが謝った。感づいたロビソンは睨もうとしたが、そんな気持ちにはなれなかった。二人は抱擁し、彼女がリーバスの頬に軽くキスをした。

「新しい牧場に乾杯」ロビソンはリーバスの腕をしっかりと握りながら言った。一緒に部屋を出ると、リーバスはドアを閉めた。

その夜、したたかに飲んだあと、いつもの電話をかけた。呼び出し音が聞こえ、長い間鳴り続けたあげく、メッセージを残してください、という自動音声が流れた。

「話をしたい、グレゴール。それはわかってるはずだ。もうすべて終わりにしなければならない」そのあと自分の電話番号をまたしても告げ、電話を切った。最初の数回は、マグラスも電話に出て、リーバスが名乗った瞬間、電話を切ったのだった。しかしそれ以後は、留守録に換えてしまった。

リーバスは居間の窓に映る自分の姿を見つめた。雨滴が窓ガラスを伝って流れ落ちる中で、「都会の金曜日だというのに、これか？」とガラスの自分をなじった。食卓には失踪人事件簿のコピーがまだ置いてある。椅子を引いてその前に座った。近い将来、それを捨てる気になれるだろうが、今はまだ無理だ。これまでのところ、ほかの女性たちが誘拐された日に、ケニィ・マグラスがその近辺にいたという証拠は何一つ見つかっていない。マグラスの書類は欠けている部分が多かったが、でも、完璧に揃えている者などいるだろうか？　マグラスは日記をつけていなかったし、カレンダーやメモ帳を残してもいなかった。彼の妻も同様だった。リーバスはエールの瓶に手を伸ばし、ぐっと飲んだ。二日前から置いてある手紙に片手を載せている。ロウジアン＆ボーダーズ警察の就職担当から面接へ来るように、と記された手紙だ。健康診断の指定日が記してあり、質問欄にチェックを入れたあと、署名して返送すべき用紙が一枚入っている。リーバスはギターのピックを指でこすりながら、その手紙をまたしても読んだ。
「本物のギターを買ったら、そうしようか」そうつぶやいたあと、ペンを探すために立ち上がった。

カファティの自宅は、コリントン・ロードから入った並木道にある、ヴィクトリア朝様式の一戸建て邸宅だった。広い敷地には馬車置き場まで付いている。たくさんの客間があるが、カファティは奥の庭が見渡せる書斎にいるほうが多い。そこには、二十代の頃に手に入れた古い大きな椅子がある。彼はそこに座って本を読み、考え事をする。今夜はダリル・クリスティのことを考えていた。クリスティはアネットの葬儀に彼を招いた。それに応えてカファティはチャペルの葬儀に参列し、ダリルが用心棒を数人連れてきているのを見た——カファティの知らない顔ばかりだった。若いが修羅場《しゅらば》をくぐり抜けたような男たちで、イラクやアフガニスタンから抜け出した元軍人なのかもしれない。男たちは参列者の集団からは離れたところに立ち、墓地へ行列が進んでいくと、少し距離を置いて従った。ダリルと弟二人はもう三人とともに、柩を担いでいた。

フランク・ハメルはいなかった。デレク・クリスティもいなかった。

北部からおまわりが来ていた。その女警官の名前は知らないが、テレビでその顔を見たことがある。リーバスが来ているかと思ったが、彼もまた現れなかった。屈強な若者の一人が参列者をかき分けながらカファティのほうへやってきて、体を近づけ、「お帰りになる前に、ミスター・クリスティが話をしたいと申しております」と耳打ちした。カファティは葬儀後の接待場所へ向かう準備をしている人々を見守りながら、留まっていた。ダリルは母親をリムジンに乗せ、頬に接吻してからドアを閉めた。そして上着とネクタイを整えたあと、カファティのほうへ歩いてきた。カファティは手を差し出したが、ダリルは無視した。

「だいじょうぶか？」カファティは礼儀上たずねた。

「答えを聞きたいのは、そんなことじゃないでしょう」

「わかったよ――フランク・ハメルはどこにいる？」

「彼は降りたんです。自分の商売すべてをぼくに渡してね」ダリルの目がカファティの目を捉えた。「それでいいですか？」

「なぜそんなことを訊く？」

「なぜなら、あなたは今も現役でありたいと思っているから。でもこれからは、そうはならないと二人ともわかってます。あなたのやり方をこれまで学んできたので、あなたがどんな喧嘩をしかけようと、ぼくは備えができている」

「もう、そんなことをするような年ではない」

「それは正しい発言ですが、あなたはそれを実感しなければならない。ぼくは勉強したんです、カファティ。ハメルが市のどの部分を支配していたかを。今のところ、ぼくは戦争を求めていない――あなたのものは、今もあなたのものです。それを変える場合があるとすれば、それはあなたが今こそ、密輸や国境侵入の好機と決断した場合だけ。お互いの立場を理解してもらえましたか？」

　そのとき初めて、ダリルはカファティへ手を差し出したのだった。こいつは十八歳なのだ！　たった十八歳！　十八のとき、カファティは歩兵に過ぎなかった。ところがどうだ、ナポレオン気取りの痩せこけたガキに、雇われ用心棒数人の圧力も加わって、どうすべきかを命令されているのだ。

　それにもかかわらず、カファティは握手してしまった。

　そして今、書斎に座って考えてみると、ダリル・クリスティはまさに好機を捉えて適切な行動を取ったのだとわかった。交代は支障なく行われた。ハメルは身をひそめているが、これまでのところ、もう死んでいる、と言っている者はいない。

〝あなたのものは、今もあなたのものです……今のところ……〟

　小生意気なガキめ！

　とはいえ、頭がよい。見くびったり、見誤ったりしてはならない。カファティはこれまでの、自分の取った態度を恥ずかしく感じていた——優しい伯父のように振る舞い、肩に手を回したりした。ところがダリルは自分の計画をすでにちゃっかりと立てていて、冷静に計算していたのだ。

　それは、たとえ短い期間で終わろうとも、賞賛されるべきである。

　しかし、なんと言っても、あいつはまだ十代なのだ。苦い経験を彼はまだ積んでいない。間違いを犯すこともあろうし、敵も作るだろう。無傷でいられる人間は誰一人いない。

　誰一人。

　だからこそ、カファティは椅子から立ち上がって、玄関のドアと裏のドアの戸締まりを確認したのだった……

65

土曜日の朝、リーバスはマグラスにまた電話をかけた。今回、電話の呼び出し音が聞こえなかった。別の声の自動音声が、その番号は使われていません、おかけ直しください、と告げた。もう一回、注意深く番号を押してみたが、同じメッセージが流れた。

「番号を変えたな、グレゴール？」小声で問いかけた。うなずいて合点し、シャワーを浴びにいった。

午後の早い時間に、ロウズマーキーの海岸に車を停めた。そこはコテージの真正面である。数回クラクションを鳴らしてから、窓を見つめ続け、動く気配を見逃すまいとした。カーテンはすべて閉じられている。しばらくしてから、ランドローバーの横をすり抜けて確かめにいったとき、ポーチの中のマットに郵便物が落ちているのに気づいた。隣の家に行くと、老女が出てきた。

「憶えていますか？」リーバスがたずねた。「前にここへ来たんだけど」

年配の女性は、ええ、見覚えがあるわ、と答えた。

「グレゴールの姿を見かけたかと思って」

「昨日は店で見かけたわ、新聞を買ってた」

「じゃあ、無事なんですね？ドアまで出てこないし、家に人の気配がしないんで」

「レポーターが夜昼構わず押しかけてきてね」老女が説明した。「それに電話もひっきりなしで——次から次へと鳴る音が聞こえたわ」老女は話しやめ、リーバスのほうへ身を乗り出して声をひそめた。「何があったか聞いたでしょ？」

リーバスは相手の期待に応えて、うなずいた。

「ひどい話よね、ひどいとしか言えない。あんなことが起こるなんて……わたしの言いたいこと、わかるわよね」

「村ではさぞかし噂になったでしょうね？」

老女は頭を後ろにそらせた。「たいへんだったわ」

「信じられないというのが皆の意見だったんだろうね？」リーバスは自分も住民の一人であるかのような打ち解けた口調を心がけた。姿勢を緩め、ドアの枠にもたれかかり、腕を組んだ――年寄りがおしゃべりしている、という雰囲気。

「信じられないわね」女性がおうむ返しに言った。

「もしやと疑う者は誰一人いなかった？」リーバスは片眉を上げた。「たいてい、少しはいるもんだけど」

「この地域で、一度もケニィ・マグラスの世話にならなかった家なんて、ないわ」

「そりゃそうだろうが、それでも……」

しかし老女はきっぱりと首を横に振り続けた。

「じゃあ、あんたたちは結束して、かばい合うんだな？」リーバスの口調が冷ややかになった。老女は眉をひそめ、一歩下がってドアを閉めようとした。

「もしかして、グレゴールから、新しい電話番号を教えてもらってないかな？」

ドアに鍵のかかるカチャッという音が返ってきただけだった。「話ができて嬉しかった」とリーバスはつぶやき、マグラスのコテージに戻って、ドアを叩き始めた。

また雨が降ってきた――大粒の氷雨が肩や背中に当たって叩きつけるような音を立てる。サーブへ戻り、その中で雨が止むのを待った。空は暗い。ワイパーのスイッチを入れた。今や雨は雹《ひょう》となり、道路の表面で跳ね続け、道路を白く変えていく。リーバスは車のエンジンを入れ、バックで二十メートルほど走って、ケニィ・マグラスの庭の前まで来た。この家もひとけがなかった。二階のブラインドも閉まっており、八角形の温室の明かりも消えている。フロントガラスが曇ってしまったので、暖房を強にし、窓を少しだけ開けた。
数分後、雹がやんだ。空は相変わらず鉛色だが、雨は降っていない。ただし、大気が地面を押しつけるように感じられ、息苦しい。リーバスは胸一杯空気を吸い込み、額や首の汗をぬぐった。パックから煙草を取り出したとき、自分の手が震えているのに気づいた。両手を強く合わせてみたが、震えを止められない。心臓の鼓動が異常に早い。

「まだだ」彼は自分の胸と内臓に言い聞かせた。「まだ、少し早いだろ？」

車を小道へ乗り入れ、左折してケニィ・マグラスの玄関前へ行った。バンはない。家は無人に間違いなかった。少し走って物置小屋まで行った。そこにもバンはない。土曜日も働いているのだろうか。あるいはしばらくどこかへ行こう、と妻を説得したのかもしれなかった——兄のグレゴールを従えて。自分たちの作り上げた話を何回も再検討してみる機会となるではないか。いや、そうではなくて、彼らはたんに買い物に出かけただけなのかもしれない。インヴァネスかディングウォルへ週末の買い物に。兄弟の写真はメディアに出たが、たった一日出ただけだった。近所以外では、顔が割れる心配はほとんどないのだろう。

車の中で、リーバスはハンドルを指で叩き続けた。人はどんな週末を過ごすのだろう。シボーンは食料品を買っているのか、それともハイバーニアンの試合を見に行っているのだろうか？　ダニエル・カウアンは新しい職場のために、背広の寸法を測ってもらっているのだろうか？　ジリアン・デムプシィは自宅でのディナーパーティを計画していて、客の一人は甥のレイモンドなのだろうか？　スーパーマーケットは大勢の客でごった返し、映画館は客を楽しませる準備をしている。昼食時にはパブやレストランが繁盛し、クロスワードに取り組む者もいれば、ステーションワゴンの後部にウォーキングシューズを放り込む者もいる。スキーやボート、ゴルフを楽しむ者。水泳や室内スポーツに励む者。宿題をしている子供、雑用をしなければならない大人。洗車場やガソリンスタンドの長い列。誰もがそれぞれ何かをやっている。エダトンの捜査班も週末の勤務に見合うだけの経費を与えられたのかもしれない。しかし、その仕事とは、具体的に何だ？　事情聴取、書類作り、捜査会議の追加か？　その目的は、少しだけ膨らむ勤務手当に過ぎないのでは……

「いったい、何考えてるんだ、ジョン？」リーバスは自分に問いかけた。グレゴール・マグラスのコテージに戻ると、メモを書いて、ランドローバーのフロントガラスのワイパーに挟んだ。

　そこには、〝もう終わりにしなければならない〟とだけ書かれていた。

　帰路についていたときに、リーバスはピットロホリの北でやっていた道路工事が終わっているのに気づいた。誰ももう働いていないだけではなく——プレハブ小屋の一つがトラックの後部に積み込まれている最中で、簡易便所はすでになかった。作業員はどうしたのだろう。新しい工事が彼らを待っているのか？　掘り返しては舗装するという終わりのない作業に組み込まれているのだろうか？

「おれと同じだ」リーバスは声に出して言った。

　トーマス・ロバートソンはどうなった？　数日前、アバディーンの王立病院に電話してみたが、当然ながら、彼はもう退院していた。もしかしたら〈タメル・アームズ〉に戻り、ジーナ・アンドリュウズに、自分が前科に関して嘘をついた理由を説明しているかもしれない。あるいは具体的な目的地を考えずに、今は旅に出ているのかもしれない。

　ガソリンが四分の一に減っているのに気づき、リーバスは脇道へ出てピットロホリの村に入り、人通りの多い中心地をのろのろと抜けてガソリンスタンドに着いた。ガソリンを入れていると、呼びかける声が聞こえた。

「アウディはどうしたんだ？」

リーバスは隣のポンプへ目をやり、売店で質問をしているシボーンを待っている間に、話しかけたあのセールスマンだと気づいた。

「世間は狭いね」セールスマンが笑顔で言った。

「あとで煙草休憩はどうだ？」リーバスが誘った。セールスマンは乗り気な様子だった。二人は無言でガソリンを注入し、支払いをするために売店へ行き、道路に沿った歩道で会った。ベル蒸留所に大型バスが着いていて、観光客がビジターセンターへ誘導されている。

リーバスはサーブを顎で示した。「あんたの質問に答えるよ。おれはクラシックカーのほうが好きなんでね」

セールスマンは煙草の煙を長々と吐き出した。「この前会ったとき、あんたがどんな方面の仕事をしてるのか、聞きそびれたな」

「おれは元警官だ」

「じゃあ、今は何をやってる？」

「現在のところ、その身分に慣れようとしてるところだ」リーバスは煙草の灰を地面に落とした。「あんたは〝ソリューション〟の商売だと言ってたな」

「セールスをおしゃれに言い換えただけだ」セールスマンが白状した。

「今日は仕事をするのかい？」

「明日もだよ、おれに会いたい客がいる限りは。念のために言うけど、競争が激しいんでね」

「わかってる。奥さんは文句を言わないのか？」

セールスマンは肩をすくめた。「今夜は二人でワインのボトルを開ける。何とかやっていくしかないんでね」

「子供は？」

「娘が一人」

「じゃあ、おれと同じだ」

「ローリーは高校一年なんだ」

「おれの娘はとっくに巣を飛び立った」リーバスは言葉を切り、煙草の先端を見つめた。「娘とはめったに会わない……」二人は村を出入りする車の流れを見つめていた。「あんたは一週間に八百キロも走ると言ってたな」

「そう、しょっちゅう走るんで、顔や会社名がわかるようになった」貨物トラックを顎で示した。「オランダから輸入した花を積んでいる車だ。立ち寄り先の最北端はアバディーンで、そのあとはフェリーまで戻る」

「おれもあの運転手を見たような気がする」リーバスは待避線で会った運転手と、煙草のライターが壊れていたバンの運転手を思い出した。

「仕事に就いて最初の一、二年は」とセールスマンが話し続けた。「あまり周囲に注意を払わなかった。というか、何も気にしていなかった。自分のことだけしか考えていなかったね」煙草を吸い、煙を吐き出す。「しかしそのうち、自分が前に見たことのあるやつと、いつも同じカフェやガソリンスタンドで居合わせることに気づいた」

「それで話しかけるようになった？」

セールスマンがうなずいた。「さもないと、淋しい毎日だろう？」

「そうだな」

「そのうち名所にも詳しくなる。〝ハイランドへようこそ〟と書かれた看板の横に停まっている、軽食を販売するバンとか……」

「スロッホ・サミットも通るな」リーバスが口を挟んだ。

「海抜四百五メートル」セールスマンが暗唱した。

「デュワーズ・ワールド・オブ・ウイスキー……」

「A9から十六キロ」

二人は笑みを交わした。

「でも正直言って、おれはこの仕事が好きなんだ。女房には言ってないけど。一日中オフィスにいると居心地が悪いんだよ、テレビの前でくつろいでいるときすら、そう感じる」セールスマンはリーバスを見た。

「変だと思うだろ」

「そうは思わない。あんたが走っているときには、必ず目的地があるし、そこへは、たとえ時間がかかったにしろ、いずれ、到着するとわかっているからな」

セールスマンがうなずいた。「まさにそういうことだ」

それから数分間、二人は無言で煙草を吸い続けたが、やがてセールスマンが咳をし、咳払いした。

「このあたりで殺された女の子な……」

「アネット・マッキーか？」

セールスマンは重々しくうなずいた。「この前、ここに来たのは、あの事件のためか？　あんたの連れが売店で聞き込みをしていたように思うが」リーバスが肯定の印にかすかに身動きしたのを見つめた。「昔はヒッチハイクの連中をよく拾ってやったもんだ。一人で旅するのは危険だと、必ず注意したけどな。以前はそんな連中が大勢いたが、今でもまだいる。ローリーにはぜったいヒッチハイクをしない、と約束させた」リーバスへ視線を投げる。「あんたの考えてることはわかる。最近の親は過保護だと言いたいんだろ。おれも若い頃はヒッチハイクをしたもんだ——女の子もやってた——だが、今は時代が違う」

「そうだね」

「犯人を捕まえられると思うか？」

「何とも言えないな」

「たとえ捕まえても、最近は刑務所での待遇がいいんだろ？」セールスマンは煙草を吸い終え、吸い殻を靴先で踏み消した。リーバスはその質問への答えを考えていたが、セールスマンは答えを必要としていないようだった「そろそろ出かけるか」セールスマンが言った。「おれのような商売ではな、走ってなんぼなんでね」職業柄、真っ白に漂白した歯の目立つ笑顔になった。「例のソリューションもな、何もしなきゃ、売れない」

二人は握手を交わして、それぞれの車に戻った。セールスマンが開けた窓から手を振って走り去るのをリーバスは見送った。セールスマンは北へ向かっている。彼にとっては居場所となっている道路で、週に六日間もしくは七日間をいつも過ごしているのだ。ほかの者にとって道路は過ぎ去るだけの景色にすぎない。しかし彼は道路脇のサンドイッチの売店やガソリンスタンドに立ち寄り、道路事情に詳しくなり、近道を憶え、渋滞を避けるルートを計算し、自分と同じような毎日を過ごしている者と出会い、うまいファストフードや最安値のガソリン、清潔な宿などの情報を交換する。リーバスはこれまで道路をたんなる道路としか考えてこなかったが、今はそう思っていない——道路にはそれぞれ個性があり、妙な癖がある。道路は息づいている。ガソリンスタンドの敷地に留まり、携帯電話を取り出すと、サマンサの番号を出した。

「おれだ」サマンサが応答すると、告げた。

「あら、お父さん」

「今、話してもいいか？」

「何もしない週末しか、予定はないわ」

「そりゃ、よかった。どうしてるのか電話してみようと思ったんだ」ヘッドレストにもたれて携帯電話を耳に当て、娘の声を聞くだけで満足していた。

「変わりはないの？」サマンサが訊いた。「だって……

……」

「何だ？」

「電話をしてくるなんて、お父さんらしくないから」

「だからといって、おまえのことを考えていないわけじゃないよ、サマンサ。いつもおまえのことを思ってる」

「わたしは元気よ」

「そうだろうな」

「お父さんはどうなの？　あの異常者を捕まえられそうなの？」

「皆がそれを訊いてくるんだな」リーバスはセールスマンに言った言葉を思い出していた。〝必ず目的地があるし、そこへは、たとえ時間がかかったにしろ、いずれ、到着するとわかっている……〟

「皆には何て言ってるの？」

「犯人は異常者だとほんとに思ってるのか？」

「そのはずでしょ」

「そう言い切れない場合もあってね」

「まだ犯人が野放しだと思うと、ぞっとするわ。わたし、数日後にインヴァネスで体外受精の先生と予約している。キースが付き添ってくれなきゃ行かないって、彼に言ったの」

「だいじょうぶだよ」

「言うだけなら簡単よ」

「まあな。レグモア病院での結果を教えてくれるか？」

「いいわ」

「おまえとキースの二人で、週末はエジンバラへ来たらどうだ。ホテルを見つけてやる――おれが払うから」

「ほんとに気分は悪くないの？」

「生意気言うんじゃない、お嬢さん」

サマンサの笑い声が耳元で響いた。

66

その夜、リーバスは〈タネリー〉でカファティと会った。

「来てくれてありがとう」リーバスは言い、テーブルへ向かう前に酒を買った。

「ここで詫びようと言うのか？」カファティがたずねた。

「何を詫びるんだ？」

「この前ここに来たとき、あんたは愛想がよいとは言いかねた」

「まあ、そうも言えるけれど」

「ほう？」

「おれがあんたのプライドを傷つけたと言わないのか？」

　カファティの顔に一瞬微笑らしきものが走った。「まあな、やめとこう」と譲歩した。「で、どうしてここに誘い出したんだ？」

　リーバスはポケットに手を入れ、スコッツマン紙から切り取ったページを出し、皺を伸ばしてテーブルに置いた。アネット・マッキーの葬儀の記事で、チャペルを出る参列者の写真が添えてあり、その一人がカファティだった。

「家族に招かれたんだ」カファティが説明した。

「家族と親しいとは知らなかった」

「ダリルを知っている」

「いつからだ？　そんなに古い知り合いではないね、彼がフランク・ハメルの下で働いていることすら知らなかったんだから」

「それを教えてくれたのは、あんただよ」カファティは乾杯するかのようにグラスを挙げた。

「そのあと、おまえはうまく取り入って家族の友人になったんだな？」

「ダリルが葬儀に招いたんだ」

「でも、なぜだ？」

「仕事の話もあって」カファティはウイスキーを口に含み、よく味わってから飲み込んだ。

「参列者の中にハメルはいなかったな」

「まあ、当然だろうな」

「追い出されたからか？」リーバスが察した。「ダリルが彼に背くよう、おまえが仕組んだんだな？」

「あの若者をみくびっちゃいけない」

「どういうことだ？」

「おれの助けは要らなかったってことさ。最初からダリルはフランク・ハメルを蹴落とすべく、狙いを定めていたんだ」

リーバスは一瞬の間を置いて、その意味を理解した。

「これから何年間かのうちに、ダリルはたびたびあんたらの頭痛の種になるだろうよ」カファティが言葉を続ける。「あいつが今後も利口に立ち回り、運がよければ、だが」

「じゃあ、ハメルは今どこにいる？」

「どこかでおとなしくしてるさ」

「それは信じられん。ハメルは大物だ」

「あの若者はハメルの力を徐々に崩していったんだ。ハメルの手下を追い出し、自分の息がかかった者を雇い入れた。ハメルに気づかれずに、それをやり遂げたんだから、とてつもなく頭が回るってことだ。もしもハメルがちょっとでも感づいたら、ダリルはとっくにどこかの森の中に埋められているだろうよ」

「A9沿いの森か？」

「そこもいいな」

リーバスはゆっくりとかぶりを振った。「ダリルにはおまえの後ろ盾が要ったはずだ」

「もしそうなら、おれは自慢していたはずだろ？」

「いくら何でもダリルは若すぎる」

「だがナイフのように鋭い」

「おまえは何を企んでいた――ダリルをハメルに刃向かわせようとしたのか？」

「まあ、そんなとこだ」

「引っかき回そうとしたのか？」

「そいつは、あんたの得意とするところだろ――苦情課が関心を持つのも当たり前だね。それにもかかわらず、おれと飲むのをやめないんだな？　たぶんそうでもしないと、あんたは退屈しちまうからだろう」

「へえ、そうかな？」

　カファティはうなずいた。「教えてくれ」とカファティはテーブルに肘をついて、身を乗り出した。「ハメルがあの女の子と口論していたが――何でもめていたのか、知ってるか？」

「知っているとも」

「しかし、話してくれないんだな」

「そのとおり――だが、オーミストンにたずねても無駄だぞ。なぜなら、はっきり言うが、あいつは何も知らない」

　二人の男はお互いを値踏みした。もしチェスボードを挟んで座っていたとしたら、二人とも引き分けを宣言したかもしれなかった――二人の果てしない勝負で、さらにもう一回、引き分けが加わった。カファティはウイスキーを飲み終えて立ち上がった。「もう一杯いくか？」とたずね、答えを待たないでカウンターへ向かった。二人分の注文をし終えたとき、後ろでドアの開閉音が聞こえた。振り向くと、リーバスの姿は消えていた。テーブルには半分に減ったグラスと葬儀の写真が残っていた。


〝どこかの森……〟

〝そこもいいな……〟

〝森……〟

　自分のフラットへ戻ると、リーバスは携帯電話へフランク・ハメルの番号を打ち込んだ。呼び出し音が鳴り続けたが、誰も出なかった。傾けたウィスキーボトルに口をつけ、最後の残りを飲み込んだ。居間の窓辺に立ち、いつもと変わらない景色を見た。向かい側のフラットでは、二人の子供がカーペットにあぐらを搔いて、テレビを見ている。あの子たちにはどんな人生が待っているのだろうか。親が離婚することだってあり得る。専門学校へ行くのか、それともすぐ就職するのか？　就職口が見つからない場合もある。愛する人と出会えるのだろうか。そして最後の望みを託して不妊治療。そのうち、彼らも親となり、将来に不安を抱き、どんな未来が待っているのか知りたいと願うことだろう。携帯電話が音を立てた。画面にハメルの名前が出ている。リーバスはためらったのち、電話に出ることにした。

「会いたいんだが」リーバスが言った。

「なぜだ？」その声はしゃがれ、うつろだった。

「あんたとダリルのことを聞いたからだ」

「あのガキの名前など二度と聞きたくない！」

「そうはいかない」リーバスが静かに言った。「それに、聞いたほうが得になると思う」

「おれは密告などしない、リーバス」

「密告しろと言ってるのではない。一つだけ質問に答えてもらいたい——ダリルに関する質問ですらない」

「それで？」

「ちょっとした見返りが期待できるかもしれん」

　ハメルが考えている間、沈黙が続いた。ハメルの吐息が聞こえた。「どんな質問だ？」

「あんたの答えようによっては、もう少したずねるかもしれないが」

「その質問とやらを、さっさと言え」

「じゃあ、たずねるが」向かい側にいる子供の一人が窓辺へやってきた。子供たちが手を振る。リーバスも手を振り返した。「あんたなら、死体をどこに埋める？」ハメルにたずねた。子供たちは歯の抜けた顔に満面の笑みを浮かべて、また手を振っている。

〝森……〟

　自宅の建物を出て、ドアを閉めようとしたときに、歩道に立っているシボーン・クラークに気づいた。

「ペイジと一緒なのか？」リーバスは左右を見ながらたずねた。

「いいえ」

「では、何か用なのか？」

「ちょっと心配だったもので。それだけ」

「心配？」

「あなたがレーダーから消えたんで」

「きみが注意を払わなかっただけじゃないか。でもおれはもう注意人物の名簿にも入っていない」

「それでも……」

「何だ？」

シボーンは彼をつくづくと見た。「わたしの勘が当たっていたわ。あなたはあの独特な目つきになっている。何かを企んでいる」

「企んでなんかいるもんか」

「急に防御に回ったわね……」

リーバスは両手を広げて潔白を示す仕草をしてみせたが、シボーンを騙せなかった。

「どこへ行くの？」

「外出するだけだ」

「ついて行ってもいい？」

「いいよ」

「じゃあ、パブへ行くんじゃないんだ」

「もうやめてくれ、シボーン……」リーバスはいらだった声を上げた。「ちょっと用事があるだけだ」

「それはもしかして、ケニィ・マグラスと関係があるの？」

「まあな」リーバスがしぶしぶ認めた。

「もちろん、あなたは法の条文に反する行為はしないわね？」

「おれは警官じゃない。警察に協力して働いている市民ですらない」

「じゃあ、本物の警官がついていくってのはどう？」

リーバスは彼女をまじまじと見てから、ゆっくりと首を横に振った。「きみはフォックスの言葉に耳を傾けるべきだ、シボーン。つねに昇進を続けるには、おれのような人間をぜったいに近づけてはならない」親指で自分の胸を突いて、納得させようとした。

「昇進して、ジェイムズ・ペイジやマルコム・フォックスみたいな人間になるの？」大げさに考え込んで見せた。「あなたのやり方のほうが、ちょっとだけおもしろそう」

「そうじゃない」リーバスはまたかぶりを振った。

「そうよ」シボーンが言い返した。「何を考えているのか、教えて」

リーバスは顎を撫でた。「もし教えたら、さっさと家へ帰って、おれをほっといてくれるか？」

今度はシボーンがかぶりを振った。

「そうだろうと思ったよ」リーバスが言った。


フランク・ハメルがガソリンスタンドの隣にあるファストフードのレストランで待っていた。店内は照明が明るく、ハメルの顔色の悪さを際立たせた。櫛《くし》を入れていない髪、頬には白いものの混じった無精髭。コーヒーカップを手にしていたが、目の前にあるハンバーガーは半分以上も残っている。きょろきょろと周囲を見回し、ドアを開けて客が入ってくるたびに、体に緊張が走っているかのようだった。

「彼があんたを捕まえると思うんだな？」リーバスがボックス席に入りながらたずねた。シボーンはカウンターで飲み物を注文している——自分にはオレンジジュースを、リーバスには紅茶を。

「誰かを連れてくるとは言わなかったじゃないか」ハメルがぴしゃりと言い返した。

「彼女はここに存在しない――警官としては」リーバスはシボーンのために奥へ詰めた。シボーンはハメルに会釈をしたが、ハメルはそれを無視して、レストランに入ってくる二人連れを注視していた。

「あのガキは何だってやる」リーバスの最初の問いに答えて、ハメルがようやくつぶやいた。

「ナイトクラブで捕まるとは思わなかったのか？」

ハメルは首を振った。「人目に立ちすぎる」

「そのへんは、じっくりと考えたようだな」

「おれはどうしたらいいんだ？　ゲイルに電話をかけようとしただけで、アネットとのことをゲイルに告げると脅すんだ。あのガキはおれの家の鍵まで持っている……」ハメルの目が怒りに燃えている。「あいつが一人でいるところを捕まえさえしたら、絞め殺してやるんだが」

「気持ちはよくわかった。代わりにおれたちがダリルを捕まえるとしたら、どうだ？」

ハメルは初めてリーバスに気づいたかのように、まじまじと彼を見た。「これは罠か？」

「もちろん、違う」

「じゃあ、何だ？」

「おれの求めている結果があり、ダリル・クリスティはその一部を担っている」

「よくわからん」

「そのほうがよい」

ハメルはリーバスをじっと見て、視線をシボーンに移し、またリーバスに戻した。「おれは何をやればいい？」

「おれのあの質問を憶えているか？」

「ああ」

リーバスはポケットに手を入れ、スコットランドの道路地図を取り出した。

「教えてくれ」とリーバスは言った。

　そのあと、二人はハメルを駐車場まで送っていった。ハメルはレンジローバーを手放さなければならなかった。

「ちょっと目立ちすぎる」リーバスが注意した。

「これを売った自動車屋が一万五千ポンドで買い戻すと言ったんだ」ハメルが嘆いた。「その三倍の値打ちがあるのに」

「とはいえ……」

　ハメルはリーバスのサーブを手で示した。「交換しようか？　一万五千にその車を付けて」

「それはできない、フランク」

　ハメルは自分の車に乗り込み、エンジンをかけると本道のほうへスピードを上げて走り去った。リーバスはサーブのロックをはずし、シボーンが助手席に乗り込んだ。

「あれは、よい交換条件だったのに」シボーンが言った。

「おれとこのポンコツが共に過ごした時間を考えると……」リーバスはハンドルを叩いた。「金の問題ではない」

「じゃあ、これからどうするの？」シボーンはシートベルトをつけながらたずねた。

「これからか」とリーバスは答えた。「では計画を立てよう」

「何を計画するの？」

「どうやってケニィ・マグラスを震え上がらせるか……」

67

日曜日の昼食時に、ダリル・クリスティがくれた名刺に書かれた番号へ電話をした。電話に出たのは知らない声だった。

「あんたのボスと話したい」リーバスが言った。

「ボスとは誰のことだ？」

「とぼけるな。ダリルにジョン・リーバスからだと言い、かけ返すように伝えてくれ」

電話を切り、待った。三分と経たないうちに、携帯電話が鳴った。

「話はなんだ」ダリル・クリスティが言った。挨拶も雑談も抜きだ。雰囲気ががらりと変わった。リーバスはそれでいっこうに構わない。

「あんたが捜している男は、ケニィ・マグラスだ。ロウズマーキーにある家に、奥さんと二人で住んでいる。住所を教えよう」

「そいつのことなら知ってる」ダリル・クリスティが遮った。「ネットにたくさん出ている――デムプシィの捜査班から取り調べを受け、釈放された男だ」

「まあな。だがおれの話を聞いてから、自分で決めろ」

「じゃあ二分間で言え」

自分の推理を語るのに、もう少し時間がかかった。ガソリンスタンドにいたバン、グレゴール・マグラスの引退、対決したときのケニィ・マグラスの反応。語り終えたとき、電話の向こうで沈黙が続いた。やがてダリル・クリスティの声がした。

「なぜ、ぼくにそんな話をする？」

「なぜなら、おれには捕まえられないからだ――あいつは完璧に証拠を消してしまった」

「これは録音されているのか？」

「もし録音していたら、おれは自分の逮捕状にサインしているようなもんだよ。あいつは消えなければならん、ダリル。しかも逃亡したように見せかけるんだ。さもないとおれたち二人は、警察の目を逃れられないだろう。あいつの死体が見つかってはならない」

「でも死体ってものは、いずれ見つかるんじゃないか？」

「どこに置いたかによる」

「あんたも仲間に加わるのか？」

「いや」リーバスが断言した。「おれには何も言わないほうが、うまくいく。マグラスは物置小屋を持っている――村はずれにあるパブの向かいだ。朝いちばんと仕事が終わった夕方にそこへ行く。夕方のほうがいいだろう――五時になれば、もう暗い。そいつのバンをそこへ残してはならない、それに乗ってトンズラしたことにするんだから」

「この計画を熟慮したようだな」

「おれにはほかに方法がない――きみも言ってたね、デムプシィはまったくの役立たずだった、と」

「もしこれが罠だったら、ぼくがどんな仕返しをするかわかってるだろうな？」

「ああ」

「カファティが企んだ計略じゃあないだろうね？」

「いや、違う」

「そいつの家にまっすぐ行ってドアを蹴破ってはならないのは、なぜだ？」

「一つには、隣近所がある。もう一つは、彼の奥さんをどうにかしなくてはならない。おれのやり方のほうがすぐれている。ケニィをどこかの森へ連れ込む――北には森がいくらでもある。何なら、いくつか教えてもいい……」ダリル・クリスティがなんと答えるだろうと思いながら、リーバスは語尾をあいまいにした。

「その必要はない」というのが答えだった。

それはよい兆候である。すでに頭に浮かんでいる場所があるということだ。

「彼は時間に几帳面な男だと思う」とリーバスが声に感情がこもらないように気をつけながら、話を続けた。「帰宅したときに、夕食が用意できていないと嫌がる。となれば、奥さんが心配し始めるのは早いだろう。もし帰宅予定から三十分経っていて、電話に出なかったら、奥さんは外へ出て探し始めるだろうし、それから間もなく助けを呼ぶだろう」

「問題ない」

「バンを隠せる場所があるのか？」

「教えてほしいか？」

「ぬかりなくやれるかどうか確認したいだけだ――双方のために」

「後ろめたさはないね？」

「ない」

「ぼくたちはもう二度と接触しない、あんたとぼくは」

「この事件に終わりをつけられるなら、おれは満足だ。自分に与える引退記念の小さなプレゼントだと思っている」

「もしうまくことが運んだら、あんたのマントルピースに飾る置き時計代を渡そう。それに反して、もしも……」

ダリル・クリスティは脅し文句を最後まで言わないで電話を切った。リーバスは画面が真っ黒になるまで、携帯電話を見つめていた。

「どうだった？」シボーン・クラークが声をかけた。彼女は居間に立ち、コーヒーのマグを両手で包んでいる。リーバスは椅子から立ち上がり、自分のために酒を注いだが、思い直して、グラスを脇へ押しやった。その代わりに煙草に火を点け、上げ下げ式の窓へ向かい、シボーンから文句が出ないように窓を開けた。

「有望だ」リーバスは煙を隙間から吐き出しながら、

そう断定した。「それ以上ではない」

「どの森か、彼は言った？」

リーバスは首を横に振った。「しかし、彼の元ボスが時々使っていた森を知っている。そこは最適な場所なんだ――ブラック半島から四十五分とかからないところにある。誘拐した男を連れて、よく知らない道路を走り回りたくはないはずだろ――家には今にも警察を呼びかねない奥さんがいるとなれば」

「バンのほうは？」

「湖に沈めるか、スクラップ工場へ入れるんじゃないか」

「なぜ事故に見せかけないの？　マグラスの運転しているバンが道路から転落したように？」

「あまりにも危険要素が多すぎる――どんないい加減な現場鑑識班だって、何かおかしいぞ、と感じるだろう」

シボーンはソファに座った。リーバスの地図がそこにあり、アヴィモアのはずれにある森林地帯に円が描かれている。「今夜、慌ててそこへ行くってことはない？」

「ダリルは注意深い男だ――今夜はじっくりと考えるだろう」

「ということは、おじけづくかもしれないわね」

「その可能性は常にある」

「でもあなたはそうは考えない？」

「そうだ」

「ダリルは奥さんには手を出さないと思うのね？」

「彼はそんなタイプではない。計画にほころびがないかと慎重に調べるだろうし、ほかの方法を見つけようとするかもしれない」

「何人ぐらい、男を連れて行くかしら？」

「二人か三人――バンに乗ってどこかへ走り去る者がそのうち一人」

「わたしたち、援護が必要かしら？　クリスティンかロニーに頼んでもいいけど……」

リーバスはかぶりを横に振っていた。「きみを巻き込んでいるだけでも、済まないと思っているのに」

「まるで選択肢があったような言い草ね」シボーンの顔がマグの縁の上から微笑していた。

「いいか。きみは今回、ただ一人だけ警官だ。もしフォックスとその仲間たちがこのことを知ったら……」

「苦情課へ入るチャンスを失うわ」

「フォックスの下で働きたかったのか？」

「わたしに向いてるって、フォックスが言ってくれたわ——親切心から言ってくれたんだと思う」

「それで？」

「何なの？」

「入りたいのか？」

「わたしはぜったいに黙っていなきゃならないでしょ？」

「おれに関してだね？」リーバスは窓から煙草の煙を吐き出した。

「あの人たちに話すことは山ほどあるけど……」

「言えてるね」リーバスは煙草を窓枠でもみ消し、それを無限の空間へ投げた。

68

月曜日の午後三時三十分までに、ロウズマーキーの狭いメインストリートに車を停め、配置についた。シボーンのアウディはほかの車二台に挟まれて、南向きに停めてある。リーバスの推理。マグラスを捕まえたら、やつらは必ずこっちへやってくる——クロマティを目的地にしたくないのであれば。

「あなたの考えが正しいことを祈るわ」シボーンはそれを聞いて答えたのだった。店舗のショーウインドーは明るく輝き、住民が食料品の袋を手に通り過ぎる。リーバスとシボーンはマグラスの物置小屋付近を調べてみたが、目立たずに駐車できる場所がなかったのだ。リーバスは待っている間に、トーマス・ロバートソンを誘拐したのはダリル・クリスティだったと、シボーンに説明した。

「ダリルはいつもネットサーフィンをしている——それで、警察がピットロホリの道路作業員を連行したことを知った。それが誰かをすぐに突き止め、〈タメル・アームズ〉まで手下にそいつを尾行させ、さらったんだ」

「そしてぼこぼこにしたのね？」

「口を割らせようとしたんだろう。すぐに犯人ではないというニュースが流れたんで、アバディーンでロバートソンを捨てた」

「なぜアバディーンなの？」

リーバスは通り過ぎる車を見守った——知っている顔は乗っていない。「たぶん、フランク・ハメルはそこに知り合いがいるんだろう。ということは、黒幕はハメルであって、ニキビ面の若い部下じゃない、という見方が今も有効だね」

シボーンが理解してうなずいた。

「たずねたいことがある」

「何なの？」

「フォックスが当分は、厳しい態度を取らないつもりだ、とおれに言った——あいつと何か話し合ったのか？」

「いいえ」

「おれを犯罪捜査部へ復帰させ、のっぴきならない証拠を摑んだ上で、おれを挙げたいんだそうだ」

「その言葉を信じてるの？」

「よくわからん」

「復職願いの書類に署名を済ませたの？」

「健康診断で落ちる可能性も高いんでね」

「反論できないわ」

「ありがとうよ」

別の車。今度は若い女が運転している。

「マグラスはここを通るの？」

「どこで働くかによる」

「そもそも、また働き始めたとしたら、ね」

「完璧な計画だなんて、誰も言ってやしない」リーバスは時間を見た。急速に日が落ち始めている。目を上げると、黒いメルセデスベンツＭクラスが見えた。

「大当たり」リーバスはシボーンに言いながら、近づいて来る車から見られないように、顔を背けた。シボーンは屈み込んで、アウディのステレオをいじっているように見せかけた。

「四人いると思う」体を起こしたシボーンがバックミラーを覗きながら言った。

「助手席にダリルだ」リーバスも言葉を添えた。

「悪くない始まりね」シボーンは大きな吐息をついて、緊張をほぐした。「来るのが少し早すぎない？」

「場所を調べる時間が要るんだよ」

「ダリルが用心深い性格なら、罠を警戒しているわ」

シボーンはエンジンをかけた。

「どうするんだ?」

「車を少し動かして、脇道にでも隠れようかしら。こちらは何を見張ればよいのかわかってるし——南へ向かう大きな黒いメルセデス」

「車が戻ってきたときに、おれたちに気づくんじゃないかと心配してるんだな」

「そう」

　リーバスは同意してうなずいた。すぐに適当な場所が見つかった。メインストリートへ向けて車を再び停め、シボーンはエンジンを切った。すぐに気を変えてスイッチを入れた。

「少し暖まりたい」ヒーターの温度を上げる。

「いい考えだ」ダッシュボードの温度計は外気温五度を示している。夜が更ければ、霜が降りるだろう——空に雲はなく、すでに星が二つほど瞬いている。リーバスは通風孔に両手をかざし、こすり合わせた。

　二十分後、二人は、車体に名前を大きく書いたマグラスのバンに気づいた。

「物置小屋へ向かってる」リーバスが断言した。

「まだ作戦を変える時間は残ってるわ」シボーンが主張した。「その場で彼らを対決させるのよ」

　リーバスはかぶりを振った。「彼を怯えさせねばならない、そうだろ」

「わたしのやり方のほうが、危険を伴わない」

「とにかく、見失うなよ」

「わたしの運転が未熟だって言うの?」

　リーバスは彼女をちらっと見てから、前方の道路を見つめた。あと二分ほどで物置小屋にケニィ・マグラスが着き……車に放り込まれる……あいつらは素早く行動するだろう。だが煙草を吸いにパブから誰かがひょっこり出てきたら、どうなる? 好奇心まんまんの住民を大勢乗せたバスが通りかかったら? リーバスは時間がこれほどのろのろと過ぎていくのを感じたことがなかった。口を開いて、その感想を漏らしかけた、そのとき……

「バン！」シボーンが叫んだ。マグラスと書かれたバンが引き返してくる。ハンドルを握っているのはケニィ・マグラスではない――もっと背が低く、もっと筋肉質の男。黒いメルセデスはほんの数秒後にそのあとを追ってやってきた。乗っている人物は見分けられない。シボーンは距離を置いて、尾行を始めた。貨物トラックが後ろについたとき、シボーンは速度を緩めてやりすごした。あらかじめ道路地図を研究していたので、メルセデスにはあまり選択肢がないことを知っている。車が尾行されていないことを確かめる策略はいくつかある――速度を停止する寸前まで落とす。道路脇に停めてやり過ごす。引き返して別のルートを見つける。しかし今のところ、アウディは貨物トラックの陰に隠れているので、怪しまれていない。

　最初の分かれ道はマンロッキーだった。メルセデスはＡ８３２に留まったまま走り続けた。

「次はタレのロータリーだ」リーバスが言った。「それからＡ９を南下する」

「あなたの勘が正しければね」シボーンが釘を刺した。

「おれをちっとも信じないんだな」リーバスがわずかに頬を緩ませた。しかし内心は不安で押しつぶされそうになっているのをシボーンは知っていた――助手席のドアハンドルを握りしめているのは、彼女の運転のせいではない。

　中央分離帯のある道路まで来たとき、車列はインヴァネス方面と記された標識のほうへ進んだ。リーバスは首を出して、貨物トラックの前がどうなっているのか確かめた。

「貨物トラックが引き離されたぞ」そこでシボーンはウインカーを出して、追い越しにかかった。メルセデスはバンを追い抜いていたが、その近くに留まって走っている。

「今、マグラスの首を絞めている最中かもよ」シボーンが言った。

「そうかもな」リーバスが同意した。

「着いたときには、死体しか手に入らない可能性もある」

「まあな」

「眠れない夜を過ごすなんてこと、あなたにはなさそうね」

「おれはモンスターじゃない、シボーン――しかし何とかしのげるんじゃないかな……」

ケソック橋を渡り、インヴァネスへ入ると、A9から離れずに市内を抜けて南へ向かう。

「今のところ、いいわね」シボーンが小声で言う。

「このままずっと尾行を続けるつもりか？」

「もう二、三キロは、そのつもり」

しばらくして、シボーンは速度を上げて追い越し車線に入り、バンを追い抜くと、メルセデスとバンの間に入り、またアクセルを踏んでメルセデスも追い越した。背後のヘッドライトが遠ざかるのを見つめているとき、計器は時速百五十キロを示していた。

「向こうは百キロを固く守っているわね」

「スピード違反で捕まりたくないからだろ？」リーバスが言った。

数キロ進むと、待避線の看板が出ていた。シボーンはアウディの速度を緩め、一夜を過ごすために停まっているトレーラートラックの後ろに停車した。ヘッドライトを消してシートに屈み込み、リーバスも曲げられる限り体を曲げた。背中を汗が伝い、シャツが体にへばりつく。

「来たわよ」シボーンがサイドミラーを見ながら言った。メルセデスとバンだけではなく、ほかにも数台が続いている。今はとっぷりと日が暮れているので、あのスピードでは、アウディに気づけるはずもなかった。シボーンはヘッドライトをつけて、道路へハンドルを切った。

「このあたりだったら、処分する場所には困らないわね」

「ダリルは経験が浅い、シボーン。彼は自分の知識に頼ると思う。連れて行ってもらったり、話に聞いたりした場所に」

二十分後、アヴィモアの尾根はこの先、と記された道路標識を通り過ぎた。

「そこからすべてが始まったのね」シボーンが言った。

「そうだな」リーバスはひらひらと舞いだした雪を見つめた。車が二台ほど、左折のウインカーを出している。

「メルセデス？」シボーンが推測した。

「そう、金を賭けてもいい――おれの金とは限らないけど」

だが確かに、メルセデスは左折しようとしていた。バンはＡ９をそのまま走り続け、目的地である廃車場かどこかへ向かっているようだ。

「バンの後部に縛り上げられたマグラスが転がっていないのは、確かよね？」

「もちろんだ」

アウディはほかの車二台を挟んだまま、メルセデスを追った。

「うまく行ってるようね」シボーンが言った。「気づかれていないならば」ところが、遮蔽物となっていた車二台は、すぐに新興住宅団地のほうへ曲がってしまい、メルセデスとアウディだけが取り残された――その間隔は五十メートルである。

「しばらく停まって、あの車との距離を開ける？」

「どうかな、わからん」リーバスが迷いを認めた。

「追い越して、道路を塞ぎましょうか――マグラスはまだ怯えていないなんて言わないでよ」

「まだ早い」

シボーンはまたリーバスの顔を見た。彼はメルセデスを凝視し、左手は今もドアハンドルを握りしめている。周囲はさらに山野が深くなり、アヴィモアを離れて荒涼とした山や森林のある地域へ入っていく。

「また追い越してもいいわ」シボーンは、ウインカーも出さないで、前の車が道路から未舗装の小道へ曲がったのを見て、口をつぐんだ。小道にはゲートがあり、開いていた。シボーンはゲートを横目に見ながら、そのまま走り続けた。リーバスはメルセデスの尾灯が樹木に隠れてしまうまでじっと見続けた。

「もう安全だ」リーバスが言った。シボーンは車を停め、方向転換をして、ライトを消すと、開いたゲートへゆっくりと戻った。

「ハメルの言ったとおりね」シボーンがつぶやいた。メルセデスはもう見えない。シボーンは窓を開け、エンジン音に耳を澄ませた。「まだ動いている」

「じゃあ、こっちも前進しよう」

二人は、両側の窓を開けて、用心深く小道を進んだ。突風が吹き荒れ、夜気が冷たくてもリーバスは首を出し続けながら、目を凝らし、耳を澄ませていた。小道は円を描きながら坂を上って松の匂いが漂う森へ入っていく。リーバスはエダトンを思い出した。分かれ道に来たとき、シボーンは車を停め、用心のためエンジンを切った。

「何か聞こえる？」

「いや」リーバスが言った。「ライトも見えない」

「車が停まったのかな？」リーバスが声をひそめてたずねる。

「かもね」

「左と右、どっちへ行く？」

「あなたが決めて」

「地面は凍っているし――タイヤの跡があるかどうか、見分けられないな」

「あなたは元ボーイスカウトなんでしょ」

リーバスはちょっと考えた。「右だ」そしてすぐに

「いや、左」と言い直した。

「確かなの？」

「まあね」

「当てずっぽうなのね」

「五分五分のチャンスだよ、シボーン」

「マグラスはそんな掛け率では喜ばないわ。ヘッドライトを上向きにして、全速力で突っ込むってのはどう？」

「あるいはここから歩くかだな」

「歩くの？」シボーンは目を少し見開き、眉根を寄せた。

「歩くんだ」

「二人一緒に、それとも別行動で？」

「いい加減にしてくれ、シボーン。全部おれが決めなきゃならんのか？」

69

ケニィ・マグラスの頭から袋がはずされた。何回か殴りつけられたので、目が痛い。マグラスは瞬きして目の焦点を合わせた。おぼろに見える空には、満月に近い月が出ている。苔の匂いが強い。口にはテープが貼られているので、鼻で呼吸をしており、後ろ手に縛り上げられている。三人の男が三角形となって取り囲んでいる。男たちは背が異常に高いように見えたが、そのうち自分が浅い墓穴に立っているのだと気づいた。叫ぼうとしたら、片方の鼻の穴から血の泡が吹き出た。墓穴から何とかして出ようとしてもがくと、男の一人が一歩進み出て、シャベルを振り上げた。マグラスはその意図がわかり、動かなくなった。乗せられてきた車は、十メートルほど先にあり、そのライトがこの場を照らし、ときおり舞い落ちる雪を捉えた。

「ぼくの妹を殺したな」誰かの声がした。マグラスは誰がしゃべったのかわからず、周囲を見回すと、ダリル・クリスティが腰を屈めて、目を合わせてきた。ダリルは黒いポロシャツ、ジーンズ、スニーカーという装いだ。マグラスはかぶりを振った。そのとたん頭がずきずきと痛み、またしても吐き気に襲われた。

「この墓穴は別人のために掘られた」ダリルが言葉を続けた。「そのときは人を間違えた。おまえこそ、ぼくが捜していた男だ。だから、言い逃れるんじゃない」

しかしマグラスは黙っていられず、くぐもったわめき声が甲高くなった。ダリルはくだらない芝居に飽きたかのように、横を向いた。隣の男に手を差し出す。シャベルが渡された。ダリルはその重さとバランスを確かめ、練習のために数回大きく振り上げては振り下ろしてみた。マグラスは目を固く閉じ、今やすすり泣いている。膝ががくがくと震えて持ちこたえられず、穴の中で尻餅を突いた。墓穴の端に顎が乗っている。

「しいっ」ダリルが、親が子をなだめるように言う。そして体をそらし、シャベルを振り上げ、振り下ろした。シャベルはマグラスの真ん前の地面に突き刺さった。マグラスは目をかっと見開き、シャベルの鋭く光る先端に目を奪われていた。ダリルはシャベルをねじって抜くと、自分の前にそれを持ち、涙と鼻水で顔がぐちゃぐちゃになったマグラスの前に屈み込んだ。

「早いとこ済ませるとは思ってないだろうな？　その前にさんざん痛めつけてからだよ。あれだけ多くの命を奪ったんだからね。快感を得るためだけにやったんだろ？　まともな理由なんてなかった。説明できるような理由は。おまえは刑務所へは行かない、行くのは精神科病院だ。ゲームをしたり、日中にテレビを見たり、庭を散歩したり、親切な精神科医と話したりして過ごすんだよ。公平だと思うだろ？　おまえはたくさんの人生を打ち砕いたんだ、死者だけじゃなく残された者の人生も。きちんと報いを受けるときが来た。おまえが痛みを感じるべきときが……」立ち上がってシャベルを持ち上げたが、今回は腰の高さまでで、ケニィ・マグラスの頭を狙っていた。

「そこまで！」

ダリルはさっと声のほうを向いた。リーバスが両脇で拳を固め、いまにも飛びかかりそうな姿勢を取っている。

「なぜここにいる？」ダリルが叫んだ。

「あなたを逮捕するために」シボーン・クラークが答えながら、木々のない空き地へ入り、警察手帳を掲げた。ダリルの手下は指示を求めてダリルの顔を見ている。ダリルはリーバスを指さした。

「これをやらせようとしたのは、そもそもあんたじゃないか！」ダリルが文句を言った。

シボーンはその言葉を無視し、逮捕すると告げた。ダリルはシボーンから目を離さず、その目は怒りに燃えていた。

「あんたたちは二人、こっちは三人いるんだぞ？　回りを見てみろ――墓穴を二つ、三つ掘る場所ぐらい、たっぷり残ってる」

「この人は間抜けかもしれないけど」シボーンがその言葉を遮って、リーバスを示した。「わたしは違う。五分後に支援車が来るわ」

「どうする？」ダリルの手下の一人がボスにたずねている。リーバスはその男がわかった。ドアマン兼運転手のマーカス。ダリルはどうすべきか考えていた。

「行こう」ダリルが決めた。マグラスに向き直って言う。「これで終わりじゃないぞ。また必ずぼくの顔を見ることになる」マグラスの頭の片側を蹴り飛ばしてから、メルセデスのほうへ早足で歩いて言った。シボーンはリーバスをちらっと見たが、リーバスは動かなかった。二人の男もボスのあとを追った。マーカスが途中からさっと先頭に立ち、助手席のドアを開けて待っている。ダリルは最後にもう一度、リーバスへ憎しみに満ちた目を向けてから、シャベルを地面に投げ、車に乗りこんだ。ドアが閉まると、シボーンが一歩進み出た。

「このまま行かすの？」

「おれたちに勝ち目があると思うのか？」リーバスが訊いた。マグラスのほうへ歩み寄り、口のテープを剝がした。

「逃げてしまうじゃないか！」マグラスがわめくと、ピンク色の唾が口から飛んだ。メルセデスのエンジンが轟き、車はバックで出て行った。

「そうだ」リーバスはマグラスの手首を縛っていたロープを緩めにかかった。

「おれを殺そうとしたんだぞ」

「見ていたよ」

　マグラスは頭が混乱した様子だった。リーバスとシボーンを代わる代わる見る。「でも、あいつらを捕まえるんだろ？　支援の車も来るし……」

「支援車は来ない」リーバスが教えた。「あれはクラーク警部が苦し紛れについた嘘だ」

「あいつら、おれを殺す」マグラスは誰に言うでもなく、独り言のように言った。

「え？」

「お礼ぐらい言ったってよさそうだが」

「何でもない」リーバスはマグラスの腕を摑み、なだめながら浅い墓から引き上げた。

「おれのバンを取った」

「二度とあれは戻ってこないだろう」

「あいつら、おれを――」

「そればっかり言ってるな」

「ショック状態にあるのよ」シボーンが解説した。

　マグラスは空き地からどこかへ連れて行かれるのに

気づいた。「どこへ行くんだ？」

「車で家まで送っていく――車はこっちだ」

「でもあいつらと同じ方角だぞ！」

「なら、早く移動したほうがいい。近くに支援の車がいないことに、あいつらが気づく前にな」

「ちょっと待ってくれ」マグラスが言った。「家まで送っていく、って言ったよな？」

「それ以外のどこへ行くんだ？」

　マグラスは立ち止まった。「家には帰れない。あいつらはおれの家を知ってる……マギーのいるところを……」

「マギーには手を出さないかもしれん。あいつらが追ってるのは、おまえだ」

「じゃあ、なぜあいつらを行かせたんだ？」

「尋問されたとき、やつらがなんと答えるかわかるか？　おまえを怖がらせようとしただけだと言うだろうよ。万一、何かを答える気になったとしてもだ」

「でもあんたは見たじゃないか！」

　リーバスは肩をすくめ、シボーンを見つめた。「命を助けてやっただけでは、足りないらしいな」

「できる限りのことはしたのにね」シボーンが答えた。

「行方をくらましたらどうだ」リーバスが目の前の男に教えてやった。「新しい身分証を手に入れるんだよ。だが、ここから遠いところへ行かないと難しいぞ――ダリル・クリスティは知り合いが多いからな」

「マギーはどうなる？　グレゴールは？」

「二人はできる限りのことをした。今はおまえが態度を決めるときだ」

　マグラスは混乱してきょろきょろと周囲を見た。震えていたが、寒さのためばかりではなかった。

「できない……いやだ……」

「おまえが決めろ」リーバスは繰り返し、両手をポケットに滑り込ませた。マグラスの目が正気に戻った。リーバスと目を合わせる。

「どうしたらいい。教えてくれ」

「おれの助言を求めているのか？」

マグラスがうなずき、体にまたしても戦慄《せんりつ》が走った。

リーバスはシボーンをちらっと見てから、少しの間黙り、考えているかのように見せかけた。

「じゃあ、言おう。だが条件が一つある……」

マグラスはぱちぱちと瞬きをした。「どんな？」

「おれたち抜きでやることだ」

マグラスのまぶたがまたひくひくと動いた。「何をやるんだ？」

「おまえの自供」


　バーネット・ロードの警察署の前で、マグラスを降ろした。リーバスがあらかじめ電話しておいたので、ガヴィン・アーノルドが待ち構えていた。リーバスとシボーンは車の中から、アーノルドに導かれてケニィ・マグラスが署内へ消えるのを見守った。リーバスは窓を開けて煙草を吸っていた。手が震えているが、それはごくわずかである。

「気を変えるかもしれないわね」シボーンが静かに言った。

「そうだな」リーバスが同意した。「だが、ダリル・クリスティの手が及ばないという点では、監房はどこよりも安全だよ」

「あなたがマグラスに、それをしっかりと伝えたわね」シボーンが言った。「そういえば……」

　リーバスは向き直った。「ダリル・クリスティか？」うなずくシボーンを見つめる。「ケニィ・マグラスが供述書で何を言うかによる。森の一件をしゃべらなければ……」

「ダリルは殺そうとしたわ」

「罠にかけただけだ。法廷ではそう主張するだろう」

　リーバスはフロントガラスの先の闇を見つめた。「何と言っても、おれが誘導したんだからな」そして付け加える。「デムプシィが来る前にここを離れよう」

「ダリル・クリスティをこのまま逃がしてしまうつもり？」

「おれは警官じゃないんだ、シボーン」また彼女のほうを向く。「おれじゃなくてきみが決めることだよ」

シボーンは警察署のドアと、その上で輝いている警察署の看板を凝視していた。「誰かが彼をそそのかしたんだとわかるわ。あなたの名前が浮かび上がる可能性は高い」

「きみの名前が出なけりゃいい。それにおれは民間人だろ——おれはほかに何もすることがないんで、彼の物置小屋を見張っていた。するとマグラスが誘拐されたんで、あとを追い、結果的に命を救ったんだ。これは万一、マグラスがおれの名前を出した場合の説明だよ」

車内に沈黙が流れたが、しばらくしてシボーンが口を開いた。

「なぜやったのか、たずねなかったわね」

「殺人についてか、それとも写真のこと？」

「両方とも、かな」

「マグラスは自分でもわかってないんじゃないか」

また沈黙が続く。シボーンはしゃべるとき、リーバスから今も顔を背けていた。「あそこでクリスティがシャベルを振り上げたとき、一瞬、あなたはやらせるんじゃないかって思いが、頭を駆け巡ったわ」

「ほんとにそう思ったのか？」

「ええ、ほんとに」

「マグラスが死に、ダリル・クリスティは殺人罪に問われる？」

「そう」

「まあね、それも一つの成果かもな」

「手段よりも成果のほうが重要視されるわ」

「昔はそうだった」

「今はそうじゃない？」

「たぶん、以前ほどは」リーバスはシートにもたれた。「あの墓はマグラスのために掘られたんじゃない」

「そうなの？」

リーバスがうなずいた。「あれはトーマス・ロバートソンのためのものだ。病院で彼に会ったとき、たまたまおれは浅い墓の話をしたんだ。そうしたら怯えてね。その理由がやっとわかった——彼はあそこへ連れて行かれ、墓を見せられたんだ。それですっかり怯えきった……」

「でもダリルは解放したわね」

リーバスがうなずいた。「ダリル・クリスティは人を殺せる男ではない、シボーン。手下の誰かならマグラスを始末できたかもしれないが、ダリルにとっては、あのシャベルで地面を一撃するぐらいが、精一杯のところだね」リーバスは少しの間、思いふけっていた。「これがどういう意味かわかるか？」

「わからないわ」

「あの歌に関して、おれは間違っていなかったってことだ」

リーバスは煙草の吸い殻を捨て、シボーンはエンジンキーを回した。

「歌って？」シボーンがたずねたが、リーバスは無言で車の窓を閉めた。

訳者あとがき

リーバス警部が帰ってきた！

前作の『最後の音楽』で定年退職を迎えたリーバス警部は、酒と煙草と音楽を友にして、アーデン・ストリートのフラットで、ゆっくりと余生を過ごすはずだった。しかしリーバス警部は〝室内履き〟で暮らす生活、老人たちと〝室内ボウリング〟で暇をつぶすような生活には、どうしてもなじめない。そこで、なんと五年ぶりに、〈リーバス警部〉シリーズの十九作目として、リーバス警部が戻ってきた。再会の望みを抱いてずっと辛抱強く待っていた愛読者は、たちまち心地よいリーバス警部の世界に引き込まれるだろう。

リーバス元警部は、民間人として、重大犯罪事件再調査班に所属し、いくつかの古い迷宮入り事件の事件簿の埃を払い、一つでも解決の糸口を見つけるべく、書類を読み込んでいた。すると、十代の少女がスコットランド北部へ向かう途中で、行方不明になるという事件が起こり、シボーン・クラーク警部（シボーンは順調に警部に昇格している）がその捜査を担当することとなった。リーバスはその捜査に割り込み、シボーンを手伝ったり、からかったりしながら、少女の行方を追う。その一件は古い迷宮入り事件と絡み合いながら、難事件の様相を呈してきた。

『最後の音楽』のラストシーンで、リーバスはエジンバラの裏社会のボスであり、シリーズを通して、彼の最大の敵であるモリス・ジェラルド・カファティの命を助けた。カファティが病院で心肺停止状態になったとき、リーバスは、やすやすと死なせてなるものかと思い、カファティに馬乗りになって人工呼吸を施し、蘇生させたのだ。リーバス同様、カファティも本書では現役を退いたと称しているが、依然として勢力を保ち、リーバスを陥れようとして、さまざまな策を仕掛けてくる。

　さらにリーバスの強敵として、今回はマルコム・フォックスが登場する。彼はリーバス警部シリーズの次に、イアン・ランキンが発表した新シリーズの主人公である。マルコム・フォックスは警察内の監察室、通称、苦情課の責任者だ。法をときには逸脱してまで、独自の捜査方法を取るリーバスは、家庭ゴミの分別に至るまで規則を遵守し、警察官の倫理を厳しく追及するフォックスにとって、到底許せない存在である。二人は激しく反目せざるを得ない。アルコール依存症になったマルコム・フォックスは、断酒というつらい経験を経てようやく立ち直ったのに、リーバスがだらしなく酒を飲み続けながら、なんとか健康を保っているので、よけいに腹立たしく思っているのだ。本書では、マルコム・フォックスは敵《かたき》役に回ってしまった。

しかもリーバスは再調査班の班長や、シボーン・クラーク警部の上司たちを小馬鹿にしたり、命令を無視したりするので、相変わらず人間関係の摩擦が絶えない。人との付き合いが恐ろしく下手なリーバス、娘のサマンサに対してすら素直に本心を言えず、あとで後悔するリーバスこそが、いちばん読者の心に触れ、共感を呼ぶのではなかろうか。

リーバスの住むエジンバラは、作品ごとに変化していく。景気が沈滞していたときもあれば、バブル状態で外国からの投資が増え、ビルの建設ラッシュを迎えていた時期もあった。スコットランド議会の議事堂が完成するという節目もあった。この作品では、空港から市内まで新しくトラムを敷設する工事がおこなわれている真っ最中だ。

しかし、今回はエジンバラよりはむしろ、スコットランドの荒涼とした山野に読者は誘《いざな》われる。リーバスは捜査のために九回もエジンバラから北へ向かって車を走らせる。そこは荒野が果てしなく広がり、数知れないほどの湖が点在し、標高の低い山や峰や森林が続く。ときには美しい海岸線が現れ、イルカやアザラシを見かけることだってある。孤独な人生の旅を続けるリーバスにとって、まことに似つかわしい風景だ。

原書のタイトルは“Standing in Another Man's Grave”である。これは作中でも説明されているが、シンガーソングライターのジャッキー・レヴィンが作曲した歌、“Standing in Another Man's Rain”をリーバスが聞き違えたことから来ている。その歌声は情感たっぷりで、心を揺すぶられずにはいられない。二十以上のアルバムを出し、四百以上の曲を作ったジャッキー・レヴィンは、実力はあるのに、世界的なメジャー歌手にはならないまま、二〇一一年に六十一歳で生涯を閉じた。一九五〇年にスコットランドのファイフ地方で生まれたジャッキー・レヴィンは、イアン・ランキンと同郷であり、ちょうど十歳年上だ。その親近感もあって、彼の音楽をこよなく愛しているイアン・ランキンはジャッキー・レヴィンと篤《あつ》い友情で結ばれていた。二〇〇四年に、イアン・ランキンはジャッキー・レヴィンと組んで、“Jackie Leven Said”というアルバムを出している。ランキンが表題の短篇を朗読し、その合間にジャッキー・レヴィンがギターを奏でながら歌っている。その中には“The Haunting of John Rebus”というリーバス警部を主題にした曲もある。

　彼の死を悼《いた》んだイアン・ランキンは、本書をジャッキー・レヴィンに捧げた。各部の冒頭に記されているのは、すべてジャッキー・レヴィンの歌詞から取ったもののようだ。第一部の〝パブの階段を下りて男の姿が消えた、傷ついた空のかけらとともに……〟は“Edinburgh Writers Blues”から取られているし、第四部の〝苦痛の瓶を取り、水浸しの野原へ……〟は“Classic Northern Divisions”からの引用だ。

　スコットランドでは警察官が不足しているらしく、定年退職した警察官であっても、再雇用を申請できることができるようになった。本作品でリーバスは警官としての能力が衰えたのではないか、とためらいつつも、犯罪捜査こそが自分の存在理由なので、再就職しようかと思案中である。すでにリーバス警部シリーズの次作、“Saints of the Shadow Bible”も刊行されているので、リーバスはこれからも読者とともに生きていくことだろう。こうなったら、数年後に二度目の定年を迎えたとしても、高齢化社会の中で、ぼやきながらも精力的に捜査に取り組む、七十代、八十代となったリーバス警部にぜひとも会いたい。その物語を読み続けたい！

二〇一五年三月

HAYAKAWA POCKET MYSTERY BOOKS No. 1894

延《のぶ》 原《はら》 泰《やす》 子《こ》

大阪大学大学院英文学修士課程修了
英米文学翻訳家
訳書
『シンプルな豊かさ』サラ・バン・ブラナック
『死者の名を読み上げよ』『最後の音楽』
イアン・ランキン
（以上早川書房刊）他多数

この本の型は，縦18.4センチ，横10.6センチのポケット・ブック判です．

〔他人《たにん》の墓《はか》の中《なか》に立《た》ち〕

2015年4月10日印刷　　2015年4月15日発行

著　者　イアン・ランキン
訳　者　延　原　泰　子
発行者　早　川　浩
印刷所　星野精版印刷株式会社
表紙印刷　株式会社文化カラー印刷
製本所　株式会社川島製本所

発行所　株式会社　**早川書房**
東京都千代田区神田多町２－２
電話　03-3252-3111（大代表）
振替　00160-3-47799
http://www.hayakawa-online.co.jp

（乱丁・落丁本は小社制作部宛お送り下さい
送料小社負担にてお取りかえいたします）

ISBN978-4-15-001894-8 C0297
Printed and bound in Japan

ハヤカワ・ミステリ〈話題作〉

1878 **地上最後の刑事**　ベン・H・ウィンタース　上野元美訳
〈アメリカ探偵作家クラブ賞最優秀ペイパーバック賞受賞〉小惑星衝突が迫り社会が崩壊した世界で、新人刑事は地道な捜査を続ける

1879 **アンダルシアの友**　アレクサンデル・セーデルベリ　ヘレンハルメ美穂訳
シングルマザーの看護師は突如、国際犯罪組織による血みどろの抗争の渦中に放り込まれる！　スウェーデン発のクライム・スリラー

1880 **ジュリアン・ウェルズの葬られた秘密**　トマス・H・クック　駒月雅子訳
親友の作家ジュリアンの自殺。執筆意欲のあった彼がなぜ？　文芸評論家のフィリップは友の過去を追うが……異色の友情ミステリ。

1881 **コンプリケーション**　アイザック・アダムスン　清水由貴子訳
弟の死の真相を探るため古都プラハに赴いた男の前に次々と謎の事物が現れる。ツイストと謎があふれる一気読み必至のサスペンス！

1882 **三銃士の息子**　カミ　高野　優訳
美しく無垢な令嬢を救わんとスーパーヒーローがダイカツヤク。脱力ギャグとアリエナイ展開満載で世紀の大冒険を描き切った大長篇

ハヤカワ・ミステリ〈話題作〉

1883 **ネルーダ事件**

ロベルト・アンプエロ　宮﨑真紀訳

ノーベル賞に輝く国民的詩人であり革命指導者のネルーダにある医師を探してほしいと依頼された探偵は……。異色のチリ・ミステリ

1884 **ローマで消えた女たち**

ドナート・カッリージ　清水由貴子訳

警察官サンドラとヴァチカンの秘密組織に属する神父マルクスが出会う時戦慄の真実が明らかになる。『六人目の少女』著者の最新刊

1885 **特捜部Q**　―知りすぎたマルコ―

ユッシ・エーズラ・オールスン　吉田　薫訳

犯罪組織から逃げ出したマルコは、殺人事件の鍵となる情報を握っていたために昔の仲間に狙われる！　人気警察小説シリーズ第五弾

1886 **たとえ傾いた世界でも**

トム・フランクリン　ベス・アン・フェンリイ　伏見威蕃訳

密造酒製造人の女と密造酒取締官の男。偶然拾った赤子が敵対する彼らを奇妙な形で結びつけ……。ミシシッピが舞台の感動ミステリ

1887 **カルニヴィア2　誘拐**

ジョナサン・ホルト　奥村章子訳

イタリア駐留米軍基地で見つかった人骨が秘める歴史の暗部とは？　駐留米軍少佐の娘を誘拐した犯人は誰なのか？　波瀾の第二部！

ハヤカワ・ミステリ〈話題作〉

1888 **黒い瞳のブロンド**

ベンジャミン・ブラック
小鷹信光訳

フィリップ・マーロウのオフィスを訪れた優美な女は……ブッカー賞受賞作家が別名義で挑んだ、『ロング・グッドバイ』の公認続篇！

1889 **カウントダウン・シティ**

ベン・H・ウィンタース
上野元美訳

〈フィリップ・K・ディック賞受賞〉失踪した夫を捜してくれという依頼。『地上最後の刑事』に続いて、世界の終わりの探偵行を描く

1890 **ありふれた祈り**

W・K・クルーガー
宇佐川晶子訳

〈アメリカ探偵作家クラブ賞最優秀長篇賞受賞〉少年の人生を変えた忘れがたいひと夏を描く、切なさと苦さに満ちた傑作ミステリ。

1891 **サンドリーヌ裁判**

トマス・H・クック
村松　潔訳

聡明で美しい大学教授サンドリーヌは謎の言葉を夫に書き記して亡くなった。自殺か？他殺か？　信じがたい夫婦の秘密が明らかに

1892 **猟　犬**

J・L・ホルスト
猪股和夫訳

〈「ガラスの鍵」賞／マルティン・ベック賞／ゴールデン・リボルバー賞受賞〉停職処分を受けた警部が、記者の娘と共に真相を追う。